dtv

Offiziell haben ihn zwar berufliche Gründe dazu bewogen, aber eigentlich sind es die heimlichen Rendezvous mit seiner verheirateten Cousine Nuria, die Paco zu Beginn der 70er Jahre nach Barcelona zurückkehren lassen. Doch nicht nur glückliche Stunden beschert ihnen das Wiedersehen. Neben dem Bett in der verlassenen Villa der Unternehmerfamilie Claramunt häufen sich verstaubte Bücher. Bücher, die Nurias Schwester Montserrat gehört haben und nun die Schatten der Vergangenheit heraufbeschwören: Die junge, großmütige Montserrat hatte einen entscheidenden »Fehler«, denn viel zu intensiv kümmerte sie sich um den straffällig gewordenen Manuel, wahrte nicht die gebotene Distanz zu den unteren sozialen Schichten. Man tat zunächst sein Bestes, um Montserrats wachsende Zuneigung zu dem aus der Haft Entlassenen zu unterbinden. Doch als alles nichts nützte, setzte man hinter ihrem Rücken eine unheilvolle Intrige in Gang ... »Wie Marsé schlaglichtartig die Ereignisse erhellt, Einzelbilder allmählich zu einem transparenten Gesellschaftsporträt zusammenfügt, wie er Bedeutung aus scheinbar Nebensächlichem extrahiert, das ist brillant und spannender als die meisten Thriller.« (Wolfgang Platzeck in der ›Westdeutschen Allgemeinen Zeitung‹)

Juan Marsé, am 8. Januar 1933 in Barcelona geboren, ist einer der wichtigsten Schriftsteller Spaniens. 1966 gelang ihm der literarische Durchbruch mit dem Roman ›Letzte Tage mit Teresa‹ (dt. 1988), in dem er das Universum festlegte, das sein ganzes literarisches Schaffen prägt: das Barcelona der Nachkriegszeit. Juan Marsé erhielt 2001 den Premio Nacional de Literatura.

Juan Marsé

Die obskure Liebe der Montserrat Claramunt

Roman

Aus dem Spanischen von
Hans-Joachim Hartstein

Deutscher Taschenbuch Verlag

Von Juan Marsé
ist im Deutschen Taschenbuch Verlag erschienen:
Der Zauber von Shanghai (13040)

Überarbeitete Ausgabe
April 2004
Deutscher Taschenbuch Verlag GmbH & Co. KG,
München
www.dtv.de

Titel der spanischen, vom Autor 1996 neu
durchgesehenen Originalausgabe:
›La oscura historia de la prima Montse‹
(Plaza & Janés Editores S. A., Barcelona 1998)

Deutsche Erstveröffentlichung: Baden-Baden 1991
Umschlagkonzept: Balk & Brumshagen
Umschlaggestaltung: Stephanie Weischer unter Verwendung einer
Fotografie von PicturePress / Graphistock / Hillary Younglove
Satz: Fotosatz Reinhard Amann, Aichstetten
Gesetzt aus der Minion 10,5/12,5· (QuarkXPress)
Druck und Bindung: Druckerei C. H. Beck, Nördlingen
Gedruckt auf säurefreiem, chlorfrei gebleichtem Papier
Printed in Germany · ISBN 3-423-13185-3

Hinter der Fassade

Im letzten Sommer wurde die alte Villa von Tante Isabel zum Abbruch verdammt. Belagert von lärmenden Baggern und Preßluftbohrern, wirkte der Garten, den das Gefälle zur Straße hin bis dahin in einem wundersamen Gleichgewicht über der verbreiterten Avenida Virgen de Montserrat schweben ließ, mit einem Mal wie ein altertümlicher und gespenstischer, im Leeren hängender Balkon, der eine Vergangenheit aus fauligen Gerüchen und früherer Blumenpracht heraufbeschwor und Erde sowie Abwasser durch die Wunden seiner Flanken ausspuckte. Unmengen rötlicher Erde häuften sich rings um die herrschaftliche Villa, die bisher noch nicht angetastet worden war: noch hielt sich ihre stolze Gestalt aufrecht, eine glückliche und beispielhafte Erscheinung. Drinnen jedoch, in einem ihrer leeren, hohen Wohnräume, befanden sich nur noch ein großes, zerwühltes Bett, ein Tennisschläger mit zerrissener Bespannung und auf dem Boden gestapelte Bücher. Fassade, das war das einzige, was den Claramunts geblieben war.

Es war ein heißer Samstag im Juli. Während sich draußen die Bagger unter nachhallendem Brummen in die Erde wühlten, lagen wir – zwei flüsternde Stimmen, verloren in der Zeit, zwei ungleiche Erinnerungen, die vergebens um Einklang rangen – im phosphoreszierenden Halbdunkel in dem großen Bett, umweht von einer duftigen rosa Gaze aus Staub, der durch die Fenster drang und uns – das Gefühl ließ mich nicht los – wie ein Leichentuch bedeckte, das jemand (eine durch Elend und Verwahrlosung heruntergekommene Halbwüchsige sagte die eine, nein, durch ihren eigenen Hang zum Bösen, widersprach die andere Stimme, ein junges Mädchen, das in einem kurzen weißen Kittel am Rande eines Basketballfeldes kauerte und uns aus boshaften aschgrauen Augen beobachtete) für unsere Körper zehn Jahre zuvor zu weben begonnen hatte. In Gedanken an jene undeutliche Gestalt, von der Nuria neben mir mit bitterem Unterton sprach, fragte ich mich plötzlich, ob sie nach acht Jahren Abwesenheit nicht zurückgekehrt war, um wieder in eine Falle zu tappen. Wie ein Baumstamm rollte ich übers Bett und berührte den warmen Rücken meiner Cousine. Ohne Erfolg versuchte ich ihre Aufmerksamkeit auf den Stapel Bücher zu lenken, auf den ich mit dem Finger zeigte, so als wiese ich auf Ungeziefer hin: kreuz und quer aufeinandergeschichtete Bände, ein verwirrendes Gebilde aus harten, dumpf klingenden katalanischen Titeln: Enzykliken, Predigten, Reden und Ansprachen. Instruktionen und Dekrete postkonziliarer Organe und Heiliger Kongregationen. Hirtenbriefsammlungen in- und ausländischer Bischöfe. Dokumente und Erklärungen bedeutender Vereinigungen und Persönlichkeiten der Kirche. Eine hauchdünne Staubschicht bedeckte sie.

Der Raum war weitläufig und wirkte unfreundlich, die Wände waren kahl, es hallte dumpf. Das Gefühl eines kurz bevorstehenden Unwetters. Hier hatte sich der Salon befunden, aber während des Umzugs hatte Nuria das alte Bett der Großmutter hineinstellen lassen, das einzige, was sie mitnehmen wollte. Von der Decke hing ein elektrisches Kabel herab, ein gekrümmter, trostloser Nerv, der eine schimmernde Glühbirne speiste. Auf dem Boden standen zwischen zahlreichen Zigarettenkippen eine Flasche Whisky und zwei Gläser neben dem breiten Bett, das, riesig und auf hohen Beinen, aussah wie ein Altar: ein himmlisches Kopfende mit trompetenden Engeln, alte Hochzeitsgerüche, eine scharlachrote Bettdecke, die großzügig auf beiden Seiten ihre Falten warf, und Laken, blendend weiß wie Schnee. Kein weiteres Möbelstück befand sich mehr hier, kein Stuhl, kein Bild. Nie hatte irgend etwas mir gehört in der Villa von Onkel und Tante, aber jetzt überkam mich das Gefühl, daß der Umzug mir etwas sehr Persönliches genommen hatte: Wenn du das Ohr an diese Wände, an ihre undurchdringliche Stille preßt – sagte die Stimme zu mir, mich einen Moment lang dem aschgrauen Meer der auf mich gerichteten Augen des Mädchens entreißend – kannst du vielleicht noch heute das nasale katalanische Stimmengewirr wahrnehmen, das zweisprachige Gemurmel der Claramunts, das den Skandal begleitete.

Oft denke ich daran zurück, daß ich ein armer Schlucker mit feinen Ohren war, als ich mich mit meiner Cousine Nuria einließ. Und daß, als sie sich aufgrund bestimmter ungeschriebener, doch deswegen nicht weniger gültiger Gesetze ihrer Schicht gezwungen sah, sich in der Ehe zu definieren, wenn sie sich überhaupt als Frau definieren wollte (nicht als irgendeine beliebige Frau, sondern als Angehörige ihrer Schicht, der einzigen Schicht, in der sie sich sowohl vom Gefühl als auch vom Verstand her verwirklichen konnte), ich bereits gelernt hatte, den Zusammenhang zwischen bestimmten Gefühlen und bestimmten Interessen zu erkennen: Dafür hatte es genügt, ein Jahr lang im Hause Claramunt zu arbeiten und zu lieben. Danach mußte ich alles verlassen und mich in das melancholische, düstere Heer spanischer Emigranten einreihen, das ganz Europa überschwemmte. Aus jener Zeit rührt bei mir die tief verinnerlichte Rolle eines boshaften, armen Verwandten, der lediglich bedauert, seine Cousine Montse damals nicht verstanden zu haben, Nurias Schwester, ein hilfloses, weiches Wesen, das dazu bestimmt war, mit allen Konsequenzen einen der sarkastischsten Mythen, die die Welt verdarben, zu erleben. Mit meinen zwanzig Jahren, als ich noch Träume von Glück und

Reichtum im Schatten des erlesenen Familienzweiges hegte, machte ich mich gerne über Montse lustig, über ihre unsägliche Vorstellung vom Leben, die durch einen komplizierten und glückseligen Wirrwarr aus apostolischen Werken ihren Ausdruck fand. In einer katholischen Familie, die ihre Zukunft traditionellerweise auf den männlichen Nachkommen aufbaut, mußte ein Verhalten wie das meine in abstrakten Kategorien bewertet werden, die als Beispiel für die moralische Strategie einer Klasse von gewissem Interesse waren: ich wurde nicht beschuldigt, Montses Unglück indirekt verursacht zu haben, weil ich ihre unvernünftige Liebelei mit einem Straffälligen unterstützt und sie dazu ermuntert hatte, sondern – einer dreifachen Charakterisierung meines Onkels zufolge, die mich heute noch erbittert – ein ehrgeiziger Provinzler zu sein, ein nachtragender und undankbarer Mensch. Noch nach der Katastrophe, als ich meine Stellung aufgab, um ins Ausland zu gehen, brachte es Onkel Luis durch eine für ihn übermenschliche geistige Anstrengung (weswegen er beinahe einen Schlaganfall erlitt) fertig, mich als amoralisch und asozial zu bezeichnen.

Ohne zu fürchten, mich zu irren, kann ich heute jedoch behaupten, daß alles, was an Asozialem in mir steckt, darauf zurückzuführen ist, daß ich in einer asozialen Gesellschaft lebe: das wenige, was es in meiner frühen Jugend an Solidarischem und Zivilisiertem gab, verdanke ich ausschließlich dem Umgang mit nackten Körpern und dem, was sie an Geborgenheit vermittelten, einem gewissen Alkoholkonsum und einer natürlichen, obsessiven Neigung, irgendwelchen verlorenen Zeiten oder schönen, zerstörten Träumen nachzutrauern.

»... und ausgerechnet sie, die kleine Duckmäuserin«, schloß die andere Stimme an meiner Seite.

»Du weißt, daß das nicht stimmt.«

Ich sprang aus dem Bett und trat geistesabwesend ans Fenster. Wie im Traum glitt ich zwischen Staubschleiern dahin, welligen, rötlichen Schwaden, die unbeweglich in Höhe meiner Brust schwebten. Draußen vor dem Fenster wühlten sich die großen zahnlückigen Stahlmäuler in die warmen Eingeweide des Gartens.

»Lange bleibt dir dieser Zufluchtsort nicht mehr«, sagte ich. »Was werden sie auf dem Grundstück machen?«

»Wohnungen bauen, nehme ich an«, antwortete Nuria gleichgültig. »Ich weiß es nicht, Salva kümmert sich darum, er und seine Immobilienfirma. Er hat auch das Nachbargrundstück gekauft, und da wird schon gebaut.«

Rechts war bereits eine Klinik errichtet worden. Die kleine Villa würde zwischen zwei Blöcken eingeklemmt sein und zusammengekauert in deren Schatten liegen.

»Ohne Garten sind diese Villen nichts wert, findest du nicht auch?« fragte sie. »Kannst du dir unsere geschmacklose Veranda vorstellen, wie sie direkt am Bürgersteig klebt, ungeschützt, nur einen Steinwurf von den Autos entfernt?«

»So schlimm finde ich das nicht.«

»Außerdem hat seit Papas Tod hier niemand mehr gewohnt. Und mir hat es hier noch nie gefallen.« Sie machte eine Pause und fügte dann hinzu, mit ihrer zweiten Stimme, jener, die das andere Gespräch mit mir führte: »Wem es hier gefallen hat, das war Montse.«

Daraufhin schwieg ich und spähte durch die Ritzen des Rolladens auf den Garten und die Straße hinaus. Hinter dem Trupp Arbeiter, entlang der gesamten Avenida: nichts als Ruinen.

»Manchmal übernachte ich hier«, fügte Nuria hinzu, »wenn ich allein sein will.«

Meine zweite Stimme schwieg nicht: Die alten, denkwürdigen Schutzwälle sind bereits gefallen, ja, und nun bietet sich den Augen von Autofahrern und Fußgängern die süße Intimität eures blumigen Müßiggangs dar. Wieviel sinnloses

Gerede hinter den inzwischen niedergerissenen Eisengittern und Mauern! Überraschend die geometrisch angeordnete Illusion vom Paradies, die einmal hier in diesen versteckten Gärten beheimatet war, nur wenige Meter von dem gefährlichen Asphalt entfernt. Palmen, Pavillons, Rondelle, Springbrunnen und verschwiegene Wege, all das, was gestern noch dem Passanten durch die vorsorglich hohen Mauern und die Eisengitter mit ihren sich über sie windenden Kletterpflanzen oder dem Jasmin verborgen geblieben war und was Preßlufthammer und Bagger jetzt eilig bloßlegten. In irgendeinem schattigen, wohlriechenden Winkel dieser heute unbewohnten und übelriechenden Insel entstand der zarte Irrtum, die beglükkende Flamme, die meine Cousine verzehrte. Lachend rückt das ungeheure Stahlmaul des Baggers vor, so als wüßte er darum, und vernichtet eine Vergangenheit aus schlüpfrigen und fauligen Gerüchen, vergessenen Gesten und Worten, deren Bedeutung niemand mehr zu erklären vermag. Die Verkehrsader verbreitert sich selbstgefällig, ihre schnell dahinrollenden Ströme fließen jetzt sicher in beide Richtungen und werden sehr bald die beschaulichen, stillen Ufer verschlingen, an denen Vögel nisteten und kristallklares Wasser plätscherte. Entwurzelte Bäume, aufgewühlte Erde, zertrampelte Blumenbeete, das Gerippe zerstörter Loggien und Pavillons längs der Straße. Nur für einige besonders stattliche Palmen hatte man sich wohl irgendeine städtebauliche Funktion neben dem Asphalt ausgedacht. Was mich jedoch am meisten erschüttert, ist dies: Wo Tante Isabel und ihre Pfarrschwestern gestern in Korbsesseln noch Tee tranken und sich an weise Sprüche sowie an Festlichkeiten mit Stolen, Spitzen und Pluvialen erinnerten, werden morgen Autos entlangrasen.

»Du würdest Mama nicht wiedererkennen«, hörte ich Nuria sagen. »Willst du noch einen Whisky? ... Sie sitzt den ganzen Tag in ihrem Sessel und starrt aufs Meer ... Hier ... Ist 'ne warme Brühe, hier gibt es kein Eis.«

»Egal.« Ich wandte mich um, nahm den Tennisschläger in die Hand und betrachtete ihn. »Wie spät ist es?«

»Noch früh. Der Vortrag beginnt erst um halb acht, uns bleiben noch mehr als zwei Stunden.«

Sie trank ihren warmen Whisky in kleinen Schlucken, runzelte die Stirn, ohne den Kopf vom Kissen zu heben. Wir versuchten es noch einmal mit der Stimme, die uns vertrauter war, die uns beruhigte.

»Erinnerst du dich an das Sommerfest im Tennisclub vor einigen Jahren?« fragte sie.

»Es war deine glänzende Einführung in die Gesellschaft«, sagte ich und schwang den Tennisschläger, natürlich nicht stilgerecht. »Die Nacht deines Triumphs.«

»Du hast dich ebenfalls amüsiert ...«

»Ich?«

Kühl und fade, ohne Vergangenheit und ohne Zukunft, in einen geliehenen Smoking gesteckt, sitzt Paco J. Bodegas steif neben der Tanzfläche und beobachtet mit gespielter Gleichgültigkeit die jungen, erhitzten Paare, die sich in dem gleißenden Licht der Scheinwerfer drehen ... Schließlich, durch eine Gedankenassoziation, setzt sich jene andere Stimme durch:

»Das meine ich nicht«, sagte ich. »Seltsam, ich habe wieder an das Mädchen aus dem Carmelo-Viertel gedacht, das deine Schwester dazu überredete ...«

Nuria stützte einen Ellbogen auf das Kopfkissen und sah mich aufmerksam an, bevor sie einen weiteren Schluck trank. Dann sagte sie in übertrieben banalem Tonfall:

»An dieses Biest, wolltest du wohl sagen.«

»Arme Kleine, wo sie doch kaum den Mund aufbekommen hat.«

»Ich erinnere mich nur an ihre Augen. So was Verdorbenes! Das ganze Unheil hat sie über uns gebracht, das hab ich immer gesagt.«

»Du redest wie deine Mutter.« Ich lachte auf. »Einmal hab

ich sie sagen hören: Diese Person war das Werkzeug des Teufels. Ich geb dir mein Wort drauf.«

»Davon weiß ich nichts. Aber alles begann durch ihre Schuld …«

Jedenfalls war seinerzeit der Familienrat zu diesem Entschluß gekommen; die übernatürliche schützende Hand, die die Claramunts immer noch über Montses Andenken halten, wobei sie sich auf ein ungenaues Zeugnis von Nuria, auf ihr verworrenes, verletztes und für die Beurteilung des Falles äußerst ungeeignetes Gewissen berufen.

Die Pfarrhelferinnen

Ein Mädchen mit katzenhaftem Gesicht und verschlagenem Blick. Eines Tages, ganz plötzlich, wird sie aus dem Dunkel des Viertels auftauchen, aus seinem nächtlichen, übelriechenden Schweiß, dem eigenen Gemisch sommerlicher, zweideutiger Absonderungen: sie könnte ebensogut vom Guinardó wie dem Casa-Baró-Viertel oder vom Carmelo stammen, niemand weiß es, niemand hat sie zuvor in der Pfarrgemeinde gesehen. Zwischen Felsen und Gestrüpp ist sie den Hügel heruntergekommen, aus irgendeinem warmen Winkel voller Baracken, und eine Weile beobachtet sie von dem Tor in der Umfassungsmauer aus das Freizeitgelände, den Platz neben der Kirche, auf dem die Mädchen Basketball spielen. Dann tritt sie durch das Tor und hockt sich ganz still und artig an den staubigen Rand des Spielfelds, den Rücken gegen die Mauer gelehnt. Sie trägt einen weißen Kittel mit Taschen, und in den Händen hält sie, andächtig gegen ihre Brust gepreßt, so als handle es sich um die Sterbesakramente, einen alten, fest verschnürten Schuhkarton.

Der Ball ist vor ihre Füße gerollt, verfolgt von einer erhitzten, keuchenden Spielerin der Katholischen Arbeiterjugend, der sie den Ball nun zuspielt und dabei stammelt: »Bitte, die Pfarrhelferinnen ...«, doch man kann sie kaum verstehen, ihre Stimme ist völlig heiser, klingt ungesund. Die Mädchen auf dem Spielfeld rufen nach dem Ball. Ihre Mitspielerin hockt sich hin, um die Schnürsenkel ihrer Turnschuhe zuzubinden, und betrachtet die blonden, schmutzigen Haarsträhnen der Unbekannten, die sich jetzt aufrichtet und den Fuß auf den Ball stellt: »Ich will mit den Pfarrhelferinnen sprechen!« Fahrige, von der Hitze benommene Insekten umkreisen ihre unverschämten, herausfordernden Knie, die weder jung noch unschuldig sind, nicht mehr die eines Kindes, sondern schon die eines Flittchens. Die makellos gekleidete Spielerin Nuria Claramunt erobert sich den Ball zurück. Das unbekannte Mädchen lächelt boshaft: »Hast du deine Zunge verschluckt, du Betschwester?« Geheimnisvoll, fast noch ein Kind, kommt sie aus einem fröhlich überfüllten, abgelegenen Viertel wie eine Botin. Und die Señorita wendet wortlos und erschreckt die Augen ab, richtet sich auf und läuft mit dem Ball zurück zur Spielmitte, wo ihre Kameradinnen sie tadeln. »Los, mach schon, worauf wartest du, wir sind hier nicht auf dem Tennisplatz, gnädiges Fräulein!«, und alle schimpfen mit ihr, schreien und lachen. Die Trainerin sorgt mit der Pfeife im Mund für Ruhe, und das Spiel geht weiter. Es ist ein Trainingsspiel für das bevorstehende Diözesan-Turnier, an einem warmen Septembertag kurz vor Einbruch der Dunkelheit.

An der Kirche sind zwei im Moment noch nicht eingeschaltete Scheinwerfer angebracht, und am Fuße des Glockenturms befinden sich die Umkleideräume, eine blaugestrichene Baracke. Ein sanfter Wind webt hauchdünne Staubschleier und löst sie wieder auf, graue Schwaden, die hinter den Spielerinnen hergleiten. Die Trillerpfeife ertönt, und es erhebt sich das Geschrei der Spielerinnen. Der glatte erdfarbene Ball verliert sich im Schatten der aufkommenden Dunkelheit, verfolgt von einem zuckenden, lärmenden Tausendfüßler: jugendlich frische, hochgereckte Arme, Hände, Zöpfe, Beine und Röcke inmitten von Staubwolken. Mit flatternder Bluse, die gespreizten Beine fest auf den Boden gestemmt, beobachtet Nuria Claramunt erwartungsvoll das Spielgeschehen und beißt sich auf die Zunge: Der Ball springt von dem Korbring zurück ins

Feld, eine Spielerin schnappt ihn sich sofort, Nuria klatscht verzweifelt in die Hände, um ihn zugespielt zu bekommen, sie steht gut zum Korb, wurfbereit, aber die andere grinst nur, streckt ihr die Zunge heraus und läuft zum Nachteil der Mannschaft auf eine weniger günstige Position, nur um der Claramunt eins auszuwischen. Alle laufen ihr nach, während Nuria sich entspannt und den Oberkörper vorbeugt. »Blöde Ziegen!« schimpft sie leise, stampft mit dem Fuß auf, ganz alleine und machtlos unter dem gegnerischen Korb. Dann kommen die anderen wieder zurückgelaufen, spielen ihr aber nicht den Ball zu. Bei den Zweikämpfen unterliegt sie immer; die kräftigen Mädchen aus dem Viertel gehen hart ran, stellen ihr den Fuß, bringen sie zu Fall und laufen dann blitzschnell weiter. »Señoriiiiita! Señoriiiita!« zischt eine aus Murcia, die in einer Baracke der Calle Francisco Alegre wohnt, und eine zweite ruft der am Boden Liegenden zu: »Geschieht dir ganz recht, Ballerina! Das kommt vom Tennisspielen!« Nuria beschwert sich bei der Trainerin: »Das ist unfair, die sind nur sauer auf mich, weil ich in den Club *La Salud* gehe.« – »Erzähl keinen Unsinn, du denkst immer gleich das Schlechteste. Steh auf, sieh dir bloß deine Bluse an ... Was wollte das Mädchen da?« – »Ich weiß nicht, man versteht sie nicht. Die sind alle gleich, sie stinken unter den Achseln. Riechen Sie das nicht? Barackenpack, Rotznasen und Analphabeten.« – »Sag so was nicht, Armsein ist keine Sünde. Los, spiel weiter.« – »Ich werde aus der Mannschaft austreten, Señorita.«

Eine Fledermaus läßt sich vom Glockenturm herabfallen, fängt sich wieder und fliegt über die Mauer davon. Die Unbekannte wartet eine Spielpause ab, um sich der Trainerin zu nähern. Die halb verwischten, schlangenförmigen Kreidestriche, die das Spielfeld markieren, sind in der Dämmerung kaum noch zu erkennen, genausowenig wie die Spielerinnen: ihre roten Sportblusen und blauen Hosenröcke, die siegreichen Farben der Mannschaft, verschwimmen in einem immer dichteren grauen Nebel. Die Trainerin beauftragt eine der Spielerinnen damit, die Scheinwerfer einzuschalten, was mit lautem Hurra und Applaus begrüßt wird. »Ruhe, Kinder, in der Kapelle findet eine Vesper statt und im Gemeindezentrum eine Versammlung«, und dann zerfetzt das Scheinwerferlicht den rötlichen Bodennebel, der vom Spielfeld aufsteigt, und entreißt die Unbekannte der Dunkelheit: immer noch steht sie unbeweglich am Spielfeldrand, die Arme über dem Päckchen verschränkt. Nuria Claramunt springt mehrmals vor einer dicken Gegenspielerin hoch, die im Ballbesitz ist, fuchtelt mit den ausgestreckten Armen und läßt sie nicht zum Wurf kommen, die Dicke versucht es und verliert den Ball an Nuria; die spielt sich frei, läuft auf den gegnerischen Korb zu, lacht, springt hoch, schwingt ihr sonnengebräuntes Knie, auf dem ein prachtvoller Fleck von Schwefeltinktur leuchtet, führt den Ball mit beiden Händen zum Korbring, hoch über die anderen Spielerinnen hinweg, und läßt ihn sauber durchs Netz fallen. Anstatt aber dann zurückzulaufen, geht sie auf die Unbekannte zu, die Arme in die Seiten gestemmt: »Würdest du gerne mitspielen, in die Mannschaft eintreten? Wie heißt du?« Das Mädchen beobachtet, wie sich die Spielerinnen um den Ball bemühen. Das Spiel wird unterbrochen: Nuria fehlt, die Pfeife ruft sie zur Ordnung, alle protestieren: »Klar, die eingebildete Claramunt, wer auch sonst, die feine Dame geht jetzt lieber in den Tennisclub La Salud, nur weil sie zu Hause reich sind, plötzlich macht ihr das Basketballspielen keinen Spaß mehr, und sie will aus der Mannschaft austreten, was die sich wohl einbildet...« Die Augen der kleinen *charnega* blitzen: »Wo kann ich mit den Pfarrhelferinnen sprechen?« – »Du mußt um die Kirche herumgehen«, Nurias Arm beschreibt eine vage Geste, »über die Straße.« Sie keucht. Schweißperlen hängen in ihren Augenbrauen. Das Mädchen sieht sie mißtrauisch an, im Scheinwerferlicht sehen ihre Wangenknochen wie aufgeblasen aus, beinahe klangvoll stößt sie die Luft aus. Die Trillerpfeife ruft Nuria zur Spielfeldmitte zurück, das Spiel geht weiter. Jeder Korb ruft Jubel hervor, Umarmungen, Glückwünsche. Die Trainerin mit ihren krummen Beinen und muskulösen Waden beobachtet das Spielgeschehen aus nächster Nähe, sie ist autoritär, ein Mannweib; jetzt unterbricht sie die Partie, versammelt die Mädchen um sich: »Carmela, versuch nicht immer, von weitem auf den Korb zu werfen, und du, mach keine Schrittfehler, und du, Nuria, knöpf deine Bluse zu und binde die Haare zusammen, siehst aus wie 'ne Zigeunerin... Schau«, sie tätschelt ihr die Wange, »du bist doch die Älteste und mußt Vorbild sein.« – »Aber das ist doch deren Schuld! Sehn Sie sich den Bluterguß an!« Und sie hebt ihren Rock hoch, woraufhin die Trainerin entgegnet, sie solle sich anständig benehmen, und ihren Rock wieder runterzieht, so schnell, daß das Mädchen erschrickt. Die anderen stehen keuchend und schwitzend dabei, beobachten aus den Augenwinkeln die *charnega*, ihre Geduld, ihre Traurigkeit, jenen besonderen Blick, der verrät, daß sie schon oft mit Jungen gespielt hat: wehrlose Gefangene einer Bande von Strolchen, die wahrscheinlich irgendwas mit sich machen lassen mußte, um ihre Freiheit wiederzuerlangen. Jetzt sehen sie die Unbekannte über das Spielfeld kommen. »Sehen Sie, Señorita, da kommt sie.« Doch das Spiel wird wieder angepfiffen, und sie bleibt unschlüssig stehen, den Karton fest an sich gepreßt. Da gelingt es einer Spielerin, die Claramunt ernstlich zu verletzen: Mit blutendem Ellbogen sitzt Nuria auf dem Boden, sie kann ihr Bein nicht bewegen. »Neidische Zicken!« schreit sie. Die Trainerin kniet neben ihr nieder und verbindet ihren Ellbogen mit einem Taschentuch. »Das Bein tut so weh«, stöhnt Nuria. Ein Kreis bildet sich um sie, man lacht und reißt Witze. Die Brust der Verletzten hebt und senkt sich heftig unter der Bluse, während die Trainerin ihr Bein massiert. »Es tut so weh, Señorita!« Die Unbekannte nutzt die Gelegenheit, um schüchtern und ganz langsam näher zu kommen. Nuria stützt sich mit beiden Händen auf dem Boden ab und wirft den Kopf zurück, das glatte Haar hängt offen herunter, sie stöhnt vor Schmerzen. (»Seht mal, das vornehme Fräulein! Meint, sie läge am Swimmingpool in der Sonne«, flüstert ein Mädchen.) Plötzlich lacht Nuria: »Das kitzelt, Señorita!« – »Wo tut es dir weh, weiter oben, hier?« Die Dicke verkündet: »Da ist sie«, und alle drehen sich um und sehen das Mädchen an, wie es so dasteht und in den für sein Alter unanständig hohen weißen Stöckelschuhen hin und her wackelt. Unter den gehässigen Kommentaren der Mädchen kneten die sanften Hände langsam und gewissenhaft die harten, langen Schenkel der sonnengebräunten, verwöhnten kleinen Claramunt. Hinter der charneguita setzt sich jetzt der Staub ab, ganz sanft, wie erschöpft, aber im Licht der Scheinwerfer sieht man noch immer die Insekten kreisen, die aus den Tümpeln des freien Feldes kommen. Das unbekannte Mädchen steht wie hypnotisiert vor der Trainerin. Was wollte sie denn noch, hatte man ihr nicht schon den Weg gezeigt? Nach wem fragte sie? Die Pfarrhelferinnen seien in einer Besprechung, aber sie könne auf sie warten, wenn sie wolle. Ohne sie anzusehen, sagt ihr die Trainerin noch einmal, wohin sie gehen müsse, ihre Augen und Hände wenden sich jedoch nicht von der gebräunten Haut ab, vom Pfirsichflaum der feinen Härchen, die sie mit Massagen und Klapsen bearbeitet. Nun, war sie taub oder was? Um die Kirche herum sehe sie auf der anderen Seite schon das Schild mit der blauen Schrift über der Tür, »Pfarrzentrum«, dann könne sie im Tischtennisraum einfach die Jungen fragen, nur keine Angst, wir fressen hier niemanden ... Nuria stöhnt leise. Die Unbekannte wendet ihren Blick von den flinken Händen ab und dreht sich entschlossen um, entfernt sich, den Schuhkarton immer noch gegen die Brust gepreßt. »Was hat die wohl in dem Karton, Señorita?« – »Laßt sie in Ruhe. Seht ihr nicht, daß sie niemanden hier kennt, die Ärmste? Ihr seid schlimmer als die Pest, habt es geschafft, daß Nuria sich verletzt hat.« Außer

Atem fächeln sich die Spielerinnen mit den Händen oder der Bluse Luft zu und sehen der Unbekannten gleichgültig hinterher, bis diese durch das kleine Holztörchen auf die Straße hinaustritt.

Sie geht an der Kirche vorbei: Stimmen von alten Frauen, die zur Barmherzigen Jungfrau beten. Dann betritt sie das Zentrum: Wie gefährliche Raubtiere im Käfig spielen die Strolche des Viertels dort an den Tischtennisplatten; vor ihr liegt ein langer und schmaler Raum wie ein Tunnel, ganz hinten eine kleine Bühne mit herabgelassenem Vorhang. Das Geschrei ist ohrenbetäubend, als sie hereinkommt. Sie geht zu einer Platte, an der zwei Jungen spielen. Das Hin und Her des weißen Balles, ka-tick, ka-tack, fesselt einen Augenblick ihre Aufmerksamkeit, sie scheint dumm oder sehr schüchtern zu sein, wie sie so dasteht, den Schuhkarton an sich gepreßt; doch plötzlich hält sie, beinahe herrisch, einen Spieler am Arm fest: »Wo finde ich die Pfarrhelferinnen?« – »Da drin. Laß los.« Sein rasierter Schädel ist bedeckt von dunklen, schorfigen Stellen, die wie große grüne Fliegen schimmern, sein grindiger Finger zeigt auf eine Tür mit blinden Scheiben, die zu einem kleinen Raum führt. Neben der Tür steht eine lange Kirchenbank, auf der die Jüngeren vergeblich darauf warten, daß sie an die Reihe kommen, denn die Älteren besetzen stundenlang die Platten. Die Kleinen geben nicht auf, pfeifen, schimpfen, sinnen auf Rache, wollen es dem Pfarrer sagen. Schließlich geraten sie sich in die Haare, schwingen ihre mit Kork oder mit rotem, blauem und grünem Gummi beschichteten Schläger. Sie laufen wie wild herum, schreien, boxen, wälzen sich auf dem Boden. Einer rennt gegen das Mädchen, ein zweiter baut sich vor ihr auf: »Was willst du denn hier, Kleine? Das sind unsere Tische, heute sind wir Jungen dran, die Mädchen spielen Basketball.« Die Unerwünschte entfernt sich achselzuckend von der Tischtennisplatte. Auf der Bühne sitzt ein magerer, deprimiert aussehender Junge vom Carmelo auf dem Souffleurkasten und fächelt sich mit seinem am Rand abgewetzten Schläger Luft zu. Sie kennt ihn, geht zu ihm: »Spinne, weißt du, ob die da drin noch lange brauchen?« und zeigt mit dem Kopf auf die Glastür. Er macht eine unwillige Geste: »Die Betschwestern? Weiß der Himmel. Die haben 'ne Besprechung ... Was machst du denn hier, Hering?« Aber sie hat sich schon umgedreht und betrachtet nun die Wände: Sportwimpel von Pfarrzentren und Kongregationen, die Wandzeitung, Plakate, auf denen Versammlungen, Ausflüge, Klausuren und Exerzitien sowie Tischtennis- und Basketballmeisterschaften der Spielsaison 1957–58 angekündigt werden. Sie bleibt vor einer vor Feuchtigkeit schimmligen Glasvitrine voller Trophäen, Wimpel und Banner stehen. Dann setzt sie sich zu den Kleinen auf die Holzbank, ganz ans Ende, direkt neben die Tür, durch die sie, wenn sie an der Milchglasscheibe lauscht, trotz des Lärms der Jungen die umgängliche, murmelnde Stimme eines Alten hören kann, die wie aus einem Brunnenschacht zu ihr dringt: »... mehr als um alles andere kümmert euch um die Seelen. Die Sprache des Herzens, der Güte, des Verständnisses, der wahrhaften Nächstenliebe wird überall verstanden werden. Macht euch vertraut mit den Sitten und Gebräuchen des Ortes, an den ihr geschickt werdet, und fügt euch darein. Entzieht euch nicht den Bedürfnissen der Welt und der Menschen um euch ...«

Die Lampen über den Tischtennisplatten verbreiten ein diffuses grünes Licht, so daß sie geblendet die Augen schließen muß. Neben ihr wimmert ein Knirps, man hat ihm den Schläger weggenommen. »Bist du zum ersten Mal hier?« fragt sie ein Junge, der schon eine lange Hose trägt. Und ein anderer: »Willst du mal spielen?« Sie schüttelt den Kopf. Ihr kurzer weißer Kittel zieht die Blicke der Älteren auf sich, die plötzlich ganz aufgeregt sind und durcheinanderreden; sie haben die Tischtennisplatten freigegeben und stolzieren vor ihr auf und ab, schubsen sich, lachen, tuscheln. Die Kleinen nutzen die Gelegenheit, um die freien Platten zu stürmen, sie spielen überhastet und verbissen, wobei sie den Älteren ständig ängstliche Blicke zuwerfen. Der Rhythmus des Ka-tick-Ka-tack wird jetzt schneller, die Bälle rollen unter die Bank, werden mühsam wieder hervorgeangelt, was Streit, Geschimpfe und Kleinkriege zur Folge hat, die mit einem Seitenblick auf das Mädchen ausgefochten werden: ihre runden, bleichen Knie, die Schuhe mit den hohen Absätzen, sieht gut aus, die Kleine, wer ist das?, keine Ahnung, aber sie ist scharf... Auf der anderen Seite der Glastür fährt die salbungsvolle Stimme fort: »... richtige Athleten Gottes, die ihren spirituellen Marathonlauf, gerade als sie volljährig wurden, mit dem Zulassungsbescheid für unser Laieninstitut gekrönt sahen ...« Neben ihr auf der Bank prügeln sich ineinander verkeilt zwei Jungen, ersticken fast an ihrer stummen Wut, kraft- und und atemlos; sie schreien nicht, denn hier haben sie gelernt, sich lautlos zu prügeln. Von allem, was die Unbekannte bis jetzt gesehen hat, überrascht sie dies am meisten. Schließlich werden die zwei müde und lassen voneinander ab. Die Älteren traktieren sie mit ihren Schlägern, hetzen sie wieder auf. »Jungs, wir kneifen euch in die Eier!« rufen sie, sehen dabei aber das Mädchen an, und einer mit rasiertem Schädel fügt hinzu: »Katalane, alter Scheißer, wirst gefickt und nicht bezahlt!« Dazwischen hört man die Stimme: »... Die offene, klare, transparente Institution hat es trotz der üblichen, ihr übelgesinnten Menschen, die ihr damals nicht die Butter auf dem Brot gönnten, durch ihre neue und moderne Arbeitsweise geschafft, sogar die *Provida Mater Ecclesia* zu übertreffen in dem Bemühen, das schlichte, einfache Volk zu bekehren und an die Kirche zu binden. Dabei wollen wir nicht vergessen, daß unsere Pfarrhelferinnen und Fürsorgerinnen keine Ordenstracht, sondern weltliche Kleider tragen und dem Pfarrer direkt unterstehen ...«

Ein junger Mann betritt nun das Gemeindezentrum mit

langen Schritten. Eine Aktenmappe unterm Arm, lächelt er und sieht sich die wilde Horde an. Ohne stehenzubleiben, klatscht er in die Hände, »Jungs, da drin ist Sitzung.« Sein Blick wandert ungeduldig über die schmutzigen Köpfe, über die löchrigen Nickis mit den abgewetzten Ärmeln, über die kaputten Schuhe, seine Stimme ist näselnd, gregorianisch, er geht auf die Glastür zu, die Jungen laufen hinter ihm her, »Señor Vilella, wir müssen Ihnen was sagen«, das sind die Kleineren. Auch das Mädchen ist aufgestanden, aber da öffnet er schon die Tür, und aus dem kleinen Raum dringt, zusammen mit einer blassen Lichtflut, die liebenswürdige Stimme. »Später, Jungs, später, jetzt hab ich keine Zeit«, wehrt Vilella ab und schließt die Tür hinter sich, allerdings nicht ganz, so daß man Señorita Montse zwischen den anderen sitzen sieht: sie hört respektvoll, aber vielleicht gelangweilt zu, die Arme verschränkt, die Knie geschlossen.

Jemand schließt die Tür nun ganz, und das Mädchen setzt sich wieder auf die Bank und legt das Paket auf den Schoß. An den Tischtennisplatten wird weitergespielt und geschrien. Ein Junge geht zu ihr, klopft sich mit seinem Schläger gegen den Oberschenkel; er trägt kurze Hosen, obwohl er der Älteste von allen ist. »Auf wen wartest du? Auf Salva?«, doch sie antwortet nicht. »Auf die Pfarrhelferinnen, du Blödmann, hast du's nicht gehört?« erklärt ihm ein anderer, der ein Trikot und Fußballschuhe trägt. Und zu dem Mädchen gewandt, fügt er hinzu: »Frag am besten nach Señorita Montse, das ist die mit der Nelke im Haar. Sie ist am sympathischsten und die netteste. Hier, das Trikot von *Barça*, das hat sie ihrem Vater abgeluchst, Señor Claramunt, eine komplette Mannschaftsausrüstung für uns, mit allem Drum und Dran: Schuhe und Stutzen und Ball und alles.« – »Ja«, sagt der andere, »aber wenn wir Salva nicht hätten, dann gäb's überhaupt keine Mannschaft.« – »Frag nur nach Señorita Montse, laß dir nichts vormachen, ich weiß Bescheid ... Was hast'n da drin, in dem Karton?« Sie umklammert hastig ihr Paket, und der Junge wiederholt: »Frag nach ihr. Die andern sind nur mit Vorsicht zu genießen, alles alte Betschwestern.« – »Und häßlicher als die Heilige Jungfrau Maria!« – »Sei nicht so frech, du, sonst sag ich's dem Pfarrer.« – »Du alte Petzliese, du! Ich hab gesagt: häßlicher als die Heilige Jungfrau Maria erlaubt!« – »Hast du nicht!« Ein Schubser, die passende Antwort, und die beiden Streithähne wälzen sich auf dem Boden. Das Mädchen sieht nicht hin, preßt die Knie zusammen, zieht an ihrem Rocksaum und faltet die Hände über dem Paket auf ihrem Schoß. Sie zieht sich in ein Nest aus vorstädtischer Verschlagenheit und Langmut zurück: von mir aus könnt ihr euch ruhig umbringen.

Zwei Meßdiener kommen herein. Sie haben ihre Chorhemden über den Kopf gezogen und spielen die Clowns, packen dann eine Holzbank, um sie in die Kirche zu tragen, und über die Schulter zu ihr zurückblickend, stolpern sie wieder hinaus, während sie »Wasserstoffblond, wasserstoffblond ...« vor sich hin summen. Der Ball wird auf sie zugespielt, verfolgt von zwei Spielern, die sich der Länge nach auf den Boden legen und unter die Bank rutschen. Der Schnellere schnappt sich den Ball, springt auf die Füße und grinst unverschämt: »Weißt du, was der da gesagt hat?«, woraufhin *der da* ihm einen Stoß versetzt, »der da hat gesagt, daß er rosa ist«, und die beiden rennen weg. Sie zuckt nicht mit der Wimper, nichts. »... die Lehre verkünden in Kindergärten und Kinderkrippen, in Zentren für Arbeiter, Studenten und Gefangene ohne Familien sowie in Altenheimen und Krankenhäusern, in den Holzbaracken der Vorstädte oder dem erlesenen Kreis städtischer Pfarreien, immer in enger Zusammenarbeit mit der Sozialhelferin und der jungen Katechetin, auch in den Universitäten, wenn nötig, immer zum Wohle des Nächsten, für Heiterkeit und Frieden in den Häusern sorgend, woran es so sehr mangelt, wie wir bei unseren Kontakten zu Familien aller Schichten feststellen ...«

Der Fliesenboden hallt unter den schnellen Schritten der Trainerin wider, die das Ende der Ansprache nicht versäumen will. Sie stößt die Tür auf, als eine andere, eindringlichere Stimme bereits zu reden begonnen hat und sich überzeugend durch das langatmige Frage-Antwort-Spiel hindurchwindet: »Und wie sollen die Pfarrhelferinnen in einer feindlich gesinnten Umgebung wirken? Zunächst müssen sie sich informieren und eine klare Vorstellung von den verschiedenen Bedürfnissen bekommen, um davon diejenigen befriedigen zu können, die in ihren Bereich fallen.« Es ist der junge Mann mit der Aktenmappe, der mit weitausholenden, sicheren Schritten hereingekommen war, das Mädchen erkennt die Stimme wieder. »Und welche sozialen Perspektiven beinhaltet diese Mission? Nun, zunächst müssen Erfahrungen vermittelt werden in Hinblick auf die Schwierigkeiten und Besonderheiten der Probleme, denen man sich gegenübersieht, und zwar systematisch, empirisch und kontrollierend. Unsere heutige Zeit erfordert Planung, benutzen wir also die Waffen des Feindes. Und nun wende ich mich ganz besonders an die neuen Gesichter in unserem Ausschuß, um mich erstens bei ihnen zu entschuldigen, daß ich wie immer zu spät gekommen bin«, Gelächter, »und ihnen zweitens eine Antwort auf die Frage zu geben: Wie gewinnt man das Vertrauen eines verbitterten Strafgefangenen, der stolz ist auf seine Einsamkeit? Dies fragte mich neulich unsere Freundin Montse. Nun, indem wir uns für das interessieren, was den jungen Gefangenen interessiert, für seine Sorgen und Kümmernisse, indem wir ihm behilflich sind, in einem Wort: indem wir, und damit möchte ich schließen, versuchen, menschlicher zu sein.«

Stühlerücken, Stimmengewirr, das immer lauter wird, die Tür öffnet sich. Fünfzehn oder zwanzig übereifrige, schnatternde Pfarrhelferinnen sind zu sehen, Aktenmappe und Bleistift in der Hand. Zuerst kommt der Pfarrer heraus, und die Kleinen hängen sich sofort an seine Soutane: »Herr Pfarrer,

Herr Pfarrer, die lassen uns nicht spielen, die Großen lassen uns nicht spielen!« Langsam geht der dickbäuchige Alte weiter, ganz steif, so als bewege er sich auf unsichtbaren Rollen, wobei er hörbar mit den unter der zerschlissenen Soutane verborgenen großen Schuhen über den Boden schlurft und dem einen oder andern sein sanftes Lächeln schenkt und den Handrücken hinhält. »Aber, aber, streitet euch doch nicht, immer der Reihe nach, die Tische sind für alle da.« – »Aber sie lassen uns nicht, Herr Pfarrer, und sie verhauen uns!« Der gute Hirte dreht sich um und sieht die Älteren streng an, seine Hand erhebt sich wie zum Segen, doch ist der Ausdruck in seinem Gesicht eindeutig: »Weg da!«, und er schleudert einen furchtbaren Blitz aus seinen müden Augen, »weg von den Tischen! Jetzt sind die Kleinen dran! Nicht eine Minute kann man euch alleine lassen!« Die Kleinen hüpfen vor Freude. Da senkt der alte Pfarrer ernst und nachdenklich den Kopf und schickt sich an, das Zentrum zu verlassen.

Sie ist aufgesprungen und läuft zu ihm, aber die Jungen umringen ihn noch immer, so daß sie nicht zu seiner weißen Hand vordringt. Deshalb dreht sie sich um und sieht zur Glastür, durch die gerade ein weiterer seltsamer Schwarm von Leuten herausströmt, eilig und in Gruppen; es sind Damen mittleren Alters und Salva Vilella mit zwei kleinen, glatzköpfigen Herren, die seinen Worten höflich lauschen; ansteckende Heiterkeit und sanfte Güte liegen auf den Gesichtern der Frauen, während sie sich die verworrenen Beschwerden anhören, die die von den Tischtennisplatten verbannten Jungen vorbringen, dringende Appelle an ihre Autorität, damit die Gerechtigkeit, die alte, rechtmäßige Ordnung, wiederhergestellt und die strenge Reihenfolge beim Spielen eingehalten werde. Bevor die Pfarrhelferinnen hinausgehen, geben sie den Kleinen recht. Doch trotz ihres guten Willens, der keinen Unterschied zwischen Älteren und Jüngeren duldet, hinterlassen sie die ewige Zwietracht, eine heimliche Atmosphäre des Grolls: Die

Kleinen werden ihnen hinter ihrem Rücken sofort wieder untreu, und als sie sehen, daß alles umsonst gewesen war, daß ihre Beschwerde zwar gehört, aber nicht beachtet wurde, nehmen sie noch einmal alle Kraft zusammen und versuchen, die Tischtennisplatten gewaltsam zu erobern. Doch vorerst, während sie noch still vor sich hin fluchen und den Feind verwünschen, beobachten sie die schüchterne Unbekannte, die sich nun Señorita Montse nähert, welche, da sie die Kassiererin ist, noch eine Weile im Versammlungsraum Zahlenkolonnen zusammenrechnet. In dem Raum befinden sich Regale mit Büchern und Aktenordnern, in der Mitte ein langer Tisch mit einem Kruzifix, an der Wand ein großes Bild von Papst Johannes, in einer Ecke eine Marienfahne sowie viele Stühle, die immer noch in respektvollem Abstand im Halbkreis um den Tisch stehen. Auf einem der Stühle am äußersten Ende sitzt Señorita Montse, ganz alleine, die Ellbogen auf die Tischplatte gestützt, und schreibt Zahlen in ein Kontobuch. Ihr Haar ist zu einem Knoten aufgesteckt und mit einer roten Nelke geschmückt. Das Mädchen bleibt vor ihr stehen, sieht sie stumm an und legt dann das Paket auf den Tisch. Die Señorita hebt den Kopf und lächelt.

»Hallo, wer ist denn dieses hübsche Mädchen?«

Sie bedeutet ihr näher zu treten. Draußen verlassen die letzten Ausschußmitglieder gerade den Tischtennisraum, und die Spieler umlagern erneut die Platten, bereit zum Gefecht.

»Gehörst du zur Gemeinde?«

»Nein, Señorita.«

Und sofort darauf sprudelt es hastig aus ihrem harten, aggressiven Mund hervor, ohne daß sie den Blick von dem Schuhkarton wendet: ob die Señorita dieses Paket jemandem zukommen lassen könne, der im Gefängnis sitzt und den niemand besucht, auch sie nicht, denn sie wolle ihn lieber nie mehr wiedersehen? Sie habe gehört, daß die Pfarrhelferinnen sich auch um Gefangene kümmern …

»Und was ist in dem Paket?«

»Was zu essen.«

»Ist er ein Verwandter von dir?« Jetzt sieht das Mädchen die Señorita mißtrauisch an. »Hab keine Angst, wir werden dir helfen. Also, bist du mit ihm verwandt?«

»Nein, Señorita.«

Montse sagt, sie solle sich setzen und sich beruhigen, man werde tun, was man könne. Sie aber will sich nicht setzen, sie hat es eilig.

»Wir müssen doch wissen, warum er im Gefängnis ist und wie er heißt«, sagt die Señorita, immer noch lächelnd.

Das Mädchen stammelt etwas, die Señorita holt ein Notizbuch aus der Tasche, schlägt es auf. Im Tischtennisraum wird es lauter, die Jungen prügeln sich, ein Kind weint.

»Mal sehen ... Er hat also keine Familie; und du sagst, daß ihn niemand besucht?«

»Niemand, Señorita.«

Montse Claramunt notiert sich das. Das Mädchen tritt jetzt näher, sieht ihr über die Schultern und beantwortet leise und überhastet ihre Fragen:

»Weil er gestohlen hat, Señorita, deswegen sitzt er.«

Das Kind draußen vergießt nun heiße Tränen. Eine Spielerin aus der Basketballmannschaft nimmt sich seiner an. Nuria Claramunt hüpft auf einem Bein in den Versammlungsraum, gestützt auf die Trainerin und eine Mitspielerin, die sie auf einen Stuhl setzen. »Es ist nichts«, sagt sie, um ihre Schwester zu beruhigen. Señorita Montse wendet sich wieder ihrem Notizbuch zu und schreibt flink mit Bleistift etwas hinein.

»Wie heißt er?«

Die Angesprochene beugt sich zu ihr hinunter und murmelt leise einen Namen. Draußen haben die älteren Spieler wieder alle Platten in Beschlag genommen, die Kleinen protestieren; eine Basketballspielerin kommt mit dem weinenden Jungen herein. »Das war Fernando, dieser lange Bengel«, sagt sie, und die Trainerin befiehlt, den Übeltäter zu ihr zu bringen.

»Wir werden ihn besuchen, sei unbesorgt. Jetzt brauche ich noch seine Flur- und seine Zellennummer«, sagt Señorita Montse.

»Die weiß ich nicht.«

Der Übeltäter schlurft herein und rümpft die Nase, so daß die Trainerin ihn sich gründlich vorknöpft.

»Wann gehen Sie zu ihm, Señorita? Sagen Sie ihm aber nicht, daß es von mir ist...«

»Und warum nicht, Kleine?«

Ein leichter Klaps, aber es bleibt der unverschämte Ausdruck um die Nase: »Es war seine Schuld, er hat angefangen«, und im gleichen Augenblick wechselt der Übeltäter einen flüchtigen Blick mit der Unbekannten, ein heimlicher Austausch von Scham und Demütigung. Währenddessen will Señorita Montse wissen, ob das Mädchen wieder vorbeikommen wird:

»Ich nehme an, du willst wissen, wie's ihm geht.«

»Wer wird ihn besuchen? Ich möchte, daß Sie hingehen, Señorita.«

Montse lächelt.

»Geh jetzt ruhig nach Hause, Kleine.«

Die aschgrauen Augen des Mädchens starren die Señorita noch eine Weile an. Dann nickt sie, zum ersten Mal scheint die Unbekannte zu lächeln, und plötzlich dreht sie sich um und läuft hinaus. Während der Übeltäter weiter in die Mangel genommen wird, steht der Junge, der von ihm geschlagen wurde, an der Tür und beobachtet zufrieden grinsend die Szene.

»Bei denen ist Hopfen und Malz verloren«, bemerkt die Trainerin resigniert, »man verliert nur seine Zeit.«

Lieben wir uns, bekriegen wir uns

Der Lärm der Bagger war verstummt. Man hörte nur noch die Stimmen der Arbeiter, die sich voneinander verabschiedeten. Seit geraumer Zeit drang die heiße Sonne durch die Ritzen der Rolläden, waagerechte Lichtstreifen, die den Staub zu entfachen schienen, bis auf einmal, so als wäre ein Funken übergesprungen, der ganze Raum in ein phosphoreszierendes rosa Flammenmeer getaucht war.

»Aber nein«, sagte Nuria und schüttelte den Kopf. »Ganz so, wie du sagst, war es nicht. Zum einen kanntest du die Gemeinde nicht richtig, damals hast du ja noch nicht in Barcelona gelebt. Und dann nagt an dir immer das schlechte Gewissen, wenn du von meiner Schwester sprichst, sogar deine Stimme verändert sich.« Sie setzte sich im Bett auf und schlang nachdenklich die Arme um ihre Knie, das Glas in der Hand. »Es wäre beruhigend, das verstehe ich, aber du kannst die Vergangenheit nicht einfach so umkrempeln wie eine Socke. Du siehst die Dinge eben auf deine Art.«

»Natürlich.«

»Es ist allerdings eine seltsame Art, die Dinge zu sehen, Paco. Was du nicht erlebt hast, ergänzt du mit Hilfe deiner Phantasie. Du bist nicht fair.«

»Und wenn ich dir sage, daß ich meine Phantasie für glaubwürdiger halte als die gnädige Version deiner Familie?«

»Mich eingeschlossen?«

»Dich eingeschlossen, meine Süße.«

Sie fiel lachend über mich her. Es war die Angst: Sie bemerkte meine verzweifelten Anstrengungen, die widerwärtige Vergangenheit zu verändern, sie irgendwie umzuformen, in eine andersartige Erfahrung zu verwandeln als jene, die sie ganz gewiß weiterhin sein würde, wenn wir uns damit abfänden. Vielleicht bestand sie deswegen darauf, zu dem Vortrag zu gehen, den ihr Mann an jenem Abend halten sollte.

»Das wird lustig, du wirst sehen«, sagte sie und sprang aus dem Bett, um sich mit derselben Eilfertigkeit anzukleiden, mit der sie meinen Fragen auswich.

»Wie können zwei Schwestern, die nach denselben geheiligten Grundsätzen erzogen wurden, so verschieden sein?«

»Laß uns von was anderem reden, ja?«

»Von mir aus. Gib mir die Zigaretten.«

»Ich verstehe dein Interesse nicht, nach so langer Zeit ...«

»Jaja, schon gut. Reden wir von was anderem. Die Zigaretten ...«

Während sie sich anzog, vertrieb ich mir die Zeit damit, in den Büchern zu blättern, die auf dem Boden gestapelt waren. Darunter befand sich auch eine Mappe mit Zeitungsausschnitten – Artikel von Salvador Vilella –, in denen einige Absätze rot angestrichen waren. Die Lektüre der in einer esoterischen, ausschmückenden Sprache geschriebenen Artikel bestätigte mir wieder einmal, daß Salvas weitreichende Ambitionen bereits damals Flügel und Klauen besessen hatten.

Als wir losfuhren, blickte ich ein letztes Mal zum Garten hin; er sah aus wie der Rumpf eines gestrandeten Schiffes, das leblos oberhalb der Straße lag und wie auf Sand geraten schien. Da Nuria sich ganz und gar aufs Fahren konzentrierte (sie hatte einiges getrunken), nutzte ich die Gelegenheit, um meine gegenwärtige mißliche Situation zu überdenken. Was hatte mich nach so langer Abwesenheit in diese Stadt geführt? Ein widerwilliges Gemisch aus beruflichen und privaten Gründen: Ich wollte mich um Drehgenehmigungen für die französische Produktionsgesellschaft, bei der ich arbeite, bemühen und Nuria besuchen, um ihre so oft zurückgestellte Entscheidung, zu mir nach Paris zu ziehen, aus der Nähe einzuschätzen. Warum hatte ich dann aber vier Tage verstreichen lassen, bevor ich mit ihr Kontakt aufnahm? Ich glaube, meine Furcht galt nicht so sehr den Konsequenzen, die ihre Entscheidung für meine Zukunft haben würde, sondern mehr der neuerlichen Konfrontation mit der Vergangenheit, zu der Nuria und ihre Umgebung mich hier zwangen. Das wußte ich vom ersten Augenblick an, als ich in Orly ins Flugzeug gestiegen war, zufälligerweise hinter dem prachtvollen Exemplar eines reisenden Domkapitulars: elegant, feierlich, präkonzilisch, dünkelhaft eingehüllt in seinen schwarzen, glänzenden Mantel, sich des Ansehens eines pastoralen Felsens voll und ganz bewußt. Die Erinnerung an jenen Sommer des Jahres 1960 lauerte mir auf, um mit der doppelten Faust der Analyse und des Vorwurfs erneut zuzuschlagen.

Gleich nach der Ankunft am Flughafen El Prat, als ich mich in der Scheibe eines Schaufensters spiegelte, erfaßte mich eine vertraute Hitzewelle von enormer physischer Brennkraft, der riesige Kessel, in dem eine bestimmte dreiste, hochgelobte Ungesittetheit offen brodelt, eine Häufung von Frechheiten, unflätiger Rede und ausdrucksstarker Respektlosigkeit, so als würden sich mit einem Male meine Zeit in Paris und die mühevolle, behutsame Veränderung, die währenddessen mit mir vorgegangen war (ich möchte annehmen: ich bin ruhiger und liebenswürdiger, gelassener, gesitteter geworden), zwischen altbekanntem heimischen Dunst in Nichts auflösen. Inmitten einer Flut von schwarzen Stieren aus Stoff, *manolas* und Don Quijotes für Touristen warf die Schaufensterscheibe im Vorbeigehen das verschwommene Abbild eines Mannes von 27 Jahren zurück, groß, mit blauen, müden Augen und eingezogenen Schultern, der noch nicht sehr betrunken, aber ziemlich finster mit weitausholenden Schritten vorbeiging, der geheimnisvolle, intrigante, unterwürfige Schritt eines Untergebenen, ein Bild, das Jahre zuvor die großen, massiven Spiegel der Villa in der Avenida Virgen de Montserrat schon unzählige Male zurückgeworfen hatten.

Der Sinn fürs Praktische, der von den Claramunts so sehr geschätzt wurde (und den ich, wie so viele andere Dinge, nicht geerbt hatte), hätte gewollt, daß ich mich nach der Ankunft im Hause eines meiner Onkel einquartieren und bei meinen Verhandlungen den Einfluß von Salvador Vilella ausnutzen würde, der jetzt einen wichtigen Posten in der Abgeordnetenkammer innehatte. Aber das hätte geheißen, an alte Wunden zu rühren. Der Papierkrieg, das Durcheinander von Anhörungen und Beratungsgesprächen bei der Stadtverwaltung und der Abgeordnetenkammer, in deren Räumen wir verschiedene Szenen drehen wollten, beschäftigten mich in den ersten Tagen, zumal ich mich auch auf die Suche nach geeigneten Örtlichkeiten für Außenaufnahmen am Montjuïc machte. Währenddessen überlegte ich, wie ich mit Nuria Kontakt aufnehmen könnte, ohne daß die übrige Familie davon erführe – allerdings tat ich das eher halbherzig: in Wirklichkeit wollte ich lieber warten, bis wir uns Mitte September in Paris wiedersehen würden, so wie wir es verabredet hatten, und dort eine Entscheidung herbeiführen. Am dritten Tag jedoch, einem Samstag gegen elf Uhr morgens, als ich in meinem Hotelbett lag und die Zeitung durchblätterte (mir blieb nichts mehr zu tun als auf die Drehgenehmigungen zu warten), erhielt ich einen unerwarteten Anruf von Salvador Vilella. Es war mir sehr unangenehm, seine Stimme zu hören, und noch mehr das, was er sagte: Nachdem er mich in Barcelona willkommen geheißen und liebevoll ausgeschimpft hatte, weil ich mein Kommen nicht angekündigt hatte, lud er mich zum Mittagessen zu sich nach Hause ein.

»Heute nachmittag hab ich 'ne Menge zu tun«, war seine

Stimme wie aus einem entfernten, dumpfen Trichter zu hören, »und heute abend flieg ich nach Madrid, aber wir haben genug Zeit zum Plaudern ... Nuria ist mit ihrer Mutter und der Kleinen in Sitges ...«

Er räusperte sich. Ich verspürte nicht das geringste Interesse, ihn zu sehen, und stammelte eine Entschuldigung: Ich wolle gleich morgen früh nach Paris zurück und hätte noch Verschiedenes zu erledigen. Aber er war bereits über den Stand meiner Gespräche mit der Abgeordnetenkammer informiert (wie hätte er mich sonst auch ausfindig machen können?) und wußte auch, wie lange mich diese Sache noch in Barcelona festhalten würde. »Komm mir nicht mit Ausreden, Paquito, ich weiß, daß du deine Angelegenheiten nicht vor Montag erledigen kannst. Es ist beschlossene Sache: du verbringst das Wochenende bei uns! In einer halben Stunde hole ich dich vom Hotel ab.« Ich sagte nein, ich könne wirklich nicht, ich hätte schon was anderes vor, aber er ließ nicht locker und brachte ein fadenscheiniges Argument vor: es seien Probleme bei den Formalitäten für die Drehgenehmigungen aufgetreten. »Ich nehme an, es ist nichts Besonderes«, sagte er, »werd mich persönlich darum kümmern, aber dafür brauche ich von dir noch ein paar Daten über den Film ... Ein französischer, stimmt's?« Ich sog die Luft durch die Zähne ein. »Er ist nicht unmoralisch, Hochwürden.« Ich hörte sein Lachen. »Das meine ich nicht, Mann. Die wollen nur wissen, ob ihre Kunstschätze heil bleiben. Als wir das letzte Mal Leute vom Film reingelassen haben, war hinterher das Mobiliar hin. Ihr seid einfach Barbaren!« – »In Ordnung, wie du meinst«, entgegnete ich müde. »Aber du brauchst nicht herzukommen, sag mir, wo du wohnst ...«

In der Hotelbar trank ich ein paar Gläschen Whisky zur Stärkung, und eine Stunde später stieg ich im Viertel Pedralbes vor dem Haus des Ehepaares Vilella aus dem Taxi: Vor mir stand eine auffällige Villa in der Sonne, mit zickzackförmiger

Fassade aus übereinandergesetzten weißen Quadern, die wie Würfelzucker mitten auf dem grünen Rasen aussahen. Es war sehr heiß. Salva erwartete mich oben auf der Veranda; er war mit einem blauen Bademantel bekleidet und trug Badesandalen an den Füßen. Neugier überkam mich. Um gleich von Anfang an jenen Geist vollkommener Nachsicht, die er stets so gerne zur Schau trug, herauszufordern, hatte ich mir ein anstößiges Exemplar des ›Playboy‹ besorgt und trug es so gefaltet unter dem Arm, daß die Doppelseite mit dem »Playgirl des Monats« gut sichtbar war. Es erwies sich als albern und völlig wirkungslos und, schlimmer noch, als antiquiert: meine sarkastische Kuckucksuhr war in den 60er Jahren stehengeblieben. In dieser Hinsicht erwarteten mich nicht wenige Überraschungen, aber noch heute stelle ich mir meine Ankunft im Hause Vilella gerne als so etwas wie einen spektakulären Auftritt im Boxring vor: sämtliche Scheinwerfer waren auf mich gerichtet, und alle Prognosen lauteten zu meinen Gunsten – mir gehörten die Prämie und die blonde Schöne. Mehr noch: eine orientalisch rachsüchtige Verschlagenheit hatte sich schon mit dem Whisky vermischt, als ich die Stufen zur Veranda hinaufstieg und Vilella die Hand hinstreckte: Ich hätte mich plötzlich gerne als unheilbringenden chinesischen Mandarin gesehen, verwandelt in einen unheimlich lächelnden Fu-Manchu, umgeben von Getreuen, die sich auf mein Händeklatschen hin auf die Unvorsichtigen, die sich mir in den Weg zu stellen wagten, stürzen würden; und ich hätte mich gerne jenes »Mein lieber Salvador Smith, wir sehen uns unter für Sie wenig günstigen Umständen wieder« sagen hören.

»Durch reinen Zufall habe ich gehört, daß du in Barcelona bist«, sagte Salva und klopfte mir auf die Schulter. »Mann, du hättest uns wirklich benachrichtigen können. Als wärst du ’n Fremder...«

Sein Gesicht drückte eine gewisse Unzufriedenheit aus, und seine Stimme klang nicht mehr ganz so begeistert wie am Telefon, als er mich eingeladen hatte. Ich erfuhr auch bald den Grund: Nuria war unerwartet zurückgekommen.

»Eine hübsche Villa habt ihr«, bemerkte ich.

»Das Gute daran ist die Lage.«

Er hatte sich sehr verändert. Obwohl er nicht älter als dreiunddreißig sein konnte, sah er aus wie ein Mann von vierzig; er trug jetzt eine Brille mit Metallgestell und war dicker geworden. Sein sonnengebräuntes Gesicht mit den harten Zügen spiegelte jedoch immer noch jene gesunde Neigung zum Wandersport und morgendlichem Bergsteigen wider, was er so sehr geliebt und immer lobgepriesen hatte, zeigte immer noch das strahlend weiße, frische Lächeln eines Bezwingers von unzugänglichen, eisbedeckten Gipfeln, und auf seinem Bürstenhaarschnitt lag so etwas wie Morgentau; sein athletisches Aussehen wirkte, auch wenn es langsam zu zerfallen begann, immer noch ruhig und gelassen, halb pflanzlich, halb mineralisch, was, je menschlicher zu geben er sich bemühte – Ratgeber und Führer der Jugend sowie glühender Katechet, der er war –, nur um so unmenschlicher ausfiel.

Hinter ihm erschien auf der Veranda die junge, untreue Ehefrau in einer hochgeschlossenen Bluse und einer schwarzen Hose, braungebrannt, das rotgolden schimmernde Haar jungenhaft kurz geschnitten. Sehr ernst, die Arme in die Seiten gestemmt, breitbeinig, die nackten Füße auf der obersten Stufe, sah sie einer jungen, bewunderungswürdigen Piratin ähnlich, die vom Bug ihres Segelschiffes aus den Sturm beobachtete (der, daran gab es für mich keinen Zweifel, im Anzug war).

»Hallo, Cousine! Du bist gar nicht in Sitges?«

»Bin soeben zurückgekommen. Wie geht's?«

Während Salva mit offensichtlicher Panik das Wendemanöver des Taxifahrers beobachtete, der ein Hinterrad auf ein Veilchenbeet setzte, stieg ich respektvoll die Stufen zu meiner Cousine hoch, um einen brüderlichen, schmatzenden Kuß auf ihre geneigte Wange zu drücken.

»Was hat er vor?« flüsterte ich ihr ins Ohr und wies auf ihren Gatten.

Im Lärm des sich entfernenden Taxis hörte man Salvas verärgerte Stimme: »Prima, Mann, prima!« Er schnalzte mit der Zunge und stieg die Treppe zum Beet hinunter, um den Schaden aus der Nähe zu begutachten. »Entschuldige mich einen Augenblick, Paco«, sagte er.

Sie hatte sich bei mir eingehängt und zog mich fort.

»Ich habe nicht erwartet, dich vor nächsten Monat zu sehen«, flüsterte sie mit ihrer vollen, tiefen Stimme, als wir zu einer seitlichen Terrasse mit Blick auf die Stadt schlenderten. Wir setzten uns in ein paar Korbsessel neben einem Tischchen mit Getränken. Der leuchtend helle Mittag, das abgründige Blau des Himmels, die erhöhte Lage des Hauses und die Stille, vielleicht auch die katzenartige, abenteuerliche Anmut meiner Cousine, all das ließ eine Musik wie zu einem Debütantinnenball in meinem armen Herzen eines Claramunt-Bastards erklingen. Ungefähr zwanzig Meter weiter, mitten auf dem Rasen neben zwei Liegestühlen und ganz in der Nähe der Hütte des herrlichen Dalmatiners, hingen mehrere Lampions in einer Linde und beleuchteten mit neurotischem Licht noch immer das Gespenst einer nächtlichen Gesellschaft. Auf der Ausfallstraße in der Ferne verließ eine lange Autokarawane die Stadt.

»Ein herrliches Fleckchen, wohl wahr«, bemerkte ich. Nuria sah mich aus ihrem Sessel heraus unbewegt an. Wie eine Katze. Ich rief mir flüchtig unsere erste Begegnung in Paris, bei Regen, ins Gedächtnis zurück: ein nasses, zitterndes Kätzchen im gelben Regenmantel vor meiner Wohnungstür, unbeweglich, das sich nicht entschließen konnte, hereinzukommen, in ihrer liebreizenden Armbeuge ein Buch, den Erstling der Sagan, in den Augen ein Hilferuf: überdrüssig der Fadheit und der Belanglosigkeiten der Villa in Pedralbes, war sie endlich gekommen, hat sich ausgezogen, sich anvertraut, sich angeboten …

»Ich hab dich nicht erwartet«, wiederholte sie. »Seit wann bist du hier?«

»Die Arbeit ...«

»Was möchtest du trinken?«

»Was du gerade zur Hand hast. Du scheinst dich nicht sonderlich zu freuen, mich zu sehen.«

Nuria lächelte geheimnisvoll:

»Na ja, du kommst genau im richtigen Augenblick, wirklich. Ich glaube, ich war grade dabei, eine Dummheit zu begehen.« Beflissen beugte sie sich über den Eiskübel und holte eine Handvoll Eiswürfel heraus. Ich dachte über die gefährliche Verbindung von Träumereien nach, die stets ihre schweren Augenlider umgab und im trägen Spiel ihrer Hände, ihrer monotonen Stimme zu beobachten war, ein sehnsüchtiges Fließen oder Pochen in geheimen, zarte Bande begehrenden Adern.

»Ich komme nicht aus Sitges, wie Salva glaubt«, klärte sie mich auf. »Ich war im Club.«

Kräftige Tennisspieler mit schmalen Hüften und bandagiertem Handgelenk begeben sich langsam zu den Duschen, schlanke Gestalten unter der zitronengelben Sonne, einen Schläger über der Schulter, ein Handtuch um den Hals, ein braungebrannter Arm, der sich um Nurias zarte Taille legt. Wir müssen noch über deine Passierschläge sprechen, Nuri, wir sehen uns im Pool, ich warte auf dich. Die straffen, nassen Schenkel der kindlichen Schmetterlingschwimmerin ...

»Offensichtlich hat er dich nicht erwartet«, sagte ich.

»Wer? Salva?«

»Ja.«

»Er wollte mit dir unter vier Augen sprechen, nehme ich an. Dich um Rat bitten.« Sie lächelte wieder, jetzt verächtlich.

»Unsere Ehe entgleitet ihm, endlich hat er's gemerkt. Aber keine Sorge, ich glaube, an dich denkt er dabei nicht ...«

»Da bin ich anderer Meinung.«

»Wieso hast du dann seine Einladung angenommen?«

»Du kennst doch meine Schwäche für Extremsituationen. In dieser Hinsicht hat sich also das Land überhaupt nicht verändert, wie ich sehe, es herrscht immer noch die reine Unvernunft. *Bon, laissons tomber. Comment ça va, ta vie sexuelle?*«

Sie warf mir einen traurigen, vorwurfsvollen Blick zu, als sie mir das Glas reichte, dann kauerte sie sich wieder in ihren Sessel und sah mich aufmerksam an.

»Wir haben vieles zu bereden.«

Ihre zweite Reise nach Paris, im Herbst, Ablenkung für die junge, unglücklich verheiratete Frau: Endlich wirst du dir die Platte von Boris Vian, das Buch von Marcuse kaufen, wirst mit schwerem Herzen, unempfindlich gegen das Wetter, im Nieselregen über graue Boulevards und nasse Bürgersteige gehen, dem mausgrauen Horizont der Stadt entgegen. *Petite souris, je t'attendais.* Unempfänglich für gespreizte Ausdrucksweise.

Dann gesellte sich Salvador zu uns, entschuldigte sich und erinnerte noch einmal an die Menge Arbeit, die auf ihn warte, und die wenige Zeit, über die er verfüge: um vier müsse er in Sabadell sein, um sieben wieder zurück, um einen Vortrag zu halten, und um elf am Flughafen, um nach Madrid zu fliegen.

»Es macht dir doch nichts aus, wenn wir etwas früher essen, oder?« Er trank einen Schluck, lief hin und her wie in einem Käfig. Offensichtlich verärgert über Nurias Anwesenheit, wartete er auf eine Gelegenheit, alleine mit mir sprechen zu können. »Aber wir können folgendes machen: heute abend kommst du zu meinem Vortrag, und dann essen wir gemeinsam zu Abend. Einverstanden? Verdammt, du bist alt geworden, siehst müde aus. Du mußt mir von deinem Leben in Paris erzählen.«

»Stadt der Sünde«, sagte ich sentenziös, worauf er in derbes Lachen ausbrach, das Lachen einer gutmütigen ökumenischen Kuh.

Nuria stand auf, »Entschuldigt mich einen Augenblick«, und ging ins Haus. Kurz darauf hörten wir sie durch das geöffnete Fenster des Salons telefonieren, ohne Heimlichtuerei (weder vor ihrem Mann noch vor mir), ohne die geringste Zurückhaltung. Sie fragte nach jemandem, dessen Namen ich vage mit dem Tennisclub in Verbindung brachte (Gilbert oder Puigvert), und da sie ihn nicht erreichte, ließ sie ihm ausrichten, daß sie heute abend nicht zu seiner Party kommen werde, daß sie für einige Zeit Barcelona verlasse und er sie nicht mehr anrufen solle... Unterdessen ging Salvador vor mir auf und ab, sein Glas in der Hand, die Augen beharrlich auf mich gerichtet, offenbar (ich wich dem Blick des gehörnten Ehemanns aus, bemerkte ihn aber) eine Art gegenseitiges Einverständnis oder Komplizenschaft suchend, so als wolle er mir damit sagen: Siehst du es? Siehst du, wie sie *uns* betrügt? Doch kein Wort kam über seine Lippen. Sie kehrte gleich darauf zurück, und dann redete man übers Wetter, über die Hitze. Nach dem zweiten Whisky ging Salva ins Haus, um sich zum Essen umzuziehen, und meine Cousine erzählte mir von ihrer Familie.

»Unser Kind hab ich in Sitges gelassen, bei Tante Eulalia und den Kindern von Pilar. Mama ist auch dort. Sie wird dir nie verzeihen, daß du nicht zu Papas Beerdigung gekommen bist.«

»Onkel Luis ist schnurstracks in den Himmel gekommen, dazu brauchte er mich nicht.«

»Laß die Scherze, bitte!«

Mit diesen Worten stand sie jäh auf, und da bemerkte ich, wie nervös sie war. Ihre Hände zitterten, als sie versuchte, einen weiteren Whisky einzugießen (für wen, wußte ich nicht). Sie gab es auf und drehte mir plötzlich den Rücken zu, ihre Hände umklammerten dabei ihre Schultern.

»Beruhige dich«, sagte ich. »Weiß er, daß du ihn verlassen willst?«

»Er befürchtet es seit einiger Zeit, das ist viel schlimmer.«

»Sag es ihm.«

»Ich kann nicht.«

Erinnerung bedeutet mir alles. Wieviel du erinnerst, soviel bist du wert. Erinnerung wird wach und belebt das Feuer, ein Wiedersehen in der Verbannung: fünf Tage in einem Appartement, Rivoli-Pont Neuf, die stinkende Nähe von Les Halles. Ein seltsames Zusammentreffen: während eine Claramunt sich der Liebe hingibt, während ihr Orgasmus die Realität flüchtig zerstört und wieder erstehen läßt und so für einen kurzen Augenblick Überdruß und Tod besiegt, werden gleichzeitig draußen auf der Straße, wenige Meter entfernt, Kisten mit Obst und Gemüse auf- und abgeladen. Frühmorgens, wenn der Widerschein der blinkenden Leuchtreklame aufgehört hat, über die Tapeten des Zimmers zu zittern, feilschen auf dem Bürgersteig unten zwei redselige Nonnen um den Preis der Äpfel, die sie in ihrem Lieferwagen zum Altenheim befördern wollen …

»Soll ich mit ihm reden?« fragte ich sie.

»Auf keinen Fall«, antwortete sie rasch. »Nein. Gib mir noch ein wenig Zeit. Wenn er aus Madrid zurückkommt, Montag …«

Sie ging um meinen Sessel herum, die Arme verschränkt und den Blick gesenkt. Ihre Schultern bebten, und plötzlich verschwand ihre unerschrockene, jugendliche Art, die ich an ihr so liebte. Ich hatte nicht damit gerechnet, sie dermaßen aufgelöst anzutreffen. Einen Moment lang glaubte ich, sie würde zu weinen anfangen, und sah besorgt auf, als ich sie »Ich kann nicht mehr, ich schwöre dir, ich kann nicht mehr« murmeln hörte, mit dem Rücken zu mir.

Sie geht langsam zum Fenster, nackt, und dreht sich zu mir um. Hinter ihr und den beschlagenen Fensterscheiben, über der dunklen Fassade der *Samaritaine*, regnet es. Sie sagt zu mir: »Ich würde gerne bei dir bleiben.« In gewisser Weise habe ich ihr erst ein Jahr später, bei ihrer nächsten Reise, geantwortet: »Aber jetzt hast du einen Sohn.« – »Eine Tochter«, verbesserte sie mich mit einem traurigen, abwesenden Lächeln.

Das Hausmädchen meldete, das Essen sei aufgetragen. Nuria nahm sich zusammen.

Die Idee, gemeinsam zu essen – eine Idee, die aufgrund der Umstände als unglücklich bezeichnet werden muß –, erwies sich dann schließlich als der von mir befürchtete harte Brocken. Nicht wegen dem, was bei Tisch gesagt, sondern wegen dem, was verschwiegen wurde. Salva zeigte sich auf seine Art sympathisch, überhäufte mich mit Aufmerksamkeiten und interessierte sich für meine Arbeit. Wie verstehst du dich mit den Franzosen? Gut, ich komme zu Rande, sie sind umgänglich, führen nichts Böses im Schilde. Worin genau meine Arbeit bestehe? Ob ich hinter oder vor der Kamera stünde, zusammen mit den Berühmtheiten? Dahinter, ich immer dahinter. Und in dem vertraulichen Ton der Katecheten: Besser für dich, glaub mir, viel besser. Und ich: Du irrst dich, weder vor noch hinter der Kamera ist man moralisch gesehen in Sicherheit, wenn du das meinst. Ich meine, daß es eine klügere Position ist, erklärte er, vom Film verstehe ich nichts. Und er sah mich mit einem sarkastischen Funkeln in den Augen an. Ich erzählte, ich sei Regieassistent, obwohl das, was mich jetzt nach Barcelona geführt habe, eher mit der Produktion zu tun habe; man habe mich hierhergeschickt, weil ich Spanier sei, und man glaube, ich fände mich besser zurecht als sie. Allerdings befürchte ich, fügte ich hinzu, daß ich sie enttäuschen werde. »Welche Probleme hast du übrigens gemeint? Wenn du glaubst, wir ruinieren dir die Gobelins ...«

»Keine Sorge«, unterbrach er mich, »überlaß das nur mir. Montag hast du die Genehmigungen. Aber reden wir doch von dir, Mann, wir haben uns seit Jahren nicht mehr gesehen, seit der Geschichte mit der armen Montse ...«

Nuria, die am Kopfende des Tisches saß – eines unendlich

langen Tisches, an dessen äußerstes Ende wir drei uns geflüchtet hatten –, kam mir nicht zu Hilfe; sie aß schweigend, die Augen gesenkt. Sie war mit einem Glas Whisky an den Tisch gekommen, das ihr Mann jetzt, während er mich zerstreut ansah und meine Aufmerksamkeit mit einer Frage (»Und wie bist du zum Film gekommen, Paco?«) abzulenken versuchte, um gleichzeitig seine Taktlosigkeit zu überspielen, nahm und es beiseite stellte, so daß Nuria nicht mehr drankam.

»Ich habe alte Freundschaften von Conchi aufgewärmt«, antwortete ich auf seine Frage.

Da tat meine Cousine mit der größten Selbstverständlichkeit etwas Unglaubliches: sie stand auf, nahm ihr Glas in die Hand und trank es im Stehen, direkt neben ihrem Mann, der Probleme mit dem Filet oder mit dem Messer zu haben schien, langsam bis auf den letzten Tropfen Whisky aus. Dann setzte sie sich wortlos wieder hin, den Blick noch immer gesenkt. Salva, der mißbilligend die Schneide seines Messers betrachtete, begann ironische Bemerkungen mit mir zu wechseln, so als wäre Nurias Verhalten das erwartete Signal gewesen.

»Dennoch ist es ziemlich erstaunlich, ja, bewundernswert«, tönte gregorianisch der ehrwürdige Vilella, »daß ein Andalusier in so kurzer Zeit in Paris Erfolg hat, obendrein noch beim Film, etwas dem Wesen unserer Leidenschaften oder Fähigkeiten so Fremdem.«

»Nicht seltsamer«, gab der ehrwürdige Bodegas in Soutane, aber eine Quart höher, zurück, »als die Tatsache, daß der unbekannte Katechet einer Vorstadtgemeinde, wie du einer warst, in noch kürzerer Zeit heute einen Posten in der Abgeordnetenkammer innehat und mit dem Kardinal Acquaviva auf du und du steht. Das muß wohl der Beweis für den Fortschritt in unserem Land sein. Mein Fall ist gar nicht so außergewöhnlich, bei mir liegt es in der Familie: wie du weißt, war Conchi Skriptgirl.«

Als Vilella zu lachen aufgehört hatte, gestand er, daß er kaum ins Kino gehe, weil er keine Zeit habe. Augenscheinlich interessierte ihn die Unterhaltung immer weniger: Nurias Anwesenheit hielt ihn davon ab, auf das zu sprechen zu kommen, weswegen er mich zweifellos eingeladen hatte. Nuria trank viel Wein und machte keinen Hehl aus ihrem Überdruß und ihrem Unbehagen. Ich fürchtete, das Essen würde durch die Anspielungen in eine Art Kaffeeklatsch ausarten, gespickt mit Taktlosigkeiten, Geschwätzigkeit und plumpen Scherzen. So wurde mir zum zweiten Mal bewußt, daß ich mich in meinem Land befand: die Banalität, dieses wunderbare Tonikum, riß uns alle drei mit sich.

»Ich habe sofort Arbeit gefunden«, erzählte ich. »Zuerst hat mir ein französisch-argentinischer Regisseur geholfen, ein Freund von Conchi, aber dann hab ich ein Skriptgirl mit guten Beziehungen kennengelernt, und das öffnete mir alle Türen ...«

»Sie konnte mir nie erklären, was du genau machst«, sagte er und wies auf Nuria. »Wenn sie von ihren Reisen zurückkommt, kriegt man kein Wort aus ihr raus. Wie benimmt sie sich dort eigentlich?«

Ich konnte meine Cousine aufseufzen hören. Die ganze Zeit über schwänzelte das Hausmädchen um uns herum, auf dem Gesicht einen Ausdruck offener Geringschätzung oder Widerwillen, so als rieche etwas am Tisch schlecht.

»Oh, das kannst du dir doch vorstellen«, sagte ich. »Sie läuft durch die Geschäfte, kauft Bücher und irgendwelche Klamotten ... Einmal hat sie mir im Bois de Boulogne bei der Arbeit zugesehen. Hat sich sehr amüsiert. Stimmt's, Cousine?«

»Ja. Es war sehr amüsant.«

»Und was für Filme machst du?« fragte Salva.

»Ich schäme mich, dir das zu erzählen. Französische Ferkeleien, unmoralisches Kino, du weißt schon: Mädchen in

Unterwäsche, mit Strumpfhaltern, in kurzen, durchsichtigen Negligés, dazu viele Bettgeschichten et cetera. Ihr hier bekommt so was nicht zu sehen, noch nicht.«

Als das Hausmädchen meinen leeren Teller abräumte, streifte sie meine Nase.

»Sag das nicht« – Salva gab sich europäisch – »jetzt läuft alles mögliche ... Vor kurzem hatte ich die Gelegenheit, ›Viridiana‹ zu sehen, in einer Sondervorstellung mit anschließender Diskussion, die von Priestern organisiert war. Die Dinge haben sich hier sehr verändert, und sie werden sich noch viel mehr verändern, du wirst sehen. Hast du den Senf probiert? Kommt aus Frankreich.«

Und europäisch über den Tisch langend, griff seine katalanische und possibilistische Hand nach dem transpyrenäischen, demokratisch-französischen Senf.

»›Viridiana‹, hast du gesagt?« rief ich. »Wahnsinn! Wo soll das mit euch noch enden?«

»Hör doch auf, Paquito«, ermahnte er mich spöttisch, »du maßt dir eine dämonische Rolle an, die du nie gespielt hast. Hab wohl gesehen, daß du dich zum Beispiel mit dem ›Playboy‹ schmückst, wen willst du damit noch erschrecken?«

Er lachte herzhaft. Noch war das Echo seines Gelächters nicht verhallt, als ich zufällig zum Lesetischchen am Fenster blickte und, neben anderen Zeitschriften (von denen mir besonders ›Serra d'Or‹ und ›Cuadernos para el Diálogo‹ auffielen), verschiedene Ausgaben des ›Playboy‹ liegen sah. Vielleicht gehörten sie ja Nuria und fanden nicht einmal seine Billigung, doch das blieb sich gleich. Er sah mich aus seinen hinter den Brillengläsern verschlafen lächelnden Augen an, wobei er langsam weiterkaute und zufrieden meine Überraschung und meinen ewigen Provinzialismus registrierte: *touché*, Paquito, dem Exkatecheten nicht gewachsen.

Danach sprach er darüber, wie sehr ihn die Fabrik und seine Arbeit in der Abgeordnetenkammer (ein Posten, der irgendwie mit Kultur zu tun hatte) beanspruchten, dazu noch »die heilige Sache unserer verspotteten Landessprache«, an der die Kapitalgesellschaft *Aportació Catalana* ein erhebliches und geheimnisvolles Interesse habe; vor allem aber jene Tätigkeit, die ihn am meisten mit Stolz erfüllte: die des Vortragenden. Und nun kam er auf seine Vortragsreihe zu sprechen, deren übergreifendes Thema, ›Ökonomie und Kirche in der modernen Welt‹ oder so ähnlich, er selbst vorgeschlagen hatte, und verbreitete sich ausführlich über seinen letzten Vortrag: ›Atheismus und marxistische Ökonomie: ihre geschichtliche Bewertung und Überwindung‹ oder so ähnlich. Sehr schlecht vorbereitet sei er, gab er zu, er habe keine Zeit gehabt, sich ausreichend einzuarbeiten, aber...

»Selbstverständlich liege ich ganz auf der Linie des Konzils ... Hör mal, du mußt heute abend kommen, und bevor ich zum Flughafen fahre, essen wir zusammen. Ein paar Journalisten und Freunde haben was vorbereitet, keine Angst, das wird kein Bankett zu meinen Ehren oder so, aber es gibt was zu essen, nehme ich an ... Was hast du heute nachmittag vor?«

Nuria mischte sich unvermutet ein:

»Er meint, er würde gerne der Villa einen Besuch abstatten.«

»Dann bist du ja genau zur rechten Zeit gekommen«, sagte Vilella. Er sah Nuria an: »Apropos, vergiß diesmal bitte nicht, mir die Bücher mitzubringen.«

»In Ordnung.«

»Sag mal, welche Linie vertritt denn das Konzil?« fragte ich mit einiger Verspätung.

Salvador Vilella schien sich über meine geistige Trägheit zu wundern. Dann lächelte er, ohne sich gleich zu einer Antwort herabzulassen.

»Du weißt doch: Dialog, Zusammenleben, Fortbildung«, murmelte er unwillig. »Reich mir mal das Obst, bitte.«

»Grausame Ironie des Schicksals«, bemerkte ich. »Ich erinnere mich, daß du Montse einfältig und dumm nanntest, als sie vor acht Jahren eben jene Linie vertreten hat, die euch jetzt von der neuen ökumenischen Richtung empfohlen wird.«

»Die arme Montse wurde vor eine Prüfung gestellt, auf die sie nicht vorbereitet war«, entgegnete er streng. »Alles zu seiner Zeit, Paco.«

Ich reichte ihm den Obstkorb und tat ihm den Gefallen, das Thema zu wechseln.

Das Messer zwischen den Zähnen

Sie hatte schon früher andere Gefangene besucht, aber nie war es zur Routine geworden. Vielleicht gehen noch heute nicht wenige Pfarrhelferinnen heiter und beschwingt über den Vorhof des Gefängnisses *Modelo*, wie sie es an jenem Tag tat: mit der heimlichen Hoffnung, sich zu zerstreuen, auf andere Gedanken zu kommen.

Sie hat die schwarzen Haare ganz straff nach hinten gekämmt (man könnte meinen: unwillig oder zornig) und zu einem Knoten zusammengesteckt. Beigefarbene Bluse, Faltenrock, flache Schuhe und die riesige Tasche mit dem langen Riemen über die Schulter gehängt. Inmitten einer Gruppe von zwanzig kreischenden Frauen schreitet sie eiligen Schrittes dahin, neben ihr zwei Zigeunerinnen, die sich anmutig im Rhythmus ihrer Hüften wiegen, Nelken im Haar und den zimtfarbenen Schein einer Gefängnissonne auf dem Gesicht. Es hat geläutet, und sie laufen auf die Tür aus Eisen und Glas zu, ein junges Mädchen fragt: »Sind wir dran?«, und sie dreht sich um und nickt, lächelt glücklich, verzückt: sie fühlt sich geborgen im Geruch der Menge und schreitet weiter, solidarisch, anonym und zuversichtlich. Die Frauen stürzen sich auf die Tür, einige haben Kinder an der Hand, sie gehen durch einen langen Flur zu einer zweiten Tür, und dann wieder einen Flur entlang, wo die Stimmen der Zigeunerinnen alle anderen übertönen. Die junge, schwangere Amaya kommt ins Stolpern, hält sich an Montses Schulter fest, lächelt, wobei sie ihre weißen Zähne entblößt. »Huch, beinahe wäre ich gefallen!« Aus ihrer braunen, schmalen Faust dringt Musik: ein winziges Transistorradio. »Hab Sie lange nicht mehr hier gesehn, Kleine«, fügt sie hinzu. Montse legt ihr den Arm um die Taille, und sie gehen zusammen weiter. »Dich sieht man auch nicht mehr in der Gemeinde, nur deine Kinder«, sagt sie. Entfernte Stimmen hallen von den oberen Gängen wider, ein warmer Wind fegt durch die Flure. Die Mienen der Frauen sind gespannt, jemand fängt an zu laufen. Eine Frau von vierzig Jahren, blond, in Trauerkleidung, mit einem deutlichen Ausdruck schlechter Laune in ihrem schönen, stark geschminkten Gesicht, bleibt stehen und lehnt sich mit dem Rücken gegen die Wand, um sich einen Schuh richtig anzuziehen. Mit ihren eisigen, dümmlich blickenden Augen starrt sie Montse an. »Sagen Sie, der Gang hier, ist das nicht der für politische Gefangene?« – »Nein ...«, setzt Montse an, aber ihre Freundin unterbricht sie mit einem blechernen, melodischen Lachen: »Gauner und Taschendiebe sitzen hier, mein Schatz!« Sie schließen wieder zu den anderen auf, und die Zigeunerin fragt: »Was steht denn auf deinem Zettel, Süße?« – »Gang 4«, liest die Blonde laut vor. »Das ist hier.« Sie stürmen in den Besuchersaal und vernehmen die Rufe der Männer wie aus dem Innern eines Tunnels. Von dem hellen Tageslicht draußen noch geblendet, laufen alle zum Trenngitter, hinter dem die Gesichter der Gefangenen im Halbdunkel verschwimmen. Die Männer, ruhelose Schatten, tauschen mit ausgebreiteten Armen die Plätze, Brust und Hände gegen das Gitter gedrückt, rufen Frauennamen und blicken ins Leere wie Blinde, Rosa, Maria, Carmela, Schatz, Frau, hier, hier bin ich. Männer und Frauen suchen sich, die Finger in das Gitter gekrallt, finden sich, erkennen sich. Dann verharren die aneinandergereihten Körper plötzlich regungslos, und es sieht so aus, als stünden sie an einer Tränke oder als würden sie beichten.

Auf beiden Seiten des Saals befindet sich eine doppelte Gitterreihe in einem Abstand von fast zwei Metern, so daß die Gefangenen durch einen breiten Gang von ihrem Besuch getrennt sind. Dort geht der »Gorilla« auf und ab, seine Trommelfelle müssen völlig unempfindlich sein: man muß schreien, um sich zu verständigen, nie weiß man, wer zu kreischen anfängt und so die anderen zwingt, dasselbe zu tun.

Montse ist als letzte hereingekommen; die Augen weit aufgerissen, eine Hand vor der Brust, so wandert sie am Gitter entlang. Sie kennt ihn nicht, glaubt aber, ihn ganz hinten zu entdecken (er ist der einzige, der mit niemandem spricht), alleine, ein wenig abseits vom Gitter, so als fürchte er, das Opfer eines üblen Scherzes zu sein, wo ihn doch bisher niemand besucht hat. Der Gefangene hat die Hände in den Hosentaschen, eine argwöhnische Haltung. Er trägt nagelneue Gefängniskleidung, sein Schädel ist kahlrasiert. Lächelnd tritt Montse an das Gitter, nimmt ihren Platz zwischen den Zigeunerinnen ein. Er nähert sich nun seinerseits, sieht ihr unbeweglich entgegen. Montse tritt noch einen Schritt vor, klammert sich an das Gitter und drückt ihren Mund dagegen. Die Unterhaltung wird mit lauter Stimme geführt, praktisch schreiend:

»Ich bin eine Freundin von jemandem, der Sie kennt, jemand aus der Gemeinde ... Wie geht es Ihnen? Haben Sie unseren Brief erhalten? Wir konnten nicht eher kommen. Zuerst waren wir bei Ihrer Schwägerin, die Ärmste hat den ganzen Tag mit den Kindern zu tun, die halten sie ganz schön auf Trab ... Sie war aber sehr nett zu uns. War gar nicht so einfach, eine Besuchserlaubnis zu bekommen, Sie wissen ja, die lassen nur Familienangehörige rein ... Nun, wie geht's Ihnen? Wir haben Ihnen ein Päckchen mitgebracht, Lebensmittel und ein paar Bücher ... Uff! Ist das heiß hier, nicht wahr? Machen Sie sich keine Sorgen, weil Ihre Familie Sie im Moment nicht besucht, sie haben wenig Zeit, und mit all den Kindern, da können Sie sich vorstellen ...«

Sie redet ununterbrochen, sucht nicht das Gespräch, das erhofft sie nie beim ersten Besuch. Er steht schweigend im Halbdunkel, aber seine Haltung drückt Respekt und Aufmerksamkeit aus. Mitten in ihrem herzlichen Redefluß erkennt sie seine Augen, die sie mit einem unbeweglichen, leicht wäßrigen Funkeln mustern. Sie hat nicht erwartet, daß er so jung und so mutlos ist. Schweigend, mit kahlgeschorenem Kopf, scheint er den blassen Schein eines Sternes auf sich zu ziehen, mitten in der Nacht, seine ganze Erscheinung hat etwas von einem erloschenen Planeten.

»Wer sind Sie?« fragt er schließlich. »Wer schickt Sie?«

»Jemand, der Sie kennt. Neulich ...«

»Ich verstehe Sie nicht, sprechen Sie bitte lauter.«

»Neulich kam jemand, der Sie kennt und viel für Sie übrig hat, zu uns ins Gemeindezentrum! Ein Mädchen. Wollte ihren Namen nicht nennen. Das Essenspaket ist von ihr. Wir haben noch ein paar Kleinigkeiten dazugelegt ... Brauchen Sie etwas Besonderes?«

Er verharrt in seinem Schweigen, die Augen starr auf sie gerichtet. Seine Hände wandern an den Gitterstäben hoch, sacht, verweilen auf der Höhe ihres Gesichtes.

»Warum machen Sie das?«

»Was?«

»Das hier, mich besuchen kommen.«

»Ich komme von der Gemeinde. Wir müssen uns doch gegenseitig helfen! Außerdem ...« Montse lächelt. »Ich fühle mich hier wie zu Hause, so oft war ich schon hier ...«

»Warum? Gehören Sie zu den Marientöchtern?«

Jetzt lacht sie laut auf, ihre Hand tastet instinktiv nach ihrem Haarknoten. Das Profil des Aufsehers schiebt sich für eine Sekunde zwischen die beiden, er geht auf und ab und beobachtet alles mit Argusaugen.

»Na ja, zu so was Ähnlichem«, sagt Montse. »Wir müssen Freunde werden, ja? Schließlich sind wir fast aus demselben

Viertel... Aber sag mal, bist du jetzt ein anständiger Kerl? Hast du eine Stelle, arbeitest du?«

Der Gefangene neigt den kahlen Schädel, drückt sein Gesicht noch näher zwischen seine Hände, die wie Haken am Gitter hängen, und seine Augen leuchten jetzt von innen her, ganz anders als vorher, eine forschende und mißtrauische Flamme, aber nicht ohne Zärtlichkeit.

»Erzählen Sie mir nichts von meiner Schwägerin, ich weiß, daß sie nie hierherkommen wird. Ich hab nicht erwartet, daß irgend jemand kommen würde.«

»Die Hoffnung ist das letzte, was wir verlieren dürfen... Und jetzt geht es darum, sich gut zu führen und schnell wieder rauszukommen.«

Der Gefangene macht eine unbestimmte Kopfbewegung. Geschrei hallt in dem Besuchersaal wider.

»Wie heißen Sie noch mal?«

»Was?!« schreit Montse.

»Wie Sie heißen?«

»Montserrat. Du mußt mir sagen, wenn du was brauchst, Unterwäsche, Schreibpapier, irgendein Buch, das dich interessiert, ganz gleich was. Wir kommen dich oft besuchen, wenn's dir recht ist.«

»Montserrat, und wie weiter?«

»Claramunt. Wir haben auch Zigaretten dazugelegt, schwarzen Tabak. Aber manchmal haben wir auch hellen. Welche Marke rauchst du?«

Er überlegt einen Augenblick, dann sagt er:

»Chester.«

»Ach, beinahe hätte ich's vergessen: In der Schokolade stecken fünfundzwanzig Peseten. Nicht viel, aber besser als nichts.«

»Danke. Und Sie...«

»Hör mal, wir sind jetzt Freunde, also duzen wir uns auch. Und sei nicht so ernst, Mann, es kommt alles wieder in Ordnung. Siehst du, du hast geglaubt, niemand wird an dich denken, und jetzt ... Vor allem mußt du dich hier gut führen, dann kommst du früher raus.«

»Was?«

»Ist egal.« Montse lacht und sieht nach rechts und links. »So geht es einfach nicht!«

»Ja, stimmt«, pflichtet er ihr bei. Und zum ersten Mal, während er sie so anblickt, lächelt der Junge vorsichtig, und im Halbdunkel sieht es so aus, als hätte er ein blinkendes Messer zwischen den Zähnen. Montse sieht ihn an, versucht sich zu erinnern, wo und wann sie den Jungen schon einmal gesehen hat.

»Du, haben wir uns nicht schon mal gesehen?«

»Nein ...«

»Warst du nie im Gemeindezentrum, Tischtennis oder Basketball spielen?«

»Nein.«

»Ich könnte schwören ... Sag mal, macht's dir was aus, noch einmal zu lächeln?«

Der Gefangene tut ihr den Gefallen: dasselbe Blinken, dasselbe Messer zwischen den Zähnen.

»Also, ich glaub, ich kenn dich von irgendwoher«, fügt Montse hinzu. »Wie alt bist du?«

»Zweihundert.«

Die beiden lachen. Die Klingel läutet zum ersten Mal, der Geräuschpegel steigt, der Junge schreckt hoch.

»Immer mit der Ruhe, es läutet dreimal«, sagt sie. »So ist es schon besser, man muß immer fröhlich sein. Aber im Ernst, ich hab dich irgendwo schon mal gesehen.«

»Ich Sie auch.«

»Und dabei stehen wir hier in der dunkelsten Ecke. Nächstes Mal haben wir mehr Glück, du wirst schon sehen. Tja, das war's dann schon fast, es läutet zum zweiten Mal. Vergiß nicht, was ich dir gesagt habe, ja? Überleg dir, was du brauchst, ich bring es dir, wenn's geht ... Dafür sind wir da. Und Kopf hoch! Wir kommen dich regelmäßig besuchen.«

»Wer kommt? Du, Montserrat?«

»Ich werde nicht immer können, aber dann kommt eine Freundin von mir. Du mußt nett zu ihr sein. Versprichst du mir das?«

»In Ordnung.«

Das dritte und letzte Läuten, allgemeines lautstarkes Verabschieden.

»Also dann, auf Wiedersehen!«

Montse löst sich vom Gitter. Zum Schluß bleibt nur ein langer Blick, es ist unmöglich, sich verständlich zu machen. Sie ist zufrieden: sie hatte nicht erwartet, daß er so entgegenkommend sein und ihr die Arbeit so erleichtern würde. Plötzlich, als sie sich schon umgedreht hat, hört sie seine Stimme:

»Moment, warten Sie!« Mit einem Mal scheint er deprimiert. »Es lohnt sich nicht, hören Sie ... Wozu? Ich komm noch lange nicht hier raus, wissen Sie ... Noch über ein Jahr ...«

»Was erzählst du da! Das gefällt mir gar nicht, überhaupt nicht, klar? Man darf die Hoffnung nicht aufgeben ... sonst ...« Sie droht ihm liebevoll mit dem Finger. »Sonst bringen wir dir nichts mehr.«

»Wann kommst du?«

»Alle vierzehn Tage, oder öfter, ich weiß nicht ... Also dann, bis bald, auf Wiedersehen.«

»Wiedersehn.«

An der Tür, wieder zwischen den anderen Frauen, dreht Montse sich noch mal um: er geht mit den anderen zurück in die Dunkelheit, sieht ihr über die Schulter immer noch hinterher. Einen Augenblick lang hebt sich seine Hand.

Draußen auf dem Gang bringt die trauertragende Blonde im reiferen Alter geistesabwesend ihr Haar in Ordnung, während sie mit ihrem aufreizenden Gang langsam hinausgeht und ihr flüchtig zulächelt. Neben Montse eine warme Welle von Schweißgeruch, die junge Zigeunerin mit dem Transistorradio: »Hab deinen gesehn, diesmal ist er ja ziemlich hübsch, dein Kerl.« Schon am Ausgang, schließt Montse die Lider: sie bereitet ihre Augen auf das grelle Licht draußen vor, das blendend helle Tageslicht.

Das ungeordnete Aufeinanderprallen von Standpunkten
oder
Der geohrfeigte Redner

»... paradigmatischer Glaube an das Soziale und Demokratische als verbreitete Synthese, allerdings nicht frei von der gegenwärtigen ekklesiologischen Begriffsverwirrung, wie wir zugeben müssen, und ohne die wünschenswerte Tiefe. Auf jeden Fall muß vermieden werden, daß die hierarchische Struktur den Eindruck eines Verwaltungsapparats ohne inneren Zusammenhang erweckt. Andererseits empfiehlt es sich, keine Gelegenheit zum Dialog auszulassen ...«

Der Redner räusperte sich, schob seine Brille zurecht und trank einen Schluck Wasser. Er hatte seinen Vortrag auf katalanisch vorbereitet, jedoch in Anbetracht der ethnischen Zusammensetzung der Zuhörer, die weitaus zahlreicher erschienen waren als erwartet, und nach Absprache mit dem Ausschuß in letzter Minute entschieden, ihn auf spanisch zu halten. Der Saal war überfüllt. Als Vilella uns hereinkommen sah, blickte er flüchtig auf seine Taschenuhr, die neben dem Wasserglas auf dem Pult lag: Viertel vor acht mußte es wohl sein. Wir kamen zu spät. Das respektvolle Schweigen des Forums bewirkte eine europäische Atmosphäre. Der Redner beobachtete uns, während wir einen Platz in einer der ersten Reihen suchten: nacheinander stand die gesamte Reihe auf, und Nuria teilte Lächeln und Entschuldigungen aus. Es war sehr heiß. In der Mehrzahl waren es junge Leute, wißbegierig und blaß. Das sagte jedenfalls Nuria, die, obwohl sie viel mehr getrunken hatte, wesentlich mehr mitbekam als ich.

Salvador Vilella sprach von Institutionalisierung und Authentifizierung des Landes, von Demokratisierung und Dialog, von neuen Wegen für neue Strömungen. Mich überraschte diese glänzende Entfaltung edlen Bemühens; sein gewagtes öffentliches Eintreten für den Dialog, so überlegt, so professionell, setzte mich, offen gesagt, in Erstaunen. Am verwirrendsten wurde es, als er die Gewalt verurteilte, die, wie er sich ausdrückte, nie irgendwelche Probleme löse. Hier verlor ich den Faden und das Interesse. Zwei Ausdrücke kamen ständig vor: Strukturalismus und Possibilismus. Plötzlich überkam mich Schläfrigkeit, Langeweile und eine schlecht zu erklärende Gereiztheit. Ich kann mich kaum noch an den Inhalt des Vortrags erinnern. Vilella sah auf seine Notizen, um sie aus dem Stand ins Spanische zu übersetzen, so daß seine Sätze manchmal seltsam konstruiert wirkten, grammatikalisch steif, was mich amüsierte und ablenkte: ich glaube, das ist das Beste, was ich zu seinen Gunsten anführen kann.

Kurz vor Schluß ereignete sich ein kleiner Zwischenfall, der Konsequenzen nach sich ziehen würde. Ein Unruhestifter – ein Junge mit Sonnenbrille und blauem Hemd unter einer glänzend neuen Lederjacke – unterbrach den Redner vom Mittelgang aus, wobei er gleichzeitig einen Haufen Flugblätter in den Saal warf. Sofort beförderten mehrere Herren den Jungen hinaus. Der Redner sagte daraufhin ganz gelassen, daß, falls jemand mit dem, was er vertrete, nicht einverstanden sei, er mit dem größten Vergnügen einen Dialog beginnen wolle, um dem, was sie wollten, Gehör zu verschaffen und es zu diskutieren. Nach Beendigung seines Vortrags, für den er sehr viel Beifall bekam, wiederholte Vilella seine Aufforderung, aber niemand meldete sich zu Wort. Der Präsident der Vereinigung, die den Vortrag organisiert hatte, schloß die Veranstaltung mit dem Verlesen verschiedener Kommuniqués. Eine davon löste, ich weiß nicht warum, allgemeine Unruhe aus, ein seltsam prickelndes Gefühl drohender Gefahr, von

Heroismus und Untergrund: »Wir mißbilligen Haß und Gewalt, die die Menschenrechte mit Füßen treten. Unterzeichnet: JEC, JIC, JAC, JOC, JAC/ F, JEC/F, JOC/F, HOAC und M.S.C.«

Das Rätselhafteste jedoch an jenem Abend, das, was mir bewies, bis zu welchem Punkt mich das Exil unfähig gemacht hatte, mein Land zu verstehen, war das Abendessen in kleinem Kreis, das für den Vortragenden gegeben wurde und zu dem ich zu spät kam, immer noch im Schlepptau meiner Cousine und in einem ziemlich jämmerlichen Zustand, da wir zwischen dem Vortrag und dem Essen noch schnell ein paar Gläschen in einem Straßencafé in der Calle Tuset getrunken hatten. In einem Restaurant in eben dieser Straße erwarteten uns Vilella und seine Freunde. *Cova del Drac* hieß es. Nuria führte mich über einen Teppich die Treppe hinunter, und dort saßen alle zusammen, *porrones* mit Wein auf dem Tisch, und aßen bereits das Dessert. Vilella saß am Kopfende der acht aneinandergestellten Tische. Journalisten waren dabei, Schriftsteller, Grafiker, ein Pfarrer, Literaturkritiker und mehrere Fachleute für ganz konkrete Angelegenheiten, die ständig in der Presse abgehandelt wurden: Kremlspezialisten, Experten für vatikanisch-konzilische Fragen, für Marxismus und für postökumenische Soziologie. Alle vertraten höflich verschiedene Standpunkte und diskutierten Auffassungen und gegensätzliche Meinungen. Es war ermüdend, so viele Hände zu schütteln. Ich befand mich wohl bereits in einem Zustand völliger geistiger und körperlicher Auflösung, denn als ich Nuria fragte, wer denn die Literaturkritiker dort seien, verhaspelte ich mich, und die ganze Zeit, während der ich mit ihnen zusammensaß, blieb meine Zunge schwer, und ich konnte nicht klar denken. Ich fragte mich wirklich, was diese würdigen Vertreter unserer gegenwärtigen, schäbigen Kultur hier machten, welche Beziehung zwischen ihnen und Salvador Vilella bestand. Bis man mir erzählte, daß soeben ein Sammelband mit Salvas besten Vorträgen erschienen sei und dieses Ereignis nun hier gefeiert werde. Die Lautsprecher verschönten landessprachlich das Essen mit verschiedenen Kostproben katalanischer Liedermacher. Es wurde über Kultur geredet, über Wissenschaft und Technik, über das Fernsehen und den Niedergang des Romans, über eine Demonstration mit hundert Priestern, über Erotik und Gewalt. Einige der Literaturkritiker kamen direkt aus einem Hotel, wo soeben ein angesehener Literaturpreis vergeben worden war, und immer noch kauten sie auf Zahnstochern mit Kaffeeflecken, auf Geschwätz und Ignoranz herum. Kurz darauf kamen Freunde von Salva herein, die er in seinem besten Pontifikalstil begrüßte (die Hände erhoben, mit den Handflächen nach oben, so als trage er eine unsichtbare, süße Last, den Kopf zur Seite geneigt, wie enthauptet, lächelnd), und unter großen Schwierigkeiten begann ich, mit Nurias Hilfe die Anwesenden zu identifizieren, die alle in komplizierte, überkreuz geführte Diskussionen – intellektuell, ästhetisch, charismatisch und peripathetisch geführt – verwickelt waren.

»Salvador, herzlichen Glückwunsch und alles Gute!« rief Blendende Feder von einem Nebentisch. Und Vilella, von den Höhen seiner Wortklauberei herab, sprach ihm seinen Dank aus. Ganz in meiner Nähe kommentierte einer der Kritiker leidenschaftlich das Buch. Ich könnte schwören, daß er sagte:

»... und die Erde, die menschliche Essenz der Landschaft, psychologische Durchdringung, Komplexität der Probleme, geistige Würde und dramatischer Konflikt, all das vereint sich hier in diesem Buch meines lieben Freundes – mit dem mich so vieles aufs innigste verbindet bei unserem gemeinsamen Abenteuer der Worte und des Wissens – zu einem harmonischen Ton, die überlegte Frucht einer mathematischen Konstruktion, an der nichts überflüssig ist und folglich auch nichts fehlt. Jedenfalls scheint es mir so.«

»In aller Öffentlichkeit möchte ich sagen, mein Freund Vilella«, erklärte ein anderer, der gut der Oberbannerträger bei der Prozession »Blüten der Dichtkunst« sein konnte, »wie bewegt ich bin angesichts der Aufrichtigkeit deines fest im Sardanistischen verankerten Werkes. Wie eine Pinie ist dieses Werk aufrecht und lächelnd. Wie mein unerschütterlicher Barcelonismus. So sei nun aufrichtig umarmt, und darin schließe ich auch alle Hochachtung ein, die ich deiner Rechtschaffenheit schulde.«

Ein angesehener Kenner der gedruckten katalanischen Sprache improvisierte ebenfalls eine befremdliche Lobrede, in der er, fürchte ich, zusammengefaßt etwa folgendes sagte:

»Unter all denen von uns, denen die Ehrung unserer Halbinsel und die öffentliche Anerkennung gebührt, stehst du an erster Stelle. Herzlichen Glückwunsch!«

Vilella wollte sich für alles bedanken, konnte es aber nicht.

»Er ist sichtlich gerührt«, bemerkte ich.

»Er ist ein Possibilist und Strukturalist mit großer Zukunft«, flüsterte der Verleger der katalanischen Zeitschrift ›Estel de Nadal‹ in mein überreiztes Ohr. Und ich kann beschwören, daß er hinzufügte: »Im wahrsten Sinne des Wortes, der Barceloneser des Jahres.«

Nichts zu trinken in meiner Reichweite. So sagte ich:

»Ich bitte vielmals um Entschuldigung, meine Herren: Wäre es möglich, bestünde irgendwie die Hoffnung, ein geistiges Getränk oder einen edlen Tropfen katalanischer Herkunft zu kosten?«

Ich wurde mit Anisschnaps zufriedengestellt. Voller Verständnis lächelten und nickten mir alle zu. Dennoch, hinter ihrem liberalen und dialogbereiten Lächeln zeigte sich theoretische Unbeweglichkeit. Nicht unter, aber in Gedanken bei uns, hatte ein berühmtes Akademiemitglied mit unterhaltsamer und vornehmer Feder aus seiner bourbonischen Amtsstube diesen Beamten des Katalanentums ein Glückwunschtelegramm geschickt. Jemand sagte zu Nuria, sie habe ungeheuer abgenommen.

»Erst schlank, dann krank«, meinte der Literaturkritiker rechts neben ihr, »wenn Sie mir dieses linguistische Wortspiel gestatten.«

Nuria schlug vor, den Kaffee an der Theke zu trinken. Ich weigerte mich jedoch, da ich mir dies nicht entgehen lassen wollte. Ganz in meiner Nähe suhlten sich gerade zwei Kritiker im stinkenden Schlamm des Journalismus:

»Einverstanden. Der unselige Corintelladismus breitet sich immer mehr aus, aber mehr noch der schwule Raphaelismus im Fernsehen. Was unseren Medien not tut, ist mehr Manuelaznarismus!«

»Ah! Eine meisterliche Lektion, fein ausgefeilte Prosa!«

»Unsere Epoche«, hörte ich den artikelschreibenden Pfarrer sagen, »ist gekennzeichnet durch ein konfuses und krankhaft übertriebenes Freiheitsgefühl. Wenn wir uns mit der päpstlichen Wahrheit in Übereinstimmung befänden, verschwände eine der Ursachen für die Ratlosigkeit, die das religiöse Firmament gegenwärtig verdunkelt.«

Unter den Anwesenden befand sich auch Señora de Buxó, jene korpulente Dame von erwiesenem Patriotismus, die mit ihrer österlichen Mantille meine traurige Kindheit von der Titelseite der Tageszeitung ›La Vanguardia‹ herab beherrscht hatte und jetzt, in ihrem zweiten Frühling, eine lächelnde und vollbusige Matrone mit großzügigem Dekolleté war. Sie bat den Oberbannerträger um eine kurze Beurteilung eines bestimmten Büchleins, das sie beeindruckt hatte und den Titel trug: ›Begleitende Lektüre für Messen an Wochentagen‹. Er kam ihrem Wunsch folgendermaßen nach:

»Ein Büchlein, welches Wärme und Hoffnung spendet in dieser unserer von apokalyptischen Katastrophen bedrohten Zeit. Der Autor ist ein guter Freund von mir.«

»Vielen Dank.«

»Mir gebührt keinerlei Dank«, fürchte ich gehört zu haben. »Jeder ist so, wie er ist. Man ist fruchtbar, so wie man blond ist oder schlank. Doch ich werde der letzte Spanier sein, der die Bereitschaft zum Dialog aufgibt, und der letzte Soldat unserer Kultur, der das Banner verrät ...«

Da beugte ich elendes, armes Würstchen mich über die mit schwarzem Satin umhüllten Euter der Señora de Buxó, zog eine kindlich-weinerliche Schnute und murmelte mit meiner jämmerlichsten, kriecherischsten Stimme:

»Bubi Brust trinken ... Brust trinken Bubi ...»

Nuria hielt es für angebracht, Frau de Buxó von mir fortzuziehen. Schweigen. Hoch die *porrones*, die Mäuler aufgesperrt.

»Die öffentliche Anerkennung unserer Bemühungen um die katalanische Literatur hat allgemeine, tiefe Befriedigung in den Medien von Madrid hervorgerufen«, verkündete jemand.

Von da an wurde alles noch schlimmer. Nuria plauderte abseits mit einem jungen Kellner. An Salvas Tisch wurde dialogisiert und europäisiert. Wie glücklich alle waren mit dem Mythos der Kultur, welch ein ungehört verhallender Jubel in kleinem Kreis, wie ihnen der Mund überfloß vor Macht, Kumpanei und Aufteilung der Beute! Ich kündigte an, mich zurückziehen zu wollen, doch der Literaturkritiker neben mir hielt mich noch einen Augenblick auf:

»Und Sie? Reizt es Sie nicht? Lockt Sie nicht das edle Abenteuer der Worte?«

»Nein, Señor. Ich würde nur gerne einen Film machen und danach sterben. ›Die Trommeln des Fu-Manchu‹ mit José Mojica, in drei Drehtagen.«

Ich hauchte es nur noch, ohne Stimme, ohne Emphase, bereits stehend und gefährlich schwankend, und flehte Nuria mit den Augen um Hilfe an. Mein Tischnachbar boxte mir lachend in die Seite; wir hatten uns miteinander unterhalten, und ich hatte ihm erklärt, daß es zwei Arten von Leuten gebe, die ich wirklich nicht ausstehen konnte: sogenannte Künstler und sogenannte Experten (Experten für Marketing, für Laienapostolate, für Marxismus, für Katalanismus, Experten für alles mögliche), und er hatte mir geantwortet, das wahrhaft Schändliche sei, keine katalanischen Bischöfe zu haben.

»Da wir die Mehrheit ausmachen, wollen wir Bischöfe aus Almería«, sagte ich mit meinem schönsten andalusischen Akzent, und im nächsten Augenblick stand ich vor einer großen Tasse Kaffee; neben mir Nuria und der Kellner, die mich zum Trinken zu bewegen suchten.

Kurze Erholung draußen an den Tischen an der frischen Nachtluft, und schon kam Salvador zu uns mit seinen Getreuen, die sich bereits verabschiedeten. Trotz des hellen, lärmenden Treibens wirkte die Calle Tuset trist. Die Nacht war lau und voller Düfte. Und da geschah es. An einem Tisch in unserer Nähe machte sich ein junger Mann von seinem Freund, der ihn am Arm zurückhalten wollte, sanft los: der Junge mit der Sonnenbrille, der Stunden zuvor den Zwischenfall im Forum verursacht hatte, kam entschlossen auf Salvador zu, und ohne uns, die wir alle wie versteinert waren, Zeit zum Handeln zu geben, hob er seine Hand und verpaßte der illustren Wange des Redners eine kräftige, laut schallende Ohrfeige. Vilella, dessen Brille an seinem rechten Ohr herunterbaumelte, reagierte auf die Beleidigung des Jungen mit bemerkenswerter Gelassenheit und im besten demokratischen, dem Dialog verpflichteten Stil: nicht nur, daß er nicht zurückschlug, nein, er breitete die Arme aus und bremste so die verspätete Reaktion seiner Freunde, die den Übeltäter angemessen strafen wollten, ihn dann jedoch nur packten und festhielten. Vilella meinte, er wolle wegen so einer Lappalie keine Anzeige erstatten, sie sollten den Jungen nach Hause gehen lassen. Er ließ sich einen Kaffee bringen, und damit war die Sache erledigt.

Man verabschiedete sich voneinander, und eine halbe Stunde später rasten das Ehepaar Vilella und ich über die Autobahn von Castelldefels zum Flughafen. Ich glaube, Salva hoffte immer noch, mit mir allein sprechen zu können. Die junge, übelgelaunte Ehefrau chauffierte mit der offensichtlichen Absicht, sich selbst und uns umzubringen. Salva neben ihr verbarg seinen Ärger nicht. Im Rücksitz versunken, fragte ich ihn, ob der Grund dafür mein betrunkenes, unverschämtes Verhalten seinen Freunden gegenüber sei, und bat ihn um Verzeihung. Er verneinte. Dann dachte ich an den Jungen, der ihn geohrfeigt hatte:

»Kennst du ihn?«

»Hab ihn noch nie gesehen.«

»Glaubst du, daß er einer von denen ist, so ein verdammter Roter?«

»Im Gegenteil. Ein Ultrarechter ist das.«

»Jetzt versteh ich überhaupt nichts mehr, Mann«, sagte ich. »Und warum hast du ihn laufenlassen?«

Er antwortete nicht. Nuria schien es auch nicht zu interessieren. Salva sah mit einem Auge auf die Fahrbahn und mit dem andern auf Nurias Hände, auf ihre unvernünftige Fahrweise. Nach einer Weile sagte er:

»Mit Ohrfeigen kommt man nicht weiter, Paco.«

»Jaja«, sagte ich. »Wir müssen die Gewalt verurteilen, ganz gleich, wer sie ausübt. Sicher, in letzter Zeit hört man das überall. In meinen Ohren klingt der Satz allerdings ziemlich unmoralisch. Welche Gewalt meint ihr eigentlich, ihr Katholiken?«

Ich hörte ihn leise lachen, dann gelangweilt mit der Zunge schnalzen. Er antwortete indes nicht. Doch ich ließ nicht locker:

»Tu mir den Gefallen und weich mir nicht aus, Salva. Sei ein guter Christ.«

Ich versetzte ihm einen liebevollen Klaps auf den Hinterkopf, konnte aber nicht still sein: zwischen dem Geheul, das Nuria dem Motor entlockte, wollte ich wissen, warum sie nicht müde wurden, die unterentwickelten und unterdrückten Völker, die sich zu wehren versuchten, der Gewalt zu bezichtigen:

»Ist es etwa keine Form von Gewalt«, fragte ich ihn, »wenn die privilegierten Minderheiten Macht über sie ausüben? Sind Unwissenheit, Hunger, Elend, Emigration, unzureichende Löhne, organisierte Prostitution, intellektuelle Diskriminierung etc. keine Form von Gewalt? Warum nennt ihr all das niemals Gewalt, Hochwürden?«

Ein Schlagloch bei neunzig Stundenkilometern schleuderte mich mit dem Kopf gegen das Dach und stopfte mir das Maul. Im Brustton seiner erhabenen Überzeugungen nannte Salva mich lächelnd einen Demagogen und Einfaltspinsel, einen im Grunde aber netten Kerl. Am Flughafen angekommen, ließ er es nicht zu, daß wir ausstiegen. Er küßte Nuria auf die Schläfe. »Übermorgen bin ich wieder zurück«, sagte er, als er mir die Hand gab. »Dann können wir in Ruhe miteinander reden.« Vom Wagen aus sahen wir ihn durch die Drehtür gehen. Die sportliche Frische, die sein ganzer Körper hin und wieder noch ausstrahlte, hatte sich in eine ängstliche Steifheit verwandelt: das tadellose weiße Hemd erweckte den Eindruck, als trüge er einen Gipsverband um den Hals.

»Wir leben in Zeiten der Verwirrung«, sinnierte ich, während ich ihn durch die Drehtür gehen sah. Nuria brummte etwas und ließ den Motor an. Zurück in der Stadt, schlug sie vor, ein letztes Glas auf ihrer Terrasse zu trinken und ernsthaft über das zu reden, was zu tun sei. Ich fühlte mich furchtbar müde und schmutzig – ich war in eins dieser nächtlichen alkoholgeschwängerter Tiefs gefallen, die mir inzwischen vertraut sind – doch sie bestand so sehr darauf, daß ich ihre Einladung annahm.

Wenig später lagen wir in den Liegestühlen im Garten unter dem sternklaren, lauen Nachthimmel und sprachen über Montse und ihren Strafgefangenen, wobei wir den Anflug eines schlechten Gewissens in Alkohol ertränkten. Ich sagte ihr, ich hätte das Gefühl gehabt, ihr Mann sterbe vor Verlangen, mir zu enthüllen, daß sie, Nuria, ebenfalls mit jenem unseligen Sträfling ein Verhältnis gehabt habe, in dem Glauben, daß ich es nicht wüßte und mich diese Neuigkeit dermaßen treffen würde, daß ich mich gezwungen sähe, mich von ihr abzuwenden ...

»Ach, ist doch egal!« unterbrach Nuria mich gähnend. Sie entschied, daß ich bleiben sollte; morgen würde sie jemand zum Hotel schicken, um meine Sachen zu holen. Ich konnte mich kaum noch auf den Beinen halten, hatte aber inzwischen das seelische Tief überwunden, und nun beherrschte mich eine gewisse geistige Erregung, das Verlangen, die ganze Nacht durchzureden. In dieser Gemütsverfassung zog ich mich auf mein Zimmer zurück, wünschte Nuria mit einem zärtlichen Kuß gute Nacht und beruhigte sie mit einem »Alles wird gut, mach dir keine Sorgen«, was ich im Grunde mehr zu mir als zu ihr sagte.

Paco, der uneheliche Sohn

Die bevorstehende Gemeinheit der Morgenstunde ahnend und entschlossen, sie hinauszuzögern, nahm ich auf das mir zugewiesene Zimmer jene nächtlichen Utensilien mit, die den zügellosen Erinnerungen ein weiches Lager bereiten sollten und, neben meiner Cousine, die einzige lebendige Realität um mich herum bilden würden: Whisky, Eiswürfel und Zigaretten. Schon barfuß auf einem Bein schwankend, entkleidete ich mich, wobei ich auf mondbeschienene, lustige Fliesen sank, eine verschwenderische Fülle von roten, durch Blätter verbundene Radieschen: der Boden des Badezimmers, das ich, verblüfft und mich rührselig in mein Schicksal als Waise fügend, verließ, um kurz darauf auf dem Regal neben dem Fenster, an Buchrücken gelehnt, eine alte, gerahmte Fotografie zu erblicken: vor der Villa unter der Weide im Garten, mit getupfter Sommerkleidung, die Gesichter besprenkelt von der Sonne, die durch das Geäst scheint, so stehen Onkel Luis und Tante Isabel hinter zwei Mädchen, denen sie sanft die Hände auf die Schultern gelegt haben – Montse und Nuria in Schuluniformen –, und lächeln mit argwöhnischem Wohlwollen, heute wie damals, dem finsteren Cousin Paco zu, der habgierig vor ihnen auf der Lauer liegt.

Ich schlief eine Weile, einige Stunden vielleicht, mit brennender Nachttischlampe. Als ich schweißgebadet aufwachte, waren die Eiswürfel im Glas geschmolzen, und im Garten zirpten die Grillen. Die nächtliche Brise bewegte die Gardinen, und irgendwo im Haus surrte ein Kühlschrank. Keine Ahnung, wie spät es war, als Nuria lautlos die Tür öffnete und zu mir ins Bett schlüpfte. Sie trug einen Pyjama, und ihre Haut duftete nach Jasmin. Sie zitterte und weinte. Besorgt und traurig umfaßte ich ihren schmächtigen Mädchenkörper: nie würde diese freche, frühreife Claramunt stark sein, nie so mutig und entschlossen wie ihre Schwester. Über meinen gewohnten, komplizierten Seelenzustand jener Tage hinaus – erinnernd, forschend, redselig bis zum Schwachsinn und zum Überdruß –, über meine Erinnerungen an Montse in ihrem Traumschloß der Mythen, auch über ihre heftige Geschichte von Liebe und Tod hinaus, fing ich wahrscheinlich in diesem Moment an, die Bedeutung jener entscheidenden Phase meines Lebens zu erahnen, die mich hier erwartete und die ich ein für allemal abschließen mußte.

»Wann hat man das Foto von euch gemacht, Nuria?«

Sie schmiegte sich an mich und schlang ihre Arme um mich.

»Ich erinnere mich nicht mehr, Liebling.«

Es mußte 1947 gewesen sein: entzückende Mädchen, wohlerzogen, artig, in der Schuluniform von *Las Esclavas,* noch kenne ich euch nicht, und doch ist euer Familienname bereits wie eine duftende Brise, wenn jemand bei uns zu Hause von euch spricht – die Claramunts.

Diese Familie setzt sich aus angesehenen und gläubigen Leuten zusammen, Seidentuchfabrikanten, die seit drei Generationen in der ehemals selbständigen Gemeinde Gracia ansässig sind. Auch wenn sie viel Geld verdient haben und heute eine glänzende Rolle im gesellschaftlichen Leben spielen, bilden die Claramunts in gewisser Weise einen Chor, einen ehrbaren brüderlichen Gesangverein aus Gracia, was sich auch darin zeigt, daß, wenn sie untereinander über Geldfragen streiten, es sich anhört, als sängen sie: immer herrscht eine feine Harmonie, die behutsam dem Stimmengewirr zugrunde liegt, tiefe, wohlklingende Akkorde, deren Geheimnis auf bester katalanischer Chor- und Kaufmannstradition basiert und die auf geheimnisvolle Weise alle Stimmlagen (nicht aus Gründen der Verwandtschaft oder der Blutsbande, sondern aus jener emotionalen Regung heraus, die von gegenseitigen Gefühlen der Macht herrührt) zu einem durchdringenden, weisen und inbrünstig zitternden Ton zusammenführt, der sich dann in Luft auflöst und einer Stille voll zärtlicher Schwingungen und vagem Wohlstandsversprechen weicht.

Das ist dann der Moment, wo sich alle einig sind.

Ich wurde abseits dieser beinahe liturgischen Harmonie geboren: im April 1939 – Barcelona war soeben von den »roten Horden« befreit worden – brannte meine Mutter, Conchita Claramunt, all den auf Harmonie eingestellten Stimmen zuwiderhandelnd, mit einem hübschen Leutnant aus Córdoba durch, einem unbekannten Filmschauspieler ohne Geld und Zukunft. Das Kind dieser Sünde wurde in Madrid geboren. Zu jener Zeit war Onkel Luis bereits Geschäftsführer des Unternehmens. Ein weiterer Bruder meiner Mutter, den ich nie kennengelernt habe (er vertrat republikanische Ideen und emigrierte), tat sich mit ihr zusammen, und gemeinsam verlangten sie, daß ihnen ihr Anteil am Unternehmen ausbezahlt würde. Es war mehr eine symbolische Geste, denn angesichts der kriegsbedingten Krise schloß der Chor der Claramunts mit eiserner, familiärer Einmütigkeit seine Reihen und zögerte die Auszahlung hinaus. Ich glaube, Conchi kümmerte sich 1944 wieder darum und erreichte auch etwas, allerdings mit einem kräftigen Abzug wegen einer Abwertung der Aktien des Unternehmens, das inzwischen in eine Aktiengesellschaft umgewandelt worden war. Onkel Luis gab weiterhin den Ton an, doch seine ausgezeichnete Idee, die von allen Claramunts unterstützt wurde (von Tante Isabel und den frommen Schwägerinnen in mystischen Akkorden des guten Gewissens besungen), jene Idee, mit der er es schaffen wollte, das Unternehmen gemäß einer Familientradition, die sich dem Wohle aller verschrieben hatte (wovon alle vollkommen überzeugt waren, obwohl ihnen die Scheiße bis zum Hals stand), in Familienbesitz zu halten, jene Idee scheiterte aufgrund der modernen Ökonomie. Nichtsdestotrotz verbreitete sich das wunderbare *Virolai* der Schwarzen Madonna von Montserrat an besonderen Feiertagen im ganzen Haus und im Garten.

Als ich fünf Jahre alt war, wurde Conchi Witwe – übrigens mußten die Umstände von Papas Tod der boshaften Vorstellung, die sich die Claramunts von ihm gemacht hatten, haargenau entsprochen haben: er starb in dem Kostüm eines andalusischen Straßenräubers vor einer Filmkamera der vierziger Jahre, mit einem alten Stutzen auf Großgrundbesitzer schießend. Herzinfarkt. Mama, die ihn als Schauspieler bewunderte, sollte sich noch Jahre danach erinnern, wie sehr sie an jenem Tag geweint hatte, als man ihm die angeklebten Koteletten abriß und den Stutzen aus den Händen nahm, diesmal für immer: man mußte kräftig ziehen. Doch zu der Zeit war sie schon mit einem rührigen Produzenten liiert, einem älteren grauhaarigen Kerl, der leicht schmierig wirkte – ob wegen seines Gesichts oder seiner Haare, das konnte ich nie herauskriegen –, vielleicht war auch seine hohe braungebrannte Stirn schuld daran. Er stammte aus einer ehemals vornehmen, heruntergekommenen Familie aus Barcelona, und ich erinnere mich noch gut an die Zugfahrt, als wir hierherzogen, und später an die blitzartige, lustige – wenigstens für mich und, wie ich annehmen möchte, auch für Conchi – Verwandlung des dynamischen und galanten Produzenten: jetzt war er ein sympathischer Kameramann mit grünem Mützenschirm und geblümten Westen, der mir ein *Cine Nick* schenkte und mich zu den Orphea-Studios auf den Montjuïc mitnahm, die heute verschwunden sind (ich sehe immer noch die Filmkulissen vor mir, die unmöglichen Zimmerwände ohne Decke, die voltaischen Bogen und Scheinwerfer, und erinnere mich an die Augenblicke der Stille, denen Stimmengewirr und verzweifelte Anordnungen folgten). Ich glaube, damals wurde mir so langsam Conchis Beruf klar: Skriptgirl. Ich weiß nicht, wie eine Claramunt einen so beunruhigenden Grad von Emanzipation erreichen und einen so geheimnisvollen, der Familientradition fernen Beruf ergreifen konnte. Wahrscheinlich erlernte sie ihn an der Seite des Cordobesen, als sie ihn auf seinen Reisen begleitete, um die Haushaltskasse aufzubessern. Sie war, wie ich später erfuhr, eine fähige, sehr geschätzte Mitarbeiterin. Aber so zuverlässig sie bei der Arbeit auch war, in Herzensangelegenheiten war sie es ganz und gar nicht: ein leidenschaftlicher und alberner Regisseur französisch-argentinischer Herkunft, der sich Roberto Desnoyers nannte, löste sehr bald – und zu meinem größten Bedauern – den schillernden Kameramann mit den geblümten Westen ab. Mir fallen dabei bestimmte sepiafarbene Bilder ein, die mich damals in Staunen versetzten und über die ich heute nur noch lächeln kann. Conchi sah ich immer nur, wenn sie von irgendeiner Reise zurückkehrte (ich kann mich nur an ihr Heimkommen erinnern), und unsere kleine Wohnung oben an der Calle Balmes war ständig voll von fremden, gestikulierenden und redseligen Menschen. Es war eine lange, wirre Zeit ohne Schule, mit Nachmittagen im Kino des Viertels in Begleitung einer alten Haushälterin, die sich meiner angenommen hatte. Ich hatte damals mein Herz an Paulette Godard und Madeleine Carol verschenkt – mit leichtem Vorteil für Paulette. Außerdem gefiel mir eine große Frau mit hellen Augen und süßen Grübchen in den Wangen, Kay Francis, aber nur weil sie Conchi wie ein Ei dem andern glich und weil sie Männer so behandelte, wie ich es mir von Conchi gewünscht hätte ...

Um 1947 unternahm Conchi mehrere Versuche, sich mit der Familie auszusöhnen, zweifellos meinetwegen: ein Leben, wie sie es führte, erlaubte es ihr nicht, sich um ihren Sohn zu kümmern. Da erfuhr sie, daß der Großvater gestorben war und Onkel Luis, nachdem er die Krise der Nachkriegszeit überwunden hatte, mit sehr viel Geschick den Taktstock des Familienchores und des Textilunternehmens schwang, vor allem dank der Nylonstümpfe, die er als einer der ersten im Lande einführte. Jene Versöhnung zwischen Conchi und der Familie, von beiden Seiten mehr oder weniger reumütig, führte schließlich zu einer Art Vormundschaft, die Onkel Luis für mich übernahm. Ich kam in ein Internat der Salesianer in Gracia und verbrachte viele Sonntage in der Villa zusammen mit meinen Cousinen. Manchmal kamen zuvorkommende Verwandte aus Sabadell zu Besuch, und dann spielte eine durch und durch boshafte Cousine mit uns im Garten, mit blonden Zöpfen und Sommersprossen, die sich lächelnd unter die Fliederbüsche hockte und unbedingt wollte, daß wir die Farbe ihrer Unterhöschen errieten – ein zartes Drängen, dem ich gleichgültig nachgab, im Herzen eine geheime Sehnsucht: mich interessierte eigentlich nur die Farbe der Höschen meiner Cousine Nuria. Ein Knistern von Seide, beringte Hände und Spitzen: ein Schwarm von Tanten drückte mich an sich, küßte mich ab und beschwor über meinem schrecklich cordobesischen Lockenkopf das genußsüchtige Bild von Mama herauf: »So ein unschuldiges Kind ... « – »Junge, er sieht aus wie das Gnadenreiche Prager Jesuskind!« – »Und die Conchi macht einfach so weiter, die Verrückte ...« – »Tja, was weiß er, der Arme ...«

Dennoch war das die glücklichste Zeit meines Lebens. An den Sonntagen ruderte ich begeistert und keuchend zu der Insel meiner Cousinen: zu dem in den gelben Honig einer Sonne, die ich seither nie mehr so sehr genießen konnte, getauchten Garten, zu seinen Bänken aus blau-weißem Mosaik und seinem Steintischchen, dem Teich mit den roten Fischen, den zu Kugeln und Triumphbögen zurechtgestutzten Hecken und den stummen Terrakottafiguren, nasenlose Faune ohne Hufe, Dianen ohne Pfeil und Bogen, die mir mit ihren kaputten Mündern und leeren Augen zulächelten. Eine große Trauerweide, Flieder, Mimosen, Rosen, Hortensien, alles auf sanfte, runde Hügelchen aus brauner Erde gepflanzt, Blumenbeete wie kleine Inseln, deren geometrische Anordnung ein herrliches Labyrinth aus kiesbedeckten Wegen bildete. Und über jenem glücklichen Archipel die alte Villa mit den sonn- und feiertäglichen Orgelklängen, das luftige und zugleich solide Haus mit den grünen Rolläden, dem steilen Schieferdach, auf dem die Abendröte schimmerte, und dem schlanken Turm an der Ecke, der in einem spitzen Dach mit Blitzableiter endete. Seit damals habe ich – ich gestehe es, ohne rot zu werden – ein sentimentales, beinahe obszönes Verhältnis zu Sonn- und anderen Feiertagen. Das Leben dort hatte immer etwas von einer eigenartigen Adventsstimmung – gefährlich verworren für ein Kind, furchtbar katastrophal für einen Erwachsenen, jetzt weiß ich es.

Meinen Augen galt die Bewunderung der Claramunts (sie erkannten in dem blassen Blau ein Merkmal der Familie), aber nicht meinem Haar, dem schwarzen Zigeuner-Alptraum, und noch weniger meinem Namen: Paco Bodegas. Ein zu allen Gemeinheiten fähiger Name. Ein entsetzlicher Vorname und ein entsetzlicher Familienname, die sehr bald aus Barmherzigkeit katalanisiert wurden, zuerst zaghaft (aus Paco wurde Paquitu) und dann entschieden, bis sie radikal aus dem familiären Wortschatz gestrichen wurden. Die Umtaufzeremonie, die von Onkel Luis mit seiner mächtigen Stimme vorgenommen wurde, fand an einem sonnigen Nachmittag statt, als ich mit meinen Cousinen im Garten spielte und die Familie im Salon zusammensaß: groß, gebieterisch, ausgestattet mit außerordentlichen Vollmachten, beugte sich Onkel Luis aus dem Fenster und rief mit donnernder Stimme: »*Francesc!* Faß die Mädchen nicht an!« Seit jenem Nachmittag nannten mich alle Francesc, mit Ausnahme von Montse, die wie stets ihre Besonnenheit unter Beweis stellte, und lange Zeit kam mir dieser

Name vor wie eine angemessene Charakterisierung, die ich wegen meiner soeben begangenen Unanständigkeit verdiente, etwas, das die zarte Zudringlichkeit meiner Hände an der warmen und seidigen Scham meiner Cousinen in gewisser Weise der ganzen Welt vorführte. Ach, sündiger Kommunikant! Später erlaubte er meinen Cousinen und mir, zum Rollschuhlaufen in den *Skating Club* zu gehen. Aus den Lautsprechern dröhnte: »Hübsches Püppchen – mit Haaren wie Gold – mit Zähnen wie Perlen – und Lippen wie Rubin«, und ich, ein Hampelmann auf Rollschuhen, eine sentimentale Vogelscheuche, erfüllt von etwas, was mir wie Liebe erschien, hechelte begierig, mit heraushängender Zunge, den wackelnden Pobacken meiner Cousine Nuria hinterher... Gerührt erinnere ich mich an einen Duft nach Flieder im Garten, an mein leidenschaftliches Bemühen, gewisse emsige, geheimnisvolle Spiele im Zwielicht der Dämmerung oder im Halbdunkel der Eingangshalle in die Länge zu ziehen, unter den großen Blättern einer Zierpflanze oder unter dem Wandteppich, auf dem Engel eine purpurne Wolke mit der Jungfrau Maria vor sich her pusteten (der Realismus ihrer gewaltig aufgeblasenen Backen faszinierte mich: ich hörte geradezu das fffuuuuu...); oder unter einer dekorativen, rautenförmigen Platte aus Elfenbein, die neben der Tür hing und auf der in silbernen Buchstaben geschrieben stand: *Gott schütze Euch,* gehalten von einem, wie mir schien, allem überdrüssigen oder enttäuschten Jungen. Doch die ganze Woche über im Internat hatte ich jenes kalte Gefühl des Messingknaufs bestimmter verbotener Türen an den Händen, und mit dem Wutgeheul des armen Verwandten sehe ich noch heute das Zimmer meiner Cousinen in der Villa vor mir, ihre buntbemalten Betten, und verspüre das Gefühl von Ausgestoßensein, das in mir wachsen und mich auffressen sollte... Und dann die nachmittägliche Schokolade, die uns die Großmutter zubereitete, die *Bubi*-Zigaretten, die ich meinem Onkel klaute, das Massageöl *Floïd*, das Montse und mir so sehr gefiel, das erregende Gespräch mit Nuria über ›Rebecca‹, den schrecklichen Todsünden-Film (als ich ihn Jahre später nochmals sah: welch eine Enttäuschung!), und die Sonntage mit den *Sardanas*-Gruppen im Parque Güell. Es war die Zeit, als die Strolche vom Guinardó sich auf der Plaza Sanllehí Steinschlachten lieferten, und die verwahrlosten Lümmel, die nicht zur Schule gingen, sich an die Straßenbahnwaggons der Linie 24 hängten; die Zeit, als die Mädchen hübsche Geldbörsen aus rotem, gelbem oder grünem Plexiglas hatten und blaue Baskenmützen trugen; es waren die Tage des »Wie machst du's?« – »Mit beiden Händen, besser als du!« Es war Adventszeit.

Ich wurde aus dem Internat verwiesen, weil ich pornografische Zeichnungen angefertigt hatte (in den Religionsstunden, wenn ich mich recht erinnere: zum ersten Mal trat das zutage, was Tante Isabel »das Erbe des Straßenräubers« nannte), und die arme Conchi, die schon ziemlich depressiv war und ernste Geldsorgen hatte, verteidigte mich und überwarf sich mit der Familie. Sie stritt heftig mit Tante Isabel, sie beschimpften sich gegenseitig, mit dem Ergebnis, daß ich nie mehr in die hübsche Villa an der Avenida Virgen de Montserrat zurückkehren durfte. Mein Aufenthalt auf der Insel der Glückseligkeit hatte genau drei Jahre gedauert. In irgendeinem verborgenen Winkel meiner Erinnerung sollte für immer das Geräusch von Schritten auf einem Kiesweg widerhallen, ähnlich dem entfernter Wellen, die sich an den Klippen eines Strandgartens brechen, ein – wie mir schien – bestürzendes Ereignis.

Ich nahm auch ein winterliches Bild von meiner Cousine Montse im Garten mit: an einem grauen, kalten Tag sitzt das Mädchen mit dem blauen Umhang ihrer Schule, an dem der Wind zerrt, am Teich und beobachtet aufmerksam die roten Fische, während sie vielleicht von einer Welt voller Licht träumt.

Conchi heiratete einen Fotografen aus der Provinz, der sein

Glück beim Film versucht hatte (ein Standfotograf: so mußte Conchis feurige Flamme verlöschen!) und sie überredete, alles aufzugeben; und so zogen wir mit ihm in sein Dorf San Pedro de Alcántara bei Málaga. Dort hatten er und seine alte Mutter ein kleines Fotogeschäft, und ich ging bei ihm in die Lehre – Hochzeiten, Banketts, Erstkommunionfeiern und Taufen. Ich lernte die Geheimnisse des Entwickelns und Retuschierens kennen. Die Jahre vergingen, und ich flüchtete mich hinter das Auge der Kamera sowie in Germáns Bibliothek (eine Überraschung, die Conchi gar nicht begeisterte: der Standfotograf stellte sich als ein belesener und kultivierter Mann heraus), wo sich mir so manche innere Bereiche erschlossen und ich eine wichtige Entdeckung machte: jene dem Advent gleichende Phase meines Lebens war kein Blendwerk der Kindheit eines armen Verwandten gewesen, sondern eine Vorahnung meines gegenwärtigen Exils in der Provinz und jener Erwartung, die mir nahelegte, das Ruder irgendwann wieder in die Hand zu nehmen: so als handle es sich tatsächlich um den erträumten grünen Archipel, die sonnenbeschienenen Inseln, die aus den grauen Nebeln der Kindheit auftauchten, sah ich aus meiner andalusischen Verbannung heraus ständig den Garten und die Villa meiner Cousinen in der fernen Stadt des *seny* vor mir ...

Doch lassen wir die so wenig erfreuliche Erinnerung an Conchi beiseite. Tatsächlich sah ich euch erst im Sommer 1959 wieder. Mit zwanzig Jahren, inzwischen ein introvertierter, empfindlicher Provinzler aus dem Süden, hatte ich schon lange hin und her überlegt, wie ich nach Barcelona gehen und dort arbeiten könne, als Conchi, in einer letzten verzweifelten Anstrengung, anläßlich verschiedener Reisen wieder mit der Familie zu liebäugeln begann (ich erinnere mich sehr genau an sie: eine erstaunliche Frau von vierzig Jahren, das kantige, warmherzige Gesicht ungeschminkt, das wunderschöne Haar zu zwei goldgelben Schnecken hinter den Ohren geflochten). Nach etlichen Monaten erreichte sie schließlich, daß Onkel

Luis mir eine Stellung im Büro einer der Familienbetriebe verschaffte. Und eines Tages setzte Conchi mich in meinem zweireihigen Prince-of-Wales-Anzug am Bahnhof von Málaga in einen Zug, gab mir kluge Ratschläge im Hinblick auf die Claramunts, küßte mich weinend und nahm von mir Abschied, so als zöge ich in einen Bürgerkrieg.

Als das erledigt war, verschwand eure verrückte Tante plötzlich aus meinem Leben, aus dem des Fotografen und dem aller anderen – verschluckt diesmal von der gefährlichen Nähe des nächtlichen Torremolinos und eines früheren Bekannten, eines Friseurs, eines gewöhnlichen »Lichtdoubles«, einer schillernden Kulissenratte.

Seitdem haben die Claramunts sie niemals mehr in meiner Anwesenheit erwähnt.

Der Junge, der wiedergeboren werden soll

Auch stelle ich mir gerne vor, daß der Lärm in dem Besuchersaal manchmal so ohrenbetäubend gewesen sein muß, daß sie sich damit begnügten, sich durch das doppelte Gitter lange in die Augen zu sehen, ohne zu reden, so wie es manche jungverheirateten Paare taten. Aber das muß erst sehr viel später gewesen sein, nachdem sie ihn schon mehrere Monate besucht hatte.

»Kopf hoch, es dauert nicht mehr lange«, wird sie zu ihm gesagt haben.

»Ja.« Sein Haar ist nachgewachsen, er wirkt größer, männlicher, trauriger und müde. Er spricht leise, und Montse versteht ihn kaum. »Und du, Montse, wie geht es dir?«

»Gut. War der Kuchen lecker?«

»Sehr lecker, ja.«

»Ich nehme an, du teilst ihn mit deinen Freunden.«

»Klar. Komm näher, ich versteh dich nicht.«

Montse drückt ihr Gesicht gegen das Gitter.

»Weißt du was?« sagt er lächelnd. »Es gibt da einen Trick: wenn du am Gitter reibst, wird so eine Art Strom erzeugt, und dann hört man die Stimme besser.«

»Wirklich?«

»Im Ernst. Du wirst sehen, versuch's mal.«

Sie gehorcht lachend, mit sanften, unbeholfenen Bewegungen reibt sie Mund, Brust und Bauch an dem Gitter. Um seine These zu beweisen, fragt er ganz leise: »Deine Augen, sind die schwarz oder braun?« Und tatsächlich: es scheint so, als verstehe man den anderen besser. Während sie weitersprechen, hören sie nicht auf, sich zu bewegen.

»Ihr müßt ja eine verschworene Bande sein, hier drin.«

»Ich nutze die Zeit, um zu lernen. Ein sympathischer Alter bringt mir Französisch bei. Das ist ganz lustig. Seine Tochter hat eine Pension am Passeig del Born. Ich kann dort wohnen, wenn ich rauskomme, hat er gesagt.«

»Aber weißt du denn nicht, wohin du gehen kannst?«

»Ich will nicht nach Hause zurück.« Seine Hände rutschen am Gitter herunter, er tritt etwas zurück und schweigt. Sein Kopf befindet sich im Dunkeln, man kann sein Gesicht nicht erkennen. Montse preßt ihren Körper gegen das Gitter, versucht, das Halbdunkel zu durchdringen, einzutauchen, um sich von der Umwelt abzukapseln, wie in einem Beichtstuhl. Er fügt hinzu: »Nicht mal geschrieben haben sie mir.«

»Denk nicht immer gleich das Schlechteste, Mann! Sie haben eben viel Arbeit... Und außerdem bist du nicht mehr lange hier.«

Der Besuchersaal gleicht einem Hühnerhof. Montse ertappt sich wieder beim Schreien, sie will sicher sein, daß er sie verstehen kann. Flores und Amaya stehen keifend rechts und links neben ihr, erzählen ihren Gefangenen von Zänkereien in der Familie. Ganz am Ende der langen Reihe der an das Gitter gepreßten Frauen steht die Blonde in Trauerkleidung, sie beugt sich weit zurück, sieht zu ihr herüber, lächelt ihr zu. Montse lächelt zurück. Dann sieht sie den Jungen fragend an, und er bestätigt es ihr: ja, das ist sie, die Pensionswirtin, und der Gefangene, mit dem sie spricht, ist ihr Vater.

»Ich fänd's gut, wenn ihr euch anfreunden würdet«, sagt er. »Das sind nette Leute.«

»Ja, gut. Und, arbeitest du immer noch als Elektriker? Mann, wenn du rauskommst, hast du einen Beruf...«

»Ich mach jetzt auch Koffer.«

»Was? Ich versteh dich nicht.«

»Koffer! Reisekoffer! Sehr gute ...«

»Prima! Du, in dem Paket ist wieder ein Buch, mal sehn, ob's dir gefällt.«

Das erste Klingelzeichen, das Geschrei wird lauter.

»Bestimmt. Hier in der Bibliothek gibt es kaum was Gescheites. Was anderes, Montse: hast du meinen Brief bekommen?«

»Ah, ja.«

Sie blickt auf ein Knopfloch ihrer Bluse hinunter. Die Klingel, zweite Aufforderung. Ein Knopf ist aufgeknöpft. Er lächelt, Montse fügt hinzu:

»Was du für lange Briefe schreibst! Strengt dich das nicht an? Ich könnte das nicht. Und außerdem weiß ich nie, was ich schreiben soll, das hast du sicher schon bemerkt. Nur Unsinn ...«

»Der letzte hat mir aber sehr gefallen.« Er tritt aus dem Schatten heraus, nun sehr ruhig, die Finger wieder am Gitter festgekrallt. »Was ich dir noch sagen wollte: warum freundest du dich mit der nicht an, mit der aus der Pension, gleich, wenn ihr rausgeht ...? Mal sehn, was dran ist an dem, was ihr Vater erzählt.«

»Wenn du willst«, stimmt sie widerstrebend zu. »Aber keine Sorge, Mann, wir lassen dich nicht auf der Straße stehen. Ich könnte dir was suchen, ein Zimmer ...«

Dritte und letzte Aufforderung. Sie verabschieden sich bis in ein paar Tagen: mitten in der Woche ist ein Feiertag, und den wird sie zu einem weiteren Besuch nutzen.

Beim Hinausgehen wartet die Blonde auf dem Gang auf sie. Lächelnd und geschwätzig stellt sie sich Montse vor, ihren Namen wird sie sofort wieder vergessen, weil ihr die Art, wie sie »Was für ein netter Junge, nicht wahr?« sagt, nicht gefällt, und außerdem überkommt sie eine vage, unbekannte, völlig neuartige Niedergeschlagenheit, als sie das Gefängnis verläßt, ganz anders als das, was sie sonst immer empfindet, jene blendende Helle in den Augen, wenn sie sich, verwirrt und innerlich leer, dem jähen Tageslicht wieder stellen muß.

»Einen Moment.«

Ich befreite mich aus ihrer Umarmung, sprang aus dem Bett und ging leicht schwankend zum Bücherregal.

»Was brauchst du?« murmelte Nuria aus dem warmen Halbdunkel heraus. »Die Zigaretten liegen hier.«

Eine frische Brise, der von einem zärtlichen Lichtstrahl gestreichelte Fensterrahmen, innig, vertraut. Die Spitzen der vom Wind bewegten Gardinen streifen meinen Oberkörper, kitzeln mich, umgeben mich wie weiße Flammen. Draußen das Geräusch der Blätter und Zweige, die gegeneinanderschlagen, uns überfluten die Gerüche des Gartens. Die Zigaretten, die Zigaretten, ja ...

»Glaubst du, daß sie sich ähnlich waren, Nuria? Daß es zwischen ihnen etwas Gemeinsames gab?«

»Nein, sicher nicht. Tante Conchi war sehr intelligent, glaube ich; ich habe sie kaum gekannt. Du mußt das doch wissen, sie war deine Mutter.«

Ich hielt nun das Foto in der Hand. Einen Augenblick lang blieb ich am Fenster stehen, eingehüllt, angenehm fasziniert von den glänzenden, seidigen Zungen. Ist es ein fehlerhafter Abzug, oder ist es Conchis Lächeln, dieser blasse Schimmer um den Mund meiner Cousine Montse? Die Vorahnung des Skandals, das Gefühl der Schande, das auch sie bei ihrem anstößigen Abenteuer begleitet haben mußte ...? Nein, es ist zwecklos: es gibt nichts Gemeinsames. Aber immer, wenn ich meine rührende Conchita-Fotosammlung durchsehe, komme ich zu demselben Schluß: bis heute ist es mir nicht gelungen, ein einziges Bild auszumachen, auf dem meine Cousine Montse nicht auf irgendeine Weise präsent gewesen wäre.

»Anscheinend wart ihr Frauen den Männern der Familie

immer überlegen«, sagte ich. »Wer hat das Foto gemacht, erinnerst du dich?«

»Und dafür bist du aufgestanden? Los, komm wieder ins Bett.«

»Was hältst du von ihr?«

»Also wirklich! Man könnte meinen, du würdest mich nicht kennen.«

»Kann sein, daß ich dich nicht gut genug kenne ... Entschuldige. Ich wollte sagen, die Zeit hinterläßt doch Spuren, und sie verändert auch Meinungen. Was hältst du von ihr?«

»Du gehst mir auf die Nerven, Paco.«

Über irgend etwas mußte sie lachen, dort im Halbdunkel, bedeckt und verhätschelt von den unsichtbaren Händen des Glücks. Das Bett knarrte, und nach einer Weile des Schweigens fügte sie hinzu:

»Das ist doch jetzt längst vorbei. Ich stand immer auf ihrer Seite, trotz allem ... Und sie war deine Mutter.«

»Ich rede nicht von Conchi. Ich rede von deiner Schwester.«

Ich stellte das Foto mit den Claramunts an seinen Platz zurück und drehte mich um. Es war immer noch heiß, trotz der fortgeschrittenen Nacht und der Brise, und im Schlafzimmer war es wie in einem Backofen; nur die Steinfliesen unter den nackten Füßen verschafften ein wenig Kühlung. Der Garten schimmerte bläulich. In der Ferne, auf der Straße, bahnten sich die Scheinwerfer eines Autos ihren Weg durch die Nacht. Das Schweigen meiner Cousine erhitzte meine Männlichkeit, und ich näherte mich ihr niederträchtig; ich wollte sie – wieder einmal – fragen, ob bei dem Gedanken an Montse in ihr nicht, wie bei mir, ein Schuldgefühl hochsteige. Aber aus irgendeinem Grunde schwieg ich; ich legte mich wieder ins Bett und ließ meinen Blick langsam durch das Zimmer wandern, auf der Suche nach etwas, was mich beruhigen könnte, und wie früher stieß ich auf ihre Augen, ihre großen braunen Augen, zwei lebhafte leuchtende Pupillen, die mich mit einer abwartenden, animalischen Unbeweglichkeit aus den Kissen heraus ansahen, auf ein Zeichen von Ungeduld oder Neugier in meinem Gesicht lauernd, was von einer Minute auf die andere eine Nervenkrise oder die Angst vor sich selbst auslösen konnte oder auch ihren Widerspruchsgeist wecken konnte, etwas, das ich in jener Nacht noch nicht zu bestimmen vermochte. In dem Versuch, langsam, gewissenhaft und beinahe besessen die ihrem Körper verlorene Zeit zurückzugewinnen, in Nächten der Lieblosigkeit und vielleicht sogar der Schande dort angehäuft, schlang sie wieder die Arme um meinen Hals und lockte durch rhythmisches Atmen den Traum herbei.

»Im Grunde haben wir uns nicht so sehr verändert«, murmelte sie, und ihr Atmen ging in ein Keuchen über, wieder wurde sie von einem nervösen Lachen geschüttelt. »Nichts hat sich verändert. Und du am allerwenigsten. Weißt du, was Salvador immer über dich sagt? Daß du ein nachtragender Mensch bist und daß du deinen Groll und dein flegelhaftes Benehmen nur deshalb kultivierst, um eine lächerliche, provinzielle Moral zu verbergen.«

»Sehr scharfsinnig, der Diözesan-Jugendführer.«

»Findest du das nicht komisch?«

Ich erwiderte wütend ihre Küsse: das Ende der Nacht war nicht in Sicht.

Ein Riß in der Villa

Ich spürte, wie sich die Nacht schützend über die Villa ausbreitete. Und irgendwann, irgendwo in jener uferlosen Zeit hörte ich wieder die schüchterne Stimme von Esperanza, dem Dienstmädchen, das an einem heißen Spätnachmittag an der Eingangstür stand und mich hereinbat, und ich erzählte es meiner Cousine, sagte ihr, mit welcher Deutlichkeit ich mich wieder im Salon der Claramunts stehen sah, soeben aus dem Süden angekommen, allein, voller Hoffnung und innerer Erregung, mit ausgefahrenen Antennen, um auch die leisesten Geräusche des Hauses aufzunehmen: wieder vergrabe ich die Hände in den abgewetzten Taschen meines alten zweireihigen Prince-of-Wales-Anzugs, die Schweiß und Armut fadenscheinig gemacht haben, und betrachte das große Gemälde des Ahnen und seiner Fabriken, das über dem Kamin hängt. (Der Großvater mit seinen zwanzig Schornsteinen im Hintergrund, präzisierte Nuria, sieben mehr, als er jemals besaß. Er war nämlich ein eitler Mensch.) Doch kommen wir zu dem, was uns wichtig ist: Was wußte ich von dem Unheil, das sich bereits über Montse und diesem Haus zusammenbraute, als ich ankam? Nichts. (Und ich ziemlich wenig, das ist die Wahrheit. Ich maß dem Ganzen keinerlei Bedeutung bei. Und dann ...) Und stell dir vor: schon damals im Sommer 1959, als ich meine zaghaften Kontakte zur Familie wiederaufnehme, ist das einzige, was ich deutlich empfinde, das gezwungene Verhalten des Provinzlers. (Nicht einmal das, Liebling: wenn

Papa guter Laune war, pflegte er zu sagen, du kämst nicht aus der Provinz, sondern vom Lande.) Vom Lande. Mir fehlt die Sicherheit. Ich arbeite schon zwei Wochen in der Fabrik an der Calle Escorial, als Onkel Luis mich in sein Büro kommen läßt, um mich zu fragen, ob ich zufrieden sei mit der Arbeit – in der Lagerverwaltung –, und um mich zum Abendessen in die Villa einzuladen. Bisher hatte ich nur deine Schwester wiedergesehen, du warst in Sitges, als ich aus Málaga ankam.

Am ersten Tag erkannte ich sie kaum wieder: Das unscharfe Bild eines Kindes, das ich in Erinnerung hatte, eines Schulmädchens, das an einem regnerischen Tag neben dem Teich mit den roten Fischen träumt, während der Wind an ihrem blauen Umhang zerrt, erschien nicht zu dem Stelldichein mit den zuverlässigen Erinnerungen, jenen, die etwas Licht in das Wesen unserer Träume bringen könnten.

Im Auftrag der Kommission für Kollekten kam sie häufig ins Warenlager, vergnügt, in ihrer überschwenglichen Art, alle herzlich und fröhlich zu begrüßen. Seltsam: in ihrer Abwesenheit machte man sich ein bestimmtes, klischeehaftes Bild von ihr, das jenes, wenn sie dann vor einem stand, immer wieder Lügen strafte. Sie war nicht eine von diesen frommen Pfarrhelferinnen mit Mantille und Gebetbuch, einem säuerlichen Lächeln und geheimnisvollen dunklen Ringen um die Augen. (Die bekam sie erst später, als ich sie nachts in ihrem Zimmer weinen hörte, behauptete Nuria.) In der Fabrik verkaufte sie Lose für wohltätige Zwecke und sprach von einem Zentrum für die geistige Unterweisung von Büroangestellten, das vernünftige Ratschläge erteilte, von mir aber nicht in Anspruch genommen wurde, und zwar nicht wegen mangelnden inneren Antriebs oder wegen antireligiöser Einstellungen – damals war ich nur ein glücklicher Gleichgültiger –, sondern weil mir das alles ein leichtes Mißtrauen einflößte. Mit Montses Ratschlägen ging es mir genauso wie mit den Ratschlägen guter Freunde, die finanziell bessergestellt waren als ich: ich gebe zu, daß sie sehr vernünftig sind, aber sie nützen mir überhaupt nichts. Montse meinte, in einer Pension zu wohnen, müsse sehr trist sein, und daher beschloß sie auf der Stelle, eine Wohnung für mich zu finden; sie bot sich an, persönlich ein billiges Appartement zu suchen, wenn möglich, nicht zu weit weg von der Fabrik. Sie war sympathisch und redselig, sehr schlagfertig und klüger, als es ihre Kollegen im Büro vermuteten, und konnte keine Minute still sein. Mit ihrem aufrichtigen Lächeln überfiel sie auf den Fluren das gesamte Verwaltungspersonal, einschmeichelnd und zäh in ihren bescheidenen Forderungen, eine seltsame Mischung aus verwöhntem Kind und meckernder alter Dame, bis sie ein paar Münzen für ihre armen Kleinen aus dem Guinardó und vom Carmelo lockergemacht hatte. Viele versuchten ihr aus dem Wege zu gehen, manche sogar ziemlich unhöflich; sicher, ihre nervöse Geschwätzigkeit und ihre Fröhlichkeit konnten einen schwindlig machen, doch das, was am meisten an ihr kritisiert wurde, ihre lästige Beflissenheit, mit der sie die Leute in ein Gespräch verwickelte, war nichts anderes als die übertriebene Lebendigkeit, zu der sie sich häufig gezwungen sah, um die kaum verhohlene Gleichgültigkeit, die Einsilbigkeit und die Hartherzigkeit, mit der wir sie behandelten, zu durchbrechen. Niemand gab sich die geringste Mühe, freundlich zu ihr zu sein, und wir waren nicht einmal in der Lage, das zu verbergen. Offenbar immer beschäftigt, hatte sie weder Zeit noch Lust, an sich selbst zu denken, sie war ein unstetes Wesen, geschlechtslos, ohne Wünsche oder Komplexe. Was bei ihr als erstes die Aufmerksamkeit auf sich zog, war ihre Stimme: die schöne Stimme einer chronisch Erkälteten, leicht belegt und mit einem gefühlvollen Ton.

An jenem herbeigesehnten Abend also, an dem ich zwei Stunden zu früh zum Essen erscheine, sehe ich den Garten, der nach der Hitze des Tages ruhig vor sich hin döst, und ich vertreibe mir die Zeit, indem ich die wohlduftenden Inseln der

Erinnerung mit den Augen der Phantasie durchstreife: Über die Kieswege schreitend, unter den Buchsbaumbögen hindurch, gelange ich zu dem Springbrunnen mit der schlanken, moosbedeckten Schale, zu der Weide und dem Eukalyptus, dessen lange, schmale Blätter den Boden übersäen. Um die Villa deiner Eltern zu betreten, mußte man gewisse Dinge tun, die die einfachen Gemüter auf Unterwerfung und Respekt vorbereiteten: die Hand zwischen die Gitterstäbe des Gartentores hindurchschieben und von innen den Riegel hochheben, hindurchgehen und das Tor wieder schließen, dann um den Springbrunnen herumgehen, mit der Hand einen tiefhängenden Zweig der Weide beiseite schieben, die vier Stufen der Veranda hochsteigen und schließlich an der Glocke ziehen, weder zu kräftig noch zu schwach. (Deine Komplexe, bemerkte Nuria. Unsicherheit. Der persönliche Ehrgeiz, wie wir zu Wohlstand zu gelangen, der dich damals verzehrte; das, was dich so lange zögern ließ, mich zu küssen. Genau wie bei Salva.) Genau wie bei Salva. Und dann gab ich mich zu erkennen – ein Neffe der Herrschaften –, und Esperanza bat mich in den Salon und sagte, die Señora sei noch nicht da, aber es könne nicht mehr lange dauern. Esperanza: ein Mädchen aus Galicien mit rosigen Wangen, das Tante Isabel aus dem »Haus der Familie« in der Calle Verdi ausgelöst hatte. (Sie kaufte sie dem »Haus der Familie« ab, so wie sie es mit den anderen Dienstmädchen auch gemacht hatte, verwandelte sie in eine Perle des Hauses und verheiratete sie.) Sie kaufte sie frei. Ein Mädchen, das ständig einen Duft nach Wachs verströmte wie die Möbel im Salon; jetzt sind wir wieder hier in diesem Frieden und dieser Harmonie – obwohl die Manschette des Hemdes, was für ein Aufzug, dir zu groß ist, sage ich zu mir selbst, und auch mit dem armseligen Anzug ist kein Staat mehr zu machen, verstecke den Ärmel, dich sieht nur der alte, in der Schule von Tarrasa diplomierte Pionier von seinem Bilderrahmen herab, jener Claramunt, fortschrittlicher Geist und

Baumwollhändler, eine kraftvolle Gestalt, die sich aufrecht und schwarz vor einem grauen Hintergrund von rauchenden Kaminen abhebt.

Ich spitze die Ohren, eine Tür öffnet und schließt sich, und eine fröhliche Frauenstimme ruft auf dem Korridor nach »Esperanza, Esperanza«, ihr Rhythmus ist die Vorwegnahme desjenigen, der Jahre später, während einer deiner Parisreisen, triumphieren sollte, erinnere dich, und beinahe im selben Augenblick, als ich mich zur Tür des Salons umdrehe, werde ich von einem sonnenbeschienenen, leuchtenden Schneeweiß geblendet: ein Bein nach hinten in die Luft gestreckt, den Körper vorgebeugt und den Arm mit dem Tennisschläger nach vorn gehalten, so als wolle sie einen überraschenden Ball am unsichtbaren Netz retournieren. (In Wirklichkeit, erklärte Nuria, überraschte mich deine unerwartete Anwesenheit, ich wollte nur den Schläger aufs Sofa werfen.) Eine Tennisspielerin, ein nettes Püppchen in Weiß, das auf einem Bein balanciert, mustert mich vergnügt. Du wirst nicht älter als achtzehn gewesen sein, ich sehe dich noch vor mir, du trägst ein rotes elastisches Band im Haar, das zu beiden Seiten offen herabhängt, wunderschön kastanienbraunes Haar, Tennisschuhe, weißes Röckchen, weiße Bluse und einen dünnen Pullover über die Schultern geworfen. Beine und Arme braungebrannt ...

»Aber das ist ja Francesc!« Du kommst auf mich zugelaufen, ich schwanke wie ein Hampelmann, als du versuchst, mich auf die Wange zu küssen. »Kennst du mich denn nicht mehr?« fragst du auf katalanisch. »Ich bin Nuria!«

»Ach, natürlich ... Also wirklich, ich hätte dich nicht wiedererkannt«, und gleich darauf die Erklärung: »Ich habe mein Katalanisch fast völlig vergessen.«

»So eine Überraschung! Steh doch da nicht so rum, Mann, komm, setz dich.«

Und du schiebst mich zum Sofa und drückst mich aufs Polster, dann trittst du ein paar Schritte zurück, betrachtest mich erfreut und in gewisser Weise bewundernd (du sahst tatsächlich wie ein großer Junge aus, zwar vom Lande, aber äußerst attraktiv), den Kopf zur Seite geneigt, die Hände auf dem Rücken, so begutachtest du mein Äußeres. Auch ich werde nicht müde, dich anzusehen, du hast die gleichen Grübchen auf den Wangen wie Conchi. Du fragst, ob ich etwas trinken möchte.

»Also ... Na gut, Wein.«

»Wein, um diese Zeit? Vor dem Abendessen?« sagst du erhitzt und voller Nervosität, wobei du deine hübschen braunen Schenkel zusammenpreßt, und ich sehe dich zur Tür laufen und nach Esperanza rufen, dann kommst du sofort wieder zurück, um dich neben mich zu setzen – der Geruch eines schwitzenden Tieres breitet sich über meinen Körper – und mich zu fragen, wie es mit der Arbeit gehe, warum ich dich bis jetzt nicht besucht habe, wo ich wohne und wie alt ich jetzt sei. Ich erzähle, daß ich im Augenblick in einer Pension in der Avenida de la República Argentina wohne, einem alten Kasten, die Wirtin sei jedoch nett, daß ich aber eine nicht zu teure Wohnung suche und ich jetzt zwanzig Jahre alt sei, »immer zwei älter als du«; daß ich knapp über viertausend Peseten im Monat verdiene, bald jedoch mehr, wie mir Onkel Luis versprochen habe, ich könne mich nicht beklagen. Du willst wissen, wie so ein schüchterner Junge wie ich sein Geld in Barcelona ausgibt, und romantisch stelle ich klar, korrigiere: Ein seltsamer Junge wie ich gibt alles für Bücher, speziell für Filmbücher, Schallplatten und Alkohol aus. (Das verhängnisvolle Erbgut des Cordobesen, würde Mama sagen, erinnerst du dich?) Das verhängnisvolle Erbgut. Und langsam, mit munterem Klirren, kommt Esperanza herein und stellt das Tablett vor uns auf das Tischchen, eine Flasche Rosé und ein Glas, und während du mir eingießt, hörst du nicht auf zu reden:

»Du hast dich sehr verändert, aber du bist immer noch

hübsch. Ich wußte gar nicht mehr, daß du dieselbe Augenfarbe hast wie Tante Conchi, himmelblau.«

»Ach ja?«

»Was weißt du übrigens von ihr?«

Mit dem langen, offen herabhängenden Haar, dem artigen Gesichtsausdruck und den weißen Söckchen machst du immer noch jenen hilflosen Eindruck einer Schülerin des Colegio de las Esclavas.

»Sie ist mit einem Lichtdouble zusammen, glaube ich ...«

»Einem Lichtdouble? Das klingt ja lustig, eine hübsche Bezeichnung! Was bedeutet das?«

»Das sind die, die sich für die Beleuchtungsproben beim Film zur Verfügung stellen, sie doubeln die Schauspieler, bevor gedreht wird ...«

»Ach! Und was weißt du sonst noch von ihr?«

»Du bist sehr neugierig, Kleine.« Im Sofa zurückgelehnt, betrachte ich dich lange, wie hübsch du bist, ich dämpfe die Stimme, mache ich mich interessant? Sie werden schon sehen, vom Lande! Sie werden schon sehen! Du wirst ungeduldig:

»Los, erzähl, mich erschrecken diese chaotischen Geschichten nicht mehr.«

»Sie ist wohl am selben Tag verschwunden, an dem ich in den Zug nach Barcelona gestiegen bin, vor vierzehn Tagen ... Ich hab es eben erst erfahren, Germán hat's mir geschrieben.« Du runzelst die Stirn, und ich erkläre: »Germán ist ihr Ehemann.«

»Ach so.«

»Dein Vater hat einen Brief von Conchi erhalten, aber ...«

»Warum nennst du sie Conchi? Sie ist deine Mutter.«

»Ich hab sie immer so genannt.«

»Bleibst du zum Abendessen?«

»Sieht so aus. Und Montse?«

»Weiß der Himmel, wo die sich herumtreibt ... Mach dich auf was gefaßt. Ich weiß, warum Mama dich eingeladen hat.«

»Weil ich ein netter Junge bin und allein in einer Stadt voller Gefahren.« Eine sehr witzige Antwort, die dich zum Lachen bringt. Sie werden schon sehen ... vom Lande! ... Sie werden schon sehen. »Also, worauf soll ich mich gefaßt machen?«

»Auf das Verhör«, erwiderst du mit kehliger Stimme, scheinbar angsterfüllt. (Niemals hätte ich mich darüber lustig gemacht, wenn ich gewußt hätte, was passieren würde, sagte Nuria. Wer konnte ahnen ...) »Mama will dich ausfragen.«

»Mich ausfragen? Warum?«

»Ah! Großes Geheimnis ...« Und du springst auf. »Ich erzähl's dir später. Jetzt werd ich duschen und mich fürs Abendessen umziehen.«

Du verschwindest und läßt mich mit dem Tennisschläger und deinem beunruhigenden Duft zurück. Ich setze mich zurecht, ziehe meine Manschette hoch, wieder alleine, alle vibrierenden, hypersensiblen Antennen ausgefahren, Nebengeräusche registrierend, eine Stimme, Schritte, ein Telefon, das irgendwo im Haus läutet, niemand geht an den Apparat. (Es war Mamas Telefon, in ihrem Büro, das sie immer abgeschlossen hat. Nur sie benutzte diese Leitung. Nur sie.) Ich gieße mir noch ein wenig Wein nach, es ist ein sehr überzeugender Rosé. Auch wenn Tante Isabel das Gegenteil annahm, so war meine Vorliebe für gute Weine nicht auf das verhängnisvolle Erbe des Cordobesen zurückzuführen, sondern war mir von Conchi beigebracht und anerzogen worden, einer Claramunt ...

Erneutes Türenschlagen, und jetzt ist es tatsächlich Tante Isabel, die eine schwungvolle Litanei von Klagen über die Hitze und den Verkehr vom Stapel läßt. Ihr Gesicht spiegelt große Besorgnis wider. (Hat Montse dir wirklich nichts erzählt? Wußtest du nicht, daß für Mama die Tragödie bereits begonnen hatte? Willst nicht auch du dich rechtfertigen, das Offenkundige zu jenem Zeitpunkt leugnen?) Ich will mich nicht reinwaschen. Zärtlich küßt mich Tante Isabel auf beide Wangen und fragt mich, wie es mir gehe, groß sei ich geworden. Tja, so ist das, Tantchen – ich stehe vor ihr, steif, mit der an den Knien fürchterlich ausgebeulten Hose des knappen, abgetragenen, schäbigen Prince-of-Wales-Anzugs, was sonst könnte mich mit Besorgnis erfüllen? – Tante Isabel bittet mich in ihr Büro, beim Hinausgehen wirft sie einen flüchtigen und verächtlichen Blick auf das Weinglas. »Nimm es mit, wenn du möchtest«, sagt sie, und es ist klar, daß sie mir keine Wahl läßt: ich folge ihr also, ohne das Glas anzurühren, gehe, steif wie ein Brett, hinter ihr her, folge ihrem trägen, mächtigen, in strenges Violett gekleideten Körper den Korridor entlang, durch den eine leichte Brise von der offenen Veranda her weht, flüchtig betrachte ich mich in den Spiegeln, die hinter den großen Pflanzen mit den glänzenden Blättern hängen. Das Büro, das ich noch nicht kannte, hat sehr wenig mit dem übrigen Haus gemein, es wirkt wie ein Operationssaal: aseptische, metallen glänzende Möbel. Die beiden Fenster jedoch, die auf den Garten hinausgehen, oder besser gesagt, das, was man durch sie sieht (die mit Bougainvillea bewachsene Mauer, an der du mich zum ersten Mal geküßt hast), erinnert mich daran, daß dies euer Spielzimmer war, in dem du auch deine Schulaufgaben gemacht hast, und ich sage: »Dies hier war das Zimmer der Mädchen.« In diesem Augenblick, wie auf dem Jahrmarkt, wenn man beim Luftgewehrschießen ins Schwarze trifft – einen Preis für den Herrn –, läutet es schrill: das Telefon, das fast völlig von Akten und Briefen verdeckt ist. Ich sehe die ausgebreiteten Flügel des Bronze-Engels, die feinen Ziselierungen und eine Kopie des Christus von Lepanto. Tante Isabel nimmt den Hörer ab, und ich betrachte unterdessen die Wände. Sofort stelle ich fest, daß es ihr Telefon ist, ihre persönliche, direkte Leitung zu fernen und emsigen Damen der Kommission für die Unterweisung junger Ehepaare oder für den Kampf gegen die Prostitution, für die Rehabilitierung Behinderter, die Unterstützung von Altenheimen, Waisenhäusern und Gefängnissen et cetera. Durch diese Leitung übermitteln die Mitarbeiter ihrer Vorsitzenden Informationen und Berichte aus einem Krieg, der kein Ende nimmt. Ich sehe den chronisch Kranken vor mir, der in ein kostenloses Rehabilitationszentrum eingewiesen werden muß, die junge Mutter, die um ein Schreiben bittet, das ihr eine regelmäßige Unterstützung in Form von Trockenmilch für ihren wenige Monate alten Sohn zusichert, ich sehe die behinderte alte Frau, die einen Rollstuhl bekommt. Eine bewundernswerte Arbeit. Trotz der mechanischen Kälte dieses telefonischen Kontrollsystems, das an die Telefonzentrale eines Hotels erinnert, ist jeder Anruf ein Hilfeschrei von irgendwoher, ein trostloses Wehklagen, die Stimme eines hungernden Kindes aus einem Vorort oder die einer verzweifelten Frau, deren Mann ohne Arbeit ist. Und Tante Isabel ergreift den Hörer, setzt sich, nimmt den Bleistift, notiert schnell etwas, prüft die Bestände, bewilligt, weist an oder lehnt ab, stets nach ihren Möglichkeiten und den Vollmachten, die sie als Vorsitzende mehrerer Organisationen besitzt. Ohne sich aufzuregen, mit stoischer Ruhe, geradezu gleichgültig, könnte man meinen, so als sei sie sich bewußt, daß ihre Arbeit niemals enden werde, wie auch das Leid und die Ungerechtigkeit der Menschen niemals enden werden, streichelt sie, während sie spricht, die Schnur des Telefons: Es ist die Nabelschnur, die sie mit der Welt und deren täglichem, krankem Herzschlag verbindet, mit ihrer ausschwärmenden Rettungsarmee, ihren unzähligen Tätigkeiten, Frucht von Enthusiasmus und Bemühen. Ein Bemühen, das sich nicht nur wie das ihrer Tochter Montse auf die Pfarreien der Bistümer und Erzbistümer beschränkt. Die Caritas operiert auf dem weiten Feld der gesamten Nation. Manchmal ist sie gezwungen zu reisen, und einmal war sie als Mitglied der Weltorganisation Katholischer Frauenverbände in Rom. (Wo sich, wie sie hinterher mit immer noch bewegter Stimme erzählte, auch

Vertreterinnen der dritten Welt trafen. Arme Mama!) Die Arme. Aber im Winter, von Rheuma gequält, an diesen Tisch gefesselt, mit ihrem maulbeerfarbenen, wollenen Umschlagtuch und ihren schwarzen, langen, metallisch schimmernden Handschuhen – wie ein unermüdlicher, unheimlicher Forscher, der sich in seinem Laboratorium einschließt –, mit ihrem gütigen, sorgenzerfurchten Gesicht, erfüllte mich ihr seltsames Wirken mit unbeschreiblicher Traurigkeit. An jenem Tag dient ihr das Telefon dazu, ihre große, pulsierende Welt der Bedürftigen zu kontrollieren und zu dirigieren. Von hier aus organisiert sie, beantragt und erhält, bereitet sie Vorträge, Wohltätigkeitsveranstaltungen und Sammlungen vor, eröffnet und schließt, unterweist, berät und fördert.

»Setz dich, mein Junge.«

Tante Isabel hat bereits aufgelegt.

»Das ist nicht nötig, Tante, vielen Dank ... Dies hier war das Zimmer der Mädchen.«

Ein zärtlich zustimmender Blick. Ich kenne die Weite und die Wärme ihrer Fittiche, die stets bereit sind, schmutzige, vor Kälte erstarrte Küken wie mich zu beschützen; doch es ist vergebens, vor ihr werde ich mich immer hilflos fühlen wie ein richtiges Waisenkind, sehr viel hilfloser als vor der übrigen Familie. (Lange Zeit, erinnerte mich Nuria, immer, wenn du zu uns kamst, schienst du nicht zu wissen, was du mit deinen Händen machen sollst, du hattest sie in den Taschen vergraben, als wären sie gefährliche Raubtiere.)

Wie Raubtiere, ja. Ohne auf meine nostalgische Bemerkung einzugehen, beugt sich Tante Isabel über den Schreibtisch und ordnet ein wenig ihre Papiere.

»Ach übrigens, mein Junge. Hast du Montse in letzter Zeit gesehen?«

»Ja, wir sehen uns häufig.«

»Was weißt du über diesen Jungen, den Gefangenen? Hat sie dir von ihm erzählt?«

Das wird die erste Bemerkung über ihn gewesen sein, das erste dunkle Wissen um die Existenz des Sträflings. Von seinem Namen und seiner geheimnisvollen Macht sollte ich erst einige Tage später erfahren.

»Nein, davon hat sie mir nichts erzählt. Warum, Tante? Ist was passiert?«

Tante Isabel hebt den Kopf und betrachtet mich schweigend, wägt ab, ob ich eventuell fähig wäre, etwas zu vertuschen oder für mich zu behalten. Aber sie glaubt an meine Unschuld, spricht mich frei:

»Ach, nur so«, und seufzend fügt sie hinzu: »Gebe Gott, daß ich mich täusche.«

Tante Isabel hat ein edles Gesicht mit einem runden, kräftigen Kinn – einem Kinn, das von jugendlicher Torheit weit entfernt, jedoch nicht streng ist – und die anregende Art einer starken Persönlichkeit. Sie ist liebenswürdig und warmherzig, ihre wohlproportionierte Leibesfülle hat etwas von einer Matrone des neunzehnten Jahrhunderts an sich, etwas, das mich immer schon an irgendeine allegorische Figur auf einer Gedenktafel oder einem Diplom erinnert hat (und in Papas Büro in der Fabrik an der Calle Escorial hängt), die die Poesie und Wahrheit oder auch das Post- und Fernmeldewesen darstellen soll.

Erneut beschäftigt sie sich damit, Ordnung auf dem Tisch zu schaffen, während sie sich für meine Sorgen interessiert, mich fragt, ob ich mich in dem Warenlager wohl fühle und in der Pension, die sie für mich ausgesucht hat, ob ich mich nicht zu alleine fühle in Barcelona, welche Pläne ich für die Zukunft habe ... »Ich brauche dir ja nicht zu sagen, daß dies dein Zuhause ist, komm, wann immer du möchtest. In deinem Alter, und dann vom Lande, das ist schlimm ...«, und lächelnd wiegt sie den Kopf hin und her. Ich befürchte schon, daß sie mir gleich ein unfehlbares Heilmittel zur Rettung meiner Seele empfiehlt; und tatsächlich, in dieser Art wird sie weiterreden (sicher sagte sie, komm doch einmal zum Gemeindezentrum, hör auf die guten Ratschläge deiner Cousine Montse), aber geistesabwesend, wie beim Diktat, so als rede sie im Schlaf. Mir wird klar, daß dies eine Gesprächsform wie jede andere ist, eine Art Berufskrankheit, in ihrem Falle die einer Bekehrerin. (Ja, sagte Nuria, irgend etwas, um vorsichtig zum Thema zu kommen und dann plötzlich, ohne großes Aufheben, die Frage loszuwerden, die schon vor deinem Kommen für dich bestimmt war.)

»Da wir gerade von Montse sprechen ... Sag mir die Wahrheit, Francesc, aber wirklich die Wahrheit: Hat dich Montse irgendwann einmal gebeten, sie in das Gefängnis *Modelo* zu begleiten?«

Heute würde dieser lohnabhängige arme Hund, der ich war, beschwören, daß er schnell die Hände aus den Taschen nahm und an den Knoten seiner Krawatte griff, so als fürchte er, nicht ordentlich auszusehen. »Nein, Tante, das habe ich nie mit Montse gemacht.« (Außerdem wußtest du nicht mal, wo das *Modelo* war. Das konntest du noch gar nicht wissen.) Das konnte ich nicht. »Das ist das erste Mal, daß ich von diesem Strafgefangenen höre, Tante.«

Sie scheint überzeugt, im Augenblick wird nicht weiter über die Angelegenheit gesprochen. Obwohl ich ziemlich neugierig geworden bin, frage ich lieber nicht nach.

War es an jenem Abend, daß ich Onkel Luis und deine Schwester zum ersten Mal miteinander streiten sah? Nein, an dem Abend kam Montse nicht zum Essen. »Wo ist deine Schwester?« fragt dein Vater. Ihr Schatten, das einzige, was ich von ihr sehen werde, huscht über den Flur, als wir beim Dessert angelangt sind. (Aber ihre Abwesenheit beherrschte den Tisch, sagte Nuria, erinnerst du dich nicht an die gespannte Atmosphäre, an die Langeweile?) Sie beherrschte den Tisch. Sie selbst läuft jedoch am Eßzimmer vorbei und die Treppe hoch, um sich in ihrem Zimmer einzuschließen; sie begrüßt niemanden. (Sie weinte, obwohl ich das erst erfuhr, als du gegangen warst: Salva hatte sie bis zum Vorgarten begleitet, sie kamen vom Gemeindezentrum, wo Montse wegen ihres Verhaltens getadelt worden war und der Ausschuß sie zum ersten Mal verwarnt hatte; wenn sie weiterhin den Gefangenen besuchen und ihm Geld geben würde, würde man sie von ihren Pflichten entbinden und eine Nachfolgerin benennen.) Sie weinte, ja. Ich erinnere mich an einen flüchtigen Blick, den du mir über die Obstschale hinweg zuwarfst, wie um mir das bevorstehende Familiengewitter anzukündigen (das dann später hinter deinem Rücken losbrach), und ich erinnere mich auch daran, daß Tante Isabel, nachdem Montse vorbeigehuscht war, ohne die geringste Veränderung in der Stimme fortfuhr, von der Pflanze im Salon zu sprechen, deren Blätter plötzlich unerklärlicherweise abfielen ...

Doch als ich gehe und du mich durch den Garten begleitest, habe ich Montses eigenartiges Verhalten schon wieder vergessen, denke nicht einmal mehr an sie. (Das stimmt nicht, sagte Nuria, wir sprachen über sie.) Wir sprachen über sie, vielleicht ja, aber es war ein Vorwand, und so als wäre es gestern, sehe ich noch, wie sich unsere Hände beim Öffnen des Gartentores finden: An jenem Abend interessiert mich nämlich überhaupt nicht, was mit deiner Schwester los ist, sondern nur deine elektrisierende Nähe, das schmerzliche Verlangen nach dir hinauszögern und die beinahe unverschämte Passivität deiner Hand unter meiner einschätzen zu können. Da ich ausschließlich daran denke, dich so bald wie möglich wiederzusehen, und zwar alleine, zögere ich deshalb nicht, auf Montse zurückzugreifen: Der rätselhafte Gefangene liefert einen herrlichen Vorwand für eine Verabredung mit dir. (Aber hast du nicht gesehen, daß ich es auch wollte, hast du das nicht gesehen?) Das habe ich nicht gesehen.

»Ich mache mir Sorgen um deine Schwester. Immer denke ich daran, daß ihr irgend etwas Schlimmes passieren könnte, sie ist so ... treuherzig. Du mußt mir erzählen, was los ist.« Dies und ähnlich erbärmliches Zeug rede ich. Du siehst mir in die Augen, kommst näher, musterst mich mit dieser hochmütigen Dreistigkeit, die die Jahre nicht brechen konnten, bewegst dich grazil und gleichzeitig abrupt, der Gang eines Mädchens, das gewöhnt ist, über Tennisplätze zu laufen. Und so etwas wie Frohlocken, etwas unvermittelt Lustiges und Aufregendes, so als spielte ich wieder Verstecken mit dir in dem lichten Schatten des Flieders, wird von dem Streifen deiner Schenkel unter dem violetten Rock ausgehen. »Wir können uns im *La Salud* treffen, wenn du willst«, sagst du, und dann wieder meine Schüchternheit: »Gut, ruf mich in der Pension an ...« Bevor ich gehe, reiße ich ungeschickt ein Blatt aus dem Notizbuch heraus und schreibe mit zitternder, nervöser Hand, einer Klaue, die grotesk aus der steifen Manschette hervorkommt, hastig die Telefonnummer der Pension auf.

Ja. Und gleich am nächsten Wochenende riefst du mich an, und wir gingen ins Kino wie zwei Flüchtende. Ich erinnere mich, daß du vorschlugst, einen Tag am Strand zu verbringen, und daß mir diese Idee ganz und gar nicht gefiel, ich weiß heute noch nicht, warum; vielleicht diente das nicht meinen Zwecken, vielleicht hatte ich verschwiegenere Schauplätze im Sinn, mit Musik, um dich zu erobern. Wir sprachen über Filme, ich sagte, daß ich mich sehr fürs Kino interessiere; und wir redeten über mein ödes Leben in der Pension, meine einsamen Billardpartien im Café, meine Lektüre. Auf dem Nachhauseweg, im Garten, küßte ich dich. Und rannte schnell weg. Nein, ich erinnere mich nicht, daß wir von ihr gesprochen hätten. (Doch!, widersprach Nuria. Ich sagte, in welch schwierige Lage sie sich gebracht habe und wie unglücklich sie sich fühle und daß man ihr helfen müsse.) Nein, das war am nächsten Tag, in deinem Club. Dort hast du mich in das Problem eingeweiht, und nicht etwa, weil ich das wirklich wissen wollte, sondern weil ich mit der Frage »Was ist denn eigentlich los mit deiner Schwester?« nun einmal so etwas wie Interesse geheuchelt hatte; von jetzt an würde mein Gedächtnis endlich die Ereignisse festhalten, eine Geschichte, die mir ordinär, gerade lächerlich vorkam, wahrscheinlich weil ich mir eine nur dürftige Vorstellung von Montses frömmlerischem Gehabe machte. So erfuhr ich, daß deine Schwester seit etwas mehr als einem Jahr einen jungen Gefangenen im *Modelo* besuchte, einen Verbrecher; daß am Anfang nichts Besonderes an diesen Besuchen gewesen war, da sie so etwas, wie ihre Freundinnen vom Gemeindezentrum, schon seit Jahren machte; manchmal besuchten sie Kranke in Hospitälern oder Familien in ärmlichen Stadtvierteln. Sie brachten ihnen Pakete mit Lebensmitteln, Zigaretten, Wäsche und Büchern und leisteten ein wenig Gesellschaft, ließen ihnen etwas moralische Unterstützung zuteil werden. Deiner Meinung nach – und du schienst bestens informiert, obwohl du nicht mehr ins Gemeindezentrum gingst – hatte es mit Montse wegen ihrer Großherzigkeit und ihrer Ahnungslosigkeit immer schon derartige Probleme gegeben, immer versteifte sie sich darauf, zuviel Gutes denen zu tun, die es manchmal gar nicht verdienten. (Das sind Mamas Worte, nicht meine, widersprach Nuria. Sehr vernünftige Worte.) Die ach so vernünftige Tante Isabel, na schön. Aber du warst es, die wiederholte, daß das Problem diesmal anders liege; daß alles darauf hindeute, daß der fragliche Strafgefangene einen seltsamen und gefährlichen Einfluß auf Montse ausübe; denn obwohl sie bereits von einem anderen Mitglied der Gruppe abgelöst worden war (Mama war es, die den Gemeindeausschuß zu dieser Maßnahme genötigt hatte), besuchte sie ihn weiterhin auf eigene Faust und Gefahr. Niemals war sie so weit gegangen: nicht nur, daß sie ihn sehr häufig besuchte, nein, sie hatte es sich auch in den Kopf gesetzt, ihm Arbeit und Wohnung zu beschaffen, wenn er aus dem Gefängnis kommen würde. Das hast du mir erzählt; und daß sie ihm gewisse Geldbeträge zukommen ließe und ihn, was noch viel schlimmer zu sein schien, in der Fabrik unterbringen wolle ... Kurz und gut, daß Montses Bemühungen, diesen Gefangenen wiedereinzugliedern, über das Übliche hinausgingen, das richtige Maß, das Vorsicht und Anstand geboten, überschritten würde. (Mamas Worte, widersprach Nuria.) Wessen Worte auch immer, es waren die einzigen, die man bei dir zu Hause hörte. Du hast mir sogar erzählt, daß deine Mutter bereits die Wahrheit geahnt habe, das heißt, daß Montse von einer Art Liebeswahn befallen war – ein ziemlich komischer Ausdruck, egal, von wem er stammt –, einem Hirngespinst, das besser zu einem dummen kleinen Mädchen passe als zu einer Jugendlichen mit solider moralischer und religiöser Erziehung. (Mama gab zu, daß in Montse eben beides stecke: großzügig und selbstlos sei sie, eine gute Tochter, unfähig, jemanden zu hintergehen, aber auch ein wenig langsam im Denken, na ja, eben etwas dumm.) Einfältig, ja. Und daß sie schon immer so gewesen sei, schon als Kind, und deshalb nichts vom Leben wisse oder von den Gefahren dieser Welt. Das, hast du gesagt, sagte Tante Isabel. Andererseits ging in Gemeindekreisen das Gerede los. Ich erfuhr auch, daß Montse nicht nachgeben wollte und ganz unglücklich war, weil sie nicht verstand, warum man ihr verbot, den Gefangenen zu besuchen und ihm Bücher und Lebensmittel zu bringen; und schließlich, daß Onkel Luis sich bereits eingeschaltet hatte ...

Es war im Tennisclub, in der Tat: Ich sehe dich noch wie damals vor mir, du sitzt auf dem hohen Hocker an der Snackbar und betrachtest die leeren Tennisplätze mit der herrlich nassen Asche. Es hatte aufgehört zu regnen, aber mein Regenmantel war noch ganz durchnäßt, und du hast sehr gelacht, als ich ihn ausschüttelte und beinahe den halb abgerissenen Kragen in der Hand hielt. In der Nähe lungerten deine Freunde herum, die Tonic tranken und mich einschüchterten und langweilten. Das einzige, was du und ich im Kopf hatten, war, einen Ort zu suchen, an dem wir uns ungestört küssen konnten. Als ich dich nach Hause brachte, tropfte immer noch der Regen von den Akazien der Avenida Virgen de Montserrat auf meinen Mantel, dessen erbärmlichen, dunklen Kragen ich hochgeschlagen hatte. Du gingst traurig neben mir her, noch wußte ich nicht, warum – aber daß es nicht wegen deiner Schwester war, das wußte ich.

Du hast immer das, wie man es nennen könnte, musikalische Gehör der Familie geschärft, eine seltene Fähigkeit, die Stimme auf viele verschiedene Akkorde einzustellen oder Duette geheuchelten Vertrauens zu improvisieren, in der Hoffnung auf die günstige Gelegenheit, das hohe C zu intonieren und darauf die besänftigende Arie folgen zu lassen. Und damit wußtest du deinen Nutzen aus dem Zusammensein mit Nuria zu ziehen: moralisierend wie ein gerissener Provinzler, der du bist, deine schöne Stimme modulierend wie ein junger Diakon vor seiner ihm ergebenen Zuhörerschaft aus Frauen und Kindern, falsche Paradiese des Glücks verheißend und niederträchtig andere, im Ärmel versteckte Wonnen versprechend; bei jedem Zusammensein entlockst du der Cousine die Gründe für ihre heftige Traurigkeit, deren Ursache nicht Montse ist und die sie zwei-, dreimal nach Castelldefels oder wohin auch immer fahren ließ, wobei sie ihre Freundinnen und dich als Vorwand benutzte: eine flüchtige Schulmädchenliebe flammt in dem reinen Herzen einer Schülerin des Colegio de las Esclavas zum letzten Mal auf. Es handelt sich tatsächlich um einen jungen Tennisspieler, in dessen Armen sie beinahe eine ernsthafte Dummheit begangen hätte. Sie wird ihn vergessen, du hilfst ihr netterweise, mit deiner lauernden Nähe und deinen sibyllinischen Ratschlägen die Krise zu überwinden, aber noch eine Zeitlang glaubt sie, verliebt zu sein – oh, noch nie hast du eine so erschütternde und aufregende Erfahrung gemacht! –, was dich dazu zwingt, deine Stimme zu unverhofften Gipfeln unaufrichtigen Moralisierens, geschickten Verführens zu erheben. Genau derselbe arglistige Ratschlag, den Salvador Vilella zur selben Zeit Montse gab, heute wissen wir es. Deine beste Waffe, wie seltsam, war die Einsamkeit und die Armut.

»Ich verliebte mich in dich, als du zum ersten Mal in den Club kamst«, sagte Nuria und rollte sich das Kopfkissen zu einer Kugel zurecht, um es zu umarmen, »mit deinem alten, durchnäßten Regenmantel.«

»Deine erste Liebe, der Tennisspieler, sah dem Gefangenen sehr ähnlich. Erinnerst du dich? Dunkle Haare, schwarze Augen, ein undurchsichtiger Schönling.«

Nuria seufzte unwillig.

»Es war so nett zwischen uns, bevor wir angefangen haben, darüber zu reden«, hatte sie die Freundlichkeit zu sagen. »Warum mußt du alles zerstören?«

Halb aus dem Bett hängend, focht ich noch immer einen tödlichen Kampf mit dem Glas, der Flasche und dem leeren Eiskübel aus.

»Es ist noch Eis im Kühlschrank«, sagte Nuria.

»Laß, ich geh schon.«

Ich sprang aus dem Bett und verließ dieses Lichtnest, tauchte erleichtert ins Halbdunkel ein und fand, nackt, mich wie ein Blinder orientierend, den Korridor und dann die Küche, wo mich plötzlich das überraschende Gefühl überkam, viele Dinge machen zu können. Ich erwog die Möglichkeit, schnell ein paar Eier zu braten und sie gleich dort zu verspeisen, hastig, wie ein Dieb. Das Licht war grell, erbarmungslos, und der Kühlschrank brummte feindselig. Auch hätte ich mich gerne damit beschäftigt, geistesabwesend Aschenbecher zu leeren und auszuwischen, so wie ich es in meiner Wohnung in Paris machte, wenn ich mich fühlte, als stünde ich kurz vor einer Kopfgeburt. Aber es kostete mich so viel Zeit und Mühe, die Eiswürfel aus ihren Plastikfächern herauszulösen und sie dann doch unter den Wasserstrahl aus dem Hahn zu halten, daß ich darauf verzichtete, einsam etwas zu essen, um meine Gedanken zu ordnen, und statt dessen mit dem Eis, nackt und beschwingt, zu ihr zurückging.

Jetzt roch ihre Haut nach einem Gemisch aus Kognak und Milch wie die dampfenden Tassen, die mir Conchi ans Bett brachte, wenn ich erkältet war. Ich goß mir den vierten Whisky ein und stellte ihn nach dem ersten Schluck in Reichweite ab, um eine Schlaftablette zu nehmen.

»Ich kann es nicht ändern«, sagte ich zu ihr, »mich quält das Schuldgefühl, dich mein ganzes Leben lang aus den Armen anderer gerissen zu haben.«

»Und so war es auch.«

Daher hattest du auch noch dieses Glück: Bereits die ersten Küsse schmecken nach Ehebruch. Es ist ein langer und regnerischer Winter, ihr macht es Spaß, in Läden, an denen ihr vorbeikommt, Äpfel zu kaufen und sie auf der Straße zu verzehren, langsam zu schlendern und auf sich warten zu lassen. Sie trägt einen weißen Regenmantel mit Kapuze und straff gebundenem Gürtel, du den braunen Gabardinemantel und dazu den schäbigen, hinterwäldlerischen Regenschirm aus grobem, schwarzem Segeltuch. Es geht darum, daß du dich in der Stadt nicht so alleine fühlst und daß sie dir dabei hilft, eine billige Bleibe zu finden; so jedenfalls sieht es die Familie. Aber du verwebst bereits die goldenen Fäden einer anderen Geschichte: Unter Anrufung der Fliederbüsche im Garten nimmst du mit der Cousine das alte Spiel wieder auf, du mit deinem durch das lange Exil, die verlorene Zeit und das dringende Bedürfnis, sie nachzuholen, halb zerstörten Lächeln, sie mit einer entschieden reineren, edleren Einstellung, und heimlich werdet ihr ein Paar, um es so auszudrücken; du fürchtest die Familie, und irgend etwas (Montses Verhalten?) sagt dir, daß dies nicht der richtige Augenblick ist, rät dir zur Vorsicht und zum Abwarten. Nuria dagegen ist gleich sehr viel kühner: Sie ruft dich in der Pension und in der Fabrik an, wartet sogar manchmal nach der Arbeit auf dich, und im Club, in den sie dich unbedingt mitnehmen will, hängt sie sich vergnügt bei dir ein. Du hast Angst, erträgst den Gedanken nicht, sie wegen einer Unachtsamkeit zu verlieren, du weißt, daß ein kleiner Ausrutscher, irgendein Fehltritt des besitzergreifenden Gefühls, das dich auffrißt, eure Beziehung in eine lustige Farce von begrenzter Dauer verwandeln könnte.

»Das beste wäre es, wir nähmen gleich morgen das erste Flugzeug, ohne irgend jemanden darüber in Kenntnis zu setzen.«

Ihr Arm schlang sich um meine Brust, ich hörte sie ruhig atmen.

»Versuche zu schlafen«, sagte ich, »und überlaß die Entscheidung mir. Willst du eine Tablette? Bei mir wirkt sie heute nacht nicht.«

»Wir müssen jetzt eine Entscheidung treffen, Paco.«

»Ja, ich weiß nicht ...«

Nie fühltest du dich völlig eins mit der Gegenwart: das, was die »bessere Zukunft« genannt wird, jene so abgenutzte und abgetragene Würde des Menschen, stets schreitet sie maskiert voran. Erinnere dich an dein Leben in der Pension, dein Verhältnis zu dem Viertel, den Nachbarn, der Wirtin, den Mitbewohnern. Du verkrochst dich in einer erregenden und vagen Heimlichtuerei, die an den grauen Wintertagen, wenn du am Boden zerstört warst und die Migräne dich quälte, nach süßem Trost und nach Hoffnung schmeckte, eine Glut, ein ständiges Reiben an hochgeschlagenen Kragen, mit eiligem Schritt, den Blick geradeaus, ohne zu grüßen. Du lebtest mehr in der Zukunft als in der Gegenwart, und es gefiel dir sogar, wenn sich deine Umgebung in deiner Person täuschte: der Junge scheint keiner von uns zu sein, es sieht so aus, als wohne er nur vorübergehend hier, dies hier ist nicht sein Viertel, er wird von einem Tag auf den andern fortgehen. Und was ist währenddessen mit der Liebe, der wahren Liebe? Konntest du sie, verborgen unter deinem Aufstiegsstreben, erkennen in der riesigen Weite der verklemmten Erotik deines Vaterlandes mit all ihrem großartigen und schäbigen Erfindungsreichtum? Wie leicht kann man sich in das Schuldgefühl verrennen, das uns von klein auf eingeimpft wurde, angefangen bei der fast säuglingshaften Zeit gemeinsamer, durch frühzeitiges Ejakulieren enttäuschender Schülerwichserei bis hin zu den leeren Stunden, die man, Würfelbecher schüttelnd, vor grausamen Kellnerinnenbrüsten in Snackbars verbracht hat, über die strategischen Annäherungsversuche in überfüllten Metrowaggons und auf den Plattformen der Straßenbahnen, über die endlose Vielfalt gefühlvoller Bewegungen, derer ein Ellbogen im silbrigen Halbdunkel eines Kinos fähig ist, ein Wühlen in gefährlichen Tiefen während der Sonntagnachmittagsvorstellung neben der älteren Unbekannten, die mit ihrer Bonbontüte und mit ihrem einsamen Herzen knistert, um dann erschöpft und ohne entscheidenden Erfolg zu den erschlichenen Fummeleien am Strand und im Schwimmbad oder zu den wie Achselhöhlen dunklen Lokalen zu kommen, zum Berühren der Knie unter dem reichgedeckten Tisch von Onkel und Tante, wo man sich in dem gräßlichen Schattenreich vortastet, immer mit Feuereifer und plötzlicher Bestürzung. So als hätte man bei all dem die Liebe ausgeklammert, so als hätte sie nichts damit zu tun. So als wäre es möglich, sich an jenes Gittertor des Clubeingangs und an das blendende Licht der Autoscheinwerfer zu erinnern, ohne sich gleichzeitig der Liebe zu entsinnen, an gewisse dunkle Hauseingänge im Viertel, an Hausflure und Treppenabsätze, die ungastlichen und sterilen Tempel der Liebe, wo die seltsamsten und hastigsten Riten vollzogen wurden, vom mechanischen Frohlocken der Hände, die namenlose Liebesglut entfachten und stillten, bis hin zum endlosen, süßen Reiben von feiner *Claramunt*-Seide: emsige, verschämte Taschentücher, die später der Finsterheit der Nacht geopfert werden würden.

Gestehe es ohne Scham ein: So begann deine Erziehung der Liebe und der Erotik.

Tante Isabel auf ihrer Purpurwolke

»Mama wurde plötzlich alt«, sagte Nuria.

»Das passiert beinahe allen Menschen.«

»Nein, ich meine, sie hat von Anfang an geahnt, was geschehen würde.«

Sie wendet mir den Rücken zu und geht langsam mit hängendem Kopf zum Fenster, bleibt stehen, dreht sich um und sieht mich an. Hinter ihr und den beschlagenen Fensterscheiben, regnet es von Zeit zu Zeit auf die hohe graue Fassade der *Samaritaine.* Hose und Jacke aus aschgrauem Cord, Halstuch, Zöpfe und Gitanes-Zigaretten – trotzdem gelingt es ihr nicht, die Dame aus dem vornehmen Pedralbes-Viertel zu verleugnen. Ihre schönen Augen spiegeln langweilige Spaziergänge an der Seine wider, Stunden, in denen sie auf der Winterterrasse des Petit Cluny auf mich gewartet hat, den Nieselregen und den Herbst im Ausland …

»Als du anfingst, für Papa zu arbeiten«, fuhr sie fort, »besuchte Montse den Häftling bereits seit einem Jahr. Also sei nicht päpstlicher als der Papst.«

»Ein solch unheimlicher Anspruch liegt mir fern.«

»Wirst du das viele Reden nie leid?«

Ihre immer schwächer werdenden Vorwürfe waren ein weiteres Rädchen in dem komplizierten Getriebe von Erinnerungen, das ich in Gang gesetzt hatte.

»Haben sie sich mehrmals wöchentlich gesehen?«

»Keine Ahnung. Jedenfalls häufig.«

Mit den Bewegungen eines Automaten, den Blick starr ins Leere gerichtet, beugte Nuria sich zu meinem Schreibtisch herunter, tastete nach dem Zigarettenpäckchen, nahm es und legte es in meine Nähe. Angenommen, es hätte im Zimmer mehrere Fenster gegeben (die Erinnerung läßt mich bei allem im Stich, was sich nicht in meiner unmittelbaren Reichweite befand), dann wird eins wohl offengestanden haben, mit Blick auf die Kreuzung Rivoli-Pont Neuf: die Hupen der Autos in einem Verkehrsstau brachten ihr ein munteres Ständchen, während sie ihre Zöpfe löste. Sie hörte mir mit gesenktem Kopf und mürrischem Gesichtsausdruck zu, kniete auf dem Sessel nieder und kämmte ihr Haar aus, wobei sie sich in irgendeinem fernen, für mich unsichtbaren Spiegel betrachtete, und dann bückte sie sich und streckte die Hand nach den Schallplatten aus, die auf dem Boden lagen. Ich schüttelte das leere Glas vor ihrem Gesicht, die Eiswürfel klimperten fröhlich darin, und sie lächelte. Dann sprang sie hoch und lief barfuß in die widerwärtige Dunkelheit hinein, die, so möchte ich es mir heute vorstellen, das Meer einhüllte. Mit ihr in Paris oder im Pedralbes, jedoch immer das Meer: Jahre zuvor hatte ich davon geträumt, mit Nuria in ein kleines Hotel meiner Phantasie nach Castelldefels zu fahren, und wenn ich damals den Mut dazu gehabt hätte, würde dieses gespenstische Meer nicht heute noch an den Bettpfosten meines einsamen Pariser Lagers kratzen. Wo wir auch gewesen sein mochten, auf jeden Fall umschlangen ihre Arme meinen Hals, und die Erinnerung an Montse wich nicht. Nun, worauf ich hinauswollte: bevor Nuria mit einer neuen Flasche und Eiswürfeln aus dem Dunkel zurückkam, hatte ich schon zwei oder drei weitere Fragen parat, von denen eine sich auf Tante Isabel bezog.

»Sie verbringt ihre Stunden«, erzählte mir Nuria, »in ihrem Schaukelstuhl auf der Terrasse in Sitges, mit Blick zum Meer. Noch etwas Eis?«

»Danke. Und was sagt sie, was denkt sie?«

»Nichts. Ich weiß es nicht. Sie betet und erinnert sich.«

In sich versunken, in Sitges gestrandet, betrachtet sie das verworrene Meer der Erinnerung, den nebligen Horizont, der einst die Welt ihrer Mission bedeutete, und gedenkt alter Kreuzfahrten unter dem Banner der Nächstenliebe. Wo sind die Zeichen früherer Zeiten? Ach, Tante Isabel: ein immer noch majestätisches und bewundernswertes Schiff, herausgeputzt wie am Tage seines glücklichen Stapellaufs in einer bescheidenen Gemeinde, als es noch an der Spitze frommer Vereinigungen mit karitativer Sendung segelte; doch nun war es innerlich angefressen, das geheimnisvoll knirschende Schiffsgerippe, beschädigt nach so vielen Wetterumschwüngen, so vielen Irrfahrten! Hat sie es schließlich, in ihrer Zurückgezogenheit, verstanden? Weiß sie, daß sie sich geirrt hat? Hat ihr Mutterherz mit der gebotenen Liebe geliebt? Ich stelle sie mir vor wie ein ehrwürdiges Gewissen in ständiger Selbstprüfung vor den heran- und zurückrollenden Wellen: die Stimme jener Zeit hören, sie ihre Version aus dem Schaukelstuhl heraus erzählen hören, während sie über einer lärmenden Straße in Sitges döst, wo ein zügelloser Sommer seine Triumphe feiert ...

»Ja, ich würde mich gerne mit ihr unterhalten.«

»Warum fährst du nicht zu ihr?« fragte Nuria. »Du würdest ihr damit etwas Gutes tun.«

»Meinst du, sie würde sich freuen?«

»Natürlich. Arme Mama.«

»Das mit dem Guten und dem Bösen in deiner Familie bleibt für mich ein Geheimnis. Aber das Alter, das erschreckt mich. Ich erinnere mich an ein Gespräch, das ich mit ihr über einen Bettler hatte, ich war noch ein Kind ...«

Ich erinnere mich an einen alten Stadtstreicher, den ich einmal an der Plaza Calvo Sotelo sah, er drückte sein schmutziges Gesicht gegen die Scheibe eines hellerleuchteten, luxuriösen Schaufensters und heulte Rotz und Wasser, wie hypnotisiert, lautlos, untröstlich.

... die allmächtige und ewige Sonne, deren mildtätige Strahlen sich über alle auf der weiten Welt gleichermaßen ergießen, die die Herzen und Lippen reinigt wie die glühende Kohle auf dem Mund des Propheten und diejenigen erleuchtet, die in der Finsternis an dem furchtbaren Übel der Erinnerung leiden, und die sich gegen Abend verbirgt, wobei sie mit ihren letzten Strahlen den schmerzenden Rücken des Meeres lindert. Es stirbt der Tag, die Schöpfung in ihrem unergründlichen, großartigen Geheimnis preisend, wieder einmal, allezeit, durch die Ewigkeit von Jahrhunderten hindurch, die jenseits der weißen Bucht mit ihren Tränen und Liebessäften andauern wird, weit über einen gewissen harten Winter hinaus: Tochter, zieh dich warm an, Gott segne dich. Dort ist es kalt, und die unruhigen Wellen lecken an den ärmlichen Baracken, die den Namen »Heim« ebenfalls verdienen, wahrhaftig, denn trotz ihres schäbigen Aussehens herrscht in nicht wenigen von ihnen familiäre Harmonie und christliche Demut, die alles verwandelt und erstrahlen läßt; so daß man sagen kann: geduldiges Sich-Fügen ist eine Tugend der Vorsehung, die die Bedürftigen mit dem ganzen Glück von Genüssen und frohen Ereignissen belohnt. Die Lichter im Hafen flammen auf, und schon hat sich der erste Stern gezeigt, die liebliche, strahlende Venus. Wie ein milder Balsam unermeßlicher Wohltaten und wunderbarer Wirkungen deckt die Nacht ihren schwarzen Mantel über die ärmlichen, von der anmaßenden Stadt verachteten Dächer, über den leeren Strand, an dem der blinde und taube Wellenschlag sich immer wieder machtlos und tosend bricht, und, weiter weg, über den Hafen und über den Montjuïc. Und auch hier, über dich, du schamloses Sitges, bricht die Nacht herein ...

Die ehrwürdige alte Dame, die im Schaukelstuhl auf der Terrasse sitzt, mit dem Gesicht zum Meer, erinnert sich dann an das fromme *Montseapolis*, um zu ergründen, wo und in welchem Moment sie den Irrtum begangen hatte. Vorsichtig ist die Mutter, die ihre Tochter gut zu kennen vermag. Unsicheren Schrittes folgt sie ihr in ihren Träumereien über den Horizont, über die Grenze der Erinnerung hinaus, an einem Wintertag, als sie sie und ihre Freundin im Wagen in jenen Bezirk grauer Schatten brachte und sie dort absetzte, zwei gespenstische Erscheinungen, jugendlich anmutige Gestalten, die in die Abenddämmerung eintauchen. Auf dem schmutzigen Sand in Sichtweite der ersten Baracken tauscht Montse heilsame Erfahrungen mit ihrer Freundin María Cinta aus, der netten Sozialarbeiterin des Heimes *Casa Antúnez*, einem modernen und sehr beherzten Mädchen mit einem durch und durch großmütigen Herzen. Sie verabschieden sich, und dann begibt sich Montse beschwingt in die Siedlung, schreitet vertrauensvoll und glücklich durch Haufen von Schutt und Abfall und an drolligen, vor Kälte zitternden Gören vorbei, die sie fröhlich umtanzen und umspringen. Überraschenderweise sauber und wohlerzogen, einige von ihnen sogar richtig hübsch. Weder das unfreundliche Wetter noch die ungastliche Gegend, noch die spöttischen und gelegentlich ordinären Bemerkungen der Männer, die vor den Türen der kleinen Kneipen stehen, noch die zahlreichen anderen Schwierigkeiten und Hindernisse, wie zum Beispiel die oft peinlichen Frechheiten einiger verwahrloster Jugendlicher, werden sie auf ihrem Weg aufhalten. Ihre kleinen Freunde, die von überallher angelaufen kommen, um sie zu begrüßen, kennen sie als gütigen Menschen. Und die Güte ist hier die Quelle der Erkenntnis. Über den groben Schals, die ihre tapferen Mütter – obwohl von den Nöten dieser Welt bedrängt, kämpfen sie in bewundernswerter Weise gegen die Widrigkeiten an – für sie gestrickt haben, lugen unschuldige Äuglein hervor, wovon einige übrigens sehr schön sind, denn auch im Morast gedeihen Blumen. Prachtvolle Frauen mit drallen Armen grüßen sie herzlich, ehrliche, starke und heitere Mutterherzen voll Mühsal und Arbeit ohne Ende, Quell unvergänglicher Tugenden,

Zierde unseres Landes. Mit Montse kommen sie gut zurecht. Aus den niedrigen, mit Säcken und Sackleinen verhängten Türen dringen fröhliche Radiomusik und Kindergeschrei, Lachen, angeregte Unterhaltungen und Händeklatschen zu Gitarrenklängen, denn auch das Vergnügen ist ein Geschenk Gottes. Umringt von der Schar der Kinder, die sie im wahrsten Sinne des Wortes vergöttern, setzt Montse ihren Weg durch die engen, gewissenhaft und anständig besprengten Gassen fort, zwischen liebevoll getünchten Häuschen hindurch – es sieht hier aus wie in einem Spielzeugdorf – und über kleine Plätze, wo das Abendessen draußen auf Kohleherden gekocht wird, bis sie schließlich vor der Baracke am Ende der Straße stehenbleibt. Sie schiebt das Sackleinen zur Seite und tritt ein.

»Hallo!« ruft sie unbefangen und freundlich.

Die beiden Kinder, Miguelín und Rafaela, die die augenblickliche Armut ertragen, weil sie sich gern haben, sich gegenseitig helfen und betragen wie zwei Engelchen, stehen auf, als sie sie hereinkommen sehen. Miguelín hat neben dem Schrank auf dem Boden gehockt und Rafaela auf dem Bett, eingehüllt in die neue Decke, die Montse ihnen in der vergangenen Woche gebracht hat. Ihre schwarzen Augen leuchten vor Freude.

»Ist eure Mama nicht da?« fragt Montse.

»Guten Abend, Señorita«, sagen die beiden wie aus einem Mund. »Mama ist zur Krankenstation gegangen, zu Señorita Cinta, denn Großvater ist auf der Straße hingefallen.«

»Was sagt ihr da, Kinder? Hat er sich weh getan?«

»Überhaupt nicht. Nur am Ellbogen«, sagt Rafaela. Anmutig blinzelt die unschuldige Kleine, ein wenig kokett schlägt sie die Augen nieder und blickt auf ihre dünnen braunen Oberschenkel, die das kurze Röckchen nicht bedeckt. Montse läßt sich seufzend auf einen Stuhl fallen.

»Uff! Bin ich müde!« ruft sie. Die Dunkelheit hat sich des Häuschens bemächtigt, es ist klein, aber sauber und ordentlich und in gewisser Weise mit allem ausgestattet, sogar ein Radio und einen kleinen Kühlschrank gibt es hier. Montse betrachtet das Baby in der Wiege neben Rafaela, die Wiege hat sie vor einem Monat bei der Caritas besorgt.

»Ich bringe den Bezugsschein für den König des Hauses«, verkündet sie mit überschwenglicher Freude, und die beiden Kinder hüpfen und klatschen vergnügt in die Hände. Die Großmutter steht an der Hintertür und betrachtet das schöne Meer in der Abenddämmerung, das gefällt ihr, sie tut nichts anderes, seit sie, ganz alt schon, aus dem Dorf kam, die Arme. Draußen das Geräusch der Wellen, und drinnen hübsche Keramik aus Andalusien, ein Tonkrug, die Wärme eines einfachen und anständigen Hauses. Rafaela, ein fleißiges Mädchen, kümmert sich um die Hausarbeit (soeben hat sie dem Säugling die Windeln gewechselt, und jetzt klebt sie gerade gewaschene Taschentücher an den Spiegel; wenn sie sie abnimmt, werden sie trocken und gebügelt sein: eine geniale und bezaubernde Lösung, wenn man kein Bügeleisen hat), weil Mama Böden scheuert in den vornehmen Häusern von Herrschaften, die gerecht bezahlen und sogar ein bißchen mehr, und Papa und der Großvater verkaufen Sonnenblumenkerne und Lakritze mit ihrem Wägelchen, es werden schon bessere Zeiten kommen.

»Ach!« ruft Montse aus, als sie sieht, daß Miguelíns Bein mit der Kette und dem Schloß von Papas Fahrrad an den Fuß des Schrankes gefesselt ist. »Du bist also immer noch ein böser Junge, und Mama kann dich nicht frei herumlaufen lassen, wenn sie arbeiten geht, die Ärmste! Bist du wieder ausgekniffen, Miguelín, du böser Junge?«

»Ja, Señorita, er ist sehr böse«, sagt Rafaela mit ernstem Gesicht, und ihr Cousin, der kleine Spitzbube, senkt beschämt den Blick. Lachend nimmt Montse das Kleine, das nun wieder in saubere Windeln gewickelt ist, auf den Arm und schmust mit ihm, was ihm, seinem schelmischen Lächeln nach zu urteilen, großen Spaß macht. Das Baby ist der Sonnenschein des Hauses, und für Montse ist es eine Wonne, es auf dem Arm zu halten. Rafaela steht von der bescheidenen Bettstatt ihrer Eltern auf und nähert sich lächelnd der Señorita. Ihr respektvolles, folgsames Benehmen läßt auf vortreffliche Anlagen des Mädchens schließen. Obwohl sie aus einer kinderreichen Familie stammt, ist sie wirklich hübsch und sauber mit ihren großen und lebhaften Zigeuneraugen und ihrem Kirschenmund. Ein reizendes Mädchen von dreizehn Jahren, in der Blüte ihrer Schönheit. Obwohl um einiges älter als sie, ist Miguelín, der sich wieder still auf den Boden gesetzt hat, nicht so offen, seine Gesichtszüge sind schon die eines Mannes, düster und nachdenklich, ein Mechaniker mit großer Zukunft, wahrscheinlich schon mit Männerproblemen, die bei ihm noch spaßig wirken. Eine Familie von Trinkern (es wäre nicht gerecht, von Alkoholikern zu reden), in der jedoch Harmonie herrscht. Rafaela ist Verkäuferin in einer Drogerie, und abends nimmt sie am Unterricht des Sozialwerks teil.

»Bringen Sie den Schein für die Trockenmilch, Señorita?«

»Ja. Hier ist er, nimm«, sagt Montse und fährt fort, das Kleine auf dem Arm zu wiegen. Und plötzlich, prrt!, läßt der kleine Halunke einen fahren. »He, hören Sie, Sie kleiner Stinker! Was hat er da gemacht, unser kleiner Stinker? Hm? Was hat er denn da gemacht?«

»Geben Sie ihn mir, Señorita«, sagt Rafaela zuvorkommend. Und wieder wechselt sie ihm die Windeln.

»Ich helfe dir«, bietet Montse an. Und seine Duftfahne löst Lachen und Ergötzen und unschuldiges Vergnügen aus. Beide legen zusammen das Baby aufs Bett. Es ist eine Wonne, die beiden über den König des Hauses gebeugt zu sehen, den furchtbaren Tyrannen mit den schwarzen Locken und dem schelmischen Lächeln. Er wird wachsen und vor Freude hüpfen, denn ihm ist die Herrlichkeit der freien und gesunden weiten Plätze zuteil geworden, das Reich der Kinder an den

Hängen des Montjuïc oder des Monte Carmelo oder der Montaña Pelada. Montse wäscht sich in der Waschschüssel in der Ecke die Hände, und dann setzt sie sich zu Rafaela und erkundigt sich nach ihrer Arbeit als Verkäuferin. Das Mädchen hat eine Schramme am linken Oberschenkel. Lebhaft erzählt sie, daß sie mit ihrer Arbeit sehr zufrieden sei und jeden Tag mehr lerne. Montse, die ihren Auftrag erledigt hat, verabschiedet sich.

»Und du, Miguelín, mal sehen, wenn du brav bist, bitte ich deine Mutter, daß sie dich wieder auf die Straße läßt.«

Quietschfidel küssen die beiden Engelchen ihre Señorita. Rafaela begleitet sie auf die Straße, dann geht sie wieder hinein, setzt sich auf das Bett und sieht ihren bösen Cousin mit der gespielten Strenge einer Erwachsenen an. Die beiden sind allein im Haus. Miguelín sieht Rafaela mit seinem Spitzbubengrinsen an, und sie, aufrecht auf dem Bett sitzend, beobachtet ihn nun mit einem strahlenden Lachen in den Augen, die Arme vor der Brust verschränkt. Miguelín zwinkert ihr zu und beginnt kräftig an der Kette zu ziehen, die ihn mit dem Bein an den Schrank fesselt, dann versucht er, das Schloß mit einem krummen Nagel zu knacken, was ihm aber nicht gelingt, und er zieht wieder an der Kette. Rafaela beobachtet seine Anstrengungen, ohne sich zu rühren, ihre Brust hebt und senkt sich heftig, ihre Augen leuchten. Miguelín gibt betrübt auf, der schwere Schrank läßt sich nicht bewegen, und seufzend setzt er sich wieder auf den Boden. Jetzt hat seine Cousine den Blick gesenkt, sitzt da wie eine Statue. Sofort nimmt er wieder seine Bemühungen auf: sicherlich will er den Schrank zu dem Bett ziehen und sich neben seine Cousine und ihr Brüderchen setzen, mit ihnen spielen, sich weniger allein fühlen. Trotz seiner verzweifelten Anstrengungen kann er den Schrank nicht bewegen, und da steht Rafaela plötzlich auf und schiebt das Bett mit beiden Händen und zusammengebissenen Zähnen Stück für Stück zu Miguelín hin, der wieder neuen Mut faßt, als er sieht, daß seine Cousine ihm so nett hilft, und sie bewegen sich aufeinander zu, Bett und Schrank ächzen und knarren, Miguelín zieht verzweifelt an der Kette, und sie schiebt das Bett, beide mühen sich ab, was für ein wunderbares Bild der Eintracht und des guten Willens, fast sind sie schon beieinander, die Länge der Kette gestattet es Miguelín jetzt, sich auf das Bett zu werfen, auch Rafaela wirft sich rücklings darauf, hebt den Rock hoch, und schon legt sich ihr Cousin, ein Bein an den Schrank gekettet, auf sie, sie stöhnen und bewegen sich wie verrückt, das bescheidene Bett knarrt an allen Ecken, und aus seiner Wiege winkt der König des Hauses mit den Händen und protestiert, verlangt, gehätschelt und liebkost zu werden, der unverschämte Kerl.

Also, wer immer du auch sein magst, guter Mann, höre auf zu weinen und drücke deine Stirn nicht mehr gegen das Schaufenster, nimm diese paar Münzen und kauf dir was zu essen. Der alte Stadtstreicher nimmt das Geld, das man ihm gibt, entfernt sich grummelnd, betritt eine Kneipe und bestellt Wein. Denn durch ihn lebt und herrscht er.

Die Sonne war inzwischen untergegangen. In ihrem Schaukelstuhl mit Blick auf den Strand von Sitges läutete Tante Isabel mit dem Glöckchen nach dem Dienstmädchen und wartete. Es war kühl. Immer noch grübelnd, schloß sie andächtig die Augen.

Der Jugendführer

Offenbar hatte er begeistert und selbstlos in verschiedenen Gemeinden gearbeitet, die Jugend herangebildet, bevor er in eure Gemeinde kam. Damals kannte man ihn einfach nur als Salva. (Vadó, korrigierte Nuria, Vadó Vilella.) Vadó. Und indem er das moralische Ansehen, das man in den unbekannten Gefilden der Diözesenwelt erlangt – und das Vollmachten verleiht, die wir im allgemeinen unterschätzen und verachten –, geschickt einsetzte, schärfte er jahrelang still und leise die Krallen, die eines Tages über die frommen Claramunt-Töchter herfallen sollten.

Dieser Mann ist ein interessantes Beispiel für Strebertum auf einem Gebiet, das man als diözesan bezeichnen könnte. Ein aufgeweckter und hilfsbereiter Junge, der – so möchte ich ihn mir vorstellen – zwischen knisternden Kerzen und Kniebeugen aufwächst, zwischen dem Gezischel und dem Gemurmel eines Gemeindevorstandes, das Begünstigungen, Verdienste und Empfehlungen mit sich bringt. Ein echter Sohn der Gemeinde. (Aber nicht nur unserer, sagte Nuria. Er war so etwas wie der Sohn aller Gemeinden.) So etwas wie der Sohn aller Gemeinden, allerdings, denn schon als ganz kleiner Junge begleitete er seinen Onkel auf dem glanzvollen Weg durch Kirchen und Kapellen, in der Hand eine Mappe mit Noten. (Er wollte nie über diesen Onkel sprechen, einen alten katalanischen Zarzuela-Tenor, der sich auf Hochzeiten in montserratinischem Ritus spezialisiert hatte und sie mit schmalzigen Gesängen verschönerte.) Er wollte nicht wieder über ihn sprechen, aber an seiner Seite hatte er von klein auf gelernt, sich in die Nischen unserer wohltätigen und almosenspendenden Bourgeoisie, in jene weichen Mulden der Nächstenliebe hineinzudrängen. Und Jahre später, als er, verwandelt in einen aktiven Jugendführer der *Acción Católica*, im Zentrum erschien und mit Montse Freundschaft schloß, besaß er bereits viel Erfahrung in der Jugendarbeit des Gemeindewesens. Trotz der Bemühungen des guten Pfarrers war das Zentrum nicht mehr als ein trostloser, öder Kasten: kaum ein halbes Dutzend zerlumpter Jungen aus dem Guinardó und vom Monte Carmelo, die niemand bändigen und erziehen konnte. Die wenigen Katechetinnen – unter ihnen deine Schwester – widmeten sich mehr dem Gottesdienst. Der junge Vadó brachte neue Ideen mit und gewann sofort die Jugend des Viertels für sich, die Jungen liefen ihm nach. (Er zog sie an sich, ohne wirklich Zuneigung für sie zu empfinden, sagte Nuria. Nie liebte er sie so, wie Montse es tat.) Nie. Aber er entfaltete große Aktivitäten, seine Talente wurden bald offensichtlich, und das Zentrum erlebte eine fruchtbare Phase; in der reichen Gemeinde taten sich Wohltäter hervor. (Zum ersten Mal sah ich ihn, als er an einem Sonntagmorgen nach der Messe mit Papa sprach. Ich sehe ihn noch wie gestern vor mir: Er hatte die Hand auf die Schulter eines Kindes gelegt, eines Jungen aus dem Guinardó, und erzählte Papa, daß sie eine Fußballmannschaft gebildet hätten und ihnen nun Schuhe, Trikots und ein zweiter Ball fehlten, die gesamte Ausrüstung also.) Ja. Und er gründete auch das Ausflugszentrum, die Vorbereitungsgruppe und die weibliche Basketballmannschaft (die unter ihm in die erste Diözesan-Liga aufstieg, erinnerte sich Nuria) und organisierte Tischtennis- und Schachmeisterschaften. Und mit der Zeit übernahm er die Leitung der Theatergruppe, die all die Jahre in dem kleinen Theater *Els Pastorets* auftrat und sogar die Aufführung von ›Der ungeduldige Hellseher‹ wagte, und stellte sich an die Spitze der Jugendbewegung der *Acción Católica.* Außerdem fing er an, kleinere Artikel für das Sonntagsblatt zu verfassen, und später dann schrieb er für die Zeitschrift ›Beharrlichkeit‹ und andere Blätter, die im Bistum erschienen. Zu der Zeit sah man ihn schon häufig mit einem sehr bekannten und hochgeschätzten Gemeindemitglied, anscheinend dem Inhaber einer Werbeagentur. (Ich glaube, sagte Nuria, einer Immobiliengesellschaft.) Genau, einer Immobiliengesellschaft, der Onkel Luis einige Grundstücke in Vallgorguina verkauft hatte, ein Geschäft, das entgegen den weisen Ratschlägen des jungen Vadó getätigt wurde. (Salva. Damals war er schon der große Salva.) Salva, der mit geschäftlichem Weitblick, der Onkel Luis nicht entgangen sein konnte, deinem Vater riet, nicht zu verkaufen. (Er ging sogar so weit, ihm vorzuschlagen, dort eine Art Haus der Jugend oder so etwas zu errichten und gemeinsam Profit daraus zu schlagen, darauf vertrauend, daß er die nötigen Kredite beschaffen könne.) Ja. Doch Onkel Luis verkaufte lieber, die Zeit gab dem frühreifen Spekulanten allerdings recht, denn bald waren die Grundstücke das Doppelte wert. Und seit damals schätzte ihn dein Vater sehr. Aber er sollte noch mehrere Jahre als Manager und Chefredakteur und Designer arbeiten, von allem etwas, in der Agentur, die schon seit einiger Zeit die Aufträge für die Claramunt-Strümpfe sehr schlecht ausführte. (Ich weiß nicht, sagte Nuria, ob er dort schon arbeitete, als er Papa kennenlernte, oder erst später.) Ich weiß es nicht. Was wir jedoch wissen, ist, daß er eines schönen Tages auf einmal für die Firma Claramunt arbeitete – nur deine Schwester bemerkte es nicht rechtzeitig –; er war zu deinem Vater übergewechselt mitsamt den Unterlagen für die Werbekampagne. (Gestohlen hat er sie, präzisierte Nuria. Er stahl die Unterlagen und bot Papa an, daß er sie für ihn zu besseren Konditionen führen könne.) Er stahl sie.

Zu der Zeit hatte er bereits diese sportlich vierkantige und zielbewußte, sympathische Art und den herzlich lockeren Gesprächston, der heute eine größere und einflußreichere Zuhörerschaft erfreut. Trotz seiner vielfältigen Aktivitäten verfügte er stets über genügend Zeit, um sich um seine Gesundheit zu kümmern. Er war ein glühender Verehrer der Natur, des Wander- und des alpinen Bergsports, den er mit seinen Jugendlichen betrieb. (Ständig, sagte Nuria. Er machte das sogar noch, als er anfing, mit Montse zu gehen, und man zu Hause bereits von Verlobung sprach.) Darum ging er immer leicht gebückt, so als trage er einen Rucksack. Mit seinem hageren, von Wind und Wetter gegerbten Gesicht und seinem großen, quadratischen Kopf mit dem kurzen, taufrisch glänzenden Haar wirkte er immer wie jemand, der soeben kalt geduscht hat, zufrieden mit der Kraft seines Körpers.

So habe ich ihn in Erinnerung, als er mit mir zum ersten Mal über Montses Problem sprach; ich arbeitete schon einige Monate in dem Warenlager und hatte ihn hin und wieder zusammen mit deiner Schwester gesehen, kannte ihn jedoch kaum. An jenem Tag, einem Sonntagvormittag, traf ich ihn zufällig in einem Café an der Plaza Sanllehy. Stell dir einen gutgekleideten jungen Mann vor, der Gläser mit Limonade an ein Dutzend lärmender, verschwitzter Jungen austeilt: es waren seine Zöglinge, die Basketballmannschaft, die »Jungen vom Berg«. Umringt von dieser zerlumpten, wilden Horde trank er an der Theke ein Bier, während er in einigen Papieren blätterte. Und dann sagt er, nachdem er mich herzlich begrüßt hat:

»Sprichst du Katalanisch?«

»Nein.«

»Aber verstehen tust du's.«

»Schlecht.«

»Aber doch ein bißchen.«

»Schlecht.«

»Aber doch genug, oder?«

»Nein, Mann. Tut mir leid. Mal sehn, warte ... *setze jutges mengen fetge ...*«

»Nicht schlimm, wirklich nicht. Im Grunde genommen ist es egal, du mußt ja nicht.«

»Hoffentlich nicht, im Grunde genommen.«

»Du wirst es schon noch lernen, Mann.«

»Mit Gottes Hilfe.«

»Natürlich. Montse Claramunt, deine Cousine, hat mir erzählt, daß du als Kind hier gelebt und es ziemlich gut gesprochen hast.«

»Hab's vergessen. Aber ich bin dabei, es wieder zu lernen, ich will's lernen, ja, ich will es lernen. Mit Gottes Hilfe.«

»Natürlich«, sagt er, schon ein wenig eingeschnappt. »Und die Arbeit? Du bist im Warenlager, stimmt's?«

»Ja. *Magatzems,* so heißt das doch, oder? Aber mal was anderes ... Wie häßlich sind doch meine Cousinen, ist dir das schon aufgefallen? Vor allem Nuria, sie sieht aus wie'n Junge. Findest du sie nicht häßlich?«

»*Lletja* heißt das.« Und er lächelt gezwungen, der Vorkämpfer für das gedemütigte Katalanisch. »Nun, offen gesagt, nein. Sie ist so fröhlich und nett ...«

»Ein liebes Mädchen ... *Bona noia,* ja.«

»Ich nehme an«, sein Tonfall verändert sich, »du weißt über das mit Montse Bescheid.«

»Ja.«

»Und was ist deine Meinung dazu, Paco? Eine heikle Angelegenheit. Was, meinst du, sollte man tun?«

»Nichts.«

Er steht eine Weile nachdenklich da, der Jugendführer, und betrachtet den Schaum auf seinem Bier. Schließlich sagt er:

»*Es futut, parlant malament.*«

Ich lade ihn zu einem weiteren Bier ein, aber er besteht darauf, die Runde zu bezahlen. Die Jungen hören nicht auf zu lärmen, und er ruft sie wiederholt zur Ordnung.

»*Futut* heißt: beschissen, nicht wahr?« frage ich nach.

»Nein, mal langsam, du bist ordinär! Das ist viel weniger hart, Mann. So was sollte man zwar nicht sagen, und schon gar nicht, wenn Damen dabei sind, aber, na ja, einmal ist keinmal ... Aber um auf Montse zurückzukommen: seltsam, nicht wahr? Ein so ernsthaftes Mädchen. Sie ist wie ... benommen, wie geblendet.«

»Ihr Katholiken redet immer von Verblendungen und Geheimnissen.«

»Was hat das denn damit zu tun? Sie wird eine große Enttäuschung erleben.«

»Enttäuschungen sind die beste Schule des Lebens. Das sagte Bruder Eusebio, mein Lateinlehrer.«

»Du warst bei den Salesianern, nicht wahr?«

»Ja. Und du?«

»Willst du was von den *tapas*?«

»Ich esse nie vorm Trinken.«

»Hahaha! Das ist ja witzig. Nuria hat mir schon erzählt, daß du gerne Witze reißt ... Wohnst du hier in der Nähe?«

»In der Avenida República Argentina, oberhalb der Plaza de Lesseps. In einer heruntergekommenen Pension. Und du?«

»Hier, in der Calle Cerdeña. Zusammen mit Onkel und Tante. Die Wohnung ist neu, aber wann ich sie abbezahlt haben werde, weiß ich nicht. Onkel und Tante sind sehr alt.«

Die Jungen diskutieren den Spielverlauf und kriegen sich furchtbar in die Haare. Er beschwichtigt sie, »Jungs, Jungs«, gießt ihnen ab und zu Limonade nach und verteilt sie gerecht. Dann erzählt er mir, daß er auf Montse warte, um mit ihr zu einer Versammlung ins Zentrum zu gehen.

»Die Sache ist heikel«, fügt er stirnrunzelnd hinzu.

»Weißt du, was ich denke? Daß sie scharf auf ihn ist!«

»Was? Willst du sagen, daß sie in den verliebt ist? Das glaube ich nicht. Daß sie zu gutmütig ist, das ja. Ihre Eltern haben großen Kummer mit ihr.«

»Wer ist er? Kannten sie sich schon von früher?«

»Nein. Anscheinend hat er hier gewohnt, ein verwahrloster Junge aus der Gemeinde. Ein Herumtreiber, ein hoffnungsloser Fall.«

Aha! Sieh dir diese Wilden an, die sich mit Limonade bespritzen, sagte ich zu mir selbst. Er mußte wohl so ähnlich gewesen sein wie sie: immer in der Nähe der Billardtische des Viertels, der Kioske mit den Comic-Heftchen, der *churrerías*, der Kickerapparate und der Kinoeingänge herumlungernd. Aber er wuchs im Dunstkreis des Verbrechens auf, mit der Zeit mußte er im Gefängnis landen, und nun war Montse ihm begegnet und wollte ihn wiederaufrichten. Sicher, die Gruppe der Pfarrhelfer bestand aus jungen Arbeitern aus ärmlichen Verhältnissen und jungen Mädchen aus reichen Familien, die mehr oder weniger viel Zeit hatten: die Gemeinde war für alle Strömungen und für alle Geschöpfe des Herrn bedingungslos offen, so daß unter den Pfarrkindern dieses Viertels – eine alte Wohngegend, verschlungen von dem sich ausdehnenden Viertel Gracia und von der Einwanderungswelle aus dem Süden, die die Viertel Guinardó und Carmelo nach dem Krieg mit *charnegos* überschwemmt hatte – sich fromme Katechetinnen im heiratsfähigen Alter aus guter Familie befanden, die eine leichte Beute waren für einige männliche Gestalten, die von klein auf in die Gemeinde kamen und in Winkeln des Bezirkes lebten, die niemand kannte: Eingegliederte, Jugendliche von dunkler Herkunft, offenbar harmlos, devot, beharrlich, immer bereit, sich zu verbrüdern. Sie wurden in die Gemeinde aufgenommen, waren die ersten Jugendlichen, die mühsam vor den Gefahren der Straße gerettet worden waren, vor der Gefahr der Kneipen, der Billardtische, der Karten und der Tanzfeste, angelockt nicht gerade durch die Hymne der Weihnachtskampagne (»Wir sind alle Brüder, arm und reich, Schluß mit Kampf und Groll«), sondern vielmehr durch den Ball, den ihnen der gute Pfarrer zum Fußballspielen auf dem

Grundstück neben der Kirche schenkte. Gezähmt verwandelten sie sich zuerst in Meßdiener und Chorsänger, in begeisterte Wandervögel, dann in Anwärter der *Acción Católica*, und noch später traten sie den Führungsgremien bei und übernahmen den Religionsunterricht, wobei sie sich mit den überlasteten Erzieherinnen der Frauensektion abwechselten, verbunden durch jenes edle apostolische Tun, das sämtliche soziale Schranken niederreißt. Die Katechetinnen aus gutem Hause, wunderbar empfänglich für Verallgemeinerungen, erzogen nach der Auffassung, daß die Welt heutzutage nicht mehr in Klassen unterteilt war (eine veraltete, blasphemische Definition, sagten sie und sagen sie noch immer, und außerdem unversöhnlich und falsch), vergaßen ihrerseits mit der Zeit, daß einige ihrer Mitstreiter bei der Verbreitung der Lehre und den Ausflügen in Reisebussen zu eben jenen beunruhigenden Schatten aus dem Viertel gehörten, die eines Tages ins Zentrum gekommen waren mit der stummen Bitte, man möge sie doch Tischtennis spielen lassen, als Gegenleistung würden sie den Katechismus lernen.

Und Salva Vilella, damals herausragender Führer der Arbeiterjugendbewegung und Werbefachmann, war nicht auch er einer dieser erlösten Schatten? (Doch wer erinnerte sich noch daran, sagte Nuria.) Ja: wenn man ihn so sieht, wie er an seine Jungen Limonade austeilt – aber von heute aus gesehen, von der erhöhten Perspektive seiner Villa im Pedralbes aus –, dann erstaunt die brillante Karriere, die er in weniger als neun Jahren machen sollte.

»Hör mal, das muß ja interessant sein«, sagte ich zu ihm, wenn ich mich recht erinnere, »das Leben einer Gemeinde von innen.«

Er kam wieder auf das Thema Montse und ihr Verhältnis zu dem Häftling zurück: er mache sich Sorgen, weil Montse gleich in der Versammlung wieder einige Dinge zu hören bekomme, die ihr nicht gefallen würden. Er selbst sehe sich gezwungen, offen mit ihr zu reden, es war nur zu ihrem Besten. Ich sagte, schön, aber ich sei anderer Meinung, und er antwortete, er könne meine Haltung zwar nicht verstehen, akzeptiere sie aber als Gegenmeinung, irgend so etwas sagte er zu mir; und dann bat er mich um Erlaubnis, mir eine Frage stellen zu dürfen, und fragte, ob es mir etwas ausmachen würde, da ich ja offensichtlich so liberal eingestellt sei, ob es mir etwas ausmachen würde, zum Beispiel, und ich solle bitte nicht böse werden, ein Flittchen zur Schwester zu haben. Nun ist das aber die klassische und verschwommene Frage, auf die ich immer dieselbe schnelle und enthusiastische Antwort parat habe:

»Nein. Das würde mir nichts ausmachen.«

Wo das moralisierende Gehabe ins Wanken gerät

»Señorita Nuria ist nicht zu Hause. Sie ist bei einer Freundin, die sich beim Skifahren ein Bein gebrochen hat«, sagt Esperanza und tritt zur Seite, um ihn hereinzulassen. Fast im selben Augenblick ruft ihn Tante Isabel vom hinteren Teil der Veranda zu sich.

Tante Isabel hat Besuch. Er wird sie im Sessel sitzend antreffen, wie sie gerade Tee trinkt mit einer alten, sehr gut gekleideten Dame namens Comajuncosa oder Gratamamella, ein Zungenbrecher mit Ansehen und Tradition, Präsidentin von so etwas wie den »Blauen Damen« oder der »Frommen Vereinigung«.

Sie wohnte in der Nähe der Gemeinde, und häufig sah man sie zusammen mit einem kleinen Strolch aus dem Guinardó, den das Zentrum gezähmt hatte und der immer eine Mundharmonika bei sich trug und den sie, nachdem sie ihn jemandem als ein Beispiel der gelungenen Reintegration vorgestellt hatte, manchmal bat: »Komm, Kleiner, spiel ›El sitiu de Saragossa‹.« Und der Junge blies wie ein Besessener und schlug dazu mit dem Fuß wild den Takt, indem er mit dem nagelneuen Stiefel der Caritas auf den Boden stampfte.

An ihn denkt Paco Bodegas flüchtig und in brüderlicher Verbundenheit, als er sich jetzt zu Tante Isabel hinunterbeugt, um auf beide Wangen geküßt zu werden, und schnell eine faule Ausrede erfindet, damit man nicht merkt, daß ihn nur der Wunsch hierhergeführt hat, Nuria allein anzutreffen.

»Ich komme wegen der Bücher, die ich Montse geliehen habe, Tante. Ich muß sie zurückgeben, sie gehören nicht mir.«

Die Damen mustern ihn wohlwollend, aber im ganzen Haus, sogar im gütigen und ausdauernden Lächeln des Gasts, herrscht Spannung, Ungeduld.

»Setz dich, mein Junge.« Tante Isabel freut sich sehr, ihn zu sehen, und möchte, daß er zum Abendessen bleibt.

»Setz dich.« Von den Büchern weiß sie nichts, Montse ist noch nicht aus dem Zentrum zurück, kann sein, daß sie heute später kommt. Setz dich endlich, du Trottel, du Bauer! »Das ist mein Neffe, er ist erst seit sechs Monaten hier bei uns«, klärt Tante Isabel das erfreute Lächeln auf. Sehr erfreut, ganz meinerseits, na so was, kann also sein, daß Montse später kommt, und nun wechselt die Präsidentin einen Blick mit Tante Isabel, einen Blick voller frommer Wünsche und Sorge, die zweifellos seiner Cousine Montse gelten, ja, allerdings, es kann sein, daß sie später kommt, mein Junge, heute findet eine wichtige Versammlung statt, du weißt doch so ungefähr, worum es geht ...

»Aber nein, Tante, ich weiß gar nichts.«

Die eingeladene Präsidentin blinzelt, die Augen starr auf ihn gerichtet, lächelnd trotz der schmerzlichen Mission, die sie hierhergeführt hat. Wissen Sie nicht, daß Ihre Cousine seit einem Monat nicht mehr im Gemeindezentrum war? Nein, Señora. Nun, das habe ich soeben Isabel mitgeteilt – die Worte sprudeln jetzt überhastet hervor, doch das Lächeln bleibt –, deine Tochter muß verstehen, daß ... Mit einer ungeduldigen Geste wendet sich Tante Isabel ihrem Neffen zu: »Geh doch hinauf und sieh selbst nach, du weißt ja, im Bücherregal im Salon, neben ihrem Zimmer, dort legt sie normalerweise immer ihre Bücher hin.«

Die Präsidentin hätte dem jungen Mann gerne noch mehr über den Fall mitgeteilt, das ist offensichtlich. Auf jeden Fall will er so schnell wie möglich diesem strahlenden Lächeln entkommen; er verabschiedet sich und geht hinauf in den ersten Stock. Der Salon hat einen kleinen Balkon, der auf den Garten hinausgeht und von den beiden Eingangssäulen gestützt wird, dem Springbrunnen genau gegenüber. Es wird dunkel. Mit dem Ellbogen auf das Gesims gestützt, fühlt Paco in seinem Innern eine ungeahnte Variante seiner Fäkaliensprache brodeln – diese launische Nuria hat ihn seit einer Woche weder angerufen noch ein Lebenszeichen von sich gegeben, es ist das zweite Mal, daß sie so etwas tut –, während er die Straße jenseits des Gartens beobachtet: Eine Gaslaterne zwischen den nackten Zweigen einer Akazie furzt höhnisch vor sich hin. Doch das ist noch nicht alles: Als ob ihm der neue Ausblick über die ehemaligen Inseln der Glückseligkeit plötzlich die Zerbrechlichkeit des Verteidigungssystems der alten Claramuntschen Festung (verwundbar besonders seitens der Töchter) offenbare, entspannt er sich und verspürt mit einem Mal das ungewohnte Bedürfnis, in lautes Gelächter auszubrechen – zurückzuführen auf seine leichtlebigen Wurzeln, auf etwas, das immer im cordobesischen Teil seines Wesens geschlummert hat und das ihn von jenem Tag an dazu zwingen wird, sein Verhalten in diesem Hause zu verändern ...

Wie immer bemerkt er Montse zuletzt: sie steht auf der Straße, man könnte meinen, sie friere oder falle jeden Augenblick in Ohnmacht, die Schulter gegen das Gittertor gelehnt, eine Hand gegen die Stirn gedrückt, den Kopf gesenkt. Vor ihr steht, auf sie einredend, der Mann, der seit Monaten anscheinend ihr schüchterner Verehrer ist, Salvador Vilella. Montse hat nie einen Freund gehabt, und seit Jahren schon ist sie ernsthaft von der furchtbaren Geißel der Marientöchter bedroht: Ehelosigkeit, ein Krebs, gegen den, wie gegen den richtigen, es kein Mittel gibt. Äußerst zurückhaltend, wie der anständige und nette junge Mann Montse den Hof macht, Onkel Luis schätzt ihn sehr, die Familie nährt gewisse Hoffnungen ... Heute abend jedoch scheint er sie nicht zu umwerben, sondern mit ihr zu schimpfen; und plötzlich läßt sie Vilella mitten im Satz stehen, das Tor bleibt offen, sie rennt durch den Garten, um den Springbrunnen herum, die Hände an ihre Schläfen gepreßt, und als sie die Veranda erreicht und nach oben zu der kleinen Laterne blickt, die über dem Eingang hängt, kann Paco sehen, daß sie weint.

Kurz darauf hört er laute Stimmen unten auf der Veranda, Türenschlagen, Schluchzen und Schritte, die eilig die Treppe heraufkommen. Ohne ihn zu sehen, rennt Montse in ihr Zimmer, aus dem sie beinahe sofort wieder herausstürmt, erstauntes Entsetzen im Blick. Vom Balkon aus sieht Paco sie über den Flur auf sich zukommen.

»Ach, du bist hier? Hast du auf mich gewartet?« Und sie öffnet ihre große Schaffnertasche, um ein rosa Taschentuch darin verschwinden zu lassen, das sich in ein nasses Knäuel verwandelt hat. Ihre Augen sind feucht und gerötet. Übernervös, mit jener nachdenklichen Miene, die sie häufig kurz vor den unglaublichsten Reaktionen aufsetzt, geht sie zum Regal und betrachtet mit dem Rücken zu ihrem Cousin aufmerksam die Bücher.

»Hör mal, Paco«, überwindet sie sich zu sagen, »kannst du mir noch ein Buch leihen ...«

»Warum weinst du, Cousine?«

»Wer, ich?«

»Ja, du. Was ist passiert?«

»Nichts.«

»Vielleicht kann ich dir irgendwie helfen ...«

Immer noch mit dem Rücken zu ihm, schüttelt Montse den Kopf. Lächelnd fragt Paco weiter:

»Worüber hat Vilella mit dir gesprochen? Ist er vielleicht zu weit gegangen, der alte Reaktionär?«

Er hat das nur gesagt, um eine vertrauliche Reaktion zu provozieren. Aber als seine Cousine sich abrupt umdreht, sehen ihn ihre Augen mit einer Mischung aus Erstaunen und

Trauer an. Und die kluge Antwort, mit der sie ihm rät, sich besser um Nuria zu kümmern, anstatt Grobheiten von sich zu geben, könnte gar nicht klüger ausfallen: so gibt sie ihm nebenbei zu verstehen, daß sie bereits über das, was zwischen ihm und ihrer Schwester hinter dem Rücken der Familie im Gange ist, Bescheid weiß:

»Salva will nichts von mir. Hörst du? Was ihn umtreibt, ist, daß Nuria ihn nicht beachtet, und er fragt sich, warum, er weiß nämlich nichts von euch ...«

»Aber ... War der nicht hinter dir her?«

»Du kriegst aber auch nichts mit, Junge.« Dann fügt sie hinzu: »Was hat Mama in meinem Zimmer gesucht?«

»Keine Ahnung.«

Paco setzt sich mit nachdenklicher Miene aufs Sofa. Sie widmet sich wieder den Büchern.

»Einen modernen Roman möchte ich gerne ...«

»Kann ich erfahren, für wen es diesmal ist? Ich darf dich daran erinnern, daß du meinen Bestand geplündert hast, ohne mir bisher auch nur ein Buch wieder zurückgegeben zu haben. Mir ist klar, und ich weiß es von deiner Schwester, daß alle in den Händen deiner Schützlinge gelandet sind, deiner Seelenkranken, deren kulturelle Bildung dir sehr am Herzen zu liegen scheint ...«

Soviel unberechtigte Ironie läßt sie sich wieder umdrehen, und jetzt sieht sie ihren Cousin direkt und offen an, sie sieht nicht die Schläge, die er austeilt, sondern seinen Groll, die Verachtung oder die Einsamkeit, und sie möchte wissen, was dahintersteckt. Sie sieht ihn an, wie er gerne von Nuria angesehen werden möchte, wenn er sich einsam und niedergeschlagen fühlt.

»Entschuldige, Montse. Warum erzählst du mir nicht, was mit dir los ist?«

»Bitte, laß deine Witze, ich bin ziemlich fertig.«

»Im Ernst, meinst du nicht, du solltest eine andere Quelle

anzapfen, um an Bücher zu kommen? Das hier kommt mir sehr teuer zu stehen. Was machst du eigentlich mit den Spenden, die wir dir in der Fabrik geben?«

»Bitte ...«

Plötzlich weicht jegliche Kraft aus dem schlicht gekleideten Körper – hochgeschlossene violette Bluse, blauer Pullover, einen langen und sehr weiten rot-grün karierten Faltenrock. Mit verschränkten Armen geht sie nervös vor ihrem Cousin auf und ab, dann setzt sie sich ans äußerste Ende des Sofas, die verschränkten Arme auf ihren Bauch gepreßt, so als habe sie Schmerzen oder als friere sie. Sie macht ein so trauriges Gesicht, daß er wirklich bedauert, nicht stumm auf die Welt gekommen zu sein. Montse in Gedanken versunken: sie sagt nicht einmal »Versuch zu verstehen« oder so etwas Ähnliches, sondern sitzt schweigend da und starrt auf den Boden, und dann hebt sie ihr besiegtes Antlitz zu ihm empor, es ist so glatt und von lichter, schwer zu beschreibender Schönheit. Gemessen an dem gegenwärtigen Ideal ist sie häßlich. Das über der Stirn gescheitelte, straff nach hinten zu einem Knoten gesteckte schwarze Haar sieht aus wie ein melancholischer Helm, der die Ohren bedeckt und dem elfenbeinfarbenen Gesicht eine Dreiecksform verleiht, ein merkwürdig altmodisches und romantisches Aussehen. Ihr Gesicht besitzt jenen ernsten Ausdruck von Tuberkulosekranken, jenes ruhige Pochen unter der durchscheinenden Haut der Stirn und der Wangenknochen, eine Harmonie, die nicht so sehr auf der Gleichmäßigkeit der Gesichtszüge beruht, sondern mehr auf der Farbe ihrer Haut, auf einem gewissen Schimmer, der aus wer weiß welch glühendem und gütigem Winkel der Seele nach außen dringt.

Jetzt starrt sie ihren Cousin an, als sähe sie durch ihn hindurch, und mit der ihr eigenen körperlichen Unbekümmertheit legt sie eine Hand auf ihre linke Brust und beginnt geistesabwesend mit dem Fingernagel über den Stoff zu streichen.

Man könnte meinen, sie gehe mit ihren Brüsten höchst unbeholfen um oder merke gar nicht, daß sie welche hat: Sie berührt dich mit ihnen im Vorbeigehen, sie drückt sie platt, ohne es zu merken, sie berührt sie und empfindet sie anscheinend als lästige Störenfriede, deren Nutzen sie nicht begreifen kann: sie hat noch kein Bewußtsein von ihrem Körper.

»Ja, ich fürchte, ja.« Eine Antwort, die nichts mit der Frage ihres Cousins zu tun hat, vielmehr den Faden ihrer eigenen Gedanken fortspinnt. »Ich fürchte, daß ich's einfach sausenlassen muß.«

»Wer sagt so etwas? Die berühmte Kommission zur sozialen Errettung?«

Sie scheint nicht verwirrt, ganz im Gegenteil: sie nickt entschieden, starrt ins Leere mit Augen, die feucht sind durch eben diese Unbeweglichkeit.

»Alle sagen das.«

»Und deswegen hast du geweint? Also, hör mal! Wenn sie dir diesen Strafgefangenen wegnehmen, findest du einen andern, nur keine Bange, auf dem Gebiet gibt es immer viel zu tun. Was macht es schon aus, ob es der ist oder ein anderer?«

Darauf antwortet sie nichts. Zuckt nur die Achseln. Er bohrt weiter:

»Was sagt Salvador Vilella?«

»Dasselbe wie alle andern. Aber von ihm hab ich das nicht erwartet. Alle fragen sich, ob ich mich nicht nach so langer Zeit einfach hinreißen lasse von ... von ...« Plötzlich sieht sie ihren Cousin mit einem Funkeln in den Augen an, das beinahe sofort wieder erlischt. »Was denken die von mir, Paco? Ich finde das alles so beschämend ... ich möchte mir das gar nicht vorstellen ...«

»Dann stell dir das ruhig mal vor. Das ist nämlich genau das, was alle glauben. Mach die Augen weit auf, Cousine.«

»Und du? Glaubst du das auch, Paco?«

Sie ist wirklich entsetzt, ganz außer sich. Als Paco sie so vor sich sieht, verändert er den Tonfall, versucht zu lächeln, versöhnlich, auch wenn er es wahrscheinlich nur fertigbringt, die Zähne zu entblößen.

»Pah! Kümmere dich nicht zu sehr darum, was andere von dir denken könnten. Das sind wilde Bestien! Tu, was dir dein Gewissen befiehlt. Siehst du den Jungen noch?«

Sie nickt mit dem über die Brust gesenkten Kopf. Er fragt sie, warum er im Gefängnis sitze, und sie sagt, alle säßen wegen derselben Geschichte, wegen gewöhnlicher Verbrechen, mehr wisse sie nicht, sie frage nie, das sei doch nicht wichtig. Der einzige Mensch, der sich um ihn kümmere, sei ein Mädchen, das sie manchmal in der Paketschlange des *Modelo* treffe; die Kleine beantrage nie einen Besuchstermin, bringe ihm nur Lebensmittel, und sprechen tue sie kaum, ein sehr seltsames Mädchen, sie wohne anscheinend auf dem Monte Carmelo und habe ihr erzählt, daß er Motorräder geklaut und Autos geknackt habe.

»Ist er jung?« fragt Paco.

»Wer?«

»Er.«

»Einundzwanzig.«

Er betrachtet ihre durchscheinende Zerbrechlichkeit, das Pochen der Adern unter den Schläfen. Beruhige dich, Cousine, ich denk an nichts Böses. Aber er sagt: »Was meint deine Mutter zu deinem verrückten Abenteuer?« Doch sie scheint ihn nicht zu hören. Paco wartet eine Weile, dann fragt er:

»Wann kommt er raus?«

»Bald. Im Sommer.« Montse spricht jetzt wie zu sich selbst. »Und sie wissen nicht, wohin, oder besser gesagt, mir wäre es lieber, sie wüßten es nicht ... Aber sie jetzt im Stich zu lassen, wäre schlimmer, als ihnen von Anfang an keine Hilfe angeboten zu haben.«

»Ich habe gehört, du gehst nicht mehr ins Zentrum.«

»Das ist nicht wahr.«

»Oder nicht mehr so häufig wie früher. Warum? Kannst du deine Freundinnen nicht mehr riechen, oder hast du Angst, daß sie dich ausschließen, wenn du weiterhin ...«

»Nein, Mann, so schlimm sind sie nicht«, unterbricht sie ihn mit einem Lächeln. Dann scheint sie nachzudenken und steht plötzlich seufzend auf. »Nur daß alle sich verpflichtet fühlen, mir Ratschläge zu erteilen, mich warnen wollen vor ... keine Ahnung. Bitte, lach nicht.«

»Ich lache nicht. Und die Bücher? Sind für ihn, klar.«

Ihr Lächeln wird breiter, beinahe strahlend:

»Stell dir vor, die tun nichts anderes als lesen und lernen. Es macht ihnen großen Spaß, dort gibt es wenig Abwechslung.«

Bisher hat Paco nicht bemerkt, daß sie im Plural von ihm spricht: falls Montse bereits etwas mehr für ihren Schützling empfindet als den edelmütigen Wunsch, ihn zu bessern, dann weiß sie es nicht – auf jeden Fall ist es ein Gefühl, das sich noch nicht deutlich herausgebildet hat. Ließe man die Frage außer acht, ob es angebracht war oder nicht, ihren großherzigen Elan zu bremsen, dann trafen Tante Isabels Vermutungen zu. Außerdem erinnert sich Paco, daß Nuria ihm vor kurzem von ihrer Sorge erzählte, der Häftling könne ihre Schwester grundlos zum Weinen bringen (Nuria hielt grundloses Weinen für ein Symptom des Verliebtseins), und davon, wie sie eines Nachts Geräusche im Zimmer ihrer Schwester gehört und hineingeschaut habe, und da habe sie im Bett auf dem Bauch gelegen, das Kopfkissen schluchzend umklammert.

Esperanza kommt und bittet zum Abendessen. Während er hinter seiner Cousine die Treppe hinuntergeht, die Augen starr auf ihren Nacken gerichtet, fragt sich Paco, ob er sie nicht darauf aufmerksam machen soll, daß letzten Endes, auch wenn niemand an ihren guten Absichten zweifle, eventuell die Gemeindeversammlung und ihre eigene Familie besser als sie in der Lage sind, die Konsequenzen, die ihr Verhalten haben könnte, zu beurteilen ... Aber irgend etwas hält ihn davon ab – etwas wie Schamgefühl oder Respekt: vielleicht spürt er bereits, daß Montse nicht so einfältig ist, nicht so wehrlos gegenüber dem Leben, wie alle glauben, und daß ihre Waffen, wenn auch noch schwach und spärlich, schon langsam anfangen, jener konventionellen und heuchlerischen Materie, die sie auf die Probe stellen wird, entgegenzutreten.

Das Essen ist aufgetragen, und Onkel Luis sitzt am Tisch und betrachtet ein Glas im Gegenlicht. Ebenso Nuria, die sich fröhlich und aufgekratzt gibt; sie trägt einen dicken weißen und sehr engen Pullover mit hohem Rollkragen, wirkt dadurch beinahe männlich wie ein Torwart. Auf Paco wirkt er wie die Rollkragenpullover, die Ricardo Zamora auf den Sammelbildchen seiner Kindheit trug.

»Nicht wahr, Onkel Luis?« fragt der lohnabhängige arme Hund. »Sie werden sich auch noch daran erinnern, es war zu Ihrer Zeit.«

Onkel Luis lächelt: »Ah, ja, ich glaub schon.«

Paco läßt nicht locker: »Haben Sie gehört, Onkel Luis, daß die gebildeten Sportreporter diese Pullis ›Torwart‹ nennen?« Er glaubt, dieser arme Hund, daß seine Anwesenheit das Gewitter aufschieben werde. Doch da irrt er sich: in dem Moment, als Nuria gerade erzählt, auf welch blöde Weise sich ihre Freundin beim Skifahren in La Molina das Bein gebrochen hat, wendet Onkel Luis seinen Kopf zur Seite und fragt Montse, die rechts von ihm sitzt:

»Was hat es heute Neues in der Versammlung gegeben?« Seine Stimme klingt beinahe zärtlich. Montse sagt: »Nichts«, und er: »Dieser Unfug dauert jetzt schon ziemlich lange, meinst du nicht?«

Er sitzt beim Essen sehr steif auf seinem Stuhl und hebt den Blick nicht vom Teller. Tante Isabel, die vielleicht mit purer weiblicher Intuition die ernsthafte Natur des Übels, das im Herzen ihrer Tochter heranwächst, erahnt (noch hat sie nicht gesagt, was sie in Montses Zimmer gefunden hat: Briefe von dem Strafgefangenen), schweigt und überwacht das pünktliche Auf- und Abtragen der Speisen durch das Dienstmädchen. Dagegen ergeht sich Onkel Luis, der stets das verschlagene Aufblitzen in seinen stahlblauen Augen zu kontrollieren gewußt hat, lang und breit in gutgemeinten, weisen Betrachtungen über das Problem: Montse solle eine Zeitlang ihre Ämter in der Kongregation ruhenlassen und sich mehr um die bestimmt nicht schwere Arbeit in den Büros des Unternehmens kümmern. »Du kommst, wann du willst, und tust, wozu du Lust hast«, schimpft er mit ihr und fügt hinzu: »Wer hat eigentlich entschieden, daß du nur vormittags arbeitest und nur dann, wenn du möchtest?«

Im Gegensatz zu ihrem Vater sieht Montse ihm beim Sprechen in die Augen: »Wenn doch nachmittags kaum was zu tun ist, Papa ... Die Angelegenheiten der Sozialversicherung und der Gewerkschaft müssen morgens erledigt werden.«

Onkel Luis tadelt sie milde, faselt und philosophiert darüber, daß man die Zeit zu nutzen habe und daß die Pflicht vor der Frömmigkeit Vorrang habe. Tante Isabel nickt unmerklich, sehr diskret, die Szene ist ein Beispiel familiärer Harmonie, des Vertrauens in die Macht des Dialogs; es wird schon so langsam einschläfernd, bis man plötzlich merkt, daß sich zwischen den Worten von Onkel Luis das übliche Gehabe versteckt: Unnachgiebigkeit, List und Verschlagenheit, als Väterlichkeit verbrämt. Und auch der unsichtbare Strafgefangene, der dreiste und mächtige Kopf, der aus dem Dunkel heraus die Fäden des Spiels in der Hand hat, schleicht sich plötzlich in die Unterhaltung ein, sitzt mit am Tisch, wachsam und undurchsichtig, und Onkel Luis interessiert sich für ihn, für sein Leben. »Er nutzt dich aus, siehst du das denn nicht? Und er wird es weiter tun, wenn er aus dem Gefängnis raus ist. Ich kenne diese Kanaillen, mein Kind. Trotz deiner frommen Wünsche wird die Welt immer voll von solchen Schurken sein, um nichts Schlimmeres zu sagen ...« Er scheint gründlich nachgedacht und seine Worte, die an ein Kind gerichtet sind, sorgfältig gewählt zu haben: daß es für sie in einer Katastrophe enden könne, sagt er, Gott habe von Brüdern gesprochen, aber nicht von entfernteren Bekannten; gestern habe er mit Salvador Vilella gesprochen, so wie alle in der Gemeinde mache er sich große Sorgen und sei ratlos; er habe auch von der Sache mit dem Geld gehört, von einer bestimmten Summe, die sie aus dem Fonds der Kongregation genommen habe, um sie ihrem Schützling zukommen zu lassen, wobei sie ihr Amt als Schatzmeisterin ausgenutzt habe, ohne die Zustimmung der Versammlung einzuholen. »Warum hast du das getan? Das ist viel Geld für einen einzigen Fall.« – »Es war nicht für ihn«, sagt Montse, und mit einem Blick zu ihrer Mutter fügt sie hinzu: »Es ist für seine Mutter, die allein lebt und sehr alt ist ... Ein dringender Fall, ich hab's bereits in der Versammlung erklärt.« Onkel Luis sieht seine Frau an, dann fragt er Montse, ob sie tatsächlich glaube, daß er seiner Mutter aus dem Knast das Geld schicke. Montse bejaht: nicht nur das, sondern fast alles, was er verdiene, im Gefängnis könne man arbeiten, er habe dort den Elektrikerberuf erlernt, und außerdem fertige er Koffer an ... Onkel Luis unterbricht sie: »Wo wohnt seine Mutter?« – »In einem Dorf, ich weiß es nicht ... Aber was soll das alles, Papa, ich glaube, das Wichtigste ...« – »Sieh mal, Montse, daß du unbedingt ...« – »Papa, läßt du mich bitte ausreden?« fällt sie ihm energisch ins Wort, und nun fährt sie in einem Ton fort, der alle zwingt, sie anzusehen. Während sie beinahe schwärmerisch ihre Auffassung von der wahrhaft katholisch-sozialen Aktion darlegt, sieht sich Paco, der sich vorsichtig und schnell etwas Wein nachgießt, in seinem Verdacht bestätigt, daß Montse bereits ein irgendwie geartetes Bewußtsein – wenn auch nur ein kindliches – von der widerlichen Materie hat, von dem Dreck, der sie beschmutzen wird. Sie redet überhastet, ihre rednerischen Fähigkeiten erweisen sich als dürftig, um nicht zu sagen als nichtig, und vor allem pathetisch: überzeugt davon, daß es eine Ausdrucksweise, eine eigens dafür geprägte Sprache geben müsse, um das, was sie sich wünscht, zu artikulieren, schlägt sie sich blindlings mit den Wörtern herum, tastet sich mühevoll voran, bedrängt von widrigen Kräften, die unbegreiflicherweise allem, was sie sagt, den Sinn nehmen; sie kämpft verzweifelt um all die Normen und Prinzipien, die ihr von klein auf beigebracht wurden, um jene klaren, beständigen, überzeugenden und irreversiblen Formeln von gestern, die heute alle, die an diesem Tisch sitzen, vergessen zu haben scheinen: Montse weiß nicht, daß das lebendige Wort, so wie alles Lebendige, verräterisch ist, erst recht auf dem Gebiet der Religion, und schon zappelt sie in einer Falle; obwohl ihre Ansichten theoretisch unangreifbar sind (sie spricht von moralischer und nicht nur materieller Unterstützung, davon, daß man konsequent sein muß, verantwortungsbewußt), werden sie von Onkel Luis, der ungeduldig bereits ein wenig die Stimme hebt, leicht widerlegt: »Gut zu sein, ist eine Sache, mein Kind, aber eine völlig andere ist es, dumm zu sein! Wohin soll das führen, darf man das erfahren? Man muß doch realistisch sein, zum Donnerwetter! Vilella hat gestern etwas sehr Zutreffendes über dich, über euch gesagt, (ein Blick zu Tante Isabel): daß ihr nämlich bei soviel Gutem, das ihr tun wollt, manchmal nicht mehr wißt, wo das Böse ist.« Salva, du gerissener Jugendführer, du wirst Karriere machen, denkt der arme Schlucker Paco J. Bodegas, der sich vorsichtshalber tief über seinen Teller beugt, ohne jemanden anzusehen. Es ist vom Bösen die Rede, und da mischt sich natürlich Tante Isabel ein. Doch obwohl sie sich die größte Mühe geben, fehlt ihr genauso wie ihrem Mann, vollkommen der rechte Sinn für das Böse, was überhaupt nicht erstaunlich ist, auch wenn es für diese Schicht reicher Katholiken paradox klingen mag. Die Claramunts hatten schon immer eine mythische Vorstellung vom Bösen und das seltene Geschick, diese

Vorstellung zu aktualisieren: wie bei bestimmten leutseligen Priestern paßt sich ihre geschmeidige Wahrnehmung an und endet dort, wo das wahrhaft Böse seine mächtigen Wurzeln hat.

Paco mischt sich das eine oder andere Mal beschwichtigend ein, jedoch nicht mit der dem Thema angemessenen Ernsthaftigkeit, wodurch Onkel Luis Oberwasser bekommt (merkst du's jetzt?), bis er plötzlich Tante Isabel mit kräftiger und beherrschter Stimme von den Briefen reden hört. Jetzt schauen alle auf Montse, die ihre Mutter streng ansieht: »Du hast also mein Zimmer durchsucht. Mama, um Gottes willen!« Sie wirkt weder peinlich berührt noch sonst irgendwie verlegen, lediglich überrascht, aufs neue verwirrt. Liebevoll murmelt Tante Isabel jetzt weinerlich: »Es ist doch zu deinem Besten, Kind.« Erst als Onkel Luis, für den die Sache mit den Briefen offenbar völlig unerwartet kommt, sie leise eine dumme Gans nennt, werden Montses Augen wieder feucht. Jetzt ist alles nur noch Rücksichtslosigkeit und Durcheinander. In die Stimme von Onkel Luis mischt sich eine ungewohnte Grausamkeit, derer er sich selbst nicht bewußt ist aufgrund seiner freundlichen, selbstgenügsamen Selbsteinschätzung, was hervorragend zu dem verschlagenen Aufblitzen seiner stahlblauen Augen paßt. Er stellt nämlich seine Tochter nicht heftig zur Rede: jene Stimme, die donnernd sein Büro erfüllt, klingt hier im Kreise der Familie wie leise Musik, eindringlich, wortgewandt, ungeheuer lächerlich, was eine große und andächtige Zuhörerschaft von lauter Schafsköpfen – du eingeschlossen, Bodegas – fesselt. Als es jedoch ernst wird, als Onkel Luis es schließlich aufgibt, seine Verärgerung zu verbergen, sind seine moralisierenden Tiraden bereits vollkommen ins Wanken geraten, und das bringt ihn auf die Palme, denn irgendwie merkt er es und fühlt sich außerstande, etwas dagegen zu tun. Glücklicherweise will Montse nichts mehr hören: sie steht vom Tisch auf, ohne das Dessert anzurühren, überhaupt hat sie kaum einen

Happen gegessen. Irgend etwas verwandelt sie in diesem Augenblick unter den Beleidigungen ihres Vaters, sie wirkt so beständig und so unerschütterlich wie ein Fels, ein unbeirrbares und schlichtes Gefühl der Hingabe oder der Hoffnung überkommt sie, das in ihr, aufgrund ihrer eigenen Natur, früher vielleicht Berge versetzt hätte: der Glaube. Montse sieht entschlossen geradeaus, während sie vom Tisch aufsteht und den Stuhl zurückschiebt, sieht mit einer gewissen Begierde ins Nichts, mit jener Sehnsucht, die du schon als Kind in ihren Augen bemerkt hast, wenn sie in der Kirche aus der Bank trat und mit gefalteten Händen und aufrecht zum Altar ging, um zu kommunizieren.

Tante Isabel macht Anstalten, ihre Tochter aufzufordern, sich wieder hinzusetzen, doch Onkel Luis hält sie mit einer leichten Handbewegung zurück. Montse geht hinauf in ihr Zimmer, ohne eine gute Nacht zu wünschen. Ohne sie zieht sich das Tischgespräch in die Länge, Onkel Luis ist verärgert und fragt viel, wobei er sich insbesondere an seinen Neffen wendet, um dessen Beifall wirbt und demonstrativ zu verstehen gibt, daß er es leid ist, sich mit den Frauen herumzuschlagen. Nuria ist nachdenklich, äußert mehrmals die Absicht, hinaufzugehen und mit ihrer Schwester zu sprechen, kann sich jedoch nicht dazu entschließen. Es wird eins jener in der Villa üblichen Tischgespräche, die mit der ebenso schwerfälligen Verdauung einhergingen, deren Ursache die Kochkünste der armen Esperanza waren; sie hatten den flüchtigen Charakter der Gespräche, die abseits der Realität des Lebens stattfinden. Wenn du in der Villa aßest und die Claramunts reden hörtest, überkam dich immer das – manchmal so angenehme! – Gefühl, daß irgendwo weit weg sich die Welt weiterdrehte und ihr da drinnen auf Gott weiß welcher Purpurwolke schwebtet, unter den Fittichen von Tante Isabel, versehen mit den Ratschlägen von Onkel Luis.

Was den Grund, der dich hierhergeführt hatte, betrifft: Nuria begleitete dich bis zum Gartentor, wo, verborgen in der Dunkelheit, die neuentfachte Glut unter ihrem dicken Torwartpullover die Beschwerden und Vorwürfe, die du dir zurechtgelegt hattest, unter deinen Händen dahinschmelzen ließ.

Der Fisch

In jenem Frühling sah ich von dem Fenster meines Pensionszimmers aus, wie die roten Tulpen um das Standbild des General San Martín herum gepflanzt wurden, ich sah sie wachsen und sah sie eingehen. Zwischen Anfang März und Ende April. Vom Fenster aus konnte ich auch die Vallcarca-Brücke sehen, düster und grau, mit ihrer langen Liste von Selbstmorden, und weiter weg, über einer Abstufung von Blautönen, den Tibidabo.

Auf den Bänken der Aussichtsterrasse turtelten abends die Paare. Um von der Pension zur Villa oder zum Tennisclub *La Salud* zu gelangen, ging ich meistens hinunter zur Plaza de Lesseps, vorbei an einer Musikschule, vor deren Eingang immer ein paar sehr ernsthafte, hoch aufgeschossene Mädchen mit Notenmappen und Violinenkästen standen, dann bog ich nach links (ich glaube, damals standen noch Gebäude mitten auf dem Platz), ging an der Reinigung vorbei, wo sich mein »Prince-of-Wales«-Anzug manchmal erholte, und ein Stückchen weiter tauchte ich in das warme Licht und in den Geruch nach Fritierfett einer *churrería* ein, um dann über die Travesera de Dalt auf die Avenida Virgen de Montserrat zu gelangen. Manchmal zog ich es auch vor, durch den kleinen Park des Generals zur Avenida del Hospital Militar zu gehen und so geradewegs auf die Plaza Lesseps zu stoßen.

Doch welchen Weg ich auch nahm, immer erschien er mir lang.

Denn ich war natürlich wahnsinnig verliebt. Aber die zaghafte Hand, die dich in wolkenlosen Nächten im Garten deiner Eltern streichelte, war und ist, wie ich befürchte, noch immer eine Kralle. Ich glaube, im Grunde unterschied ich mich nicht sehr von deinem ersten Verehrer, dem Tennisspieler, fügte ich hinzu und setzte mich mit der Zeitung in den Sessel, wobei ich den Kaffee, den Nuria mir anbot, ablehnte. Übrigens, liebe Cousine, gibt es in diesem Leben zwei Dinge, die dein Vater von jeher zu verstehen sich weigerte: die unabänderlichen Ziele der Vorsehung und die geheimnisvolle Seele der Schwulen.

»Komm, hör auf«, murmelte sie gereizt. Die Tasse in der Hand, saß sie mir aufrecht gegenüber. »Red nicht noch mehr Unsinn. Hast du nicht ziemlich viel getrunken? Du solltest zu Kaffee übergehen.«

»Besser wär 'ne Schlaftablette.«

Ich las eine Weile in der Zeitung. Wir saßen in der hellerleuchteten Bibliothek, glaube ich. Irgendwann glitt mein Blick über die Regale mit Vilellas Büchern: lauter gebundener geistiger Dünnschiß. Ich vermißte das Buch, das ich niemals schreiben werde: ›Wie die Gesellschaft ihre Intellektuellen produziert‹, Vorträge von P. Bodegas. Ich schwenkte das Glas in meiner Hand, aber es klirrte nicht: nur zwei polierte Fischchen, die sich bald auflösen würden, schwammen darin mit dem Bauch nach oben.

»Ja«, sagte ich, »es ist wie eine Obsession des tapferen Prinzen, es gelingt mir nicht, dich ohne ein Schloß mit Zinnentürmen und Drachen zu sehen; der Garten, die Sternennächte, ein märchenhaftes, stets mit dir verbundenes Dekor... Wie hübsch. Man mußte den Drachen töten, um deiner würdig zu sein. Und ich frage mich, ob jene Kulisse, der Drache, den man besiegen mußte, und das Schloß Mittel oder Zweck waren; ich frage mich, ob mich das Dekor nicht mehr reizte als du.«

»Unsinn«, sagte eine plötzlich wie Rimbaud gekleidete und

auf der Terrasse des Cafés Flore vor einem Milchkaffee sitzende Nuria, deren Finger nervös auf das rote Anagramm NRF des Buchdeckels trommeln. »Du hast immer gerne phantasiert. Natürlich, am Anfang war da nur eine körperliche Anziehung, wir waren Kinder. Aber ich habe dich sofort geliebt, viel eher, als ich es erwartet hatte. Und darum sitze ich jetzt hier mit dir ... Laß den Pernod, Liebling, geh zu Kaffee über. Gefällt dir meine Hose?«

Gespräche ohne Datum. Erinnerungen, bei denen die Zeiten durcheinandergeraten: ob in Paris oder im Pedralbes, was soll's? Vielleicht ist es noch Zeit, uns wiederum und ernsthaft zu fragen, ob irgendeine x-beliebige enganliegende Hose uns glücklich macht und wir alles andere zum Teufel schicken können ... Ich ließ die Zeitung sinken – aber zu spät, so etwas macht man nicht ungestraft, und ich erinnere mich, daß ich in der Nacht ein wirres Durcheinander von erzspanischen Nachrichten träumte: »Torero in Tarragona am Samenstrang aufgespießt«, ein angeregter Wortwechsel ohne Punkt und Komma; in Madrid wird ein Essen gegeben zu Ehren einer Gruppe frommer Herren, die sich im Parlament dem Gesetzesentwurf zur Religionsfreiheit mutig widersetzt haben; das Wort »Monokratie« wird abgelehnt, das Wort »Polimatie« dagegen angenommen; in teure Pelze gehüllt, verlassen die Burtons überstürzt Paris ...

Die Tageszeitung ›ABC‹ an den Wänden des Kiosks gegenüber dem Café Flore, ihre dritte Reise nach Paris, einen Kaffee für sie, einen verwässerten Pernod für mich: sie hat sich mir in einer engen, aschgrauen Cordjacke mit Hose und Schal präsentiert, sie ist ungeschminkt, zerzaust, frei und antifranquistisch. Paris politisiert uns Spanier, poetisiert und erotisiert uns. Madame Vilella, ich brauche dich. Bleib hier.

Ob ich dich liebe? Ich weiß es nicht, ich weiß es nicht mehr. Aber unsere wunderschöne Vergangenheit, die alten Schauplätze unserer Liebe ...

»Erinnerst du dich an unsere ersten Küsse im Garten?«

Ihre Stimme klang wieder wie Samt.

»Ich kam gerade vom Zahnarzt und trug eine schreckliche Zahnspange. Das machte mich vielleicht wütend!«

»Das mit der Spange war später«, widersprach ich, »im Frühling, als ich Montse ins Gefängnis begleitete.«

»Du vertust dich, Schatz. Das war viel früher.«

Nein. Ich erinnere mich genau an jenen herrlichen Frühlingssonntag, als ich mit Montse im Taxi durch die Stadt fuhr, wir beide mit Paketen für ihren Schützling beladen, und ich das Gefühl hatte, ein schmutziges Durcheinander zurückzulassen, eine Spur von überquellenden, stinkenden Aschenbechern, von Stunden, die ich auf dem Bett der Pension vertrödelt hatte, von monotonem, trübem Dauerregen vor den Scheiben meines Fensters.

»Ach, übrigens«, sagte ich zu Nuria, »damals erfuhr ich, daß du sie mehrmals im Auto ins *Modelo* gefahren hast. Warum hast du mir das nie erzählt?«

»Montse wollte nicht, daß irgend jemand davon erfuhr.«

»Und du hast sie hingefahren, trotz des Verbots deines Vaters?«

»Damals hab ich nichts Böses dabei gefunden. Außerdem verlangte ich eine Gegenleistung, ich hab sie häufig als Vorwand benutzt, wenn ich mit dir ausgehen wollte. Was, meinst du, hab ich zu Hause erzählt, wenn ich wegen dir zu spät kam?«

Ich schwieg. Dann sagte ich:

»Zu der Zeit ging sie schon fast überhaupt nicht mehr ins Zentrum, und auch in der Fabrik und bei euch zu Hause sah man sie selten, so langsam wurde sie zu jenem flüchtigen Schatten, eine arme Aussätzige ...«

»Sei still! Und mach's wie ich, ja? Trink Kaffee.«

»... und du und ich, wir wußten wohl als einzige, daß sie auch weiter ihren Strafgefangenen besuchte. Salvador auch, glaub ich. Stimmt's? Aber warum war dein Mann so zurückhaltend zu einer Zeit, als er sich so sehr für die Gefühle der Claramunt-Töchter interessierte? Erinnerst du dich an die ehrenwerte Rolle des Verbitterten, die er spielte, an das ›Mir erzählt ja keiner was‹, beinahe bis zum letzten Augenblick? Und dabei, stell dir vor, wußte er über alles Bescheid.«

»Salva konnte wirklich nichts tun«, sagte Nuria. »Egal, wie die Dinge lagen.«

»Immer schien er zu spät zu kommen, immer schien er der letzte zu sein, der etwas erfuhr. Aber seine Ahnungslosigkeit, seine respektvolle, um Vertrauen werbende Aufmerksamkeit war nichts als Lüge, begreifst du? Und er war hinter dir her, und wie er hinter dir her war...«

Nuria hatte sich das Kissen in den Rücken gestopft. Ich hörte das Knistern von Cellophanpapier. Zum dritten Mal zwang ich sie, das Licht anzuknipsen, weil ich Lust hatte zu reden und eine Zigarette zu rauchen. Trotz der Schlaftablette – die mir immer, bevor sie in meinem Magen rumort und dann im Alkohol ersäuft, denselben üblen Streich spielt: mich zum Stottern zu bringen – leuchteten meine Augen wie zwei Scheinwerfer in der Dunkelheit der Zeit. Nuria trank einen Schluck von ihrem Milchkaffee, wickelte sich in ihren Schal ein, ihr nackter Körper hob sich einen Moment lang von der Fassade der *Samaritaine* ab, als sie sich zu mir umdrehte und gierig an der Zigarette zog; sie war verwirrt, aber glücklich, während ich, das Glas in der Hand, zusah, wie der letzte Rest Eis dahinschmolz...

»Warum dieses Interesse, daß ich mich erinnere?« beklagte sie sich schwach. »Was bezweckst du damit, Paco, warum diese Beharrlichkeit, für alles einen Grund zu suchen?«

Das Eisfischchen tauchte für einen Moment auf, drehte sich auf die Seite und löste sich dann endgültig auf, verschlungen wie von einer Säure.

Freiheit auf Bewährung

An einem Feiertag im Juli, in der Zeit, als Montses Verhalten bei allen bereits eine äußerst beunruhigte Neugier weckte, hattest du im Club auf mich gewartet, auf einem Stuhl am Rande des Hauptplatzes, umringt von attraktiven Jünglingen mit weißen elastischen Binden ums Handgelenk und braungebrannten Muskeln. Eine herrliche Sonne schien an einem strahlend blauen Himmel, du warst außer Atem und verschwitzt, erholtest dich von der soeben bestrittenen Partie, und als du mich in meinem dicken, schweren Winteranzug kommen sahst, konntest du ein Lächeln nicht unterdrücken. Jemand brachte dir einen Cubalibre. Doch erst als deine Freunde uns alleine ließen, fordertest du mich auf, meinen Stuhl an deinen heranzurücken, um mir die Neuigkeit mitzuteilen:

»Montses Schützling ist aus dem Gefängnis entlassen worden.«

»Wann?«

»Vor drei Tagen.«

Die Füße auf der Armlehne eines anderen Stuhls, den Schläger quer über die Oberschenkel gelegt, schlürftest du langsam den Cubalibre und beobachtetest mit halbgeschlossenen Lidern die plumpen Bewegungen von Menchu Nin, die gerade aufschlug. Bei jedem kaum wahrnehmbaren Windhauch flatterte dein weißes Faltenröckchen, weiße Flügel einer Taube, die nicht aufzufliegen vermochte, und jene winzigen, goldgelb-seidigen Weizenfelder auf deinen Armen und deinen

Schenkeln wogten schimmernd in der Sonne; vom Windhauch durchkämmt, streckten sie sich träge zu dem grauen, unbekümmerten Horizont deiner Augen …

»Letzten Donnerstag, als ich aus den Umkleideräumen kam und zum Swimmingpool ging«, begannst du langsam, die bronzenen, staubbedeckten Augenlider in der Sonne halbgeschlossen, »rief mich Montse aus irgendeinem Café an. Sie erzählte mir, sie habe den ganzen Morgen im Sozialheim der *Casa Antúnez* gesessen und mit der Beauftragten für ländliche Gebiete Anträge auf Invalidität bearbeitet; jetzt müsse sie wegen einer anderen Sache ins Viertel Somorrostro, ob ich sie mit dem Auto in einer halben Stunde vor dem *Hospital de Infecciosos* abholen könne; sie sei spät dran und habe Angst, kein Taxi zu kriegen, und außerdem sei sie knapp bei Kasse. Sie sprach sehr schnell und war furchtbar aufgeregt. Komm sofort, später erzähl ich dir alles, sagte sie. Mir kam das ziemlich ungelegen, aber sie hörte sich so besorgt an, daß ich zusagte. Als ich sie abholte, sagte sie, ich solle so schnell wie möglich zur Calle Entenza fahren, sie sei sehr spät dran. Nun, ich fragte sie, ob jemand im Sterben liege oder so, und da stellte sich heraus, daß ich sie zum *Modelo* fahren sollte. Sie war immer noch sehr aufgeregt, und ich konnte ihr nur mühsam ein paar Worte entlocken, sie sah mich nicht an, achtete mehr auf den Verkehr als ich. Sie trug ein für dieses Wetter zu warmes Kleid, war ein wenig zu sonntäglich gekleidet, und wenn ich meine Schwester nicht genau gekannt hätte, hätte ich geschworen, daß sie sich leicht die Lippen nachgezogen hatte. Sie dirigierte mich die Calle Rocafort hinauf, ließ mich dann nach links abbiegen und an der Ecke Rosellón-Entenza halten, ein gutes Stück vom Gefängnistor entfernt. Sie sah auf die Uhr und sagte, wir müßten warten. Ich fragte, ob er heute rauskomme, und sie nickte zerstreut, hörte mich gar nicht. Sie ließ den Eingang nicht aus den Augen, wollte aber nicht aussteigen. Sie wirkte jetzt ruhiger, hatte aber keine Lust zu sprechen. Da sie mir nicht verraten wollte, was sie vorhatte, wurde ich schließlich ebenfalls nervös, rauchte viel, im Wagen war es stickig heiß, und ich stieg aus, um in dem Café gegenüber der Haftanstalt eine Limonade zu trinken. An der Theke fing ein zwielichtiger Typ an, mich mit seinem Gesäusel zu belästigen, ich bemühte mich, ihm keine Beachtung zu schenken, aber er ließ mich nicht in Ruhe mit seinen Unverschämtheiten und rückte immer näher an mich ran, als ein junger Mann am anderen Ende der Theke mit einer Strandtasche und einer Lederjacke über der Schulter – ich hatte ihn gar nicht bemerkt – den Schleimscheißer neben mir am Arm faßte, ganz sanft, und zu ihm sagte: Warum lassen Sie die Dame nicht in Ruhe?, oder so was Ähnliches; der andere brummte daraufhin etwas, rückte jedoch ab und hörte auf, mich zu belästigen. Ich hatte kaum Zeit, dem Jungen einen dankbaren Blick zuzuwerfen, weil er sich sofort umdrehte, zur Tür ging, nach rechts und links blickte und plötzlich verschwand.

Als ich zum Wagen zurückkam, saß er zusammen mit Montse im Fond. Da erst sah ich ihn mir näher an. Er war ganz anders, als ich ihn mir vorgestellt hatte. Sehr jung, und abgesehen von dem Haar, das fürchterlich geschnitten war, die Koteletten abrasiert wie beim Militär, sah er nicht aus wie jemand, der gerade aus dem Gefängnis kam. Er trug ziemlich abgewetzte Jeans und ein kragenloses weißes Hemd, dessen Ärmel ihm zu kurz waren. Die Jacke, jetzt fiel es mir auf, hatte Montse ihm vor einem Monat geschenkt. Ich setzte mich hinters Steuer und fragte, wohin wir nun fahren würden. Montse legte mir die Hand auf die Schulter, damit ich mich umdrehte und sie mir den Mann vorstellen konnte, Rafael heiße er, sagte sie, oder so ähnlich, ich hab's vergessen. Wir gaben uns die Hand, er sah mir direkt in die Augen und lächelte, sein Lächeln war angenehm. Er machte keinerlei Bemerkung über den Vorfall im Café und ich auch nicht. Also, dann ist alles vorbei, sagte ich, da werden Sie aber bestimmt froh sein, und ließ den Motor an. Tja, ich weiß nicht, jetzt fangen die Probleme erst an, erwiderte er lächelnd, und ich sah im Rückspiegel, wie Montse seine Hand drückte. Ich dachte daran, wie leichtgläubig meine Schwester war, und wurde wütend, eine ganze Weile sagte ich kein Wort. Ich hab mich um alles gekümmert, hörte ich Montse sagen. Er sah gleichgültig auf die Straße, aber ab und zu trafen sich unsere Blicke im Rückspiegel. Der Ort, zu dem wir fuhren, war eine billige Pension an der Plaza Comercial, direkt gegenüber der Markthalle vom Born. Anscheinend hatte er eine Empfehlung von einem Zellennachbarn, dem Vater der Pensionswirtin, und mußte wohl nichts bezahlen, bis er Arbeit fand. Die Straße war mit Lieferwagen verstopft, deren Fahrer herumschrien, ich war so gereizt, daß ich unaufhörlich auf die Hupe drückte und alle über mich schimpften. Ich setzte die beiden vor der Pension ab, und Montse bat mich, einen Moment zu warten. Er verabschiedete sich mit einem langen Händedruck und bedankte sich mit lächerlich gestelzter Höflichkeit. Montse sah ihn unentwegt mit einer Mischung aus Freude und Besorgnis an. Sie ging mit ihm in die Pension und kam nach etwa einer Viertelstunde zurück, und als wir losfuhren, mußte ich ihr versprechen, weder Mama noch sonst jemandem etwas zu erzählen. Schön, aber was gedenkst du zu tun? fragte ich, und sie antwortete, die Pension gefalle ihr kein bißchen, und die Wirtin und die anderen Gäste noch weniger, und sicher fühle sich der Junge nun einsamer und niedergeschlagener denn je, man müsse eine Arbeit für ihn finden ...«

»Heute morgen«, fuhrst du in deiner Schilderung fort, während ich dich zu den Umkleideräumen begleitete und deinen Schläger und dein Handtuch trug, »haben wir uns zufällig auf einer Straße im Eixample-Viertel getroffen, ich kam gerade aus Sitges zurück. Er wirkte sehr nachdenklich und einsam, er hatte die Jacke über die Schulter geworfen. Ich hätte ihn beinahe angefahren, als ich in die Einfahrt einer Tankstelle einbog, ich mußte tanken und hatte es sehr eilig, ich wollte der eingebildeten Menchu den Sieg nicht schenken ... Er war überrascht, mich zu sehen, erkannte mich jedoch sofort wieder, obwohl er sehr zerstreut war. Wohin willst du denn bei dieser Hitze, Mann? fragte ich, und er: Tja, ich geh spazieren. Er hat mich eine Weile lächelnd angesehen, ohne ein Wort zu sagen, die Hände auf den Wagen gestützt, so daß ich nicht auf das Gelände der Tankstelle fahren konnte. Um etwas zu sagen, fragte ich ihn, ob er Montse wiedergesehen habe, und er sagte, ja, letzten Freitag und gestern habe er sie gesehen, und auch heute nachmittag erwarte er sie ... Mir hat nicht gefallen, wie er das sagte, obwohl ich nicht erklären könnte, warum nicht, es schien, als interessiere ihn das Ganze nicht oder als wolle er zeigen, daß er meine Schwester herumkommandieren konnte; ich glaube, er hat meinen Unwillen bemerkt, denn sofort lächelte er wieder auf diese für ihn so typische Art und sagte: Du mußt deine Schwester sehr gern haben, sie ist ein guter Mensch, der beste Mensch, den ich in meinem ganzen Scheißleben kennengelernt habe, irgend so etwas hat er gesagt, und ich schwöre dir, zumindest in diesem Augenblick war er aufrichtig, ich hab's an seinem Blick gesehen. Aber was ich dir sagen wollte: Als ich nach Hause kam und Montse sah, beschloß ich, ich weiß nicht warum, ihr nicht sofort zu erzählen, daß ich soeben zufällig den Jungen getroffen hatte; statt dessen fragte ich sie, ob sie ihn seit Donnerstag wiedergesehen habe. Sie antwortete nicht sofort, und als sie es tat, sagte sie, nein. Und das ist es, was mir nicht gefällt, verstehst du? Warum hat Montse es nötig, mich anzulügen? Was meinst du, Paco? Glaubst du, ich sollte es Mama erzählen?«

Auf den sonnenbeschienenen Fliesen, die zu den Umkleideräumen führten, bewegten sich deine Füße in den Tennisschuhen und den weißen Söckchen lautlos und grazil. Wir gingen am Swimmingpool entlang. Als du mir alles erzählt hattest, standen wir vor den Umkleideräumen. Ich wußte nicht, was ich dir sagen sollte, die Sache mit Montse ließ mich kalt. »Dann ist er also schon entlassen«, brachte ich hervor, hob den Kopf und kniff die Augen zusammen wegen der Sonne, die auf die Anlage knallte und die rote Asche der Plätze und die weiße Tenniskleidung der Spieler entflammte, hörte die Freudenschreie und spähte auf die glänzende Haut und die Bikinis der Mädchen, die aus dem Swimmingpool kamen und tropfend an uns vorbeigingen. Bevor du in den Duschräumen verschwandest, gab ich dir dein Handtuch wieder. Dein Haar war zerzaust, du warst verschwitzt, ich hielt einen Moment lang deine Hand, und wir sahen uns in die Augen. »Du bist sehr schön«, sagte ich zu dir, und der warme Wind blies dein offenes Haar auf eine Seite des Gesichts, für einen kurzen Augenblick blitzte in deinen schönen Augen der mächtige Saldo deines Vaters auf, eine glückliche, fast nicht mehr menschliche Gleichgültigkeit, eine urtümliche Sicherheit, und ich sagte noch zu dir: »Na schön, dann hat Montse ihn also in der Pension untergebracht«, hingerissen von den Schweißperlen auf deiner Stirn, von deinem Brustansatz im Ausschnitt. »Sie sucht jetzt wohl eine Arbeit für ihn. Keine Sorge, deine Schwester ist volljährig und weiß, was sie tut ... Zieh dich an-an-an, ich warte auf dich.«

Und während du duschtest, blieb ich am Swimmingpool in der Sonne stehen und wartete auf dich, schwitzend und grotesk in meinem dicken, grauen Anzug inmitten all der lärmenden Badenden, deinen Schläger in der Hand, in Gedanken bei deinem Körper, wie er sich unter der kalten Liebkosung der Dusche streckte.

Kurz vor den Ferien kümmerte ich mich wieder um ein möbliertes Apartment. Mit den 4.500 Peseten monatlich ließen sich keine großen Sprünge machen, und so mußte ich wieder einmal davon Abstand nehmen und mich mit meinem tristen Pensionszimmer begnügen, in das ich dich nicht mitnehmen konnte. An einem Sonntagmorgen, nachdem ich mir eine winzige Dachgeschoßwohnung in der Avenida Meridiana (zu teuer) angesehen hatte, kam es mir in den Sinn, durch den Parque de la Ciudadela zu schlendern, und dort erblickte ich von weitem Montse und ein paar Jungen aus der Gemeinde, die auf den Bänken des kleinen Platzes saßen. Die Jungen hatten Segeltuchtaschen bei sich, und zwei von ihnen trugen noch das blaue Trikot mit dem roten Streifen der Basketballmannschaft. Montse, deren lilafarbene Hemdbluse aus dem Rock hing, war aufgestanden und befahl den Jungen wohl gerade, dort auf sie zu warten. Dann lief sie über einen Parkweg davon, ohne daß ich Zeit gehabt hätte, mich bemerkbar zu machen. Es war sehr heiß, und ich setzte mich zu den Jungen auf eine der Bänke im Schatten der Bäume. Alle hatten sie das unverwechselbare Aussehen der Strolche aus dem Guinardó-Viertel; sie waren dunkelhäutig und klein, und ihre Gesichter wirkten ernst und frühreif, so als wären sie schon achtzehn. Einer, den ich öfter mit Vilella zusammen gesehen hatte, erkannte mich, er saß auf dem Ball, und seine Hände baumelten, rot und grindig, über den zerschlissenen Knien seiner Hose. Alle waren strubbelig und glühten vor Hitze. Der Junge auf dem Ball sieht mich eine Weile an und sagt dann:

»Warst du bei dem Wirbel dabei?« Er schiebt die Unterlippe vor und versucht vergeblich, die Strähne aus seiner Stirn zu pusten. Ich frage ihn, bei welchem Wirbel, und da erklärt er mir, daß sie gerade ein Spiel um die Diözesan-Meisterschaft gegen eine Gemeinde hier in der Nähe hinter sich hätten.

»Und Montse?«

»Die ist wegen den Berichten noch mal zurück«, sagt er, »hat sie da vergessen. Sie vergißt ja immer was.«

»Ist sie jetzt Sportbeauftragte?«

»Nein. Aber Salva ist auf 'm Ausflug. Darum haben wir auch verloren.«

»Sei nicht gemein«, mischt sich ein anderer ein. »Sie kann doch nichts dafür.«

»Ach nein? Mit Salva hätten die das vierte Foul von Monito schon geschluckt. Aber die, hör doch auf! Die ist 'ne Seele von Kamel!«

»Mann, erzähl keinen Quatsch«, unterbricht ihn ein anderer, der neben mir sitzt, ganz ruhig. »Wir haben verloren, weil wir schlecht gespielt haben.«

Damit ist der Fall erledigt. Einige Jungen stehen auf und fangen an, mit Steinen nach den Vögeln in den Bäumen zu werfen. Ein Pärchen bleibt am Brunnen stehen, um Wasser zu trinken, der steile Strahl spritzt in ihre Gesichter, sie lachen. Hier läßt es sich aushalten, hingestreckt auf der Bank, im Nacken das zusammengerollte Jackett. Den Ball hat jetzt der Junge, der neben mir sitzt, ich beobachte ihn aus den Augenwinkeln, er läßt ihn gleichmäßig zwischen seinen Beinen aufticken, die Ellbogen hat er auf die Knie gestützt, den Kopf hält er gesenkt.

»Heiß, was?« höre ich ihn sagen.

»Ja«, stimme ich teilnahmslos zu. Und nach einer Weile. »Ist es sehr weit zum Basketballplatz?«

»Gleich da vorn, in der Calle Wellington.«

Die Vögel zwitscherten und lärmten in den Bäumen. Plötzlich wollte ich wissen, was diese Jungen aus dem Viertel wohl über meine Cousine dachten.

»Sag mal, was haltet ihr eigentlich von der Señorita Montse und der Geschichte mit dem Strafgefangenen, die in der Gemeinde erzählt wird?«

Ich sehe nur seine Hände, die einen Moment lang den Ball festhalten.

»Du bist ihr Cousin, stimmt's?«

»Ja.«

Er schweigt, und da sehe ich ihn mir zum ersten Mal bewußt an. Seine Ellbogen sind immer noch auf den Knien aufgestützt und sein Kopf gesenkt, und jetzt läßt er auch wieder den Ball zwischen seinen Füßen aufticken. Er ist sehr viel älter als seine Mannschaftskameraden, aber aufgrund seines südländischen Aussehens und der Art, wie er angezogen ist, unterscheidet er sich kaum von ihnen.

»Ein Tag für den Strand, jawohl«, sagt er, seufzt und steht träge auf, wirft dann den Ball seinen Freunden zu und klatscht sich den Staub von den Händen. Dann dreht er sich einen Augenblick lang um, nur um mich mit seinen tiefschwarzen Augen anzusehen. »Also, ich geh dann mal.«

Und er entfernt sich, fröhlich pfeifend, die Hände in den Gesäßtaschen seiner Jeans.

Montse kommt zurück, erstaunt, mich zu sehen; vergnügt blickt sie um sich, sucht jemanden, und dann sagt sie lächelnd:

»Ist er schon fort? Hast du mit ihm gesprochen?«

Ich sehe sie einen Augenblick verständnislos an, um uns herum lärmen die Jungen, und ein paar Meter hinter ihr beugt sich ein Mädchen in einem luftigen rosa Kleid und weißen Schuhen zum Trinken über den Brunnen, anmutig auf die Hand gestützt, die ihr der Freund reicht.

»Er ist sympathisch, nicht wahr?« fügt Montse mit leuchtenden Augen hinzu.

Das Schwinden der Sinne

Alle deine Erinnerungen an Montse sind so komplex, daß die verschiedenen oder lediglich vermischten Bilder nur schwer auseinanderzuhalten sind: ähnlich wie auf bestimmten Mineralien, die lange Zeit im Meer gelegen haben, hat die Zeit, der Glanz und das Vergehen geheimer Frühlinge auf ihnen nach und nach Moos, Streusand und Schorfkrusten aus fernen und vergessenen Tagen abgesetzt, sonderbare Sympathien und Antipathien, die die Jahre je nach Laune aufeinandergeschichtet haben. Wie bei den Muscheln mit dem wunderschönen irisierenden Schimmer unterscheidest du in deinen Erinnerungen – die nicht dem roten Faden ohne zeitliche Brüche folgen, sondern dem der so verworrenen und fragilen Gefühle – vor allem Momente der Anhänglichkeit von besonders goldglänzender Pracht, deren Quelle dir sehr wohl bekannt ist: sie stammen von Nuria, von dem Sonnenglanz, den Nuria damals für dich verbreitete.

Deine Cousine Montse befand sich in dem lauwarmen Aquarium deiner sonntäglichen Mußestunden, dem schmalen Behälter für schmutziges, abgestandenes Wasser, über den du dich hin und wieder beugtest, um sie neugierig zu betrachten, mit einem gewissen Erstaunen und manchmal sogar mitleidig, jedoch ohne jemals zu versuchen, sie zu verstehen, ohne sie mit dem Schicksal aller Sterblichen in Verbindung zu bringen, so als sei deine Cousine in Wirklichkeit ein seltenes Exemplar gewesen, dessen Leben und Gewohnheiten von gewissem biologischen, aber keinesfalls menschlichem Interesse war. Und erst jetzt spürst du den Lauf der Zeit durchs Blut strömen, heftig in deinen Adern pochen, und du versuchst, dich an das undurchsichtige und beunruhigende Mädchen zu erinnern, gegen Ende des Sommers, als ihr Vertrauen in dich sie dazu trieb, mit dir über ihre Konflikte mit der Familie, der Gemeinde und mit sich selbst zu sprechen. Sie besuchte dich regelmäßig von dem Tag an, als du einmal krank warst und sie sich auf den Bettrand setzte und ohne Umschweife zur Sache kam. Sie erzählte dir, daß es ihr manchmal so schlecht gehe, daß sie Alpträume habe oder glaube, ohnmächtig zu werden, sie sprach von Tante Isabel und ihren »verständlichen« – so sagte sie – Befürchtungen, von der blonden Wirtin der Pension Gloria und von ihrer Einsamkeit und ihrem Bedürfnis, sich mit Manuel näher anzufreunden; von der Arbeit, die dieser brauche wie die Luft zum Atmen, seinem Bedürfnis, sich wieder in die Gesellschaft eingegliedert zu fühlen, oder von der Farbe einer Krawatte, die sie ihm kaufen wollte. Es war ihr Leben, sie hatte kein anderes, faszinierenderes und echteres als dieses, und du merktest es nicht. Sie sprach über Träume, von denen du nie genau wußtest, ob sie sie im Schlaf oder im Wachzustand hatte. Einmal erzählte sie dir, sie habe geträumt, daß sie und Manuel in ein altes, leerstehendes Haus geflüchtet seien, mit Wänden, von denen der Putz bröckelte, und kaputten Möbeln, die noch etwas von ihrem alten Glanz bewahrt hätten, und daß sie dort ihr Leben auf der seltsamen Überzeugung, allein auf der Welt zu sein, neu aufgebaut hätten, wie Schiffbrüchige, wie Überlebende eines Krieges, der jenseits des Fensters nichts als Ruinen übriggelassen habe, bis sie eines Tages entdeckte, daß der alte Kasten die Villa ihrer Eltern war, liebenswürdiger Gestalten ohne Gesicht, bereits untergegangen im Gedächtnis der Zeiten …

Es war eine merkwürdige Montse, damals, mit so wechselhaften und schrecklichen Überzeugungen, das Sprechen ermüdete sie, doch sie war glücklich, einige Male ließ sie sich zu einem Gläschen Kognak überreden und dann dazu hinreißen, eine Zigarette zu rauchen und sich auf den Teppich zu setzen; sie zog dann die Schuhe aus und fächelte sich lachend mit ihrer Bluse Luft zu, immer schien sie ganz plötzlich zu bemerken, wie heiß es war, der Sommer schien sie zu überraschen. Andere Male wieder schlang sie in plötzlichen Anwandlungen von Zuneigung und Dankbarkeit ihre Arme um deinen Hals und bedeckte deine Wangen mit Küssen. Dein einziges Verdienst bestand darin, ihr zuzuhören: Da stehst du in einem deiner billigen blauen Hemden, mit dem Rücken gegen das Fenster gelehnt, im Gegenlicht, das Glas in der Hand und ein amüsiertes Lächeln in den Augen, eine oberflächliche und gedämpfte Neugier. Was bleibt von deinen Worten, von deinen Ratschlägen, falls du welche gabst? Sie überlagert alles, ihre physische Anwesenheit: eine rosafarbene, weite Bluse über gleichmäßigen, leicht nach außen gewölbten Brüsten, klimpernde Armreifen, nervös herumfuchtelnde Hände vor deinem Gesicht, ihre teure Kleidung, ihr Aussehen einer reichen katholischen Señorita. In diesem Sommer barst ihr Körper vor einem merkwürdigen, vergeblichen Bemühen, einem Wollen, das Nichts anzuschieben oder die Leere zu umarmen. Und jene Kraft, die sich nicht entladen konnte, führt dich zu einer anderen Erinnerung; zu dem Tag, als sie sich – während sie sich über dein schwarzes Brusthaar, das aus dem Hemd herausschaute, lustig machte – plötzlich rücklings mit ausgebreiteten Armen aufs Bett fallen ließ und eine Weile lachend so liegenblieb, bis sie verstummte, nach und nach erstarrte, ganz blaß wurde und die Augen geschlossen hielt; nie hast du erfahren, ob sie eingeschlafen oder ohnmächtig geworden war, denn als du, erschrocken, sie schütteltest, reagierte sie sofort und sagte, es sei nichts, du mögest ihr verzeihen, es sei nichts …

Wenn du im Geiste jene Zeit, die dir jetzt so weit weg erscheint, an dir vorbeiziehen läßt, dich an die Situationen erinnerst, die sich heute im Lichte der Irrtümer, des Egoismus und des Unheils, die sie heraufbeschworen, anders darstellen, dann siehst du sie wieder vor dir in einer heißen Augustnacht, wie sie sich auf dem zerwühlten Bett in ihrem Zimmer wälzt, stöhnend, ihre Lippen zerbeißend, so als kämpfe sie darum, aus einem Alptraum zu erwachen, als ringe sie mit unbekannten Mächten. Ein Nervenzusammenbruch, eine blutrote, ausgesprochen weibliche Morgenröte – ein Schwinden der Sinne, um es mit claramuntschen Worten auszudrücken.

An jenem Abend sollte eine Reihe günstiger Umstände – strömender Regen, eine willkommene Verstauchung des Knöchels im Garten, ein abwesender Onkel Luis und ein langes Beisammensein im Salon nach dem Abendessen, die Frauen Likör trinkend um dein ausgestrecktes Bein herum – schließlich das bebende und zerbrechliche Bild eines Knabentraums, den du beinahe schon vergessen hattest, vor dir erstehen lassen: eine Nacht in der Villa deiner Cousinen schlafen, dich im Dunkeln an das verrückte Abenteuer eines heimlichen Stelldicheins mit Nuria heranwagen ... Das Gespräch drehte sich um das schlechte Wetter und einen Aufenthalt in Sitges: Am nächsten Tag würde Tante Isabel mit Montse für einen Monat dorthin fahren; Nuria wird später nachkommen, sie bleibt noch, um an den Vereinsmeisterschaften des Tennisclubs teilzunehmen. Niemand spricht es aus, aber die Reise ist eine eindeutige Vorbeugungsmaßnahme: Obwohl der Häftling nun die Freiheit genießt und man deshalb logischerweise annehmen könnte, daß die materielle und moralische Unterstützung, die Montse ihm hatte zuteil werden lassen, ein Ende hat, ist Tante Isabel noch mißtrauischer als zuvor – und nicht ohne Grund, da Montse ja hartnäckig darauf besteht, ihm eine gute Arbeit zu besorgen, und nicht eher ruhen wird, bis sie das erreicht hat ... Aber andere, drängendere Fragen beschäftigen an jenem Abend deinen verwirrten Hinterkopf: Draußen regnet und regnet es prachtvoll, du betest zu Gott und zum Teufel, es möge nicht aufhören, und die glückliche Aussicht, daß Tante Isabel wegen des unbarmherzigen Wetters endgültig Mitleid mit dir haben wird – sie hat es bereits wegen des traurigen Anblicks, den du, tief versunken im Lehnstuhl deines Onkels, in bester Waisen-Manier bietest –, daß sie dich nicht durch das Unwetter nach Hause hinken läßt, hat sich auch in Nuria festgesetzt, die sich auf ihrem Sessel zusammenkauert, die Arme um ihre anbetungswürdigen Knie geschlungen, die Augen fest auf dich gerichtet. Tante Isabel bietet dir Kognak in einem dickbauchigen dunkelvioletten Glas an, Montse schiebt ein Kissen unter deinen Fuß. Heimelige Wärme, deine Raubtierklaue entspannt sich. Da steht Montse auf, so als brauche sie Luft, und öffnet das Fenster zum Garten: eine Welle intensiver Gerüche strömt herein, ein Duft von üppigen, regenschweren Blumen, der auf irgendeine geheime Weise verrückte Phantasien zwischen dir und Nuria hin- und herfließen läßt. Wenn Tante Isabel auch nur eine Sekunde deine Gedanken lesen könnte, würde sie vor Schreck sterben. Doch es wird Zeit, sich zurückzuziehen, und über ihr Rheuma stöhnend wünscht sie euch gute Nacht, nicht ohne zuvor zu bestimmen, daß du bleiben sollst (es gießt in Strömen), und ihre Töchter anzuweisen, dir dein Zimmer zu zeigen. In der Tür des Salons dreht sie ihren schwerfälligen Körper um und wünscht noch einmal eine gute Nacht. Und der lohnabhängige arme Schlucker rappelt sich auf: »Schlaf gut, Tante. Und vielen Dank für alles ...«

In dem Zimmer im zweiten Stock, dessen Giebelfenster auf den hinteren Teil des Gartens gehen, wartest du zwischen feinen Leinenlaken in der von Blitzen durchbrochenen Dunkelheit, bis es still wird im Haus. Eine Mücke summt mit hohem Violinenton mehrmals an deinem Ohr vorbei. Der Regen hat bereits nachgelassen, als du dich nach Mitternacht in dem riesigen Pyjama von Onkel Luis unter irgendeinem nebulösen

Vorwand vor dir selbst (ein Glas Wasser in der Küche trinken, obwohl der Krug mit dem Glas unübersehbar auf dem Nachttischchen steht) in der Dunkelheit vorantastest, blindlings die Treppe in den ersten Stock hinunterhinkend. Um zu Nurias Zimmer am Ende des Korridors zu gelangen, mußt du an Montses Zimmer vorbei, unter deren Tür du von weitem einen Lichtstreifen dringen siehst. An den Wänden, den Möbeln und den Gegenständen mehr aus dem Gedächtnis heraus als mit den Händen entlangtastend, bleibst du einen Augenblick lang unschlüssig stehen: Dem Lichtstreifen nach zu urteilen ist Montse noch wach, vielleicht liest sie. Zu hören ist nichts. Und du schleichst weiter, an der Tür vorbei. Dann dringt durch das gedämpfte Plätschern des Regens hindurch ein Stöhnen an dein Ohr, genauer gesagt, ein ängstliches, heiseres Schluchzen. Als du schon vor Nurias Tür stehst, wird der Rhythmus der Laute schneller und schneller, vermischt mit unterdrücktem Keuchen und Jammern. Du gehst zurück und preßt ein Ohr an Montses Tür. Es überfällt dich ein unheimlicher Gedanke, und jäh reißt du die Tür auf.

Zitternd von Kopf bis Fuß, von Krämpfen geschüttelt, wälzt Montse sich mit schweißnassem Nachthemd in ihrem Bett, das Haar zerzaust, die verkrampften Hände in das Kissen unter ihrem Kopf gekrallt. Sie liegt auf dem Rücken, ihr Körper bäumt sich unglaublich auf, lediglich gestützt auf die Fersen und den Nacken. Doch im nächsten Moment bricht der Bogen ein, und sie verknotet krampfhaft und verbissen ihre Beine in der Luft, so als klammere sie sich an eine unsichtbare Gestalt ... Du stürzt zu ihr und packst kraftvoll ihre Handgelenke, während ihre weitaufgerissenen Augen dich wie aus der Ferne anstarren. Sie schreit nicht, stöhnt nur und beißt sich auf die Lippen, ganz bleich ist sie, was tun, Ruhe bewahren, die Laken sind naß, du bist erschrocken und durcheinander angesichts ihrer ungeheuren Kraftanstrengung, was genau ist zu tun in solchen Fällen, ein paar leichte Klapse auf die Wangen, du erinnerst dich auf einmal an das, was man einmal mit einer Schauspielerin gemacht hat, als sie in Conchis Wohnung plötzlich anfing zu schreien und auf den Boden zu stampfen: Du verschränkst deine Finger mit ihren und biegst sie nach hinten, bis ihr beinahe die Sinne schwinden. Nach und nach beruhigt sie sich, ihr Stöhnen wird schwächer, kläglicher. Ihr Kopf fällt langsam zur Seite, ihre Beine entspannen sich. Auf dem Nachttisch steht ein Wasserkrug, aber sie will nichts trinken, sie beißt die Zähne aufeinander, die Flüssigkeit rinnt über die Winkel ihres harten violettgefärbten Mundes, über ihren geröteten Hals, über ihre Brust. Vielleicht ein Beruhigungsmittel, in der Schublade des Nachttischs liegen Tabletten (dich überrascht die Menge), aber auch das will sie nicht. Sie wirkt ruhiger, ihre Augen sind geschlossen, sie ist ganz starr, die Stirn glänzt wie Perlmutt, das lange Haar fällt über das Kissen. Völlig durchnäßt, einen intensiven Algengeruch verströmend, so als sei sie soeben aus dem Meer aufgetaucht, beginnt sie wieder zu zittern. »Montse! Montse!« rufst du leise in ihr Ohr, »was hast du?« Man muß Tante Isabel Bescheid sagen, du stehst auf und öffnest die Tür, ohne an die Folgen zu denken (oder dachtest du an Nuria?), doch sie richtet sich auf, ihre Brust hebt und senkt sich.

»Warte, was hast du vor?« sagt sie und sieht dich mit flehenden Augen an. Sie springt aus dem Bett, zitternd, stellt sich zwischen dich und die Tür, lehnt sich mit dem Rücken dagegen.

»Tante Isabel Bescheid sagen ... Und Nuria.«

»Nein. Ich bin wieder in Ordnung, es ist schon vorbei.«

Ihr erhitzter Körper preßt sich an deinen, die schweißnassen Haarsträhnen kleben wie schwarze Schlangen an ihrem Hals und ihren Schultern, ihr ganzer Körper verzehrt sich in einem inneren Feuer.

»Fühlst du dich wirklich besser?«

»Aber ja.«

»Du hast mir vielleicht einen Schreck eingejagt ...«

»Komm.«

Sie versucht zu lächeln, ergreift deine Hand, geht zum Bett zurück. Du hörst das Pochen ihres Herzens, als du dich neben sie auf den Rand ihres Bettes setzt. Mit beiden Händen drückt sie deine Hand und legt sich wieder hin.

»Es ist nichts«, sagt sie. »Ich hatte einen Alptraum. Nachts wache ich manchmal so auf, es ist nicht das erste Mal ...«

Sie stößt einen tiefen Seufzer aus. Und dann, mit der größten Selbstverständlichkeit der Welt, streckt sie ihren Arm zum Nachttisch aus, tastet nach den Tabletten und nimmt welche.

»Sieh mich nicht so an, Mensch«, sagt sie mit merkwürdiger Stimme, »es ist alles in Ordnung.«

Sie legt sich wieder hin, ruht eine Weile schweigend aus. Sie scheint deine Anwesenheit vergessen zu haben, obwohl sie immer noch deine Hand festhält.

»Willst du auf dem Balkon ein wenig frische Luft schnappen?« fragst du.

Sie antwortet nicht. Mit geschlossenen Augen zieht sie dich an sich, sie zittert leicht, so als friere sie, und klammert sich an dich, den geöffneten Mund an deine Schulter gepreßt. Du tätschelst zärtlich ihren Rücken. »Ach, Montse, Montse«, sagst du, »was hast du?« Erschrocken schlägst du wieder vor, ihre Mutter zu rufen.

»Das geht sofort vorbei, es ist nichts.«

Du wartest, bis sie sich beruhigt, vielleicht hat sie ja recht, hoffen wir's, warum jemanden erschrecken (und überdies, jetzt, da ich daran denke: wie sollte ich meine Anwesenheit hier erklären, wo ich doch im anderen Stockwerk schlafe?). Noch hat sie nicht bemerkt, daß ihr Nachthemd völlig naß ist und am Körper klebt wie eine zweite Haut, hochgerutscht bis hinauf in die Leistengegend. Nicht nur das: ihre Oberschenkel, blaßrosa und marmorfarben, schweißglänzend, stoßen jetzt immer noch sanft gegeneinander, die rhythmischen Bewegungen haben nichts mehr mit dem Anfall zu tun, ein langsames Nachzittern des vorherigen Strampelns, und nach und nach läßt sie sich in deine Arme sinken, umschlingt unbeholfen deine Taille. Sie kauert sich zusammen, rutscht noch weiter hinunter. Die zitternden Arme umschlingen dich, und nun, da ihre Augen traurig und besiegt ins Leere starren, das Blut heftig in ihren Händen pulsiert, wird sie sich plötzlich ihrer Blöße bewußt oder, besser gesagt, deiner Gegenwart angesichts ihrer Blöße: eine Welle von Scham oder Selbstmitleid raubt ihr die letzten Kräfte, sie fühlt sich rührselig, elend, der Laune ihrer Haltung vollkommen ausgeliefert – auch wenn sie sich noch nicht bewußt zu sein scheint, daß ihr Kopf in deinem Schoß ruht –, irgendwelchen armseligen Traumbildern hingegeben. Sie zittert und schluchzt. »Nicht weinen, Cousine, nicht weinen«, stammelst du unbeholfen. Schließlich, du hast es befürchtet, als ihre gerötete Wange über den Stoff des Pyjamas noch weiter nach unten gleitet – und dann ihr Mund –, berührt sie sanft dein Geschlecht. Einen Augenblick nur, kaum ein paar Sekunden, und spar dir wenigstens einmal deine mehr oder weniger scharfsinnigen Freudschen Betrachtungen! Allerdings weißt du auch nicht, welchen Grad an Intimität ihre Besuche bei dem ehemaligen Strafgefangenen in dem Pensionszimmer im Born-Viertel erreicht haben. In dieser flüchtigen und nicht eindeutigen Berührung liegt, während der Regen auf den Garten niederrauscht, mehr als ein sich unbewußt äußernder Wunsch: Du könntest schwören, daß es für sie wohl so war, als würde sie ein wenig in die sichere und glückliche Welt der Kindheit zurückkehren, in eine Welt von Masern, Infrarotlicht und guter Medizin, als der Körper uns noch grenzenlose Treue gelobte und wir noch nicht wußten – niemand hat es uns wohl beigebracht –, daß auch er uns ein grausames Schicksal auferlegen konnte. Aber genauso gewiß ist es, daß nur ein Dummkopf das Verwirrende der Situation nicht bemerken konnte, und auch wenn du am liebsten nicht dort sein möchtest, hast du doch das Gefühl, Zeuge von etwas Verbotenem zu sein, und du willst dich aus dieser zitternden und unbewußt lasziven, aber reinen Umarmung befreien, der reinsten und zärtlichsten, die deinem Körper jemals zuteil wurde. Du weißt nicht, was du machen sollst. Und bleibst starr, kühl. Linkisch gibst du das einzige, was du zu geben imstande bist: du bist behutsam und rücksichtsvoll, korrekt, aber unfähig zu reagieren.

Der spitzfindige Analytiker in dir, der dich bald zu dem heruntergekommenen Alkoholiker machen wird, der du heute bist, erfaßt zum ersten Mal, was immer schon offensichtlich war: die sanftmütigen Augen, die eingefallenen Wangen, das ausdruckslose Gesicht, das wie ein Apfel auf den Biß wartet... Aber keine Sorge: Vielleicht erahnt sie durch dein Schweigen, durch deine angespannte Körperhaltung die unbewußte Antwort auf ihre glutvolle Umarmung, und langsam rückt sie von dir ab, den Blick gesenkt, und zieht am Saum ihres Nachthemds, um die nutzlosen Schenkel eines häßlichen, merkwürdigen Mädchens zu bedecken, die erneut resigniert haben, ruhig geworden sind, unschuldig in ihrer rosigen Unwissenheit. Das Zittern und das Keuchen haben aufgehört. Doch ihr Blick ist noch wie besessen, unergründlicher denn je.

»Ich bin wieder in Ordnung, es ist schon vorbei.«

»Brauchst du... möchtest du etwas?«

»Nein, danke.«

Sie erhebt sich und öffnet die Tür. Mit geschickten und flinken Händen streicht sie das Haar in den Nacken, bindet es mit einem Gummi zu einem zerzausten Pferdeschwanz zusammen. Neben der geöffneten Tür wartet sie darauf, daß du hinausgehst, den Blick gesenkt, das Nachthemd am Körper klebend, wieder rührend häßlich, umgeben von einer Art heiliger Aura oder Fieberglanz, schrecklich einsam, unrettbar, aber in gewissem Sinne Herrin der Situation. Sie wird dich nicht fragen, wie du hierhergekommen bist, wie du von deinem Zimmer im zweiten Stock aus ihr Stöhnen hören konntest. Vielleicht deswegen, weil dies ihre Diskretion endgültig unter Beweis stellt, gehst du nicht weiter zu Nurias Zimmer, nachdem sie die Tür geschlossen und dich wieder in die Dunkelheit des Flures entlassen hat. Du gehst zurück in dein Zimmer.

»Nun, wenn du in jener Nacht zu mir gekommen wärst, dann wäre so manches für uns anders gelaufen ...«

»Der Meinung bin ich immer gewesen. Aber ich konnte nicht, mir fehlte der Mut. Hast du auf mich gewartet?«

Nuria zögerte ein paar Sekunden, bevor sie antwortete:

»Ja.«

»Wach?«

»Ja ...«

»Du lügst, Kätzchen. Mit mir zu schlafen, daran dachtest du damals noch nicht.«

Sie lächelte hintergründig, den Blick verschleiert vom Rauch der Zigarette, die sie daraufhin im Aschenbecher ausdrückte, und murmelte:

»Du hast nie auch nur das Geringste verstanden.«

Sie zog heftig am Laken, rollte sich zusammen. Mir wurden die Augenlider schwer, die Schlaftablette fing an zu wirken. Zusammengekauert unter dem Laken versuchte Nuria mich zu kitzeln, sie kniff mich, wollte spielen. Doch in Wirklichkeit wollte sie endlich die Unterhaltung abbrechen.

»Hör auf. Laß mich nachdenken.«

Auf dem Tischchen stand Obst, winzige, harte Birnen. Ihre Hand kam unter dem Laken hervor und nahm eine, dann beugte sie ihren zerzausten Kopf zu mir.

»Ein Birnchen?«

»Nein.«

»Hast du nicht gesagt, du könntest nicht schlafen?«

»Jetzt doch.«

»Soll ich in mein Zimmer gehen?«

»Nein.«

»Woran denkst du? Willst du in meine Birnen beißen?«

Lachend drehte ich mich zu ihr, küßte sie auf die Augen, schon halb im Schlaf. Dann umarmte ich sie behutsam, und meine Hände übermittelten ihr sicher meine Neugier, die Frage, die ich mir selbst gerade stellte:

»Sag mir eins«, kam sie mir zuvor, eine gewisse Unruhe in der Stimme, »in jener Nacht, als sie diesen Anfall hatte... Glaubst du, daß da das Übel bereits geschehen war?«

»Das Übel? Meinst du ...«

»Nein, Mann, nein!«

Nuria deckte sich wieder mit dem Laken zu, knabberte weiter an den Birnen, ganz eng an mich geschmiegt, aber ohne mich anzusehen.

»Nein, Mensch, das meinte ich nicht, wie dumm du bist, das muß viel später passiert sein. Ich meinte einfach nur, ob schon zu dem Zeitpunkt all das, was sie zu ihm trieb, dazu, ihn in der Pension zu besuchen und eine Arbeit für ihn zu finden, mit ihm spazierenzugehen oder hin und wieder in diesen schmierigen Kneipen und Ausflugslokalen am Strand der Barceloneta zu essen – wer hätte das von Montse gedacht! – na ja, ob sie all das schon nicht mehr aus ihren religiösen Anschauungen oder ihren Prinzipien heraus tat oder aufgrund ihrer Auffassung von Nächstenliebe oder weswegen auch immer, sondern ob sie Geboten anderer Art folgte, unwissentlich, na ja, du verstehst schon, aufgrund einer körperlichen Anziehungskraft oder so, das, was Mama befürchtete. Ich meine, ob der Junge ihr bereits gefiel, na ja, ob er ihr sexuelles Interesse geweckt hatte.«

»Keine Ahnung. Ich würde sagen, ja. Aber es ist sehr gut möglich, fast sicher, daß sie es noch nicht wußte.«

»Ich erinnere mich, daß er zu der Zeit ein paar Tage krank war und im Bett lag.«

»Das war ich.«

»Nein, das mit dir war vorher.«

In dem kleinen, stickigen Zimmer beugt sich Montse lächelnd über die schwarzen Augen, die sie aus dem Kissen heraus dankbar und froh, vielleicht ironisch ansehen.

»Es ist nichts, du Angsthase, eine kleine Grippe, komisch, in dieser Jahreszeit, ich bringe dir die Wundermedizin.«

Ihre Hände berühren sein Kinn, als sie das Laken umschlägt. Sie schafft ein wenig Ordnung, wo sie es für nötig hält: die Bücher und Zeitschriften, die sie ihm mitgebracht hat, die Aspirintabletten, die Zigaretten und den Aschenbecher; sie füllt sein Glas mit frischem Wasser. Was noch?

»Ich hab der Wirtin Bescheid gesagt, falls du etwas brauchst, ich muß jetzt gehen, laß mich deine Stirn fühlen, nichts, nur erhöhte Temperatur, ein großes Glas Milch mit Kognak, schwitzen, und morgen bist du wieder wie neu, was noch? Großer Gott, was noch? Ich muß jetzt wirklich gehen ...«

Sie steht auf und dreht sich um, doch plötzlich folgt er einem jähen Impuls und ergreift mit seiner glühenden, starken Hand die ihre, drückt sie: »Wie kann ich das alles wiedergutmachen? Was wird man bei dir zu Hause sagen, was werden sie von uns denken? Und von mir? Daß ich ein Schmarotzer bin, oder schlimmer noch ...«

»Du bist wie ein Kind, das bist du, du spielst gerne, komm, deck dich zu.«

»Geh noch nicht fort, Montse, bleib noch ein Weilchen. Sollen wir zusammen die Stellenangebote in ›La Vanguardia‹ durchgehen? Ein Versuch schadet nicht, mal sehn.«

Seine Hände glühen, ihre Nähe, das Fieber, die Jungen aus dem Zentrum nennen sie die »Scheinheiligen«, zu Recht, aber irgend etwas geschieht an diesem Nachmittag oder an einem anderen, ähnlichen: Weiß sie bereits, daß der Wille, der sie so heftig zur Pension drängt, nicht derselbe ist, der sie zum Gefängnis trieb? Ist sie sich dessen bewußt, wenn sie zwischen schweren und dröhnenden Lieferwagen, Bergen von Obst- und Gemüsekisten über die Plaza Comercial geht, zwischen emsigen und schwitzenden Männern, die stets Zeit haben, einen zerstreuten Blick auf ihre Hüften zu werfen oder ihr einen Scherz zuzurufen, ist sie sich dieser Veränderung bewußt?

An einem heißen Julimorgen kommt sie früher als üblich in die Pension. Sie bringt ihm etwas zu essen, glaubt nicht, daß sie ihn antreffen wird. Drei Tage zuvor ist sie mit ihm zum Paseo Nacional gegangen, damit er sich in die Wartelisten des Büros für Hafenarbeiten eintrug, und jetzt denkt sie, um diese Zeit werde er bereits arbeiten. Doch als sie die Tür zu seinem Zimmer öffnet, liegt er schlafend im Bett, das Kissen in seinen Armen, er umschlingt es sehr sonderbar, zärtlich und verzweifelt zugleich. Es herrscht Totenstille im Zimmer, in der ganzen Pension. Die Sonne scheint durch die geöffnete Balkontür voll aufs Bett und badet den nackten, vom Laken kaum bedeckten Körper. Auf dem Nachttisch stehen eine halbleere Kognakflasche, zwei Gläser und ein von Kippen überquellender Aschenbecher. Montse bleibt wie angewurzelt in der halboffenen Tür stehen, geht weder hinein noch hinaus, weiß nicht, was sie tun soll, starrt auf das blendende Licht, das auf dem Laken um Manuels Körper explodiert. Etwas auf der Haut des Jungen zieht ihren Blick an, etwas, das sie vorerst nicht zu deuten vermag; das Kissen wirkt wie ein beinahe menschlicher Lumpen in den erhitzten, fast rötlichen Armen. Das ist es: Er ist am Strand gewesen, bestimmt mit der Wirtin, das Strandbad »Los Orientales« ist so nah, es ist so heiß, und man langweilt sich in der Pension … Ein Geräusch verrät ihr, daß sich noch jemand anderes im Zimmer aufhält: aus einem für Montse nicht einsehbaren Winkel taucht die Wirtin auf, schleicht leise und barfuß zu den Käfigen der Kanarienvögel, die neben der Balkontür an der Wand hängen. Mit schläfriger Stimme turtelt sie leise mit den Vögeln, und kaum schafft sie es, die Arme hochgereckt, auf Zehenspitzen Salatblätter durch die Gitterstäbe zu schieben. Im Gegenlicht scheint ihr molliger, ein wenig aufgeschwemmter Körper durch den weiten, geblümten Morgenmantel hindurch. In den Bewegungen der Blonden, in ihrem Verhalten dem Bett gegenüber und dem, der darin liegt (nicht einen Blick zu dem schlafenden Jungen), sieht Montse eine zu absolute und ruhige, fast animalische Gleichgültigkeit. Noch hat sie Montse nicht bemerkt, die geräuschlos die Tür wieder schließt und in den leeren Eingangsbereich zurückgeht. Montse wartet eine Weile, ohne den Blick vom Flur zu wenden. Kurz darauf sieht sie die Wirtin mit einem Stapel sauberer Laken summend im Zimmer gegenüber verschwinden. Langsam geht Montse wieder zu dem Zimmer des Jungen zurück und tritt ein: er liegt noch genauso da, das Kissen umschlungen, mit dem Gesicht zur Tür. Kaum hat sie hinter sich die Tür geschlossen, da öffnet er plötzlich die Augen und lächelt. Er streckt den Arm, die Handfläche nach oben, zu ihr aus:

»Komm her, bleib nicht da stehen ... Ich werd's dir erklären.«

Montse stellt die Tüte mit dem Essen auf den Boden, geht um das Bett herum auf den Balkon: Ein Salatblatt ist aus dem Käfig gefallen, sie hebt es auf, stellt sich auf die Zehenspitzen in ihren flachen Schuhen, reckt den Arm hoch und versucht eine ganze Weile, das Blättchen zwischen die Stäbe zu schieben. Er beobachtet sie, mit dem Ellbogen aufs Kissen gestützt.

»Der Käfig hängt sehr hoch.«

»Ich komm schon ran, keine Sorge«, sagt sie. »Ich dachte, ich würde dich nicht antreffen.«

»Ich hab was Besseres in Aussicht. Komm, setz dich hierher«, sagt er und klopft aufmunternd auf den Bettrand.

Montse steht noch immer auf den Zehenspitzen, die Arme über dem Kopf, das zitternde Salatblatt zwischen den Fingern. Endlich kann sie es in den Käfig schieben.

»Oder soll ich's dir nicht erzählen?« fügt er hinzu.

Montse turtelt mit den Vögeln, dann läßt sie die Arme

sinken und geht zum Bett, auf das sie sich mit gesenktem Kopf setzt.

»Ich dachte, ich würde dich nicht antreffen«, wiederholt sie.

Und dann, liebe Cousine, ging sie an ähnlichen Vormittagen diesen langen und schweren Weg, der sie aus der blassen, rosaroten Vision ins wirkliche, gelegentlich ungestüme und grelle Tageslicht führte; damals entstand, vielleicht auf halber Strecke, der Kummer, die erste Träne der Klarheit: ihr Bewußtsein verkroch sich zunächst beim ersten Kontakt, öffnete sich dann, nahm die Bitterkeit auf, um sich nie wieder zu verschließen.

»Was den Strafgefangenen betrifft«, fügte ich, auf dem Bett sitzend, hinzu, wobei ich Nuria durch mein Glas hindurch ansah, »er ist ein guter Kerl, trotz allem, ich werde nicht müde, es zu wiederholen.«

»Natürlich«, sagte Nuria. »Jeder wußte, was in der Pension passieren konnte. Alles konnte geschehen. Aber ihr hätten wir es begreiflich machen müssen, gleich zu Anfang, du und ich vor allem. Mama hatte recht. Wenn wir rechtzeitig etwas getan hätten ...!«

»Deine Mutter«, sagte ich, »hatte genauso recht wie irgend so ein blödes Horoskop: in irgendeiner Form hätte sie immer das Richtige vorausgeahnt, weil die Welt nämlich tatsächlich voller Gefahren ist, die Welt ist schlecht und teuflisch und beschissen. Nur ist sie das nicht im streng diözesanen Sinn, an den deine gute Mutter glaubte und den sie Montse vermittelt hatte. Das ist das Problem, Cousine.«

An dieser Stelle versiegte, wenn ich mich recht erinnere, das Gespräch endgültig aufgrund der Schlaftabletten, die ich genommen hatte. Um so besser. Wir hatten ausgelassen unter den Laken gespielt und uns geneckt, sie hatte mir Mitesser auf dem Rücken ausgedrückt, wir hatten die eiskalten und tückischen Birnen gegessen, die sie von einem ihrer Ausflüge zum

Kühlschrank mitbrachte, wir waren um das Bett herumgegangen, als wir uns stritten, und hatten mehrere Male das Badezimmer aufgesucht, wir waren zwischen Fenster und Bett und Veranda hin und her gelaufen (die Hitze war unerträglich), wie nostalgische Papageien plappernd, und jetzt hielt die Nacht nichts mehr für uns bereit. Nurias Wimpern streiften meine Wangen, auch sie schlief ein. Mich lullte ihr glücklicher und friedlicher Schlaf ein, eine wohlriechende Woge von Parfüm, vermischt mit ihrem nach Obst riechenden Atem. Und bevor ich endgültig einschlummerte, sagte ich noch so ungefähr, daß der scheinbar hilflose junge Mann ihre Schwester nicht enttäuscht habe, sondern desillusioniert, was etwas ganz anderes sei. Irgend so etwas erzähle ich ihr, während ich mich flüchtig an das unglaubliche Abenteuer des Kurses in Vic erinnerte und mir vornahm, ihr bei der nächsten sich bietenden Gelegenheit davon zu erzählen.

Der Lippenstift
oder
Die Geheimnisse von *Colores*
(in drei Tagen)

Also, es ist nicht die kindliche und groteske Empfindlichkeit des Besitzlosen oder des gesellschaftlich Verbitterten, der nie darüber hinwegkommt, daß er nicht im Schoß einer wohlhabenden Familie geboren wurde, es ist nicht Groll, was ihn manchmal über die Familientradition lachen läßt – die aus Onkel Luis einen stattlichen und apoplektischen Bannerträger Jesu Christi und renommierten Mariologen internationalen Ansehens gemacht hat –, was ihn dazu bringt, sich über das Rosenkranzbeten im Familienkreis lustig zu machen oder über die samstäglichen Zusammenkünfte von Tante Isabel und den Señoras Pahissa und Gratamamella mit den Frommen Verehrerinnen (und ihren Wundern: das fließende Blut von San Genaro, die Tränen einer Muttergottes aus Ton, die tanzende Sonne von Fátima, die abgelehnte Seligsprechung von Josefina Vilaseca, einer Jungfrau und Märtyrerin), die privaten Plaudereien und Gemeinplätze, den familiären Pulsschlag, den Montse ihm manchmal bei ihren Besuchen in der Pension Gloria vermittelte, um ihn zu unterhalten; und genausowenig ist es einfältige Sanftmut oder hinterfotzige Gerissenheit, die unsere Zurückgebliebenheit charakterisieren, was ihn zeitweise ins Gegenteil verfallen läßt, in bewundernde Lobhudelei all dessen, was in der Familie glänzt und ihn sogar dazu zwingen könnte, zärtlich seinen empfindsamen Rücken eines schutzlosen Katers an dem strahlenden und angesehenen Namen Claramunt zu reiben, sondern es ist die einfache

Tatsache, keine Familie zu haben, der Waisenstand des Blutes, die biblische Sehnsucht nach dem Dynastischen (würde Hochwürden Vilella sagen), nach jener Stammesgeborgenheit, derer sich im allgemeinen die reichen katholischen Familien mit großem Stammbaum erfreuen und die dazu beiträgt, daß man sich weniger allein und wertlos fühlt in dieser Welt, bei der Arbeit und im Freundeskreis, beschirmt vom Schatten des dichtbelaubten Stammbaums mit seinen stattlichen Ästen, die sich über dieser Gesellschaft mit den scharfen Zähnen und Klauen wiegen: es ist einfach eine tiefe und alte Sehnsucht danach, umgeben zu sein von Onkeln und Tanten, die zuverlässig und gastfreundlich sind, von gut verheirateten Schwestern und Schwagern, Schwiegereltern, blühenden Zweigen von Nichten, von direkten Cousins und weitläufig verwandten Cousinen, nahen und entfernten Verwandten, in jedem Fall jedoch zahlreich, brüderlich verbunden alle und gutsituiert im Leben stehend mit Einfluß und einem sehr langen Arm; kurz und gut, Cousine: eure zahlreiche Verwandtschaft, die Claramuntsche Gemeinde, glänzend verzweigt durch den alten Stamm eures Geldes und belebt durch den passenden Finanzpfropfen irgendeines wohlduftenden Kätzchens von Schwiegertochter oder durch in den Medien hochgeschätzte männliche Attribute oder gar durch päpstlichen Segen. Vielleicht handelt es sich bei all dem nur um ein banales und oberflächliches Gefühl, was soll's, eine krankhafte Schwermut, die typische Vorstellung eines Waisen. Ich weiß es nicht, jedenfalls eine Vorstellung, die ich von meiner anderen Waisen-Pension aus verstand und teilte. Und ich bin sicher, daß es jene unbeschreibliche Sehnsucht nach Verwandtschaft war – eine Sehnsucht, die uns verband –, die ihn sich anfangs völlig unter die Fittiche seiner Beschützerin flüchten ließ, insbesondere an dem Tag, als er ihren Vorschlag, der mit der vagen Aussicht auf eine Arbeitsstelle verbunden war, anzunehmen beschloß: an Exerzitien teilzunehmen, an religiösen Kursen in Vic, versehen mit einer Empfehlung von Montse an ihre Freundin, eine Sozialarbeiterin der Gemeinde. Deswegen gab er vorübergehend das Zimmer in der Pension auf, die Einsamkeit, die Seite mit den Stellenangeboten in ›La Vanguardia‹, die schlaflosen Stunden, in denen er die pünktliche Ankunft und Abfahrt der Nachtzüge im nahen Bahnhof registrierte; deswegen und um zu sehen, wohin das Ganze führen würde (und weil nichts verlieren kann, wer nichts hat), wird er drei unvergeßliche Tage unter entrückten Kursteilnehmern verbringen, verschüchterten Anhängern und tapferen Getreuen der neuen männlichen Christenlehre, der westlichen Marter mit östlichem Raffinement – die neue Version von ›Die Trommler des Fu-Man-Chu‹, die ich eines Tages drehen werde ...

Sie gehen langsam und nachdenklich zwischen den Leuten über den Bahnsteig des Bahnhofs *Estación de Francia* an dem wartenden Zug entlang bis zum ersten Waggon, und dort dreht er sich um und blickt traurig zu der Uhr an der Wand hoch, stellt einen Fuß auf das Trittbrett; sein Magen knurrt, während er nochmals Montses Anweisungen lauscht: »Wenn du in Vic ankommst, gehst du direkt zum Zentrum und fragst nach Señorita Roura, hast du verstanden? Sie wird dich dem Kursleiter vorstellen.« – »In Ordnung.« – »Wirst du auch nichts vergessen?« – »Ich glaube, nein«, sagt er, zieht den Reißverschluß der Lederjacke zu und schlägt den Kragen hoch, natürlich nicht, weil es kalt wäre, obwohl es geregnet hat und jetzt kühler wird. Montse beklagt, daß er keinen Pullover mitnimmt, nachts merke man den Unterschied auf dem Lande, auch im Sommer. Er sieht unverwandt auf die Bahnsteiguhr, geduldig und gleichmütig, mit dem Hungergefühl hat er sich schon abgefunden (heute hat Montses Großzügigkeit nur für einen Milchkaffee mit Gebäck gereicht), seine Sonnenbrille mit den breiten Bügeln läßt keinen Blick auf seine Augen zu, an seiner Schulter baumelt die Segeltuchtasche mit Wäsche zum Wechseln und einem elektrischen Rasierapparat, einem ausrangierten Modell von Onkel Luis. Einen müden, gelangweilten Ausdruck kann er nicht verbergen, ab und zu spannt sich das Kinn wie bei einem unterdrückten Gähnen, während sie weiterspricht: »Es wird dir gefallen, du wirst schon sehen, du wirst gute Freunde gewinnen ...« Montse möchte ihn aufmuntern, bemüht sich, irgendein Zeichen von Interesse hinter den kühlen Reflexen auf den Gläsern der Sonnenbrille zu entdecken, ein Zeichen bloßer Neugier auf das Unbekannte oder auf die Reise, nicht auf den Nutzen, den seine Seele aus dem Kurs ziehen könnte (»eine moderne religiöse Erfahrung«, hat sie ihm erklärt), das interessiert ihn nicht, was ganz natürlich ist, nur Neugier auf die Luftveränderung und die Möglichkeit, Arbeit zu bekommen. Jedenfalls hört er ihr aufmerksam zu. »Señor Glaría«, sagt sie gerade, »wirst du sicherlich nicht vor Sonntag sehen, bei der Abschlußveranstaltung, aber er ist unterrichtet, du kannst offen mit ihm reden, ich bin sicher, er wird uns helfen.« Er fragt sie jetzt und drückt dabei ein wenig ihren Arm, ob all das wirklich zu etwas gut sei, ob sie ihn nicht begleiten könne, wann sie sich wiedersähen. Und während sie mit einem zerstreuten Blick auf die Schienen nachrechnet, »es sind nur drei Tage, Sonntag nacht bist du wieder zurück«, berührt die weiße Haut ihres nackten, mit kaltem Schweiß bedeckten Armes seine Finger, doch ist sie es, die es bemerkt, und es scheint ihr so unangenehm zu sein, daß sie den Arm jäh zurückzieht. »Ruf mich also Montag von der Pension aus an, ich werde in der Fabrik sein. Dienstag ist Feiertag, wir könnten in den Park gehen, *sardanas* tanzen. Tanzt du gerne *sardanas?*«

»Ich kann nicht tanzen.«

Hinter der Brille, die wie eine Maske auf der Haut liegt, hinter dieser schwarzen und unnatürlichen Heimlichkeit, die wahrscheinlich aus einem Bedürfnis nach Selbstschutz und aus Schüchternheit erwächst, geht von dem übrigen Gesicht, den Wangenknochen, der Stirn, vor allem von der vollendeten

Bitterkeit des Mundes, der eigenartigen Härte der Mundwinkel, eine beunruhigende, leicht ironische Macht aus, je länger sich die Abfahrt des Zuges verzögert.

»Drei Tage gehen schnell vorbei«, sagt sie lächelnd, »und vielleicht hast du ja Glück, wer weiß, man muß optimistisch sein.«

Der Junge wendet sein Gesicht in ärgerlicher Hast ab, sein Mund verzieht sich zu einer kaum wahrnehmbaren Grimasse. Eine seltsame Verlängerung des Gefängnisaufenthaltes und des Hungers, auch wenn sie ihm beisteht, so gut sie es eben vermag (vorzugsweise moralisch, noch immer), das ist in diesen ersten Wochen seine einstweilige Freiheit, deren Grenzen keiner von beiden festlegen könnte. Eine religiöse Erfahrung machen – wird er wohl denken –, ihre Sehnsucht befriedigen, ihn zu erretten und ihn für die Gesellschaft wieder zurückzugewinnen, ist das das einzige, was Montse jetzt will? Wir werden sehen. Nur Geduld und die Karten gemischt!

Seine Körperhaltung drückt ihr gegenüber jedoch mehr als Respekt aus, sogar in Augenblicken, da seine leeren Gedärme kläglich nach vordringlicheren, realistischeren Dingen verlangen, es ist eine beinahe unterwürfige Haltung, eine artige Bereitschaft, sich leiten und dorthin schicken zu lassen, wohin sie will, »zu einfachen und guten Menschen«, informiert sie ihn weiter, »Menschen, die stets bereit sind, dir einen Gefallen zu tun. Man kann sie leicht hintergehen, weil sie so gut sind, aber ich weiß, daß du das nicht tun wirst. Mach dir diese religiöse Erfahrung zunutze, und versprich mir eins: spiel kein Theater, ich meine, sei aufrichtig ... Mach nichts einfach nur so, nur weil du siehst, daß andere es machen, agiere aus Überzeugung, mit dem Herzen, oder laß es sein. Versprichst du mir das?« – »Meinst du, zur Kommunion zu gehen?« fragt er. »Also, ich glaub nur das, was ich sehe.« Er lächelt jetzt zum ersten Mal und fügt hinzu: »Du brauchst nicht mehr zu warten, geh jetzt.« – »Ach, egal, es ist ja gleich soweit«, und da stöhnen neben ihnen die Waggons auf, der Zug streckt sich. »Wiedersehn«, er springt im letzten Moment auf, sie geben sich die Hand, sie beschleunigt ihre Schritte und sieht ihm mit einer gewissen Sorge in die Augen, dann verschwindet er im Waggon, um sich sofort aus dem Fenster zu beugen und sie auf dem Bahnsteig stehen zu sehen, den Arm schwenkend, kleiner und kleiner werdend, so sonderbar wirkt sie in ihrem langen Faltenrock mit der großen Tasche über der Schulter und dem streng am Kopf wie ein schwarzer Helm anliegenden Haar.

Irgendwann hat Montse ihm hundert Peseten zugesteckt, seine Hand findet sie in Vic, als er aussteigt und nach dem Weg zum Gemeindezentrum fragt. Die Stadt zieht sich unter der sternklaren Nacht enttäuscht oder schlecht gelaunt zurück. In der Cafeteria am Marktplatz ist noch etwas los; ein Schinkenbrötchen und ein sehr guter Rosé zum Glockengeläut der Kathedrale. Und dann macht er sich auf den Weg ins Zentrum, wo er nach Señorita Roura fragt und auf einer langen Kirchenbank auf sie wartet, in einem schlecht beleuchteten Gang mit Anschlägen von *Domund* und Einladungen der Diözese an den Wänden, wo die Kursteilnehmer aus verschiedenen Orten der Umgebung schon leise und verschüchtert miteinander reden; sie stehen in Grüppchen beisammen, neben sich ihre Koffer und Reisetaschen. Auf dem Gang hört man Geräusche aus einem Nebenraum, Kinderlärm, das Ticken von Tischtennisbällen, Kinderstimmen, Stühlerücken. Drei fröhliche Mädchen mit schwarzen Strickjacken und schwarzen Tüchern um die Schultern laufen an ihm Hand in Hand vorbei, lachend haben sie den Blick zu Boden gerichtet, ihre schwarzen Röcke flattern um die schwarzbestrumpften Knie, wunderschöne, vom Staub des Betstuhls bedeckte Knie, und hüllen ihn ein in einen Duft verwelkter Blumen.

Kurz darauf erscheint Señorita Roura, die Sozialarbeiterin der Gemeinde aus vornehmer ortsansässiger Familie; sie kommt lächelnd und wild gestikulierend auf ihn zu: ein großes, hageres und nervöses junges Mädchen, das auch in die unbedeutendsten Gesten viel Energie legt. »Du bist der aus Barcelona, den Montse Claramunt geschickt hat, stimmt's?« Aber als er ihr die Hand geben will, verschränkt sie die Arme vor der flachen Brust mit einer Hast, die Routine verrät. Alles klar, sagt Señorita Roura, Montse habe heute morgen angerufen, Señor Glaría wisse Bescheid, Sonntag könnten sie sich kennenlernen und über Geschäfte reden, Elektriker sei er von Beruf? Prima, prima, jetzt solle er aber bis Sonntag nicht mehr daran denken und sich mit den anderen Teilnehmern anfreunden, gleich gehe es nach Casanovas. Vorstellung: Hochwürden Albiol, der Kursleiter, und hier, das ist ein weiterer Kursteilnehmer, aus Barcelona, ein Student, da seid ihr schon zu zweit, und das hier sind die Lehrer, junge *jocistas* mit strahlendem, beinahe blendendem, offenem und ehrlichem Blick. Lächelnd steht sie da, läßt die Arme an ihrem eckigen Körper herabhängen und klopft mit den Fingerknöcheln rhythmisch gegen ihre Hüften, sie scheint es eilig zu haben, und dann verschränkt sie wieder die Arme mit dieser eigenartigen Hast, mit einem starren Lächeln wie auf einer Fotografie und einem Blick, der nicht bis zu ihm dringt, der auf halbem Wege in der Luft schwebt oder an ihrer eigenen Nase hängenbleibt. »Wie geht es Montserrat? Immer was zu tun? Hab sie schon ewig nicht mehr gesehen.« Auch in dem Blick des Geistlichen, der sich seinerseits um die neu ankommenden Kursteilnehmer kümmert, liegt eine liebenswürdige, wenn auch etwas zerstreute Aufmerksamkeit, ähnlich der eines Blinden, so als lausche er ständig einem unsichtbaren Dritten oder entfernten Schritten, das Ohr leicht vorgeneigt wie beim Hören der Beichte. Es fehlen noch einige, aber sie könnten schon mal in den Bus steigen, sagt er und entschuldigt sich, er habe mit Señorita Roura noch etwas zu besprechen.

Die Gruppe der Teilnehmer wird größer, während er auf

der Bank wartet, die Segeltuchtasche zwischen den Füßen, und raucht. Hochwürden Albiol taucht hin und wieder plötzlich und gut gelaunt auf, klopft den Lehrern auf die Schulter und gibt ihnen Anweisungen, scherzt; er trägt die Soutane mit sportlicher Ungezwungenheit, Señorita Roura immer auf seinen Fersen; als sie ihn so alleine auf der Bank sitzen sieht, setzt sie sich neben ihn, so liebenswürdig, daß er nicht umhinkann, an die Empfehlungen zu denken, die Montse telefonisch ausgesprochen haben muß. Er solle doch nicht hier alleine rumsitzen, sagt sie zu ihm, und warum er diese Sonnenbrille trage, damit sehe er so geheimnisvoll aus, und sie erzählt ihm, daß auch sie Kurse gegeben habe, ja, aber nur für Frauen natürlich, ebenfalls in Casanovas, das sei ein sehr alter und schöner Bauernhof, er werde ja sehen. »Ich bin zum ersten Mal dabei«, sagt er, um etwas zu sagen, den gesenkten Kopf in Zigarettenrauch gehüllt. Die Sozialarbeiterin hat wieder die Arme verschränkt (dennoch liegt in ihrem Verhalten, in ihren Bewegungen ein Übermaß an Natürlichkeit, etwas sehr Standhaftes, das aus dem Unbewußten zu kommen scheint), sie wirft den Kopf nach hinten und lacht, und auf einer leicht hysterischen Woge schwimmend, stößt sie ihm den Ellbogen in die Seite. Der junge Mann nimmt etwas Zartes und zugleich Starkes an den Bogen ihrer Augenbrauen wahr, an den straffen und schweißglänzenden Wangen, an den wächsernen, müden Lidern, unter denen leblos graue Pupillen dösen und eine Schläfrigkeit ausdrücken, die auf irgendeine Weise die Gleichgültigkeit der Welt ihrer Person gegenüber zum Ausdruck bringt. Zweifellos hätte er sich mit ihr näher angefreundet, doch die Zeit drängt, inzwischen sind alle eingetroffen, und einer der Lehrer ruft sie namentlich auf.

Und da stehen sie, die für drei Tage seine Freunde sein werden, fünfzig jetzt stille und aufmerksame Kursteilnehmer, jeder mit seinem Koffer, bereit, sämtlichen Anweisungen zu folgen, mit nervöser Neigung, eine Dreierreihe zu bilden wie beim Militär. Draußen wartet der Bus mit laufendem Motor. Er bleibt ein wenig zurück, weil er sich noch von Señorita Roura verabschiedet (diesmal gibt sie ihm die Hand). Er steigt als letzter ein und setzt sich auf einen der vorderen Plätze rechts vom Fahrer. Der alte Reisebus erzittert mit seiner heiteren Fracht, es herrscht eine schülerhafte, von den Lehrern vorgegebene, ausgelassene Stimmung, Hochwürden Albiol kommt angelaufen und setzt sich neben ihn, dreht sich um und ruft: »Sind alle da? Also dann, es lebe die Schwester Oberin, und die Fackeln geschwungen!« Lachen, ein Gefuchtel von Händen im Dunkeln, sie bekreuzigen sich, und kaum auf der Landstraße, stimmt ein Tenor mit feinen Ostertremoli aus irgendeiner Ecke unverhofft einen Schlager an, was alle in plötzliche Verwirrung stürzt, denn die Stimme gehört einem der Lehrer. Aber sofort singt der Geistliche mit, und dann fallen schüchtern einige Kursteilnehmer ein, die schon etwas forscher werden, als man, vom Priester angestimmt, zu ›Schwarze Augen‹ übergeht. Eine andere Stimme (wieder ein Lehrer?) nutzt ein allgemeines Atemholen, um kraftvoll mit ›Jugend, Frühling des Lebens, Spanier zu sein ist ein unsterbliches Merkmal‹ zu beginnen, und nun durchläuft das erste Erschauern den ganzen Bus. Hinter seiner Sonnenbrille raucht er schweigend, und seine Augen erblicken nur das, was die Scheinwerfer erfassen – ich glaub nur das, was ich seh: die von Bäumen gesäumte Landstraße, den Seitengraben, Insekten, die geblendet auf der Windschutzscheibe zerplatzen. Neben ihm wühlt der Geistliche in den tiefen Taschen seiner Soutane, plötzlich ruft er: »Wer möchte ein Bonbon?«, dreht sich um und verteilt sie. Er schüttelt den Kopf. Nach einer halben Stunde Fahrt vermindert der Bus die Geschwindigkeit, biegt nach rechts ein und fängt an zu ächzen und zu schaukeln, die Straße steigt an, was zum Teufel mach ich hier, biegt in einen Seitenweg ein, bei diesen komischen Heiligen?, bis die Scheinwerfer eine weiße Wand anleuchten, der Bus wendet und hält. Die jubelnde Stimme eines Lehrers: »Wir sind da, Jungs!« Es ist kalt, Montse hatte recht mit dem Pullover. Die hohe Fassade eines Bauernhofs vor einem Sternenhimmel, eine Sonnenuhr über dem großen Bogen des Eingangstores. Grillen zirpen in der Dunkelheit, das Gras riecht intensiv, und die kopflosen Kursteilnehmer werden in die Kapelle neben dem Haus geführt, eine kleine, eiskalte und hallende Grotte, die kaum erleuchtet wird von zwei Öllämpchen auf dem Sockel einer Muttergottesfigur und einer Kerze am Altar. Als alle in den Holzbänken und auf den kalten Fliesen des Mittelgangs knien, spricht der Geistliche ein Gebet, und dann gehen sie auf demselben Weg zum Bauernhof zurück. Sie betreten die Diele, alle ineinander verknäult, langsam stolpern sie vorwärts, sich mit den Koffern stoßend. Geschoben und mitgezogen von den anderen, beinahe schwebend, sieht er sich eine rote Steintreppe hochgehen, vorbei an getünchten Wänden, es riecht angenehm nach sauberer Wäsche, dann über einen langen, breiten Flur im ersten Stock und schließlich im Vortragssaal an einem Tisch sitzen und mit einem Bleistift ein Formular ausfüllen. Alles ist hier weiß getüncht, weiträumig und solide, es ist ein Raum mit riesigen Deckenbalken und einer großen Glastür, die auf einen Balkon führt, mit einem kleinen Podium, einer Tafel, fünf Tischen und vielen Stühlen, angeordnet wie in einem Café. Balmes schaut schwarz gekleidet mit philosophischem Staunen und gezückter Feder aus einem goldenen Rahmen herab, der schief an der Wand hängt. Gebeugte Rücken emsiger Kursteilnehmer, die an den Tischen Formulare ausfüllen, die argwöhnischsten haben ihren Koffer zwischen die Beine geklemmt, während ein Lehrer grau eingebundene Büchlein verteilt, den ›Pilgerführer‹, mit dem Kreuz von Santiago. Name und Vorname, Alter, geboren in, Personenstand, Beruf, davon hatte Montse ihm nichts erzählt, er wollte völlig anonym bleiben. Ein Lufthauch trifft ihn, ein ländlicher Hauch, stoßweise und richtungslos. Verlegene helle

Augen bitten ihn um Hilfe, ein schüchternes Lächeln vom Tisch nebenan, ein hündisches Gesicht, melancholisch, sonnenverbrannt und runzlig. Die bedächtige Bauernhand streicht über den blonden Flaum und die Pickel am Kinn, während die wäßrigen Augen ihn fragen: Was soll der Scheiß, warum lassen die uns hier schreiben?, doch er vertieft sich wieder in die Arbeit: Nennen Sie zwei Lieblingssportarten (Tennis und Golf), zwei Lieblingsautoren (Blasco Ibáñez und García Lorca), zwei unvergeßliche Filme (›Die verlorene Insel‹ und ›Vom Winde verweht‹). Die Segeltuchtasche rutscht von der Stuhllehne auf den Boden, seine Hand greift nach ihr und stößt gegen eine andere, wie trockenes Holz, aber lebendig und zitternd, und die Augen des Bauern lächeln ihn an. »Kapierst du das? Was schreibst du?« fragt er ihn und richtet sich auf, reicht ihm die Tasche. »Pah! Irgendwas!« Der Bauer vertieft sich wieder in die ihm gestellte Aufgabe, eifrig beugt er sich über seine riesengroße, mühevolle Schrift, der Kugelschreiber droht zwischen seinen knochigen Fingern zu zerbrechen. Ein Lehrer sammelt die Formulare ein, bittet, Namen und Vornamen deutlich zu schreiben. Fremdsprachen: Französisch und etwas Englisch (Grundkenntnisse). Beruf: Elektriker (vorübergehend, mit Aussicht auf die Verwaltungslaufbahn). Er unterschreibt, gibt das Formular ab, steht auf und begegnet wieder dem verzweifelten Blick des Bauern, sieht dessen Finger, die den Kuli umklammern. Er zögert einen Moment, gib her, sagt er dann, kannst du nicht schreiben? Er nimmt das Formular und setzt sich neben ihn. Also, mal sehn. Simón Bernal Carbó, 35 Jahre, geboren in Moyá, Traktorfahrer, zur Zeit für die Gewerkschaft arbeitend. Ohne Ausbildung, ohne Lieblingssportarten (los, schreib Fußball), ohne Lieblingsautoren, ohne unvergeßliche Filme oder sonstigen Scheiß, die sollen mich in Ruhe lassen. »Reiß dich zusammen, Mann, stell dich nicht so an.« Er muß unterschreiben. Na schön, ein Kreuz. Warum er nach *Colores* gekommen sei? Ein

Freund habe ihm das schon 'ne ganze Weile geraten, der Nervtöter, habe keine Ruhe gegeben. Und weil ich grade Urlaub hab, und 'ne Familie hab ich auch nicht, ich leb allein... Er läßt Simón das Kreuz machen und verläßt den Raum, die Tasche über der Schulter.

Auf dem Gang herrscht noch immer Durcheinander, ein Lehrer bittet um Ruhe, ein anderer ruft die Namen auf, und die Teilnehmer finden sich in der Reihenfolge, in der sie aufgerufen werden, zu viert zusammen, wieder mit dem instinktiven Hang zu militärischen Formationen. Der Kursleiter erklärt ihnen, daß jeder Vierergruppe ein Schlafraum zugewiesen werde. Ein weiterer Priester wird ihnen vorgestellt, ein Alter mit jovialem und rundem rotem Gesicht (»Das ist der Vertreter des Bischofs«, bemerkt einer der Teilnehmer leise). Und plötzlich: »*Colores!* Hurra!« schreit irgendwo ein Besessener. So'n Blödsinn, denkt er auf katalanisch, was selten bei ihm vorkommt. Die Stimmung heizt sich auf. Ein Witzbold knipst für ein paar Sekunden das Licht aus, und unter Geschrei und schallendem Gelächter taucht ein Zwerg auf, ein rothaariger Hanswurst, der sein sommersprossiges Gesicht mit einer Taschenlampe anleuchtet; es ist ein junger Bauer, der von allen hin- und hergestoßen wird, er hat seine Jacke auf links gedreht, und sein Haar steht ihm wirr vom Kopf ab. Der Geistliche hat die Hände in die Seiten gestemmt und lacht. Hinten auf dem Flur stimmt eine Gruppe das ›Virolai‹ an und dann ›Asturias, patria querida‹, dirigiert von dem Vertreter des Bischofs mit einem unsichtbaren Taktstock. Andere schlendern über den Flur, werfen einen Blick in die Wasch- und Schlafräume, steigen hoch in den zweiten Stock, in dem sich noch weitere Schlafräume befinden, und kommen wieder herunter, und dann strömen alle fröhlich in den Eßsaal, wo die langen Tische bereits für das Abendessen gedeckt sind. Der Bauernhof ist riesig und verwinkelt, und die spärlichen, rustikalen Möbel dämmern in einer klösterlich strengen Atmosphäre. Spuren von Renovierungsarbeiten – zugeschmierte Löcher an den Wänden, Zementflecken, noch nicht getünchte Stellen – deuten darauf hin, daß das Gebäude vor kurzem erst hergerichtet wurde, um viele Leute aufnehmen zu können. Und wer stimmt nun das romantische Lied von Luis Mariano an? Wieder der junge Geistliche. ›Auch in der Ferne bin ich bei dir, meine Geliebte‹. Manch einer könnte denken, es werde lustig zugehen; er aber kennt bestens das Wesen dieser tremolierenden Baritoneuphorie, die von Männern Besitz ergreift, wenn viele beieinander sind und zusammen essen und schlafen, unter der strikten Ordnung einer Gemeinschaft ohne Frauen: wie im Gefängnis und in der Kaserne.

Bei dem vielen Hin- und Hergelaufe werden ihm einige Gesichter so langsam vertraut: Bauern, Büroangestellte, Landarbeiter, zwei Lastwagenfahrer – Vater und Sohn –, ein Handelsreisender und zwei Bauhilfsarbeiter, Landsleute von ihm, Emigranten aus dem Süden. Die Mehrheit stammt aus Vic und Umgebung, viele aus Igualada, Arbucias, Camprodón, Prats de Llusanés und San Quírico de Besora. Das Durchschnittsalter beträgt 30 bis 40 Jahre, und der älteste Teilnehmer ist ein netter und zuvorkommender Geschäftsmann, ein sympathisches Männchen mit weißem Haar und einem seidenen Halstuch, das stets lächelt und glücklich ist, unter so aktiven jungen Leuten zu sein.

Witze – in strenger Reihenfolge – beim ersten Abendessen, an dem Hochwürden Garriga als Vertreter des Bischofs teilnimmt, während die Lehrer und auch der Kursleiter zwischen zwei Bissen alle bedienen, mit Tellern und Schüsseln hin- und herlaufen, lachen, flink und überall gleichzeitig sind, um die Reihenfolge der Witze zu überwachen und hier und da schnell einzugreifen, wenn Gesprächspausen oder Mißverständnisse entstehen. Man weiß bereits, daß sich unten im Erdgeschoß eine dunkle und lautlose Welt der Aufopferung befindet, die von Nonnen geführte Küche: das Essen kommt mit einem kleinen Aufzug in den ersten Stock. Die Lehrer setzen sich auf irgendeinen Platz, aufs Geratewohl, mischen sich fröhlich unter die Kursteilnehmer. Die harmlosen antiklerikalen Witze werden von den Geistlichen mit Beifall aufgenommen. Der Vertreter des Bischofs sagt mit seinem gütigen Lächeln und seiner vorn zu kurzen Soutane ein paar schlichte Worte zur Begrüßung, willkommen bei *Colores* in Casanovas, fühlt euch wie zu Hause, die Hände hat er über dem Melonenbauch gefaltet, wir werden hier gemeinsam intensive Tage des Gebets und des Studiums verbringen, diese Kurse der Christenlehre werden auch die Kurse von *Colores* genannt, wie einige bereits wissen, die »farbigen« also, und genau das heißt es: daß wir alle Farben akzeptieren, alle Richtungen und Tendenzen, alle Ansichten, Meinungen der Welt, denn farbig kleiden sich Felder und Frühling, die Farben des Lebens atmen den Geist der Brüderlichkeit, den unsere *sardana* so schön symbolisiert, willkommen, ihr Tapferen, und an dieser Stelle noch ein besonderer Rat: jedes Problem, jeden Zweifel oder geistigen Konflikt, so persönlich er auch sein mag, solltet ihr vertrauensvoll und freiwillig unseren Lehrern und unserem Leiter, Dr. Albiol, darlegen, oder mir selbst, falls ich etwas für euch tun kann. So, das war's. *Colores!*

Applaus und Trinksprüche, und jetzt weiter mit den Witzen, bitte, verlangt der junge Priester, und Sie, Hochwürden, setzen Sie sich, Schluß mit dem rhetorischen Zeug, und unter gesundem Gelächter fragt ein Handlungsreisender aus Vic, der vom ersten Augenblick an durch seinen Gemeinschaftssinn aufgefallen ist, ein energischer und redseliger Mensch: Doktor, sind die dreckigen verboten? Und Dr. Albiol antwortet, nein, verboten sind sie nicht, aber wir kennen sie alle schon. Allgemeines Gelächter.

Doch all das gleitet an den dunklen Gläsern seiner Sonnenbrille ab, tatsächlich ähnelt sein Verhalten dem eines geduldigen Schweißers, den, von der Lötbrille geschützt und unerschütterlich, die Funken nicht erreichen. Man zeigt ihm seinen Schlafraum im zweiten Stock auf einem Flur, der nach Scheune riecht, und als er von der Toilette zurückkommt, ziehen sich seine Zimmergenossen bereits aus, aufgeregt und auf einem Bein schwankend. Außer ihm sind es noch drei: der Lkw-Fahrer (Vater), ein kräftiger Mann in den Fünfzigern mit rotem Gesicht, asthmatisch pfeifender Stimme und immer bereit, in schallendes Gelächter auszubrechen, immer gut für einen Kalauer, aus Logroño stammend; ein junger Bankangestellter aus Igualada von kränklichem Aussehen, adrett, im Pyjama; und der kleine, untersetzte Bauer mit dem roten, widerspenstigen Haar, der so glücklich wie ein Kind ist über seine wunderschöne, verchromte Taschenlampe, die er sich in Vic gekauft hat und von der er sich keine Sekunde trennt. »Ich bin Ignacio Velasco«, sagt der Lkw-Fahrer und streckt ihm die Hand hin. »José María ...«, dem Bankangestellten versagt die Stimme. »Jo Salvador«, stellt sich der Rothaarige als dritter vor, ohne ihn anzusehen, und schraubt die Taschenlampe auf. Er entkleidet sich. Das Zimmer ist klein und hat schräge Wände, sie haben ihm das schlechteste Bett übriggelassen, in einer Ecke parallel zu den dicken weißgetünchten Deckenbalken, die in der Schräge beinahe das Kopfende des Bettes berühren. Durch ein Fensterchen neben dem Kopfende schaut die sternenklare, stille Nacht herein. Salvadors ruhelose Taschenlampe erforscht jeden Winkel: unter dem Bett glänzt die goldene Hülle eines Lippenstifts. Bestimmt gehörte er einer Kursteilnehmerin, die hier geschlafen hat. Der Bauer stößt ein Freudengeheul aus. »Meiner!« ruft er und wirft seinen merkwürdigen nackten Körper auf den Boden, der weiß wie Schnee ist, außer am Hals und an den Armen, die von der Sonne verbrannt sind. Dann, wie ein Eisbär auf seinem Bett sitzend, lächelt er glücklich und schnuppert an dem Lippenstift, bemalt sich die Fußnägel und wälzt sich vor Lachen, »oh, prima!« »Pssst!« zischt der Bankangestellte, der gerade sorgfältig seine

Hose zusammenlegt, »bist du verrückt?« Der Lkw-Fahrer bekommt einen Hustenanfall, er hält beim Ausziehen inne und bleibt eine Weile so, mit weitaufgerissenen Augen ins Leere starrend, er steht da in seiner Unterhose, den mächtigen Körper gekrümmt, das Gesicht feuerrot, eine Hand auf die Leistenbeuge gepreßt. Sein röchelnder, pfeifender Husten zeugt von einer turbulenten Kneipenvergangenheit, seine armen Augen treten wie bei einem in die Enge getriebenen Tier immer weiter aus den Höhlen. Dann beruhigt er sich wieder und läßt sich schwerfällig aufs Bett fallen, seufzt heiser: »Verdammte Scheiße, was für'n Leben!«, während der Angestellte von seinem Bett aus den Bauern ansieht, so als wolle er sagen: »Mit dem da sind wir gut bedient«, doch der scheint sich, obwohl er »aus Logroño, ach du Scheiße« murmelt und lacht, nur für den Lippenstift und seine Taschenlampe zu interessieren. Der Angestellte liegt am nächsten zum Lichtschalter, muß also aufstehen, um das Licht auszuknipsen, und wünscht eine gute Nacht mit einer hellen Flötenstimme. Der aus Logroño brummt den Gruß zurück, sein Bett quietscht, und er schnaubt wie ein Ochse. Eine milchige Helle dringt durch das Fensterchen, die Taschenlampe richtet ihr Lichtbündel an die Decke, man hört das Kichern des Bauern.

»Habt ihr gesehen?« brüllt der Lkw-Fahrer, »die haben 'ne Kneipe und alles, unten, neben dem Eingang. Verkaufen Jesusbildchen für fünf *duros*, Zigaretten und Bier... Schade, daß die keine *carajillos* machen.«

»Die haben nur Pepsi-Cola«, hört man die Stimme des Angestellten im Pyjama, »ist doch klar, Mann, das ist hier kein Hotel.«

Der Lkw-Fahrer schnauft: »Messen und Rosenkranz, den ganzen verdammten Tag lang, werdet's schon sehen.« Genauso habe er sich das gedacht, er habe gar nicht kommen wollen, aber sein Sohn, genauso 'n Frommer wie seine Mutter, der sei ihm damit monatelang auf den Wecker gegangen und habe ihn schließlich dazu überredet; ihm sollten sie nicht mit den Märchen von der Hölle kommen (»Die werden dir schon den Kopf waschen!« ruft der Bauer dazwischen und widmet sich wieder seinen Lichtspielchen), auch nicht mit dem vom Paradies, er lasse sich nicht einwickeln. Der Angestellte bemerkt mit durch das Laken gedämpfter Stimme, die Lehrer würden einen guten Eindruck machen, und man müsse den Lippenstift abgeben, vielleicht sei es ein Geschenk, er sehe teuer aus. »Also, Schluß mit dem Blödsinn, du Schafsnase, mach die Taschenlampe aus. Armleuchter! Holzkopf!« – »Mißgeburt!« kräht der Bauer in die Dunkelheit mit einer Stimme spitz wie ein Mückenstich, knipst jedoch die Taschenlampe aus. »Der ist völlig bescheuert«, folgert der Angestellte. Dann beginnt der Lkw-Fahrer aus seiner knarrenden, dunklen Ecke heraus versaute Witze zu erzählen, über die er selbst lange und donnernd lacht, und plötzlich, neben seiner asthmatischen Stimme, die bereits wieder in Husten übergeht, hört man leise Musik, die immer lauter wird: er hat ein Transistorradio im Bett. »Prima! 'ne Sause!« schreit Salvador. Der aus Igualada fragt zaghaft, ob es nicht verboten sei, Musik auf dem Zimmer zu hören. Der Husten des Lkw-Fahrers ist inzwischen nur noch ein unendlicher, dünner Faden, das Zischen einer Schlange, während aus Salvadors Bett eigenartige Laute und Freudenrufe kommen, doch jetzt mit schwacher Stimme, etwas müde, stoßweise. Im Dunkeln tastet er nach dem Stuhl neben sich, nach der Sonnenbrille, den Zigaretten. »Gleich spring ich jemandem mit 'm nackten Arsch ins Gesicht! Schnauze, verdammt!«, und er starrt ins Dunkel, aus dem ›In deiner Hochzeitsnacht ein Bett aus Seide, ein Bett aus Seide‹ tönt, als begleitende Musik zu einer Szene, über die sich der Lkw-Fahrer halbtot lacht – der Bankangestellte dagegen ist sprachlos vor Schrecken und Scham: Im Bett des Rothaarigen leuchtet wieder die Taschenlampe auf, und in dem Lichtkegel, zwischen den schneeweißen und durchscheinenden Falten des Lakens, tanzt verzückt ein lächelndes, mit Lippenstift rot verschmiertes Gesicht mit Mund und Augen und Nase und allem, eine Puppe, die wie wild von einer schwieligen Bauernhand bewegt wird, es ist ein lustiges Gesicht, das wie ein Kaninchen lacht.

Der Lkw-Fahrer fällt vor Lachen beinahe aus seinem Bett.

Zwischenakt

Als ich am späten Vormittag aufwachte, war ich allein. Gelbes Licht drang durch die Rolläden. Das erste, was ich mich fragte, war, ob Nurias Mann schon zurückgekommen und es in diesem Falle nicht besser sei, endlich offen mit ihm zu reden. Aber noch andere unausgesprochene Fragen, träge Gespenster vom Vorabend und von früheren Jahren, eine bittere Mischung aus nächtlichen Ingredienzen und nicht gezogenen Konsequenzen, geisterten schwerfällig in meinem Kopf herum, als ich mich unter den kalten Strahl der Dusche stellte. Danach wickelte ich mich in einen blauen Bademantel, der hinter der Tür des Badezimmers hing, und ging in die Küche. Nuria war im Garten.

Meine Augen auf sie gerichtet, ohne sie zu sehen, schritt ich durch das grelle Licht des Vormittags, über einen Weg neben dem unschuldig schönen Rasen, dessen Grün mein Bewußtsein blendete und quälte, eine sanfte Wiese, die weiter hinten im Garten an den roten Steinfliesen des Swimmingpools leckte. So schleppte ich mich jämmerlich dahin, aber um der Wahrheit die Ehre zu geben, kann ich nicht von einem Kater sprechen, es war etwas anderes: Momentan besänftigt, ahnte das Biest bereits die furchtbare Trübsal eines langen, grauen Tages, eines neuralgischen Sonntags. Sich windend, zart und braungebrannt, tauchte Nuria aus einer leicht grünlichen Spiegelfläche auf, in der sich die Sonne und der strahlende Himmel widerspiegelten; sie wandte den Kopf und lächelte mir zu. Ihr Mund, knapp über dem Wasser, war wie eine frische rosafarbene Wunde. In einem winzigen orangefarbenen Bikini schwamm sie bis zum Beckenrand. Die kurzen, nassen Strähnen klebten ihr an Nacken und Stirn, und ihre Arme und Beine bewegten sich unter Wasser wie Schlangen.

»Guten Morgen, du Langschläfer. Wie fühlst du dich?«

»Haben wir viel getrunken gestern abend?«

»Du ja, in rauhen Mengen.«

»Wann kommt Salva zurück?«

»Morgen«, sagte sie, mit den Händen an den Beckenrand geklammert, mit den Füßen im Wasser plätschernd. »Warum?«

Vom Eheleben ahne ich nur dies: absolut nichts von dem, was im Bett besprochen wird, hat etwas mit dem zu tun, was außerhalb des Bettes geschieht. So daß ich an diesem gewaltigen und allgegenwärtigen Morgen voller Grün, einem triumphierend strahlenden Grün, einem Morgen im Pedralbes voller Echos, Glockengeläut und Vogelgezwitscher (der Garten glich einem in der heißen Sonne verrückt gewordenen Käfig), so daß ich an diesem Morgen also, geheimnisvoll zu neuem Leben erwacht wie Lazarus, nicht erstaunt war zu sehen, wie sich bei Nuria die letzten Nebel jener freudigen Erinnerungen des Vorabends auflösten. Die Bewegungen ihres Körpers im Wasser wirkten einen Augenblick lang wie Wasserspritzer auf meine Nerven, erregten mich, und einen Moment lang glaubte ich, ich könnte einen vorbildlichen Sonntag zum Leben erwecken, aber nein, schon bald sah ich mich wieder dem kleinen Gespenst des Todes gegenübersitzen: ihr gehörte diese von Wassertropfen benetzte Perlmuttstirn, ihr das leise Keuchen, das sie wunderbarerweise über Wasser zu halten schien. Sogar das zärtliche Lächeln einer durch die Feuchtigkeit aufgeweichten Rose war das von Montse.

»Hast du gefrühstückt?«

»Etwas Kaffee«, sagte ich. »Und ein Gläschen, das Purita mir mit höchst vorwurfsvollem Blick serviert hat. Ach übrigens, es wäre angebracht, dem Personal mitzuteilen, daß ich dein Cousin bin und die Gastfreundschaft sowie das volle Vertrauen des Hausherrn genieße. Ich habe den Eindruck, man hält mich für einen Kerl von den Ramblas, den sich die Dame des Hauses auf Zeit gemietet hat.«

Im Wasser plätschernd, bricht Nuria in schallendes Gelächter aus.

»Diesen Komplex hattest du schon immer«, sagte sie.

»Das ist kein Komplex, Cousine, das ist eine Sehnsucht, eine enttäuschte Berufung.« Ein abscheulicher Konversationsstil, der einzige jedoch, den meine Katerstimmung zuließ. Ich ließ mich ins Gras fallen und stützte meinen Kopf mit einem Ellbogen. Und es wurde noch schlimmer: »Wenn ich mich ihr mit achtzehn Jahren mit Leib und Seele hingegeben hätte, wären meine Beziehungen zur Familie vielleicht stürmischer, ganz bestimmt aber würdevoller gewesen. Ich konnte mich mit meinem Schicksal nicht so abfinden wie Manuel, der uns in so angenehmer Erinnerung ist.«

»Erzähl keinen Quatsch.«

»Ich würde nie Quatsch erzählen.«

Eine Weile schwiegen wir. Ich legte mich auf den Rücken, das Gesicht gen Himmel, und hörte ihrem Plätschern im Wasser zu: ich stellte sie mir vor, wie sie nackt schwamm, begünstigt durch die Abenddämmerung, und wie ihr Mann vom Rande des Swimmingpools aus schimpfte und ihr drohte, die blasse Faust in dem weiten Ärmel des Bademantels schwingend. Dann sah ich, zwischen meinen über der Stirn verschränkten Armen hindurch, ihren Kopf, der ins Wasser ein- und wieder auftauchte. Tropfend stieg sie das Leiterchen hinauf und legte sich neben mich auf das Handtuch.

»Heute gibt es Austern«, kündigte sie fröhlich an.

»Ich würde lieber eine Kichererbsen- oder Linsensuppe essen wie während meiner Zeit in der Pension. Sag mal, findest du es ratsam, daß Salva uns hier zusammen antrifft, wenn er zurückkommt?«

»Warum nicht?«

Sie holte eine Sonnenbrille mit weißem Gestell hervor, setzte sie auf und sah mich an.

»Ich werde mit dir nach Paris gehen, das ist beschlossene Sache.«

»Erzähl mir etwas über die Firma Claramunt AG. Ich nehme an, dein Gatte hat aus postkonzilischen Motiven heraus, ich meine, sich des Elends der Arbeiter bewußt, auf dem die Firma gründet, bereits Reformen durchgeführt und neue Ideen eingebracht, mehr im Stile der Zeit, in der wir leben ...«

Sie zuckte mit den Achseln.

»Zum Beispiel«, beharrte ich, »wird sie doch zu den Musterfirmen gehören, die an die Tische ihrer Verwaltungsräte ein paar Arbeiter setzen.«

»Hör mal, laß mich damit in Ruhe.« Und zerstreut fügte sie hinzu: »Es gibt genug Theater, seit Papa tot ist. Du weißt ja, daß Salva sich die Geschäftsführung mit Onkel Enrique teilt. Und dann ist da noch unser Cousin Oriol mit seiner Frau, der dummen Kuh ... aber es scheint so, als habe Salva mehr Ahnung als alle anderen zusammen, Papa wußte das und hat von Anfang an auf ihn gebaut. Er trägt praktisch die ganze Verantwortung. Man muß anerkennen, daß er wenigstens in diesem Punkt der Fähigste und Verantwortungsbewußteste ist.«

»Ein schlauer und zuverlässiger Junge, allerdings. Sie täten gut daran, die Leitung vollständig in seine Hände zu legen. Wenn man bedenkt, daß der Schützling deiner Schwester sich ebensoviele Verdienste erworben hat wie er, wenn auch in anderem Stil ...!«

»Nicht genug«, entgegnete Nuria ziemlich unwirsch. »Er hat sich verkauft. Er hatte seinen Preis. Übrigens einen nicht sehr hohen.«

»Den Gesetzen von Angebot und Nachfrage unterworfen, klar. Aber wer ist das nicht auf diesem Markt von Gaunern, die die Welt beherrschen? Apropos, über das mit dem Preis würde ich gerne Näheres erfahren, und dann wollte ich dich noch fragen ...«

»Ich hatte nichts damit zu tun.«

Nuria stand abrupt auf.

»Ja, ich weiß«, sagte ich, »aber ich wüßte gerne ...«

Das Dienstmädchen kam unter fröhlichem Geklirre in ihrer strahlend weißen Kleidung auf uns zu; die Sonne blitzte in den Gläsern, und ich schwieg. Ich wollte Nuria vieles fragen. Doch in dem blendend weißen Zuckerstück, jenem trauten Heim, herrschten Beklemmung und Lähmung, ich glaube, es lag zuviel Grün und zuviel Licht in der Luft, dieses Strahlen, das mich stets davon abgehalten hat, in Ruhe zu lesen oder nachzudenken. Auf Nurias Anweisung hin stellte das Mädchen das Tablett mit den Getränken und dem Eis ins Gras, und plötzlich entwickelte die Hausherrin eine rege Betriebsamkeit, schleppte Luftmatratzen, Gläser, Sonnenöl, Zigaretten und Handtücher herbei. Für Bequemlichkeit sorgend, soweit es die eher harten Bedingungen des Ortes zuließen – halb im Gras, halb auf den Steinfliesen –, bestrebt, in der Sonne zu verweilen, worin ich immer eine leichte Verzweiflung zu erkennen meine, geleitet von jenem verteufelten Instinkt, den bestimmte majestätische Rassehunde oder von Depressionen befallene Reiche besitzen, mit dem sie es sich schnell bequem einzurichten suchen und eine vorübergehende Situation in eine reduzierte, aber gemütliche und überdies dauerhafte Welt zu verwandeln, in der es an nichts fehlen darf (ganz so, als müßten sie für immer darin leben), entwickelte sich plötzlich um sie herum, am Rande des Swimmingpools, eine ungewohnte und glückliche Verlängerung unseres nächtlichen Zusammenseins.

»... an jenem Tag fing ich an, dich zu lieben«, sagte Nuria, während sie die Gläser füllte. »Bis dahin warst du ein zärtlicher Zeitvertreib gewesen, aber an jenem Tag verwandeltest du dich in etwas Ernsthaftes. Du trugst deinen Prince-of-Wales-Anzug.«

War es nicht der alte, vom Regen durchnäßte Gabardinemantel? In ihrer Hand leuchtete der Whisky, von der Sonne durchflutet. Ein helles alkoholisches Wochenende, brennend heiße Mittagsstunden, ein nach verwelkten Rosen duftender Sonntag, Glocken, ein Bad im Swimmingpool, ein grüner Rasen und, vor allem, die glückliche und immer noch ziemlich feste Überzeugung (der Kuß unter Wasser, trunken vor Licht, mehr noch als an der Oberfläche) von der reinen Flamme unserer Liebe, die, solange sie brannte, die Flucht nach Paris garantierte. Aber die betretene Passivität, die diesen Spielen folgte, trug aufs neue jenen kaum wahrnehmbaren Windhauch heran, der die hohen Zweige der Zypressen durchkämmte, eine vor Fragen berstende Stille, und wieder zurück zum Thema, das sich, vielleicht, weil wir nichts Besseres zu tun hatten, als zu warten, nach und nach in unseren Knochen festsetzte und uns schließlich zwischen Zerstreuung und phantasievoller, sogar physischer Konzentration pendeln ließ, vergebliche Schritte zwischen Bett und Garten und Terrasse, durch Flure und Räume ohne Geschichte, zwischen leeren Gläsern, die zufällig auf ein Möbel gestellt worden waren, und irgendwo vergessenen, halbaufgerauchten und dann wiedergefundenen Zigaretten, die inzwischen zu traurigen Aschenwürmern geworden waren, und das alles mit der ganzen Bürde unversehrter Erinnerung bis zur Stunde des Mittagessens auf der Terrasse. Austern, tatsächlich.

Uns gegenüber sitzend, die Köpfe gesenkt, drückten wir sorgsam Zitronenstücke aus, während in meiner Erinnerung jenes Lächeln wie eine prächtige Wunde breiter wurde, Manuels Mund und seine weißen, in der Sonne blitzenden Zähne in von Meeresgeruch durchdrungener Luft, an dem Tag, als er sie an den Strand des Barceloneta mitnahm. Hatte sie wirklich einmal Begierde in ihm geweckt?

»›Gloria‹ hieß die Pension«, sagte ich. »Eine bitterböse Ironie.«

»War das nicht der Name der Wirtin?«

Eine schöne Witwe, die sich mit Lastwagenfahrern und Prostituierten herumschlägt. Die über die Flure ihrer Pension wie ein vertrauter Schatten huscht und *Abdulas* raucht, die ihre Freunde im Hafenviertel schwarz verkaufen. Immer hat sie ein sonniges Zimmer für die jungen Emigranten, die auf der Suche nach Arbeit in die Stadt kommen: du netter Junge, nie hättest du aus deinem Dorf fortgehen sollen, was wohl aus dir wird?

»Warum verteidigst du ihn?« fragte Nuria. »Hast du vergessen, wie er sie hintergangen hat? Sagte, er suche Arbeit, aber tat nichts, um was zu finden, und drohte ihr außerdem, auf dem Born als Tagelöhner anzufangen; klar, meine Schwester beschwor ihn, Geduld zu haben, sie würden schon noch was Besseres finden. Sie immer unterwegs, ohne Atempause, sie schnitt Stellenangebote aus, belästigte Papas Bekannte, dich, mich, ließ alle möglichen Beziehungen spielen, um ihn irgendwo unterzubringen. Sogar im Club hatte sie nachgefragt! Und währenddessen ging er spazieren, legte sich mit der Witwe und seinen Freunden an den Strand, lungerte in Kneipen herum oder lag stundenlang auf dem Bett und las.«

Seine dunkle Herkunft: Salva und Onkel Luis zufolge kam er aus dem rebellischen Industriegebiet des Llobregat, Montse zufolge vom Monte Carmelo.

»Ihr gegenüber hat er sich nicht schlecht benommen . . . Zumindest nicht, bis die Familie sich einschaltete.«

»Auf jeden Fall«, unterbrach mich Nuria, »war er ein Taugenichts. Ein Zyniker, ein Lump. Er ließ nicht locker, bis er das erreichte, was er sich vorgenommen hatte . . . Und sie schwebte in den Wolken, die Ärmste.«

»Er machte sie zur Frau.«

»Wenn du glaubst, die Jungfräulichkeit verlieren, bedeute, zur Frau zu werden, dann täuschst du dich.«

Gib wenigstens zu, Cousine, daß es ein Mittel ist, mit einem Teil der Wirklichkeit in Kontakt zu kommen, auch wenn es das ist, was ihr »ihren niedrigsten Ausdruck« nennt. Außerdem glaubte ich damals nicht, daß der junge Mann ernsthaft irgendeine Schurkerei ausheckte oder irgend etwas beanspruchte. Er wartete einfach ab, gab sich Mühe, umgänglich und folgsam zu sein, er wartete ab – genauso wie wir alle, Salva, du, ich –, wie das Ganze ausgehen würde.

Erster Tag

Das rätselhafte Lächeln der Gehenkten

Der Bauer schläft nackt auf dem rotverschmierten Laken, ein seliges, glückliches Lächeln auf den Lippen. Es ist sieben Uhr morgens, jemand läuft über die Flure und läutet ein Allerseelenglöckchen. Aufstehen, *Colorines!* Sein erster warmer Gedanke des Tages gilt Montse: hat sie mich vielleicht nur hierhergeschickt, um mich loszuwerden, um sich von einer Verantwortung zu befreien, die ihr Probleme zu bereiten droht? Um ihre Familie zu beruhigen oder ein paar Tage allein zu sein und nachzudenken? Oder vielleicht nur, damit ich ein paar Tage umsonst essen kann?

Er wäscht und rasiert sich zusammen mit den anderen Teilnehmern, die vor sich hin trällern und sich gegenseitig auf die Schultern klopfen, anscheinend war es eine sehr lustige Nacht gewesen, und die nächsten sollen noch lustiger werden. Gegen den frischen Zement pinkelnd, zwinkert sein Zimmergenosse ihm zu, immer noch Lippenstift an den Händen und am Geschlecht, so als hätte er sich die Haut aufgeschürft: der Kerl ist von einer höchst erfrischenden Naivität.

Schamhaft hinter der Sonnenbrille verborgen, erwidert er mit zurückhaltendem Kopfnicken das alberne »Guten Morgen« der *Colores*-Jünger, geht hinunter und verläßt das Haus. Neben dem Eingangstor werden Zigaretten, Pepsi und Kruzifixe verkauft, alles in blaugestrichenen Holzregalen über der Zinkblechtheke ausgestellt: Das ist der Bauernhof-Kiosk, den der ehemalige Pächter betreibt. Es ist kalt, die Luft ist schneidend, der Morgen rein. Das Land ist dort eben, man betreibt Trockenanbau, und ganz im Hintergrund sind Berge auszumachen, über denen ein feiner rosafarbener Nebelschleier hängt, aufgelöst nach und nach von der bleichen, noch sehr tiefstehenden Sonne. Nichts und niemand zu sehen, weder ein Haus noch eine Straße: sie sind vollkommen abgeschnitten, mehrere Kilometer von Vic entfernt. Neben dem Bauernhof stehen drei Zypressen und dahinter, auf einem Wiesengelände, ein riesiger Weidenbaum und die Überreste eines ausgetrockneten Ziehbrunnens. In der Ferne Mandelbaumfelder. Die Stille dröhnt in den Ohren, nur hin und wieder hört man das Zwitschern eines Vogels, wie ein Pfeil, und unter den Füßen das Knistern des taubedeckten Grases. Beim Weidenbaum angelangt, lehnt er sich mit dem Rücken gegen den kräftigen Stamm und betrachtet den Bauernhof vor sich: groß, stattlich und harmonisch läßt er einen an die Menschen denken, die ihn bewohnt haben, bestimmt reiche und fromme Bauersleute, ein liebenswürdiges, kinderloses Paar, das nach seinem Tod Haus und Ländereien ihrem Seelenhirten vermachte ... Zaghaftes Räuspern in Höhe seiner Knie: Hallo, sagt jemand, der Angst hat zu stören. Ein vielleicht noch junger Mann sitzt auf einem Stein, den Rücken an die andere Seite des Stammes gelehnt, und blickt lächelnd über die Schulter: Es ist Simón, der blonde Traktorfahrer, der ihn gestern abend um Hilfe beim Ausfüllen der Formulare gebeten hat. Er dreht sich eine Zigarette.

»Möchtest du rauchen?« Er reicht ihm den Tabaksbeutel. »Was hältst du von dem Ganzen? Ich würde am liebsten sofort wieder abhauen, bei all der Arbeit, die auf mich wartet.«

»Ich dachte, du hast Urlaub?«

»Manchmal arbeite ich auch auf dem Bau. Sag mal, hast du vor zu beichten?«

»Müssen wir das?«

»Klar! Die überzeugen dich schon, hab gehört, die können

gut reden, die Lehrer. Halten den ganzen Tag Vorträge und Predigten ... Wirst schon sehen. Hab gehört, das klappt immer, am Ende glauben alle, sogar die Atheisten. Bist du Atheist?«

»Was weiß denn ich?«

»Wunder sollen hier geschehen, hier bei *Colores.* Der, von dem ich dir erzählt hab, mein Freund, der ist vorher immer zu den Huren gegangen, aber seit er bei *Colores* war, läuft er ständig in die Kirche. Kannste mal sehn.«

Die Sonne erwärmt langsam die Luft, der Morgen flammt auf, fast alle Kursteilnehmer sind jetzt draußen und spazieren grüppchenweise vor dem Bauernhof auf und ab. Simón steht auf, klopft die Asche von seiner Cordhose. »Ich kenne hier niemanden«, sagt er, »und du?«

»Ich auch nicht.«

Simón blickt zum Horizont. Seine hellen, wie von Reif verschleierten Augen scheinen an Kälte und Einsamkeit gewöhnt zu sein, und im Tageslicht sieht man, daß sein Gesicht von schwarzen Mitessern übersät ist und seine zerfurchte Stirn elastisch wie die eines Hundes.

In der Nähe der Kapelle geht Hochwürden Garriga vertieft in sein Brevier auf und ab. Er sieht sie und kommt, mühsam mit seinen alten Füßen über den Boden schlurfend, lächelnd näher, mit einem »Guten Tag« und einem gutgemeinten Ratschlag auf den Lippen: Vorsicht, gehen Sie nicht zu weit weg, und nicht allein, dem Dr. Albiol und den Lehrern gefällt das nicht. Woraufhin sie langsam zu den anderen gehen, Simón mit gesenktem Kopf und schuldbewußtem Gesicht.

In der Kapelle Gebete (kniend) und Lobgesänge (stehend):

Jugend, Frühling des Lebens
Spanier zu sein ist ein unsterbliches Merkmal
Wenn der Glaube dich beseelt
Wird der Lorbeer des Sieges dir gegeben.

Und nach dem Frühstück (eine große Tasse Milchkaffee, Bauernbrot mit Marmelade) setzt sich die furchtbare Maschinerie in Gang: erster Vortrag, Messe, halbe Stunde Pause, Vortrag, Arbeitskreis, Beten in der Kapelle, Mittagessen. Am Nachmittag: Vortrag, Pause, Beten in der Kapelle, noch ein Vortrag, Besuch des Allerheiligsten, Abendessen und ins Bett. Überraschende Empfehlungen: sich nicht mit jemandem besonders und ausschließlich anfreunden, sich beim Essen nie auf denselben Platz setzen, keine Privatgespräche mit dem Nachbarn führen und nicht leise sprechen. Mut! Freude! ruft der alte Geistliche, und *Colores ra ra ra!*, antwortet der wie besessene Lehrer. Die Witze sind offensichtlich eine geheiligte Institution: sie dürfen bei keinem Essen fehlen, ob gute oder schlechte, alle sind recht. »Es geht darum«, sagt ein Lehrer, »sich zu vergnügen und an nichts anderes zu denken.« Der Bauer mit der Taschenlampe, dessen intime Beziehung zum Lippenstift noch nicht bekannt geworden ist, wagt es, einen zu schmutzigen Witz zu erzählen, und wird brüderlich ausgebuht. Sagt ein schüchterner Teilnehmer »Ich passe«, wird er ebenfalls ausgepfiffen.

Dekurien werden gebildet und getauft (»San Pablo« heißt seine), zehn Teilnehmer an jedem Tisch, mit einem Vorsitzenden und einem Sekretär, die nach geheimnisvollen, durch den Test am Vorabend festgestellten Kriterien ausgewählt worden sind, und dann wird der Kurs mit einem Vortrag des Leiters Dr. Albiol, dem Idol der Arbeiterjugend von Vic, auf katalanisch offiziell eröffnet. Er spricht über Keuschheit (»Ach du Scheiße!« hört er an seinem Tisch den Rothaarigen zu Simón sagen), darüber, wie man ein richtiger Mann und kein Hosenscheißer ist. Kein Blatt vor dem Mund. Eine Sprache, die für die erste Überraschung sorgt. Das kleine Kruzifix in der Hand und stimmgewaltig, schwankt der Geistliche oben auf dem Podium wie eine schwarze Glocke, die zu beiden Seiten schwingt, glorreich durchbohrt von den Sonnenstrahlen, die durch die Glastür hereinfallen. In Momenten größter Heftigkeit tritt auf der hohen und blassen Stirn des Geistlichen eine violett leuchtende Ader in Form eines Y hervor, und auf seinen feinen, feuchten Lippen bekommt das Wort Fleischeslust einen schreckenerregenden Klang. Zwei Stunden lang wechseln wütende Verwünschungen mit plötzlichen Absolutionen ab, mit Verständnis und Nachsicht, ruhigeren Passagen barmherziger, irrealer und katechetischer Launen, einer naiven Vorstellung vom Bösen und vom täglichen Kampf um das in Beichtstühlen offenbarte Leben, »wo man sich Tag für Tag dummes Zeug anhört«. Besonders realistisch und poetisch wirkt die flüchtige Erwähnung seiner ganz persönlichen und erschöpfenden Kämpfe, das, was ihn insgeheim an das menschliche Dasein bindet (»Glaubt ihr denn, wir Priester wären aus Stein? Daß ihr die einzigen mit diesem Ding zwischen den Beinen seid, ihr Angeber?!« brüllt er, und die Zuhörer sind sprachlos), wer hätte das gedacht: auch er sei unter diesen grotesken schwarzen Röcken, über die sich die Leute so sehr lustig machten, ein Mann mit den Eigenschaften eines männlichen Wesens, und niemand solle sich empören, seien wir keine Heuchler, auch er sei empfänglich für die vergängliche Schönheit der Formen, auch er leide angesichts schöner blauer Augen, blonder Haare und eines reinen Gesichts, angesichts eines frischen Mädchens voller Leben, das eine *sardana* tanzt (»Brust-raus, Brust-raus!« tönt plötzlich der Rothaarige, der bereits von allen für verrückt erklärt wird). Eine Mischung aus Bewunderung und unendlicher Traurigkeit und Mitleid mit dem Geistlichen legt sich über die Zuhörerschaft. Ungestüm, die Ader an seiner mächtigen Stirn platzt gleich, fordert er sie erneut zur Abstinenz auf, um dann mit hochrotem Gesicht und heiser, mit geißelndem, inquisitorischem Feuer zu enden (Der will Bischof werden, denken einige). Kurz danach jedoch in der Kapelle, während Hochwürden Garriga die Messe liest, ministriert von einem Lehrer, beichten und kommunizieren nur zwölf Kursteilnehmer, die von den anderen mit spöttischer Skepsis beobachtet werden. Eine magere Ausbeute, im Augenblick.

In der Pause organisieren die Lehrer in aller Eile ein wahnsinniges und tolles Fußballspiel unter den *Colores*-Jüngern: sie scheinen sich unbedingt Hirn und Lunge aus dem Leib rennen zu wollen. Alle anderen streichen verlegen um den Bauernhof herum. Wie im Gefängnis bilden sich auch hier subtile Hierarchien heraus: der angesehenste und am schärfsten beobachtete Teilnehmer ist der Student aus Barcelona, angeblich soll er sich bereits im Test als Atheist bezeichnet haben, man hält ihn für belesen und bringt ihm einen gewissen Respekt entgegen. Es folgt der schroffe und zurückhaltende Murcianer, der die Sonnenbrille nicht mal zum Schlafen abnimmt, der, der mit fast niemandem spricht. »Willst du mitspielen?« dringt die Stimme des Lehrers zu ihm, aber er tut so, als höre er nichts. Er sucht Simón durch den angenehmen und dichten (aber nicht ausreichenden) grünlichen Farbfilter der Brille hindurch, und er sieht ihn allein unter den Zypressen spazierengehen in seiner weiten Cordhose, deren Beine beim Gehen so lustig gegeneinanderscheuern, krrk, krrk. Gemeinsam schlendern sie um den Bauernhof herum. Sie sehen Hochwürden Albiol zusammen mit einem Teilnehmer die Kapelle betreten, die beiden reden freundschaftlich miteinander, es sieht wie eine Verschwörung aus – der Priester hat den Arm um die Schulter des anderen gelegt –, und Simón meint: »Und schon fallen sie um.«

Das Glöckchen ruft zum Arbeitskreis, jetzt müssen die Vorsitzenden der Dekurien mündlich eine Zusammenfassung ihres Themas geben, die Sekretäre schriftlich, während einige Teilnehmer etwas auf die Tafel skizzieren, was irgendwie die Haltung von *Colores* dem Leben und seinen Gefahren gegenüber veranschaulichen soll: verschämt leiern sie kindliche Vorstellungen über Abstinenz, Keuschheit, wirkliche Männlichkeit und Selbstbeherrschung herunter, während an der Tafel einfältige, unbeholfene und mühevoll hingekritzelte Bilder entstehen, die mit Pfeilen durchbohrte Herzen, auf Stangen gespießte Weltkugeln, weiße Tauben und Kindersonnen mit dem Wort »Reinheit« darauf darstellen sollen. Jemand malt ein Herz und etwas, das aussieht wie langes, gewelltes Frauenhaar; unter das Herz schreibt er »*Colores*«, unter die Haare »Die Welt«. Er bekommt viel Beifall.

Wie ein einziger Körper, wie ein neurotischer Tausendfüßler folgt die Gruppe dem Lehrer wieder in die Kapelle. In dem kühlen Halbdunkel knien sie mit ausgebreiteten Armen gehorsam nieder und wiederholen Wort für Wort das Gebet, das Hochwürden Albiol vorspricht, ein Gelübde der Abstinenz, des ewigen Kampfes gegen das Fleisch und für die Reinheit des Herzens. Und dann wird gesungen. Noch vor dem Ende des Liedes geht er hinaus, um unter der Weide eine Zigarette zu rauchen.

Von diesem Moment an wird er hinter dem Tausendfüßler zurückbleiben, fast immer allein, wird zu allem zu spät kommen oder mittendrin weggehen. Er schlendert durch die Felder und spaziert durch das Bauernhaus, schnappt Bruchstücke von Vorträgen, Gesängen und Gebeten auf, von Predigten und Verteufelungen, fanatische Stimmen, die durch die Wände dringen, und abwechselnd genießt er den Frieden der Landschaft und den der alten Räume, er geht spät zu Bett, steht früh auf, ißt schweigend und mit gesenktem Kopf inmitten des allgemeinen Getöses im Speisesaal, wo seine Augen hin und wieder denen Simóns begegnen, die ihn von irgendeinem Platz am Tisch – immer einem anderen, so wie es vorgeschrieben ist – um Hilfe anflehen: Lehrer und Priester sind weiterhin darauf aus, jeglichen Ansatz einer privaten Unterhaltung zu unterbinden, ordnen an: »Einer spricht, und die anderen hören zu, Schluß mit den Heimlichkeiten, her mit den Witzen, die für alle bestimmt sind«, und plötzlich herrscht eine beklemmende Stille im Raum, die niemand zu brechen wagt, es sei denn, um irgendeinen Blödsinn von sich zu geben, was häufig und immer entschlossener und eifriger vorkommt, so als sei die Parole, den Sinn fürs Lächerliche auszulöschen (»Hier muß man sich in die Kindheit zurückversetzen«, hat Hochwürden Albiol ihnen klargemacht), höchst angenehm und mitreißend: Alle wetteifern wie verrückt darum, als erste in das vermeintliche Paradies der Unschuld einzugehen.

So erscheint Christus plötzlich mit einem blauen Mechanikeroverall bekleidet, in der Hand einen Schraubenschlüssel, vor der Zuhörerschaft während des Nachmittagsvortrags von Rosell, einem Fabrikarbeiter aus Vic. »Ihr wagt es nicht, diesem Menschen ins Gesicht zu sehen, eurem Arbeitskollegen, dem leidenden und geduldigen Tagelöhner!« ruft der Lehrer über die Köpfe der Kursteilnehmer hinweg und schwingt das Kruzifix, »seht Ihn an, ihr Memmen, seht Ihn euch gut an und lernt von Ihm!« Er hat sich über das Rednerpult gebeugt, ein blonder Mann, mit liebenswürdigen stahlblauen Augen, kräftig und sanft zugleich und so schlicht gekleidet (ein altes zweireihiges Jackett über dem sorgfältig gebügelten Overall), das Idealbild des aseptischen Arbeiters, lächelnd, hübsch, mit kantigem Kinn, er hat ihn auf den Plakaten des Gemeindezentrums von Vic gesehen. Aber seine Stimme ist wie ein Peitschenknall und seine Sprache schonungslos und wütend, er scheint sehr vertraut mit dem neuen Christus, den er seinen Zuhörern soeben vorgestellt hat, wahrscheinlich arbeitet er mit ihm zusammen, er ist der »vorbildliche Arbeiter, der sich nicht in die Politik einmischt und weder an Streiks noch an Protestkundgebungen teilnimmt, nur verstrickt ist in unser aller Sünden, der Mistgrube der Welt«. Rosell regt sich auf, brüllt, heult, schleudert eine konfuse Darstellung der gegenwärtig kränkelnden proletarischen Mentalität in den Saal, wird beleidigend:

»Faulenzer, Großschnauzen, Überflieger, Ehrgeizlinge, Egoisten! Seht Ihn an, den echten Arbeiter, er beklagt sich nie, er schwitzt wie ihr und bekommt den gleichen Lohn wie ihr und hat dieselben Probleme mit der Arbeit wie ihr, denn er ist einer von euch, ist für euch da! Und ihr? Seid ihr für Ihn da, hm? Seid ihr das? Seid ihr das, oder seid ihr das nicht?! Ich sage euch: Erbärmliche Querulanten seid ihr, nie gebt ihr euch zufrieden, nie habt ihr genug, ihr bequemen Spießbürger, die ihr euch in den Kneipen von Barcelona herumtreibt und euch mit den Huren vom *Barrio Chino* einlaßt, warum redet ihr mit den Arbeitskollegen in der Werkstatt oder im Büro oder auf dem Feld soviel von euren Heldentaten bei Frauen?! Ich werde euch was von Heldentaten der Seele erzählen, von Streiks und Demonstrationen der Seele, ich zeige euch diesen Arbeiter hier, der wie ich einen Blaumann trägt, ölverschmiert und getränkt vom Schweiß der Überstunden, ein Christus, der für uns da ist, ein größerer Draufgänger als irgend jemand von euch, ein moderner Christus, stark, beherzt, geduldig, zuverlässig in der Fabrik und respektvoll seinen Vorgesetzten gegenüber! Er nimmt den Schraubenschlüssel in die Hand, um aufzubauen, und nicht, um zu zerstören, aber auch er, Vorsicht!, hat seine Vorstellungen und seine Ansichten über den Kapitalismus, und vielleicht hat seine Geduld bald ein Ende, ihr werdet sehen, jawohl, ihr werdet schon sehen ...!«

Mit dem Finger schiebt er seine Sonnenbrille hoch (ein Sonnenstrahl fällt von oben auf seine Augen und belästigt ihn) und hebt leicht die Hand, um die Aufmerksamkeit des Geistlichen auf sich zu lenken: bitte, zum Urinieren hinausgehen zu dürfen, Hochwürden, bitte. Simón neben ihm sieht nicht einmal, daß er vom Tisch aufsteht: beschämt duckt er sich unter dem Gewicht des unsichtbaren Schraubenschlüssels. Ein anderes Mitglied seiner Dekurie, der Student aus Barcelona, rückt die Knie zur Seite, um ihn vorbeizulassen, und lächelt. Rosells Stimme verfolgt ihn bis auf die Toilette und dann bis in seinen Schlafraum, wo er sich auf das Bett fallen läßt, raucht und an die Mädchen denkt, die gestern im Zentrum fröhlich an ihm vorbeigelaufen sind in ihren schwarzen Strümpfen mit den vom Staub des Betstuhls bedeckten Knien, und an den seltsamen Geruch nach verwelkten Blumen, den sie verbreiteten. Sie waren eingehüllt in die an ein Leichentuch erinnernde Staubwolke wie schläfrige, ahnungslose Narden in ihrem schlichten Weiß. Genauso wie Señorita Roura und Montse: wie sie gewesen waren, bevor sie gläubig wurden, bevor sie die süßen und heroischen Träume von Herzensgüte in der idealen Mariapolis hegten. Er döst eine Weile vor sich hin, der Nachmittag auf der anderen Seite des Fensterchens geht über den stillen Feldern zur Neige, während das Gebrüll von Rosell und das dogmatische Hämmern seines heiligen Schraubenschlüssels durch das ganze Gebäude geistern wie arme Seelen im Fegefeuer.

Niemand achtet auf ihn, als er wieder in den Saal zurückkommt, außer Hochwürden Albiol, der ihm besorgt zulächelt. Vom Rednerpult aus hagelt es doktrinäre Bannsprüche. Halberstickt zeigen die Zuhörer von *Colores* eigenartige Symptome: sie wirken immer elender in ihrer allgemeinen, schaurigen Not, in ihrer schwankenden Agonie, bevor ihnen endgültig das Genick gebrochen wird, sie werden immer mehr in ihren Prinzipien bestärkt, während der Redner die Wirklichkeit verjagt, damit sie keinen Augenblick lang ihre Herrschaft zurückerobern kann. Doch gleichzeitig begünstigt das Aussetzen des Verstandes (den einige gar nicht haben: der Bauer mit der Taschenlampe zum Beispiel) den Infantilismus, das kindische Betragen (das unschuldige Alter, un-er-läß-lich für die Annäherung an *Colores)*, und fröhlich verharren nicht wenige in dem anempfohlenen Zustand ihrer glücklichen Schulzeit und fangen an, Blödsinn zu treiben: sie kneifen sich, schieben sich Zettel zu, schießen mit Papierkügelchen und spielen Schnick-Schnack-Schnuck wie in der Schule. Was geschieht hier eigentlich? Diese gestandenen, erwachsenen Männer betrachten sich gegenseitig bereits mit umgekrempeltem Gehirn, lächeln sich blöde an und strecken sich die Zunge raus: die furchtbaren Anklagen der Lehrer lassen ihnen keine andere Möglichkeit. Besser, man vergißt die verdorbene, sündhafte menschliche Existenz. Besser, man versetzt sich in die Kindheit zurück. Und am Rednerpult rüttelt der Ankläger zusammenhanglos die Gewissen wach, schwingt heilige und unsichtbare Werkzeuge, zieht die Schrauben immer fester an, droht ihnen mit dem Finger, berührt ihre vermeintlich geheimsten und nun offengelegten Wunden und fordert sie auf, mutmaßliche Geliebte und Kneipen und Bordelle, die den Tageslohn verschlingen und den häuslichen Frieden stören, zu verschmähen, um sich auf der Stelle in das großartige Heer von *Colores* einzureihen und zusammen den großen Kampf der Titanen aufzunehmen. *Colores!* brüllt er, so als halte er eine Ansprache vor einem Bataillon, das in die Schlacht zieht, die Arme zur Decke erhoben und nach hinten gebeugt, heiser, rot im Gesicht, den Blick auf begeistert grölende Massen gerichtet. Er sieht verständnislos zu ihm hoch, hört zu, ja, aber es gelingt ihm nicht, die Worte aufzunehmen, seine Gedanken schweifen die ganze Zeit ab, er verzettelt sich und hat blasse und flüchtige Visionen von Montse, wie sie ihn in der Pension besucht. Aber Rosell hat sich inzwischen auf seinem eigenen Flammenschwert aufgespießt, entbrennt in leidenschaftlichem Entsetzen, ihm versagt die Stimme, die strohblonden Haare schwingen wie verklebte Flügel über den roten Ohren, er sieht aus wie ein gräßlicher, exotischer Vogel, der von neuen Kontinenten kündet. Und es wird Nacht, mitten im dumpfen Schlachtengetümmel geht der Tag zu Ende.

Rosell springt hastig mit der üblichen Empfehlung (»Und jetzt gehen wir zum Beten, damit es so sei«) vom Podium und führt sein Gefolge zur Kapelle, wo die *Colorines* auf die Knie fallen, wie Vieh, das vom Blitz getroffen wurde, mit ausgebreiteten Armen und gesenktem Kopf. Der Duft nach Kerzenwachs, das Halbdunkel, in der Seele vieler noch ein gedämpftes Lanzengeklirre, das entfernte Getöse eines Kreuzzuges und ein Erschauern, eine kriegerische Erregung auf den Gesichtern der *Colores*-Jünger, Krieg!, Krieg!, ein blinder Glanz in den Augen, eine verbissene Bereitschaft, allem Folge zu leisten und sich in das zu verwandeln, was die Führer wollen, etwas, das er als schreckenerregend und zum ersten Mal als absolut möglich erkennt: eine Seuche sozusagen, die, ausgebrochen auf diesem Bauernhof, das Antlitz der Welt verändern könnte.

Rosell kniet vor dem Allerheiligsten auf den kalten Fliesen, um ihn herum die Kursteilnehmer, ihre Knie tun weh, und plötzlich verkündet eine Grabesstimme von hinten: »Wenn jemand öffentlich beichten möchte, würde er ein Beispiel geben für diejenigen, die es bisher aus Schüchternheit oder aus Stolz noch nicht getan haben.« Totenstille, dann männliches Räuspern, Gemurmel, die Luft scheint zum Zerreißen gespannt, und mit leerem Magen denkt er schon daran, sich davonzumachen, als sich hinter ihm eine brüchige, gequälte Stimme nach einem mühsamen Gestammele freispricht und eine verworrene Liste persönlicher Verfehlungen ausspuckt: der Sohn des Lastwagenfahrers, das bleiche Gespenst. Er stottert, schluchzt, ich bin es leid, willenlos zu sein, zu lügen, ein Schwein, ein Hurenbock zu sein, glücklich, ja, das muß man sein, das will ich sein, ein würdiger Mensch, Vergebung! Unglaublich, er weint, weint in wirklicher Verzweiflung und verspricht, von nun an ein Mann zu sein, keine Schweinereien mehr zu machen, nicht mehr an das Mädchen aus der Werkstatt zu denken, eine Schlampe in gelbem Pullover, Hochwürden, ach Hochwürden, um Christi willen, mit festem Willen und Opferbereitschaft will ich es erreichen, ich habe den festen Vorsatz, das wahrhafte Glück zu suchen, nie mehr werde ich dieses Mädchen wiedersehen, nie mehr an sie denken ...! Alle Köpfe berühren den Boden der Kapelle, eine unsägliche kollektive Scham drückt sie nieder. Doch der junge

Lkw-Fahrer jammert weiter, vertieft seine Geschichte mit dem Mädchen im gelben Pullover, die mehr oder weniger gut begonnen hatte, er findet krankhaften Gefallen an der Beschreibung gewisser Details, gewisser Rundungen des Mädchens, das inzwischen eine fast greifbare Realität an dem heiligen Ort annimmt, weswegen Hochwürden Albiol plötzlich die Beichte durch ein Gebet abbricht, das nach und nach das untröstliche Wehklagen erstickt, das schon in Hysterie auszuarten drohte.

Nun verlassen alle die Kapelle, außer dem jungen Lkw-Fahrer, der noch immer auf dem Boden kniet, die Arme ausgebreitet, schluchzend, vom Schluckauf geschüttelt, völlig niedergeschlagen. Ein Lehrer bleibt bei ihm, unbeweglich und schwarz lauert er im Halbdunkel wie ein Raubvogel, während Hochwürden Garriga vergnügt zu einem Beichtstuhl schlurft, in Vorfreude auf die vier gebeugten Kursteilnehmer, die nacheinander in dessen undurchsichtiges Dunkel eintauchen.

Abendessen, und dann ist Schlafenszeit. Wie sich die Gesichter verändert haben! Als er zwischen die kalten Laken kriecht, fühlt er sich erschöpft und unangenehm zerkratzt, so als hätte er den ganzen Tag in einem Brombeergestrüpp zugebracht. »Scheiße, das ist kein Spaß mehr!« murmelt der Bauer mit dem Karottenhaar und richtet die Taschenlampe auf den nackten Hintern des Bankangestellten. Immer wieder denkt er an Montse – unverhofft zarte Bilder, verworrene, flirrende Möglichkeiten verliebter Zärtlichkeit –: er sieht sie vor sich auf dem Bahnsteig stehen, so unbeweglich, so konkret. Montse und ihre Suppe für die armen Kinder: an den Hängen des Montjuïc schreitet sie über stinkenden Abfall, zwischen Baracken, Gören und Fliegen hinweg, diese träumerische, gute Seele, Tag für Tag von der harten Wirklichkeit bedrängt ... Im Bett, über seinem Kopf das offene Fensterchen, dringt das Zirpen der Grillen zu ihm, der Frieden der Felder in der Nacht, die heitere Gelassenheit der Sterne und des Mondes, der wie eine eisige Scheibe am Firmament schwebt. Seine Zimmergenossen liegen ebenfalls schon im Bett, außer dem Lkw-Fahrer, der hustend von der Toilette zurückkommt und über seinen Sohn schimpft: »Sakra ... Dieser Idiot! Wer hat ihm gesagt, er soll sich lächerlich machen?! Morgen kriegt der was zu hören! Und was diese Raben in ihren Soutanen betrifft ...!«

»Bitte ...«, fleht der Angestellte, »man kann uns hören.«

»Sollen sie doch! Interessiert mich 'n Scheißdreck!«

Der Boden erzittert unter seinen riesigen Füßen, während er sich im Dunkeln auszieht, stolpernd, Kleidungsstücke auf den Boden werfend, fluchend, spuckend, bis ihn der Husten überwältigt und er sich über das Bett beugt und sich an das Gestell klammert, in der Unterhose, die lange Hose auf halbmast. Im Schein der Taschenlampe des Bauern, der wie ein Kaninchen lacht, scheint sein mächtiger durchgeschüttelter Körper vom Himmel seine Strafe zu erhalten.

»Wenn er sich rechtzeitig einen Tripper geholt hätte, mein lieber Sohn, dann wär er nicht so'n Hosenscheißer geworden, bestimmt nicht!« Und plötzlich bricht er in schallendes Gelächter aus, das die Wände erzittern läßt, er dreht sich, rot wie eine Tomate, zum Bett des Angestellten aus Igualada um. »Und dir will ich mal was sagen, du Tintenkleckser, auch wenn du schon gebeichtet hast ...«

»Ich habe nicht gebeichtet«, widerspricht das Stimmchen aus dem Dunkel.

»Ich will dir mal was sagen: das Mädchen aus der Werkstatt, 'n Klasseweib ist das, *bocati di cardenale*, und 'ne Hure, wie sie im Buch steht! Quietschfidel und immer bereit, dir zu Gefallen zu sein! Ich muß es ja schließlich wissen! Aber dieser Trottel ist wie seine Mutter!«

Der Lkw-Fahrer bemüht sich, seinen gerechten Zorn zu bändigen, was ihm auch gelingt, nachdem er eine Weile gewettert und geflucht hat. Jetzt wendet er sich, etwas ruhiger, an ihn:

»Hör mal, du da, Junge, wie heißt du? Du gefällst mir, Junge. Wir zwei werden uns verstehn.«

Der Bauer hüpft in seinem Bett. »Ich laß einen fahren!« kündigt er an. Montse Claramunt erscheint vor einem dunklen Hintergrund: die kleinen Brüste gegen das Gitter gepreßt, inmitten des ohrenbetäubenden Geschreis im Besuchersaal des Gefängnisses, anonyme Brüste, die noch keinen Blick kennen, kein Streicheln, keinen Kuß ... Das Bett knarrt, man hört den Lkw-Fahrer schnauben, dann liegt er still da und seufzt tief, ach, was für ein Leben! Kurz darauf scheint er einen Schrei zu unterdrücken, doch in Wirklichkeit lacht er leise vor sich hin. »Du hast gefurzt, du Bauernarsch«, sagt er zu dem Rothaarigen. »Psst«, zischt der Bankangestellte. »Du, schlaf endlich!« weist ihn der Lkw-Fahrer zurecht, »Arschkriecher! Wie lange hältst du's noch ohne Beichten aus?!« Und nach einem bitteren, irgendwie traurigen Lachen fängt er an, über den Kurs zu reden wie über ein Wettrennen verängstigter Hühner, fragt sich, wie viele wohl in der Kapelle geblieben seien außer seinem Sohn, dem Wichser, und wer wohl morgen umfallen werde; er erinnert daran, daß der Handlungsreisende den Anfang gemacht hat, ein gestandener Mann, kaum zu glauben, noch am Morgen hatten sie sich ihre Abenteuer von den Straßen und Pensionen erzählt, Geschichten aus dem Leben, gute Zeiten, Scheiße, die schlechten kommen schon von alleine.

»Aber jetzt ist er nicht mehr derselbe«, fügt er hinzu. »Fühlt sich hier wie zu Hause, der Kerl, ich versteh das nicht.«

»Ja, sieht so aus, als wär er schon mal hier gewesen«, bemerkt der aus Igualada schüchtern. »Kann aber nicht sein, nach *Colores* lassen die einen nur ein einziges Mal ...«

»Was meinst du, Landsmann?« brüllt der Lkw-Fahrer. »Schläfst du, Junge?«

Die wächsernen Augenlider der Señorita Roura, die dunkelvioletten Ringe unter Montses Augen: der liebevolle Blick einer Schäferin über ihre Herde, über unsichtbare Massen von

Sündern. Der gelbe Pullover des Mädchens aus der Werkstatt, die vom Staub der Betstühle schmutzigen Knie, die blonden Haare der *sardana*-Tänzerin des Geistlichen, alles ist ein und dasselbe.

»Ich könnte beschwören, daß er ein Lockvogel ist«, murmelt er, und der Lkw-Fahrer lacht wieder laut los.

»Hast du gehört, Sekretär?« fragt er. »Mein Freund hier kennt das Leben. Ich sag dir, die kriegen mich nicht, ich bin nicht so'n Waschlappen wie mein Sohn, so leicht laß ich mich nicht überzeugen ...!«

Zarte, sensible, sonderbare Marientöchter, schneeweiß und rein, im verborgenen lebend, zu Hunderten, zu Tausenden. Stabile, solide Familien. Ein weites Feld? Bestimmt kennt sie jenes andere Leben nicht, auf das der Glanz ihrer Gesten fällt, während sie zwischen Gemüsekisten und lästernden Lastwagenfahrern durch die Markthalle des Born schreitet, mit den Losungen der Caritas auf dem Weg zur Pension. Seltsam: warum flammen hier die Gefühle so stark auf, warum diese Gier nach Leben und Genuß, auch auf die Gefahr hin, einen Pakt mit dem Teufel zu schließen?

»Also, gute Nacht«, flötet die Stimme des Bankangestellten.

Niemand antwortet ihm. Aus dem Transistorradio, jetzt im Besitz des Bauern, kommt sanfte Musik, ein Schlager aus einem Film, der ein Gartenfest heraufbeschwört, elegante Frauen mit nackten Schultern, in einer heißen Nacht, so sternenklar und tropisch. Und mit diesem Traum liegt der Bauer in seinem Bett, trällert vor sich hin, lacht und spielt mit seiner nagelneuen Taschenlampe. Er keucht.

Zweiter Tag

Der geheime Gang

Eine zufällige Begegnung mit dem angeblich atheistischen Studenten am späten Vormittag vor dem Bauernhof-Kiosk. Reserviert und spöttisch beobachtet er alles und macht sich beharrlich Notizen (in einer sauberen und schönen, wenn auch bisweilen krakeligen Handschrift kann er auf dem nachlässig auf die Theke gelegten Block lesen: Entfremdung, Terror, Gehirnwäsche, Inquisition etc.), woraus hervorgeht, wie gut er sich amüsiert: Unglaublich, Junge. Und du, wie geht's dir hier? Er zuckt mit den Achseln, macht Anstalten, das Bier zu bezahlen, aber: Laß, ich zahl schon, kommt ihm der andere zuvor. Weitere Notizen, die er auf dem Block erspähen kann: »Die fünf Dekurien, fünfzig schicksalhaft auf ihren Stühlen festgenagelte Teilnehmer lauschen dem Lehrer. Leer, erschöpft und demoralisiert unterwerfen sie sich dem unerbittlichen Rhythmus ihrer Errettung, einem raffiniert kalkulierten Crescendo mit der kühlen, mathematischen Exaktheit eines perfekten Uhrwerks, das den Realitätssinn zerstört und statt dessen die konfusen und unheilvollen Grenzen zwischen Gut und Böse wiedererrichtet, die sich die Kirche in Übereinstimmung mit der bürgerlichen Gesellschaft – zum Nutzen gegenseitiger Interessen – ausgedacht hat, unter einem Hagel von Kruzifix-Schlägen und grotesken Verteufelungen, die alles oder nichts anbieten, friß oder stirb, mach den Männlichkeitswahn um Christus mit oder laß es sein …« Er liest nicht zu Ende, sagt aber, vielleicht zum Ausgleich: Schöne Handschrift, Donnerwetter. Und was machst du damit? fragt er dann gleichgültig. Der Student sieht ihn einen Moment lang neugierig an, lächelt und steckt den Block in die Tasche. Also, fügt er gelangweilt hinzu und leert sein Glas, ich geh 'n Weilchen nach oben.

Blind und zuckend, umzingelt von einem bereits unmöglich zu durchbrechenden Feuerring, zieht sich der Tausendfüßler an den Tischen zusammen, duckt sich, während der Redner seine Erlebnisse, die ihm als Argumente dienen, zornig vom Rednerpult herabschleudert: Ich war ein Elender, bevor ich zu *Colores* kam, ergo seid ihr auch Elende! Wie üblich steht die Sorge um die Sexualität im Vordergrund, eine Welt teuflischer Geschäfte und bestialischer Unternehmungen, Verdammnis und Fäulnis und düsteres Hospital für die Geliebten, die Liebesdienerinnen der Nacht und des Tages. Barceloniaden! brüllt der Lehrer Guillot zerzaust und bebend: ein langes, ausgemergeltes Gesicht, blaß, mit gestutztem Schnäuzer, hervorstehenden blutunterlaufenen Augen, die wie toll in den leichenhaften Höhlen rollen: die schwindsüchtige Version des zarten Tänzers, des dekadenten Galans mit Ringen unter den Augen. Barceloniaden und Tripper! ruft er hinterher und erzählt mit wölfischem Lächeln, wie ihn eines Tages das Licht der Erkenntnis und unter welch mysteriösen Umständen traf: Er sei ein schlechter Gatte und ein schlechter Vater gewesen, ein Herumtreiber, verstockter Säufer und verkommener Syphilitiker auf Barceloniaden (später wird er in schmunzelnder Paranthese den Sinn erklären, den dieser Ausdruck in der Gegend hat: Barceloniaden nenne man die Ausflüge nach Barcelona, um dort einen draufzumachen). Es beginnt die Selbstbezichtigung, die peinlich genaue Darlegung der Greuel, die er durchmachen mußte, bevor er erleuchtet wurde. Ich war ein verkommenes Subjekt, ein Stammgast in Nachtlokalen, so wie ihr mich hier seht; und aufgrund der mechanischen Kühle, mit der er mit den Händen seine Worte untermalt, als hätten sie Gewicht und Volumen, so wie er die

Sätze durch das monotone Spiel seiner langen, von Arthritis befallenen Finger verformt, in einem schwerfälligen, starren Rhythmus, der ihnen schmerzhaften Nachdruck verleiht, könnte man auf den Gedanken kommen, daß er diese Selbstbezichtigung bereits Hunderte von Malen vorgetragen hat, mit denselben Worten, an demselben Pult... Aber schon kommt aus seinem Munde das Unverhoffte, das die Kursteilnehmer lähmt, denn zu mehr als der totalen Hingabe an die fleischlichen Gelüste ließ sich dieser Mann, den ihr hier sieht, hinreißen, in unbeschreiblichen Vollmondnächten, in denen er sich mit einer Cousine herumtrieb und sich mit ihr auf dem Grab seines Vaters wälzte, eine unbezähmbare Cousine, unersättlich und fürchterlich wie eine Feuersbrunst, die kurz darauf ihr Dorf verlassen sollte, um in der Stadt auf den Strich zu gehen, eine Frau, die nun vor den weitaufgerissenen Augen der Zuhörer wieder Gestalt annimmt, eine glorreiche Sekunde lang, sie wirft sich rücklings mit hochgeschobenem Rock auf das Marmorgrab und schlingt die Beine um den Lehrer Guillot. Und er nimmt sie barceloniadisch und frevlerisch auf dem RIP seines eigenen Vaters, warum, warum nur, Gipfel der Verderbtheit, das Erstarren der Zypressen, der stummen und ernsten Zeugen von soviel körperlichem und geistigem Tod. Ohne Respekt vor den Toten wie vor den Lebendigen, so war ich, der, den ihr hier seht, euer Diener! Und die Zuhörerschaft ist niedergeschmettert, ihr bleiben keine Einzelheiten erspart: der heulende Wind auf dem Friedhof, unter dem sich die hohen Zypressen krümmen, das Stöhnen der Cousine, das die ohne Beichte gestorbenen Toten erschauern läßt, der jaulende Hund mitten in der Nacht und der Vollmond, der auf den entsetzlichen Orgasmus herableuchtet. Simón ist völlig verzagt, viele jedoch (gleichgültig oder dösend an diesem einschläfernden Nachmittag, der Vertreter des Bischofs wackelt auf seinem Stuhl neben der Tür im Halbschlaf mit dem Kopf) sitzen da wie vor einem Fernsehapparat. Als der Lehrer sich vollkommen mit Dreck und Unrat beworfen hat, fährt er mit heller, plötzlich ätherisch leuchtender Stimme fort, so als spreche er nun in einem Kindergarten: Eines Tages sei er nach einer jener Greueltaten betrunken und ohne seinen Arbeitslohn nach Hause gekommen, wo sein fünfjähriger, seit einiger Zeit schon krebskranker Sohn im Sterben lag, und er habe von seinem Bettchen aus »Papa, Papa!« gerufen, mit einer Stimme, die einem das Herz brach, und da sei er zu ihm gelaufen und habe ihn gestreichelt, noch den Geruch des Friedhofs und jener lasterhaften Frau an den Händen! Da habe er die Bitte des unschuldigen Geschöpfes gehört: bevor er stürbe, solle ihm sein Papa versprechen, die Mama nie mehr zu schlagen und nie mehr ohne Geld und mit diesem bösen Gesicht nach Hause zu kommen, denn er werde sterben, nur um seine Seele zu retten – und hier fängt der Redner schaudererregend zu weinen an, aber ohne jeden Zweifel aufrichtig, dicke Tränen rollen seine Wangen hinunter, seine Stimme versagt ihm, ersäuft wie in einem Brunnen ohne Grund oder einem Tümpel, und das Gesicht verzerrt sich, so wie der Todeskampf des Sohnes sich dem Ende nähert, voll schauriger und rührseliger Einzelheiten, er auf Knien neben dem Bettchen, das kindliche Todesröcheln, das Krebsgeschwür peinigt die unschuldige Kehle, und daneben die weinende Mutter, am Fußende des Bettes kauernd wie ein Häufchen Elend, die Verzweiflung der leidgeprüften Frau und Mutter angesichts des langen Todeskampfes ihres Sohnes, und er weiß nicht, was er tun soll, Schreie, Wehklagen, heftiges Röcheln, Heulen, das Versprechen, Papa, halte das Versprechen, mein Sohn, die Cousine, Todesröcheln, eine lasterhafte Frau, die Strafe Gottes, die blitzartige Bewußtwerdung, der Krebs, der Friedhof, die Cousine, Stöhnen der Lust, Reue, gottlose Schlampe, ein Licht, mein Sohn, die Erleuchtung, das Versprechen, ja ...! Allein, das Kind stirbt. Und es ward Schluß mit den Barceloniaden und der Hurerei auf der Grabstätte des Vaters in Vollmondnächten. Ich war ein großer Sünder, und seht mich jetzt an! Man hätte im Saal jetzt eine Stecknadel fallen hören können! Die schluchzende, aufgelöste Stimme schöpft neue Kraft und wiederholt, daß der Sohn starb, um den Vater zu retten, was ihn natürlich sehr beeindruckt habe. Er konnte dem Ruf Gottes gegenüber nicht länger taub bleiben. Unter Schluckauf und Schluchzen und qualvollsten Pausen ist der Lehrer am Rednerpult inzwischen zu einem armseligen Wrack ohne Stimme, ohne Kraft geworden, tränenüberströmt, am Boden zerstört, ganz bestimmt glücklich.

Niemand kann etwas für ihn tun. Dann, inmitten einer Grabesstille, in der nur sein Atmen wie ein Blasebalg zu hören ist, richtet er sich in höchster Anstrengung noch einmal auf (alle befürchten, daß er in sich zusammensackt), um sich mit dem Kruzifix krachend an die schmächtige Brust zu schlagen, und schwankend schluckt er die Tränen hinunter, stammelt mit geschlossenen Augen unverständliches Zeug und zeichnet mit der arthritischen Hand gleichförmige Kreise in die Luft, immer langsamer, wie ein Rad, das sich noch weiterdreht, wenn die Maschine, die es angetrieben hat, bereits ausgeschaltet ist. Bei seinen letzten Worten, dem Ruf *Colores!*, sieht er wirklich elend aus, und auf seinem erschöpften Gesicht liegt dieser endgültig animalische Ausdruck eines Gehenkten.

Schnell, schnell, alle in die Kapelle, jetzt, da das Eisen heiß ist. Aber, welch Überraschung!, diesmal geht es nicht durch die Diele und um das Haus herum, sondern sie werden zu einer kleinen geheimen Tür hinter dem Podium, die bisher niemandem aufgefallen ist, geschoben, die sich wie durch ein Wunder öffnet, und nun stolpern alle eine dunkle, enge Wendeltreppe hinunter und dann einen schmalen Gang entlang, der sie unverhofft in die Kapelle führt, dichtgedrängt in einem Knäuel, wie Lämmer, starr vor Staunen. Ein geheimer Gang für Notfälle, zweifellos, der seine Wirkung zeigt; es beichten heute mehr als zwanzig.

Als sie die Kapelle verlassen, herrscht großes Schweigen, das Schlurfen der Schritte hört sich sehr traurig an, und die Hymne (»Jugend, Frühling des Lebens ...«) gleicht heute eher einem Grabgesang. Danach gehen alle in der Sonne spazieren, sie wirken wie Sträflinge oder wie Genesende in einem Sanatorium, sie sind immer noch wie erschlagen und in Gedanken versunken, sie tauschen Lächeln aus und verängstigte Blicke, wie Halluzinierende, sind unsicher: einige zünden ihre Zigaretten verkehrt herum an, am Filter, andere reiben sich mit zitternden Händen die kasteiten Knie, sie streichen um die Kapelle herum und belauern sich. Plötzlich erscheint der Kursleiter, er singt die Hymne von *Colores,* allein schlendert er in der Sonne umher wie auf einer Bühne, die Hände in den Taschen der flatternden Soutane, aufrecht, willensstark lächelnd, zitternd und sanft die Tenorstimme (»Farbig, farbig kleiden sich Felder und Frühling, *Colores*«), eine glückliche Operettenfigur in völligem Frieden und in völliger Harmonie mit den Wolken und dem Blau des Himmels, offensichtlich ergriffen und zufrieden. Viele richtet sein Anblick moralisch auf.

Er entfernt sich in Richtung Weidenbaum, beginnt sich zu fragen, ob er vielleicht träume, obwohl – wenn man es sich genau überlegt – der verfluchte Bauernhof aussieht, als sei er immer schon von diesen Alpträumen (oder Realitäten, wer weiß das schon) bewohnt worden, von zärtlichen, erregenden Schatten wie jenem Mädchen aus der Werkstatt in seinem gelben Pullover, von Geliebten, die lasterhaft lächeln zwischen Gräbern und Kreuzen, im Gras und auf den Toiletten, sogar in der Kapelle, in den Schlafräumen, die sich wälzen auf dem Gottesacker wie die lüsternen Ehebrecher, die in ihren Kindern Krebs erzeugen. Die Tage hier hinterlassen auch Spuren auf den Gegenständen: seine Sonnenbrille, zum Beispiel, hat sich in ein Arbeitsmittel verwandelt. Den Blick in die Ferne auf die grauen Berge gerichtet, hört er hinter sich die Schritte von Simón, der sich mit untröstlich verschränkten Armen nähert. Er ist etwas erkältet und hat den Kragen seines Pullovers wie einen Schal hochgezogen. Jetzt wird es ernst, sagt er. Hallo, Simón. Er nimmt die Brille ab und reibt sich erschöpft die Augen, dann lächelt er den Traktorfahrer mitfühlend an und betrachtet mit brüderlicher Zuneigung die traurigen Falten um die gequälten, hellen Augen seines Freundes, sein langes und resigniertes Gesicht, den aufrichtigen Blick eines alten Windhundes.

»Na, was hältst du von dem Ganzen?« fragt Simón.

»Setz dich. Nichts. Laß uns eine rauchen. Los, nimm dir eine.«

»Danke. Weißt du, was mir daran nicht gefällt?«

»Was denn?«

»Daß sie so reden, so grob, na ja, so schlecht. Man hatte mir schon gesagt, daß sie kein Blatt vor den Mund nehmen.«

»Ja, das ist abscheulich. Aus ihrem Mund hört sich das abscheulich an.«

Simón bricht den Weidenzweig ab, der über seinem Kopf hängt, und seine breiten, knochigen Hände fangen an, ganz behutsam, die Blätter abzuzupfen.

»Weißt du«, beginnt er niedergeschlagen, »unsereiner weiß nie, was zum Teufel er in diesem Leben machen soll, ich lebe allein und will kein Theater, aber sieh mal, du weißt ja, es kommt, wie's kommt, und man muß es auch so nehmen, weißt du, es gibt da 'ne Frau, na ja, eine Freundin, sie ist verheiratet mit einem Viehhirten, einem brutalen Kerl, der sie halbtot schlägt, sie ist eine anständige Frau, die Ärmste ... Aber manchmal denke ich, wenn wir uns treffen, wir treffen uns nämlich jetzt in einem Heuschober in der Nähe, wo ich arbeite, manchmal denke ich also nach, und ich weiß nicht, was ich tun soll ... Sie sagt auch, das wär kein Leben, die Priester haben recht, und ich glaube, ich hab mich deswegen entschlossen, hierherzukommen, verstehst du? Vielleicht können die mir ja helfen, ich weiß nicht, wir haben doch alle Probleme ... Ich weiß ja, das sind alles Arschlöcher, und das Ganze hier ist Schwachsinn, aber manchmal, schau mal, im Grund haben sie recht, manchmal ist unsereiner nicht glücklich, weil dieses Durcheinander einen am Ende nicht glücklich macht, ich weiß nicht, wie ich mich ausdrücken soll, du verstehst schon ...«

Simón blickt forschend in die dunklen Gläser, die die Augen seines Freundes verbergen, der ihn starr und ausdruckslos ansieht und dann den Kopf senkt. Simón fährt fort:

»Verstehst du, was ich dir erklären will? Ich weiß sehr gut, daß ich mein Leben ändern müßte, aber sie ist das einzige, was ich habe, genau besehen, ich hab sonst niemand, María heißt sie, und sie ist keine Schlampe, keine von denen, das darfst du nicht glauben, ich weiß nicht, ob du mich verstehst, unsereiner weiß ja nicht, wie er rumkommen soll ...«

Schweigend, den Kopf gesenkt, nickt er mehrmals mürrisch und nachdenklich, bleibt lange Zeit stumm, nimmt Simón dann den Zweig aus der Hand und fragt ihn, ohne ihn anzusehen, ob er sie liebe, seine María. Ja, er wisse nicht, er glaube schon, sie sähen sich heimlich, ohne daß die Leute aus dem Dorf davon wüßten, und wenn er es sich recht überlege, gebe es nur das in seinem Leben, diese Frau, aber wenn sie ihr ganzes Leben lang elende Sünder seien, wie sie hier sagen ... Sieh zu, daß die sich nicht in deine Angelegenheiten mischen, rät er ihm kurz und knapp. Ich? Ach was, da kennst du mich aber schlecht ... Und dann schweigen beide eine Zeitlang, Simón raucht gewissenhaft seine Kippe zu Ende. Seine alte Hundestirn mit den tiefen Falten, die in der Mitte zusammenlaufen und wo jedes Blinzeln zu einer kleinen Katastrophe führt, zu einer chaotisch traurigen Welt, verdüstert sich noch mehr, als er ihm auf die Schulter klopft und sagt:

»Gehn wir, du hast ja den Pfaffen gehört. Und zerbrich dir nicht den Kopf, das sind alles Scheißkerle, die nur ihre eigenen Interessen verfolgen.«

»Glaubst du, das ist alles nur Täuschung?«

»Die schreien zu laut.«

»Schon mehr als dreißig haben gebeichtet. Und morgen der Rest, wirst schon sehn. Was wirst du machen?«

»Nichts.«

Der Traktorfahrer betrachtet den nebligen Horizont und zwinkert vergnügt.

»Ich auch nicht.«

Hinter ihnen erscheint der Lehrer Guillot; er lächelt und ist überraschend gut erholt nach seiner erschöpfenden Vorstellung, offensichtlich kommt er mit Erlöserabsichten. Er schlägt vor, zusammen ein paar Schritte zu gehen, aber Simón entwischt heimlich (Guillot tut nichts, um ihn zurückzuhalten), während er ruhig seine Sonnenbrille auf der Nase zurechtrückt, um sie wieder zu einem Arbeitsinstrument zu machen, zu einem Schutzhelm.

»Na, ein wenig frische Luft schnappen?« beginnt der Lehrer und legt ihm den Arm um die Schultern. »Du bist doch gläubig, nicht wahr?«

»Irgendwie schon, Señor«, und er kann ein Gefühl des Ekels nicht unterdrücken, als er den Arm spürt: maßlos barceloniadierend, auf dem RIP des Grabes seines eigenen Vaters in Vollmondnächten, wie brutal. Sind die hier alle verrückt? Montse hat ihm einmal gesagt, daß der Glaube etwas für Verrückte sei, etwa so wie das mit Don Quijote, und jetzt dringt der Experte für Barceloniaden mit seiner schleimigen Stimme in ihn, er habe ihn beobachtet und ihm gefalle es, wie aufmerksam er den Vorträgen folge, aber warum er noch nicht gebeichtet habe? Na schön, er wisse, wie ihm zumute sei, was ihn daran hindere, glücklich zu sein wie all die anderen: ach, die Weiber von Barcelona sind sehr verführerisch, Junge! Und der Lehrer empfiehlt einen einfachen Akt der Demut vor dem Allerheiligsten, ganz allein, ohne Zeugen, soll er sich nur auf die Knie fallen lassen und sagen: Hilf mir, o Herr! Natürlich, fügt er hinzu, bist du nicht so wie jener arme Teufel, jener ungebildete Bauer, der immer mit seinem Lippenstift herumläuft und sich nachts damit vollschmiert (einen schönen Schrecken haben die Nonnen beim Bettenmachen gekriegt, sie haben geglaubt, es wäre Blut!), und der im Schein seiner Taschenlampe onaniert, er behaupte, der Lippenstift mache die Hände so geschmeidig, dieser Tölpel, schließlich sei er erwischt worden, einer seiner Zimmergenossen, der Angestellte aus Igualada, habe es Hochwürden mitgeteilt, um zu verhindern, daß das schlechte Beispiel Schule mache. Nein, er sei nicht so wie dieser arme Irre, er habe Köpfchen, und darum könne er auch in der Kapelle bitten »O Herr, hilf mir, klar zu erkennen«, das genüge. Ein Beweis der Demut. Nicht wahr? Also, wenigstens im Augenblick, schließlich, der feste Vorsatz, nicht mehr an sie zu denken, alle Frauen seien schließlich Schlampen.

»Señor, warum haben Sie eine so große Abneigung gegen die Frauen?«

Ha! Wir kennen uns doch, Mann! Du bist mir der Richtige! ruft der Lehrer und fügt hinzu, in gewisser Weise sei das normal, ein so attraktiver Junge wie er ... Auch ich war ein Windhund, so ein Wüstling wie du, erklärt er mit verschleiertem Glanz in den Wolfsaugen.

Da plötzlich – während er stehenbleibt, um zu den Bergen zu blicken, die in der Ferne die Ebene von Vic begrenzen – erklingt die eisige, unpersönliche und furchtbar müde Stimme des Murcianers: »Ich hab kein Geld für Barceloniaden, und ich ficke auch nie auf Friedhöfen, ich glaube, ich könnte gar nicht kommen, und außerdem weiß ich nicht, wo mein Vater begraben liegt, ich weiß nicht mal, wer mein Vater ist.«

Er bückt sich, um einen Grashalm auszurupfen und damit die Unterhaltung abzubrechen, und dann entfernt er sich langsam, die Hände in den Hosentaschen. Und er denkt noch, daß er hätte hinzufügen können: Hab nicht mal einen Sohn mit Krebs, also gar nichts.

Dennoch ist das Startsignal nun gegeben, die Errettungskampagne hat begonnen: einer nach dem andern, Lehrer, Priester und bestimmte übereifrige Kursteilnehmer, bestürmen ihn von diesem Augenblick an, raten ihm zu einem Akt der Demut in der Kapelle als erstem und unerläßlichem Schritt auf dem Wege zu dem so schwer zu erlangenden Glück. Sie bedrängen ihn auf den Fluren, im Speisesaal, im Schlafraum, während der Pausen, sogar auf der Toilette, wo er Bäche von schlechter Laune auspinkelt: Wirf dich vor dem Allerheiligsten nieder, allein, und bitte darum, daß sich dir das, was in dir ist, offenbaren möge. Sie fassen ihn am Arm und ziehen ihn am Ärmel, er wird geschüttelt, gestoßen, geschleift beinahe, aber vergeblich. Seine Situation fängt an, hoffnungslos zu werden, als er von Simón auf der Treppe erfährt, daß sich noch ein anderer in derselben oder in einer noch schlimmeren Lage befindet: der Student aus Barcelona, der in diesem Moment von Hochwürden Albiol hinter der Kapelle bestürmt werde und der ihn geschickt habe, um ihn zu fragen, ob er sich mit ihm verbünden, sich zu einer Art Volksfront zusammenschließen wolle, wie er es nenne.

»Der ist genauso verrückt wie alle andern«, erwidert der Murcianer. »Weißt du was, Simón? Jeder trage sein eigenes Kreuz, und hier in diesem Haufen: jeder kneife den Arsch zusammen, wenn er dran ist.«

Abgesehen von den Teilnehmern, die bereits zur Kommunion gegangen sind und einen missionarischen Eifer an den Tag legen (zäher und gefährlicher noch als die Lehrer), halten die anderen Abstand, sie sind wachsam und, man könnte meinen, ängstlich: Auch wenn sie nicht darüber sprechen, geistern ständig die Hartnäckigkeit, die Verderbtheit, die Widerspenstigkeit der beiden durch Barceloniaden offensichtlich verkommenen jungen Männer aus Barcelona in ihren Köpfen herum. Andererseits wuchern die Gerüchte: es wird erzählt, daß die Lehrer nach dem Abendessen, wenn alle schon in ihren

Betten liegen, durch den Geheimgang in die Kapelle hinuntersteigen und die ganze Nacht hindurch Fürbitten sprechen und für ihn und den Studenten beten, stundenlang, auf rohen Kichererbsen kniend, die Arme ausgebreitet, und es wird sogar behauptet, daß sie sich gegenseitig mit Gürteln geißeln. Wann schlafen die denn? fragen sie sich verwundert. Er kann wieder einmal ein Ekelgefühl nicht unterdrücken, hat einen schalen Geschmack im Mund. Mit der Zeit wird alles immer aggressiver, verworrener, gerät aus den Fugen: die Vorträge werden immer kreischender, hysterischer und beleidigender und die öffentlichen Bekenntnisse immer unflätiger und schäbiger, die *mea culpa* immer selbstgefälliger und dünkelhafter, die Lobgesänge ohrenbetäubender und kriegerischer, eiliger und dringlicher die Besuche des Allerheiligsten, das Gerenne durch den Geheimgang, in Scharen rennen sie sich um, fallen hin. Bei den Mahlzeiten zeigen alle einen gewissen Hang zum Unanständigen, lachen lauthals mit vollem Mund, kauen mit vollen Backen, die Witze sind dreckig und entwürdigend, die Heiterkeit bloße Darmentleerung, Unrat ... Aber, nun gut, warum sich wundern? wird er denken. Wenn in der angespannten, schaurigen Atmosphäre des Vortragssaals alle in entwürdigender und widerlicher Weise auf den Weg ins himmlische Jenseits gebracht werden, wie können sie dann anders sein als würdelos und widerlich? Und wenn sie würdelos und widerlich sind, wie können sie sich dann anders verhalten als würdelos und widerlich? Ergo: Unrat. Es wird nicht einmal mehr gern gesehen, daß jemand allein in den Pausen spazierengeht: still, wie vom Regen verfaulte Pfähle, stehen die Kursteilnehmer in der Sonne, sehen sich an, wissen nicht, was sie tun, welchen Weg sie einschlagen sollen, drehen sich auf den Absätzen wie Betrunkene oder wie kraftlose Kreisel, tauschen dümmlich grinsende Blicke aus, mit denen sie sagen wollen: Du auch?, Ich auch, und dann bleiben sie mit dem Rücken zueinander stehen und wissen nicht mehr, was sie sagen sollen.

In dieser Nacht in der Kapelle weitere öffentliche Beichten, kniend, dicht aneinandergedrängt, die Gesichter zum Altar gereckt, im knisternden Licht einer Kerze, die heruntergebrannt ist und die Nelke in der Vase daneben erfaßt hat. Ein Gewirr von Stimmen im Halbdunkel: alle zusammen bilden eine neurotische Orgel mit tausend stöhnenden und stammelnden Registern, Stimmen, die zu Kranken oder Auferstandenen zu gehören scheinen, heisere, dünne, pfeifende, flehende, asthmatische, schüchterne Stimmen, kreischende, ergriffene, weinerliche, erstickte, untröstliche Stimmen, ein unharmonisches, wenig erhebendes Konzert, guttural und nicht mehr menschlich, etwas Dumpfes zwischen Brüllen und Blöken. Bis Hochwürden Albiol mit einer Geste Einhalt gebietet, den Arm in die Höhe gereckt, und anregt, sie sollten sich jetzt der Reihe nach selbst bezichtigen, einer nach dem andern. Langes Schweigen, schließlich meldet sich stotternd eine weinerliche Stimme, bahnt sich mühevoll von ganz weit hinten den Weg, eine Stimme, die die Zunge noch nicht zu bändigen vermag, es hört sich an wie eine schmerzhafte Geburt in irgendeinem Winkel der Kapelle: der alte Geschäftsmann, jener beflissene kleine Mann mit dem Seidenhalstuch, der hierhergekommen zu sein scheint, um eine Badekur zu machen; man versteht nicht, was er sagt, doch dann, zwischen Schluckauf und Gestammel und Schlägen an die Brust, entsteht in der stillen und dumpf widerhallenden Kapelle eine verworrene Geschichte von zehn Kindern und einem mit viel Mühe und Schweiß aufgebauten Kolonialwarengeschäft, dann einem Schuhgeschäft in Vic, von seiner heiligen und reinen Liebe zur Ehefrau, sie ruhe in Frieden, und zu den zehn Kindern, und verzweifelt weinend schwört nun der Alte bei seiner Mutter, Gott habe sie selig, wie sehr er seine Kinder geliebt und sich für sie aufgeopfert habe, um sie zu ernähren und zu erziehen, sogar gestohlen habe er, jawohl, gestohlen!, und welchen Lohn habe er nach all den Jahren bekommen? Das Schluchzen erstickt seine Stimme, man versteht ihn nicht, der arme Alte zerreißt einem das Herz, alle haben geheiratet und ihm alles genommen, sie haben ihn gehaßt und ihn verlassen, sie lieben ihn nicht, diese Undankbaren, diese Verschwender, allein ist er im Alter wie ein Hund! Ihm zuzuhören, bricht einem das Herz, genug, man soll ihn zum Schweigen bringen, wie einen räudigen Hund haben die Kinder ihn verlassen nach so vielen Opfern, die er für sie gebracht hat, sie haben den Respekt vor ihm verloren, nicht einmal sehen wollen sie ihn, wie einen Hund! Genug, bitte, Hochwürden, er soll aufhören, oh, Hochwürden, ihr jungen Lehrer, wie einen räudigen Hund, ohne einen Winkel, wo er sich zum Sterben niederlegen, ohne einen Stuhl, auf den er sich setzen könne, wie ein Hund, diese undankbaren Kinder ...! Genug, Großvater, beruhigen Sie sich, so ist das Leben.

Wieder unterbricht Hochwürden Albiol, aber es ist schon zu spät. Die sonderbare Selbstkritik des Alten bewirkt das Gegenteil von dem, was man erwartet hat: die Katharsis ist durch die Schuld anderer erfolgt! Nur die eigenen Sünden soll man öffentlich von sich geben, Großvater, nicht die fremden, das eigene Elend, nicht das fremde, nicht die Schläge, die andere uns versetzen. Der Alte ist verwirrt, er wimmert wie ein kleines Tier. Wie gemein ist das Leben, wie niederträchtig und heimtückisch! Wie es sich darin gefällt, das Wasser des reinsten Gefühls zu trüben, sogar das der Reue! Unglücklicher Alter, versunken in Scham und Benommenheit (er versteht immer noch nicht, warum man ihn zum Schweigen gebracht hat), er schien so glücklich und aufgeräumt bei der Ankunft! Wer sich selbst erniedrigt, wird erhöht werden, wer sich selbst erhöhniedrigt, wird erniehöht. Oder war es umgekehrt? Was für ein Durcheinander, das mit dem Heiligen Geist, was für ein Mischmasch, Montse, das Leben ist an allem schuld, das bloße Leben, diese alte Hure. Und nun, wer schafft hier jetzt Ordnung? Bestürzt und ohnmächtig stehen sie um den schluchzenden Alten herum, und weder die Lehrer, die Experten für Gut und Böse, noch der Doktor der Theologie wagen etwas zu sagen, sie sind sprachlos: das Leben, die intrigante Schlampe, hat sie, wieder einmal, geschafft.

Im Bett wagt heute lediglich der Lkw-Fahrer ein paar alte und herzlich abgestandene Witze zu erzählen. Aber noch damit löst er bei dem Bankangestellten, der inzwischen gebeichtet hat, einen hysterischen Anfall aus, und beinahe weinend bittet er um etwas Respekt und Benehmen, mit einer so pathetischen und verzweifelten Stimme, daß der Lkw-Fahrer auf unerklärliche Weise am Boden zerstört und eine ganze Weile still ist.

Mit einer behutsamen und sehr umsichtigen Geste nimmt er seine Sonnenbrille ab und legt sich ins Bett, die Zigarette im Mund, die Augen an die Decke gerichtet. Das Zimmer stinkt nach Schweißfüßen, der Bauer wäscht sich nie. Der Rothaarige liegt jetzt ganz still in seinem Bett, das Laken bis ans Kinn gezogen, das Gesicht zur Wand gedreht, auf die seine schwielige und plumpe Hand mit dem Zeigefinger unsichtbare Linien zeichnet, ergriffen von einer erschütternden Gefängnismelancholie. Man merkt, daß man ihm ordentlich den Marsch geblasen hat, bestimmt hat er jetzt keine Lust mehr, sich einen runterzuholen ... Den ganzen Tag über hat man ihn kaum zu Gesicht bekommen, einer der Lehrer hat sich ausschließlich mit ihm beschäftigt, und Hochwürden Garriga hat ihm die Beichte abgenommen und das Abendmahl gereicht. Bereit für den Urteilsspruch! ruft der Lkw-Fahrer, doch er kehrt ihnen weiterhin den Rücken zu und antwortet nicht. Armer Kerl, er war glücklich auf seine Art, tat niemandem was Böses. Liegt da, als ließe man ihn zur Strafe in der Ecke stehen, mit dem Gesicht zur Wand. Sein verschüchterter Blick sucht, als er sich jetzt umdreht, etwas von der früheren, ausgelassenen Kameradschaft der ersten Nacht, und seine Hand tastet nach dem Stuhl, auf den er seine Wäsche gelegt hat: Er sucht nach der Taschenlampe oder dem Lippenstift, der auf dem Boden liegt und Gefahr läuft, zertreten zu werden von dem Angestellten, der in einem frischen Pyjama zum Lichtschalter geht.

Später fängt der Lkw-Fahrer wieder an, auf seinem Sohn herumzuhacken, ein Trottel sei der, ein Waschlappen, aus dem werde nie was im Leben, warum er wohl öffentlich gebeichtet habe? Er verstehe ihn nicht, pah! »Der kriegt bestimmt keinen hoch!« ruft der Bauer, vorübergehend wieder zu sich gekommen, und sofort richtet sich der Bankangestellte sehr würdevoll in seinem Bett auf und schreit: »Du Schwachmatikus!« Im gespenstischen Mondlicht, das durch die Luke dringt, fügt er dann noch hinzu: »Bitte, hört auf mit den lästerlichen Reden, habt etwas mehr Achtung vor dem Glauben anderer!« Der Bauer murmelt etwas Unverständliches, dann ein langgezogener, fast animalischer Laut (»Ich krieg 'n Steiiiiiiifen!«), und schließlich zieht er, der endlich schlafen möchte, sich am geöffneten Fenster hoch und brüllt: »Ihr verdammten Arschlöcher, schlaft endlich!«, und alle sind still und schlafen ein – oder versuchen es zumindest.

Dritter Tag

Der außerordentliche Fall des Señorito oder Das Telefon

Fünf weitere Teilnehmer gehen während der Messe zur Kommunion, steif, mit verschränkten Armen und niedergeschlagenen Augen, als hätte man sie vereidigt. Er ist draußen geblieben in der Sonne, hat die Brille vorübergehend hochgeschoben, und die jetzt ungeschützten Augen wandern über die weiten Felder in dieser Stunde, der angenehmsten des Tages. Wunderschön ist der frühe Morgen auf der von Bergen umgebenen Ebene von Vic, und er empfindet die Feierlichkeiten in der Kapelle, die Morgengebete und -gesänge, die hier draußen zu hören sind, als gar nicht so schlimm. »Apostel zu sein oder vielleicht Märtyrer...«, ja, vielleicht, es scheint, als seien die Stimmen feiner geworden, gemildert, in gewisser Weise weiblicher.

Heute kommt Simón, der Traktorfahrer, nicht zu ihm heraus, und zum ersten Mal empfindet er ein Gefühl der Einsamkeit. Als die Messe zu Ende ist, tritt der Lkw-Fahrer aus der Kapelle, Arm in Arm mit seinem Sohn: der Alte hört sehr aufmerksam zu, den Blick zu Boden gesenkt, gebeugt, wie benommen, er kratzt sich am Nacken. Die anderen folgen, aber Simón ist nicht unter ihnen. Zusammengedrängt, nun völlig zahm und harmonisch, schleppt sich der Tausendfüßler still und richtungslos durch die Sonne, bewegt sich in verschiedene Richtungen, kommt jedoch in keiner voran: eine formlose, zuckende Masse, geblendet vom Tageslicht. Schließlich gelangen alle zusammen zu der weißen Wand des

Bauernhauses, auf die die Sonne knallt, in Reih und Glied stellen sie sich dort wie vor Kälte erstarrte alte Leute auf, die Köpfe gesenkt, voller Erinnerungen: sie haben ihren Seelenfrieden erlangt.

Plötzlich wird es lebhaft in einer kleinen Gruppe, Füße schlurfen über den Boden: Kindlich erschrecktes Staunen in dem großen Gesicht und gebeugt wie eine Eiche, die, eingehüllt in eine Staubwolke, zu Boden fällt, schleicht der Lkw-Fahrer durch die *Colores*-Jünger, die ihm Platz machen, zurück zur Kapelle. Sein Sohn begleitet ihn. Dann kommt Simón in freundschaftlichem Gespräch mit dem Lehrer Rosell heraus, bedächtig eine Zigarette drehend, seine breite Hose macht krrk, krrk, das Gesicht erstaunt und sanft wie das einer romanischen Schnitzfigur, auch er bereits gezeichnet: anscheinend hat er sich von seiner armseligen, heuduftenden Scheunenliebe verabschiedet.

So geht dieser Kurs also zu Ende: der letzte Tag, am Abend die feierliche Schlußveranstaltung in Anwesenheit von Gästen, Angehörigen und Freunden, die die Ihren abholen werden. Von diesem Augenblick an wird ständig ein Priester im Beichtstuhl sitzen, auch während des Mittagessens, um die dringenden geistigen Bedürfnisse derer zu befriedigen, die bisher noch nicht ihren Frieden mit sich selbst gemacht haben. »Vielleicht durch unsere Schuld«, erklärt Hochwürden Albiol, »weil wir nicht demütig genug sind, verharren zwei von uns noch in der Finsternis.« Der Sturmangriff läßt nicht lange auf sich warten, und vom Mittagessen bis zur Veranstaltung am Abend – von zwei bis zehn Uhr – sehen sich die beiden abtrünnigen Brüder einem sanften Ansturm gegenüber, verfolgt von himmlischen Violinen in ihrer dunklen Barcelonenser Nacht: in strenger Reihenfolge, lächelnd und aufgeräumt, plötzlich auftauchend mit Bewegungen, die etwas von einer ferngesteuerten Maschinerie an sich haben, machen die *Colores*-Jünger ihre ersten apostolischen Schritte, ohne sich jemals geschlagen zu geben; taub, monologisierend und unbeugsam wie ein Monolith täuschen sie zufällige Begegnungen vor und folgen ihm überallhin, suchen das fröhliche, hinterhältig forschende Gespräch. Ermüdung und Niedergeschlagenheit bemächtigen sich seiner, sein Wille wird schwächer. Der Bankangestellte aus seinem Schlafraum nähert sich ihm verschwörerisch auf der Toilette, um wieder einmal mit ihm über Frauen zu reden, wie sie einen herabzögen, er solidarisiert sich im vorhinein mit seinem offensichtlichen inneren Kampf, sie abzuweisen und zu vergessen (»Sie sind hübsch, einverstanden, das müssen wir ja zugeben, unter uns gesagt, aber…«), jenem schrecklichen inneren Kampf, der auch ihn selbst davon abgehalten habe, gleich am ersten Tag zu beichten, aus Stolz und aus Trotz. Hau ab, Mann, laß mich in Ruhe, sagt er zu ihm, während er sich bedächtig die Hände wäscht; doch als er sieht, daß der andere sich nicht von der Stelle rührt, daß er stehenbleibt und ihn mit seinem faltigen, niedergeschlagenen Gesicht anlächelt, immer noch hoffend (Tu mir den Gefallen, sagen seine trüben Katechetenaugen), fügt er hinzu: »Du nimmst an, du Milchgesicht, du Armleuchter, daß ich nicht beichten will, weil ich mir ständig einen runterhole. So wie du dir einen runterholst. Stimmt's? Ihr seid alle gleich: Hosenscheißer. Raus, verschwinde!«

Wer ihn aber am meisten deprimiert und traurig macht, ist der alte Geschäftsmann, der ebenfalls zu ihm kommt, um ihm wie insgeheim zu sagen, daß er die ganze Nacht zusammen mit den Lehrern in der Kapelle mit ausgebreiteten Armen gekniet und Fürbitten gesprochen habe, damit ihm doch der Wunsch kommen möge, zu beichten und sein Leben zu ändern. Großvater, sagt er, halb dankbar, für Sie ist solcher Kram doch nichts mehr!

Am Nachmittag flüchtet er sich zum Bauernhof-Kiosk zu einem Bier, als er hört, wie hinter dem Haus ein Auto hält. Als er kurz darauf den Vortragssaal betritt (am Rednerpult schwafelt gerade ein Lehrer), sieht er ihn: ein schwarzgekleideter junger Mann, schlank, hübsch und elegant anzusehen, sitzt er sehr ernst in einer Ecke neben Hochwürden Albiol. Auch die anderen Kursteilnehmer mustern den Neuankömmling, fragen sich, wer er ist und was er hier zu suchen hat. Es sitzen noch zwei weitere Unbekannte im Saal: ein bärtiger und wachsamer Mönch, alterslos, mit einem prächtigen weißen Haupt wie ein abenteuerlicher Missionar, und ein dicker, vornehm aussehender Herr. Er setzt sich in die Nähe des Fensters neben Simón, doch bald geht er wieder hinaus – ein Schwindelgefühl, Hochwürden, entschuldigen Sie –, die Augen immer noch hinter der Sonnenbrille verborgen. Er merkt, daß alle ihn ansehen, es sind Augenblicke der Spannung, lauernd beobachten sie seine geringsten Bewegungen, wann wird er umfallen? Unter all den Blicken spürt er den des jungen Unbekannten auf sich ruhen, schwarz und leidend, wie in Trauer, erlöserhaft (ein helfender Blick jedoch, in gewisser Weise).

Vom Fuße der Treppe aus sieht er in der Eingangshalle einen verschwommenen schwarzen Fleck (eine Nonne?), der durch eine hintere Tür, sicher die zur Küche, hinaushuscht. Draußen zündet er sich eine Zigarette an und legt sich ins Gras. Das Gebrüll des Redners hallt schaurig, dann vernimmt er lautlose Schritte, ein schwerfälliges Rascheln von Seide. Er blickt auf: eine Soutane, und darüber das gelehrte Antlitz von Hochwürden Albiol, der ihm zulächelt und ihn bittet, sich einen Ruck zu geben, er solle doch nicht so dumm sein und sich dem Ruf des Allerheiligsten verschließen. »Setzen Sie sich, Hochwürden, hier läßt es sich aushalten.« Der milde, gütige Gärtner toter Gärten des Geistes dringt weiter in ihn: Jegliche Mühe hat ihren Lohn, und Morgenstund hat Gold im Mund. Vergiß das nicht, mein Sohn. Ich vergesse das nicht, Padre, aber was Sie da sagen, ist nicht wahr. Rauchen Sie? Hochwürden Albiol faßt ihn am Arm, zieht ihn hoch, sie stehen sich jetzt gegenüber. Los, komm mit mir, zum Donnerwetter! Und er: Nein, Hochwürden, lassen Sie mich los, hören Sie auf, mir auf den Wecker zu gehen.

Vom Fenster des Vortragssaals aus beobachtet sie Simón: sie streiten sich in einem lautlosen Tanz unter der Sonne, zwei groteske Gestalten auf dem Weg zur Kapelle, das seltsame Bild erheitert ihn, und er muß lächeln angesichts der inkongruenten Symmetrie: er, sich wehrend, wird an seinem Ärmel gezogen, und der Geistliche wie eine schwarze, schwingende Glocke in der Sonne; ein Paar im Schmerz, ineinander verkeilt. Nichts jedoch wird gelöst, und zusammen gehen sie in den Vortragssaal zurück.

»Vor einigen Jahren schon hat Zubiri uns gesagt: Fundament oder Wurzel der Christologie, was uns zur Zeit fasziniert, ist die Tatsache, daß Gott bei seiner Menschwerdung dreifach wird, derart, daß die Dreieinigkeit eben der metaphysische Weg ist, identische Wesen Fleisch werden zu lassen, und das fasziniert uns mehr als die traditionelle theologische Methodologie, die auf der Wesenseinheit Gottes basiert und die Subsistenz der drei Existenzen Gottes, verschieden nur durch ihren Ursprungszusammenhang, in ihrer Essenz betrachtet. Im Lichte der Erkenntnis können wir alle, Akademiker oder nicht, die verwirrend unterschiedlichen Abgründe erblicken, auf die sich die Atheisten zuwälzen, den gegenwärtigen Babelismus!«

Der Lehrer, der so spricht, ist der junge Neuankömmling, und den Kursteilnehmern bleibt der Mund offenstehen. Die Ankündigung seines Vortrags hat hohe Erwartungen geweckt, denn es ist bekannt, daß er die »Verstärkung« für besondere Notfälle ist: ein bestens vorbereiteter Akademiker, Experte für Atheisten, der brillanteste Kopf von *Colores.* Auch wenn niemand offen darüber gesprochen hat, weiß man, daß seine Anwesenheit, sein Herbeieilen in allerletzter Minute einer ganz konkreten Anweisung gehorcht: Sein Redeschwall richtet sich ausschließlich an den atheistischen Studenten (der inmitten seiner Dekurie sitzt, den Bleistift auf den Notizblock gelegt, und aufmerksam zuhört), aber vielleicht auch an den Murcianer aus Barcelona, der gerade damit beschäftigt ist, sich die Fingernägel zu säubern. Der Sonderbeauftragte hat eine belegte, näselnde Stimme, die auf dem Höhepunkt der nebulösen Deistik (»Niemand mehr bezweifelt den Trinitätsgedanken in Hegels Synthese!«) in ein Falsett umschlägt und eine Musikalität erlangt, ein pathetischeres und überzeugenderes Register. Sein Äußeres spricht die Kursteilnehmer an, es liegt etwas Flammensprühendes, Ungestümes und Apostolisches in seiner gesamten Person, in seinen glühenden und feuchten Augen mit den dunkelvioletten Ringen darunter, die von edlen und bewunderungswürdigen inneren Kämpfen und Selbstkasteiungen zeugen. Seine schönen, gebräunten Hände bewegen sich leidenschaftlich, suggestiv, verstärkt und unterstützt von Zitaten: »... kausal den Prozeß der kosmischen Ordnung reflektieren, ja, einverstanden ...«, und er sieht den Studenten an, es scheint, als rede er ausschließlich für ihn, »aber weder die strikte Evolutionstheorie noch der Marxismus klären die abgründige Tiefe des Ursprungs, des Punktes *Alpha:* folglich werden sie kaum die Dialektik enthüllen können, die es erlaubt, den Punkt *Omega zu* erahnen noch das Gesetz der strikten Kontinuität, die Bedingung für jegliche logische Analyse.« Der Redner blickt in den Saal und studiert die Gesichter mit gewisser Sorge, vielleicht um herauszufinden, ob die Zuhörer von seinen Kollegen in ausreichendem Maße mürbe gemacht und in die Mangel genommen worden sind, »aber lassen wir nicht zu, daß eine Symbolik, so religiös sie auch sei, sich einschleicht in die höchsten Gipfel des Geistes, wo doch der Glaube, Leben und Doktrin zugleich, blühen und gedeihen soll, geben wir nicht der Versuchung nach, das Übernatürliche auf streng kausales Denken des endlichen Logos, ausgehend von naturgegebenen Daten oder ausschließlich rationalen Prinzipien, zu reduzieren. In der Sprache Eugenio d'Ors würde ich sagen, die *Pathetik* der Endlichkeit kann aus sich selbst heraus die *Poetik* der Verklärung nicht hervorbringen...«

Die Hand in der Luft schwebend, senkt er den Blick, er denkt nach, scheint den Faden verloren zu haben. Doch seine Jugend und seine Erlöserweisheit rufen Bewunderung und Neid hervor: an seinem Äußeren, der besonderen Beschaffenheit seiner Haut und seiner Beine – lang, gerade, höfisch-vornehm – läßt sich leicht der immense Saldo des Vaters ablesen. Und tatsächlich bevölkert sich seine Meisterlehrstunde mit beredten, liebenswürdigen Schatten der Familie, die emsig über Wohnzimmerteppiche wandeln, durch Büros und Gärten, oder auf Sofas liegen und in Chefsesseln sitzen: Brüder, gesteht er beschämt, ich war ein verda... Señorito, bevor ich zu *Colores* kam. Jetzt hat er das Kruzifix aus der Tasche geholt und es behutsam geküßt, er hält es aggressiv und sanft zugleich umklammert wie jemand, der zwei Stöcke zu einem Kreuz aufeinandergelegt hat. Und mit dem Kruzifix in der Hand, den Arm auf die bestürzten *Colores*-Jünger gerichtet, heftet er erneut den Blick auf den atheistischen Studenten und schleudert ihm eine Tirade, gespickt mit Namen von Doktrinären und Theoretikern, entgegen: Monsignore Olgiati, Don Columba Marmion, Pater Plus S. J., Monsignore Escrivá, Tanquerey, Lercher, Janigusalls, Chautard, Civardi, Coutois, Dale Carnegie, der heilige Thomas, der heilige Augustinus, die enzyklischen Schriften, Adam, Toht, Denzinger.

»Die berühmte paulinische Formel, die das Wort dem Geist gegenüberstellt, ist zur Zeit in Mode, aber...! (Der atheistische Student grinst ironisch.) Ach, das Wort tötet, Freunde! Fehlt die Religion, entgegen der Robinsonschen These über das Leben oder den Tod zu sprechen, klänge pharisäerhaft oder sarkastisch! Wir befinden uns mitten im Epizentrum des ideologischen Erdbebens, das die schwachen

Gehirne der heutigen Zeit mit solcher Intensität bewegt!« Und der junge Redner rühmt, siegessicher lächelnd, die Philosophie, um sie dann zu widerlegen; der lohnabhängige Christus im blauen Mechanikeroverall und mit Schraubenschlüssel verwandelt sich plötzlich in einen intelligenten und wißbegierigen Leser, der nach der Lektüre das Buch verächtlich zuklappt und es ins Feuer wirft, wo andere Bücher bereits haufenweise brennen.

»Soll Ortega doch kommen und uns seine Metaphysik des Lebens lehren, seinen Menschen in seiner Bedingtheit, soll Sartre kommen und uns etwas über den Menschen als vergebliches Leiden erzählen! Ich werde ihnen erwidern: *Colores!* Sollen sie alle kommen, jawohl, und von euch lernen!« fügt er sichtlich erzürnt hinzu, und vor den *Colores*-Jüngern marschieren weitere fremde Namen auf, weltweite Gipfel von Stolz und Hochmut, berühmte Atheisten, im Schmutz des Konkubinats und des Marxismus versunken. Und gerade weil es für die meisten unbekannte Namen sind, begreifen alle, daß sie dem Studenten ins Gesicht geschleudert werden, nicht ihnen. Das folgende jedoch ist für sie bestimmt, Achtung, aufgepaßt:

»Den Weg zur sozialen Gleichheit müßt ihr in Begriffe der charakteristischen christlichen Ideologie fassen: größerer Arbeitseifer, berufliche Bildung, Beharrlichkeit, Rechtschaffenheit und dazu ein Verhalten, das Vertrauen bei euren Vorgesetzten erweckt, das wird euch den Weg zu den materiellen Gütern und zu denen der Kultur eröffnen. Viele Arbeiter meines Vaters fragen mich: Señorito Fernando, was heißt *Marketing?* Und ich sage ihnen: Junge, du mußt dich bilden, es genügt nicht, anständig zu sein. Ja, wir müssen uns bilden, aber auf dem starken Felsen des Glaubens! Um mit Ignatius zu sprechen: Anfang und Fundament.«

Hübsch. Dennoch, worauf die *Colores*-Jünger warten, was alle ungeduldig innerlich herbeisehnen, ist die Selbstbezichtigung, die gewöhnlich aufwühlende Schilderung der früheren Sünden und der darauf folgenden, blitzartigen Bekehrung. Diesmal verspricht es ganz hervorragend zu werden: In Anbetracht der gesellschaftlichen Stellung des Redners, seiner Jugend und Attraktivität, ist anzunehmen, daß die Begebenheiten sich nicht in makabrer Umgebung abspielen und auch keine Kinder mit Krebs vorkommen würden; wenn man diesen imponierenden Kopf eines Apostels oder vielleicht Märtyrers betrachtet, diese vornehme Haltung, kann man sich mit Fug und Recht ein sommerliches Bild voller Licht und Farben vorstellen, Autos, ein reiches und unabhängiges Mädchen, vielleicht eine Jacht ... Und in der Tat: Fernando, der in *Colores*-Kreisen hochgeschätzte Lehrer, war, so wie ihr ihn hier seht, ein eitler, unerträglicher Señorito, ein verwöhntes Bürschlein, Kind wohlhabender Eltern, ein eingebildeter Fatzke, ein feiner Pinkel und Angeber, ein vom Glück verwöhnter Student mit Sportwagen, aus einer schrecklich reichen und vornehmen Familie, der ein vergnügliches, ausschweifendes Leben (Ha! Endlich!) führte auf Festen, Cocktailpartys und Bällen und der gründlich Marxismus und Existentialismus studierte. Und wie er gelebt hat! Wie er sich amüsiert hat mit den launischen, parfümierten, leichtsinnigen Señoritas der Oberschicht. Wie er sich mit ihnen erhoben hat über diese niederträchtige und entwürdigende nationale Monotonie, auf Reisen nach Paris und London (die verrückten Parisiaden und Londoniaden, welch ein Unterschied zu den Barceloniaden) und regelmäßigen Ausflügen nach Mallorca, Torremolinos, Sitges, Cadaqués und im Winter nach Cortina mit den Schönen der Nacht, vornehmen Damen, die mehr oder weniger von ihren Gatten getrennt lebten und ihn bei sich zu Hause im Salon empfingen, und, o Brüder!, in welch einer Atmosphäre von Toleranz und moderner Aufgeschlossenheit und Weltläufigkeit, in welch exquisiter, vornehmer Umgebung, sie in kurzen Röcken und weiten Ausschnitten oder offenherzigen Negligés, so als wäre das gar nichts, unter welch idealen Bedingungen und in welchen Dekors er mit ihnen das riesige, runde Bett teilte! Dieser Arsch der Welt, an dem wir leben, unsere Halbinsel, für die *Colores*-Jünger reduziert sie sich plötzlich auf die duftende Sphäre zwischen Bett und Badezimmer, auf Plüschteppiche, und mittendrin Fernando, immer der Liebling, der Begehrte.

»Auch wenn ich es nicht gerne sage, aber wir sind ja unter Männern, wir kennen uns, lassen wir die Maske doch endlich fallen, und seien wir nicht so überheblich: Wir haben keine einzige Schlacht der Jugend gewonnen, die Schlachten der Jugend und der Liebe werden nicht mit der Feder ausgefochten, der Dichter möge mir verzeihen ...«

Unersetzbar in Milieus unheilbarer und berauschender Bewußtlosigkeit: Debütantinnenbälle, Wohltätigkeits- und Maskenbälle, stets mit liederlichen Freunden, Besäufnisse, Striptease, Reisen in die nordischen Länder, Erfahrungen, Kultur- und Gefühlsaustausch. Die Schwedinnen, die legendären Schwedinnen! Was soll ich euch von ihnen erzählen? All das jedoch scheint noch keine Sünde zu sein, grübeln die *Colores*-Jünger, so wunderschön es der hübsche Señorito auch erzählt; und das Gespenst einer Jugend, die fröhlicher und zügelloser und vielversprechender hätte sein können, taucht sekundenlang vor den Dekurien auf und läßt sie versinken in ihrer iberischen Trostlosigkeit, in der weltlichen Frustration unschuldiger, düster dreinblickender und kurzhalsiger Sklaven. Ach, die Sünden der Reichen, wie verschieden sind sie doch von unseren, welch ein Unterschied, welch eine Entfaltung von Farben und Gerüchen, welch eine für uns unerreichbare Fülle von Vergnügungen! Sie scheinen von einem anderen Stern zu sein, die Vorwegnahme eines zukünftigen Lebens, so weit weg! In jener Zeit schläft Fernando nicht, er studiert nicht, fühlt sich weder dem Vaterland noch Gott, noch der Familie verantwortlich, alles für die fleischlichen Genüsse. Das

Fleisch, Freunde, Abgott unseres Jahrhunderts, das Fleisch, die heutzutage geringgeschätzte päpstliche Sorge. Der Redner hat eine Geliebte (jetzt, jetzt!), eine Señorita aus gutem Hause, eine progressive Studentin, modern, lebhaft, sportlich und vor einiger Zeit schon auf eigene Initiative hin und aus eigener Überzeugung entjungfert, und also ist Fernando glücklich; doch auf einmal merkt er, daß ihm etwas fehlt, er spürt so etwas wie ein unstillbares Verlangen. Was ist es, jenes Verlangen? Eines Tages fällt ihm ein Buch von einem gewissen Monsignore Fulton Sheen in die Hände, und in seinem Innern zerbricht etwas. Aber was ist das, was da zerbricht? In der Fabrik seines Vaters erzählt ihm ein Angestellter von diesen Kursen, und da entschließt er sich, daran teilzunehmen, mehr aus Neugier als sonst etwas, aus rationalistischer, intellektueller Neugier, wie es bei mehr als einem (flüchtiger Blick zu dem atheistischen Studenten) von den hier Anwesenden der Fall ist. Wie auch immer, er kommt zu *Colores*, und sein Leben macht plötzlich eine Kehrtwendung, ändert vollkommen die Richtung ... und es kommt der denkwürdige Tag mit dem Telefon.

Der Redner lockert den Knoten seiner Krawatte. Man kann eine Stecknadel fallen hören: gleich beginnt die Selbstbezichtigung. Der erhoffte Kern (diesmal luxuriös, gebildet, weltläufig) der Schilderung des Phönix, der Himmelfahrt aus dem Abgrund, materialisiert sich in einem Telefon am Fuße eines Bettes, auf einem Teppich, ein Telefon, das die Kursteilnehmer, inzwischen sehr erregt, sich weiß und mit einer ellenlangen Schnur vorstellen, der Verbindung zur Welt der Reichen mit ihren aufregenden Reicheleutesünden. An jenem Tag also, als der feste Vorsatz gefaßt ist, endgültig mit den liederlichen Freunden und mit seiner jungen Geliebten zu brechen (da steht er nun mit seinem Luxusabenteuer: der reinrassige Señorito verdrängt den denkenden Gelehrten!), schließt sich Fernando in seinem Schlafzimmer ein, um zu lernen; er liegt auf dem Bett, das Telefon in Reichweite, und will sich der schrecklichen Prüfung unterwerfen: Um neun Uhr abends – es fehlen noch wenige Minuten – wird das Telefon läuten, und er wird die süße Stimme des Mädchens hören, sie sei allein zu Hause, erwarte ihn und brauche ihn, ganz unpathetisch, sie wird es modern sagen, sportlich und progressiv, jedoch auch verliebt und unschuldig, und die Schuld liegt nicht nur bei ihr, sondern auch beim Jahrhundert, bei der Jugend von heute, marxismusgetauft, wie es ein Experte für jugendliche Kremlinologie so treffend ausgedrückt hat. Allein, die Sache ist die, daß der Redner mit ihr brechen will und muß und den Telefonhörer nicht abnehmen wird, auf daß die Welt untergehe, und schon ringt er mit sich selbst, vom Zweifel gequält, dies verfluchte Fleisch (er schlägt sich mit dem Kruzifix auf die Brust), diese verfluchte Begierde, die wie ein Stachel ist, wie der ständige Biß einer Schlange (jener aus dem Paradies, Brüder), die unseren schwachen Willen an sich reißt und ihn ins Leere schleudert, ins Nichts (denn was, wenn nicht das Nichts, den Ekel und den Tod, bietet diese Sartresche Lende? Plötzlich hat er die Augen starr auf den atheistischen Studenten gerichtet), also, vergiß sie und versuche zu studieren, Fernando, sagte ich mir. Doch der Text verschwimmt vor den Augen, und er raucht wie ein Verrückter, die unheilvolle Stunde rückt näher, die jene Stimme aus dem verlorenen Paradies herantragen wird, was kann man da tun, Freunde? Werden wir stark sein, gefaßt, Manns genug? Und plötzlich, das Klingeln des Telefons, kraftvoll vibrierend, lebhaft, so fröhlich, so real, verspielt (hier fängt der junge Redner an zu schwitzen), einmal, zweimal, dreimal. Ganz ruhig! Wie festgenagelt auf dem Bett wälzen wir uns hin und her, raufen uns die Haare, das Telefon auf dem Boden in Reichweite, es klingelt und klingelt wie Himmelsmusik, wie Sirenengesang, und wir sind an den Pfahl gefesselt, wir beherrschen uns, händeringend, die Fingernägel ins verderbte Fleisch gekrallt, die Nerven zum Zerreißen gespannt, doch wir beherrschen uns wie Männer, die wir sind trotz der Pein, die uns unsere Phantasie bereitet. Wir sehen sie, Freunde, wir können sie ganz deutlich am anderen Ende der Leitung sehen, die gierige Sirene mit ihren langen Haaren, seht sie euch an, ausgestreckt zwischen Kissen auf dem heißen Lager, sich nach und nach entblößend, verführerisch, duftend, mit glatter Haut, geschmeidig, sportlich und reich, schön und voller Begierde, o Brüder!, voller Begierde und in der Blüte des Lebens, Brüder in Christo, man ist jung, und die Natur gebietet, denn die Kraft, das natürliche Verlangen des Mannes, die Sehnsucht nach dem Absoluten, nach kosmischen Wahrheiten und sogar nach Gott (auch wenn wir uns dessen nicht bewußt sind), die wir manchmal angesichts des Rückens einer Frau stillen zu können glauben, goldbrauner Schultern oder übereinandergeschlagener Beine, und die wir nie, oh!, niemals stillen werden, denn die Jugend ... (der alte Priester Garriga stimmt mit schwermütigem Kopfwackeln zu), los, nehmen wir endlich den Hörer ab und antworten wir, nein, antworte nicht, antworte, antworte nicht, und schwitzend und stöhnend werden wir immer erregter, so wie Tiere, denn die Jugend ... und das Telefon läutet weiter, sieben-, acht-, neun-, zehnmal, die zitternde, mit unabhängigem Leben erfüllte Hand bewegt sich darauf zu, die schwache Hand, alle Hände wollen nach jenem Leben greifen, das nicht Leben, sondern Tod bedeutet! Eine einzige Nacht, oh, das letzte Mal, Freunde, ein letztes Mal und Schluß, bitte!, aber nein, halte diese Hand zurück, schlage sie, zertrete sie, hacke sie ab, wenn nötig, und sie, allein und nackt, wartet, Jungs, ganz nackt oder vielleicht in transparente Gaze gehüllt, mit ihren goldenen Haaren ... Seht ihr sie, liebe Zuhörer, seht ihr sie? (sie sehen sie ganz deutlich), mit ihrer seidigen Haut, ihrem teuflischen Mund, ihren spitzen Brüsten, ihren Brüüüüüüüsten!, mit ihren liebenden Armen, oh, unvergeßliche Nächte, als er mit ihr noch auf Bällen und Partys tanzte, in ihrem Swimmingpool schwamm, im Mondlicht, oh, welch ein Fluch, reich geboren zu sein, Tod der Seele, oh, verdorbene westliche Welt! Der Kern dieses Konflikts ist die Zärtlichkeit und die Liebe des Mädchens, auch wenn sie dem Bösen verfallen ist, denn sie liebt uns, versteht ihr? Wie einfach wäre es, den Hörer danebenzulegen, oh, wie einfach wäre alles gewesen, wenn sie ihn nicht geliebt hätte, wenn sie eine gewöhnliche Dirne gewesen wäre! Doch sie ist edelmütig und liebt ihn und wartet immer auf ihn, es ist eine edle Liebe, die uns trotz schmutzigen Verlangens miteinander verbindet, und immer noch ist sie am Telefon, immer noch, nimm schon ab, Unglücklicher, nein, nicht, Sünder, nimm ab, nein, nicht ... Und plötzlich, Freunde, Stille: das Telefon ist verstummt. Eine friedliche Schläfrigkeit überkommt den schweißgebadeten Redner, seine Nerven entspannen sich, seine Hände sinken herab, und schwankend, ganz langsam beugt er sich nach vorn, bis die erschöpfte und gequälte Stirn auf dem Pult ruht. Wir haben gesiegt.

Auf dem Spaziergang während der Pause bemerkt ein Teilnehmer, der vorübergehend in ein gefährliches rationales Loch gefallen ist (gleich würde er von seinen Freunden wieder herausgezogen), man hätte doch nur in einem Zimmer ohne Telefon zu schlafen brauchen, um sich die Qual zu ersparen. Natürlich, aber dann wäre kein Verdienst dabeigewesen, wird ihm geantwortet. Und die Prüfung? Es wäre nicht dasselbe gewesen. Außerdem, wirft ein anderer ein, habe es bestimmt in allen Zimmern Telefon gegeben, in so einem hochherrschaftlichen Haus ... Kein Entrinnen. Aber davon wird später die Rede sein. In diesem Augenblick hat der Redner kaum noch eine Stimme: Den Kopf auf die Brust gesenkt, sich schmerzhaft langsam die Haare raufend, grüblerisch, das Kreuz jedoch fest in der Hand, steigt sein Triumph aus den tiefsten Zonen der Großkotzerei auf, stellt ihn als Beispiel dar und einzigen Weg für Männer mit Haaren auf der Brust, und in einer letzten doktrinären Anwandlung faselt er etwas über Geschlechtsorgane, die immer und überall die *Colores*-Jünger auszeichnen sollten, er spricht von Machos, von eisernen Fäusten und vom hochmütigen Blick, von den Señoritos der Seele, von der wachsamen Jugend, der wachsamen Legion, der Legion S.A.N.A. – *Santa* (heilig), *Austera* (schlicht), *Noble* (edel), *Alegre* (heiter) –, von der aufrechten Brigade, der bunten Brigade und der bunten Garde, um in ähnlichen Situationen zu kämpfen und zu siegen (dies bezieht Simón, der Traktorfahrer, auf sich, allerdings unter Berücksichtigung der Unterschiede: ein Heuschober ist kein luxuriöses Schlafzimmer und seine María nicht jene Señorita mit goldbrauner Haut). Der Redner, jetzt völlig heiser und rot angelaufen, Flammen und Rauch spuckend, schwankt nun gefährlich nach vorn, so als wolle er mit dem Kruzifix irgend jemandem ins Gesicht schlagen; er zittert wie Espenlaub, ist stumm, alle glauben, ihn werde eine Attacke niederstrecken. Da richtet er sich auf: »*Colores!*«, und endlich läßt er den Kopf niedersinken.

Ein weiterer Spaziergang. Keine barmherzige Hand schließt die Augen der Gehenkten, keine freundliche Stimme fragt sie, ob sie Durst haben, ob sie noch über ihre Stimme verfügen, ob sie den Wunsch haben, etwas zu sagen. Alle sehen sich an wie Wahnsinnige, die in der Sonne verfaulen. Umgeben von glühenden Bewunderern verteilt der Sonderbeauftragte Visitenkärtchen: Fernando Boix Pertencá, Student der Theol., Philos. und Philol. Traurig lächelnd entfernt er sich dann: ein mißlungener Versuch, ein persönliches Gespräch mit dem atheistischen Studenten anzuknüpfen, der ihm aus dem Weg geht. Also knöpft er sich den Murcianer vor, der allein umherschlendert und darüber nachgrübelt, welche seltsame Beziehung zwischen dem musikalischen Telefon des Señorito und seinem eigenen Fall bestehen könnte, angenommen, es stimme, daß der Sonderbeauftragte auch wegen ihm gekommen sei. Er hebt ein paar Kieselsteine auf und beginnt, sie dem Horizont, vor dem sich der Tag bereits zu Ende neigt, entgegenzuschleudern. Prompt hört er, wie der andere näher kommt. Er schwitzt immer noch wegen der vollbrachten Anstrengung, kommt nachdenklich näher, die Hände in den Hosentaschen: Im Gegensatz zu den anderen Lehrern lächelt er nicht noch schleicht er herum wie die Katze um den heißen Brei. Er sieht ihn direkt an, die umwölkte Stirn gesenkt, düster dreinblickend, so als gelte es anzugreifen:

»Du bist auch aus Barcelona, nicht wahr?« sagt er statt einer Begrüßung.

»Ja.» Er bückt sich, um weitere Steine aufzuheben. »Nimm einen, mal sehn, wer weiter wirft.«

Der Gelehrte läßt den Blick in die Ferne schweifen, dann bückt er sich träge, richtet sich wieder auf, in der Hand einen Stein (sehr flach, abgewetzt), und sieht ihn argwöhnisch an. Zwanzig Meter hinter ihnen gehen die *Colores*-Jünger wie in einem Käfig auf und ab und sehen verstohlen herüber.

»Deine Barceloniade war die beste«, sagt der Murcianer. »Wirklich. Los, wirf du als erster... Das Mädchen, deine Verlobte, das muß ja 'n Prachtweib gewesen sein.«

»Sie war nicht meine Verlobte.«

»Sie war nicht deine Verlobte?«

»Eine Bettgeschichte. Du verstehst schon.«

»Ich verstehe. Los, wirf.«

Der andere steht eine Weile schweigend da. Dann wirft er den Stein, mit links, sehr weit, obwohl er die rechte Hand dazu nicht aus der Tasche nimmt.

»Bist du Linkshänder?«

»Ja.«

»Sehr gut, das mit dem Telefon«, fügt der Murcianer hinzu. »Sehr gut.«

»So was kann jedem passieren, der jung und hübsch ist. So wie du...«

»Nein. Mir nicht.«

»Warum nicht?«

Der Murcianer wirft den Stein mit der rechten Hand; auch seiner fliegt weit, man kann nicht erkennen, welcher von beiden weiter geworfen hat.

»Weil ich kein Telefon habe.«

Nun starrt der Sonderbeauftragte lange auf seine Schuhspitzen, schweigend; er ist ein ratloser Sonderbeauftragter, dessen Instruktionen mit der Natur des zu erforschenden Falles nicht in Einklang zu bringen sind. Aussetzen des Verstandes. Und während er sich noch eine Antwort zurechtlegt und sich bückt, um einen weiteren Stein aufzuheben, geht der Murcianer davon.

Als er an den Kursteilnehmern vorbeigeht, werfen sie ihm ein schmerzlich vieldeutiges Lächeln zu: eine Mischung aus dem Wunsch, ihn zurückzugewinnen, um ihre eigene Schwäche zu entschuldigen, und dem automatischen Reflex jener sanftmütigen Brüderlichkeit, die innerhalb von vierundzwanzig Stunden ihre Gesichter gezeichnet hat.

Und es kommt die Stunde der Schlußveranstaltung. Hinter den Wolken zerfließt die Sonne in Rot und Violett. Die Koffer sind gepackt und stehen bereit zur Abfahrt, die *Colores*-Jünger tauschen Adressen aus und versprechen, sich wieder zu treffen. In einer Obstschale auf dem Tisch im Speisesaal liegen verschiedene persönliche Gegenstände (Bleistifte, Taschentücher, Kettchen), von den Teilnehmern verloren und von den Nonnen beim Saubermachen gefunden, die sie jetzt wieder an sich nehmen können. Er vermißt nichts, geht aber trotzdem zu der Obstschale, die Tasche bereits über der Schulter, angelockt von einem erinnerungsvollen Glänzen: der Lippenstift. Ein hübsches Geschenk. Er nimmt ihn heraus und steckt ihn in die Hosentasche. Grünlich, kraftlos und besiegt, wie Seetang, betreten die *Colores*-Jünger den großen Saal für die Schlußveranstaltung, eine traditionell ergreifende Zeremonie.

Während jeder von ihnen, den Koffer neben sich, wie im Theaterparkett gegenüber dem langen Tisch des Präsidiums Platz nimmt, halten vor dem Haus Autos und Motorräder, man hört Türenschlagen und Frauenstimmen, es sind Freunde, Angehörige, Glaubensbrüder und Neugierige in Sonntagskleidern, die freundlicherweise eingeladen, hereinzuschauen, hinten im Saal hinter den Kursteilnehmern stehenbleiben, mit eilig aufgesetztem frommen Gesichtsausdruck und einem seltsam nervösen Zucken in den Knien: ein alberner Drang zur hastigen Kniebeuge, so als sähen sie in allen Ecken das Allerheiligste. Einige Frauen, Angehörige der *Colores*-Jünger von Vic, bleiben ganz hinten untergehakt im Halbdunkel stehen, mit grell geschminkten Lippen, Mantillen und schwarzen Strümpfen, unter ihnen auch Señorita Roura.

Dann die Rede des Vorsitzenden und letzte Ratschläge und Empfehlungen durch den Kursleiter, bevor alle wieder in den gefährlichen, reißenden Strom des Lebens geworfen werden, hinein in die furchtbaren grauen Tage, die sie zu Hause erwarten, bei der Arbeit, bei dem täglichen Einerlei. Alle hätten den rechten Weg eingeschlagen, außer zweien: »Dreiundvierzig Kursteilnehmer«, sagt Hochwürden Albiol, »haben gebeichtet und die heilige Kommunion empfangen. Wir hatten diesmal auf alle gehofft, aber Gott hat es nicht so gewollt. Bevor wir hierherfuhren, sagte Señor Guillot zu mir zuversichtlich und vergnügt, daß wir dieses Mal hundert Prozent erreichen würden. Es hat nicht sollen sein, und das wird uns lehren, beim nächsten Mal demütiger zu sein. Auch wir erhalten hier bei *Colores* unsere Lektion.«

Dann überläßt der Geistliche den anderen Mitgliedern des Präsidiums das Wort. »Als ehemaliger Kursteilnehmer will ich euch nur dies zurufen: Vorwärts, ihr Draufgänger!« brüllt der Lehrer Rosell, sichtlich ergriffen, im Namen seiner Kollegen. Zum Schluß wird um eine öffentliche Meinungsäußerung jedes einzelnen Teilnehmers gebeten, aufrichtig, aber kurz: wie es ihnen hier gefallen hat, wie sie sich jetzt fühlen, ob sie eine Beschwerde vorzubringen haben, was man ihrer Meinung nach verbessern kann, in aller Offenheit, demokratisch. Und einer nach dem andern erheben sich die *Colores*-Jünger, schwerfällig, mit Ringen unter den Augen, abgemagert, erschöpft und rotviolett im Gesicht, noch mit dem Strick um den Hals, die Hände über dem Geschlecht gekreuzt und entsetzlich steif, eingeschrumpft und in Reih und Glied, bereit für den Sarg. Glücklich stammeln sie Dank für den so sanften Tod, alles war sehr gut, sie haben kaum etwas gemerkt, keinerlei Unbehagen, das Urteil der Hohen Instanz des Heils war gerecht, die Strafe verdient, die Vollstreckung notwendig. Der schon krankhafte Hang zur Rührseligkeit, zum Anschwellen des Herzens und zum Schluchzen, sie sind so nah am Wasser gebaut, nimmt vielen die Stimme, sie können nur noch murmeln, den Blick zu Boden gerichtet, in einem sanftmütigen, todtraurigen Ton: »Hochwürden, ach Hochwürden ...«, während andere mit gebrochener Stimme schreien: *»Colores!«*, und wieder andere schließlich überhaupt nichts mehr sagen können, sie sind am Ersticken, der Strick drückt zu fest. Erneut spielen sich rührende Szenen ab: der alte, adrette Geschäftsmann weint, glücklich in seiner Untröstlichkeit, er beteuert, er sei jetzt ein besserer Mensch und verzeihe seinen Kindern, die, wie alle wüßten, ihn gehaßt und vergessen hätten trotz der Opfer, die er für sie gebracht habe ... Mit einer knappen Geste fordert Hochwürden Albiol den nächsten auf, sich zu erheben und etwas zu sagen, und der Alte, wieder einmal verwirrt, den ›Pilgerführer‹ inbrünstig an sich gedrückt, sinkt schluchzend auf seinen Stuhl. Am heftigsten, wortgewandtesten, schmeichlerischsten, wirkungsvollsten und speichelleckerischsten tritt der Handelsreisende auf, den sie als Lockvogel verdächtigt hatten, zunächst dankt er dem Präsidium und dann, heil und unversehrt (er scheint am Schafott vorbeigekommen zu sein), wendet er sich dreist an die Besucher und ruft, weinend vor Ergriffenheit: »Kommt, kommt alle, kommt zu *Colores,* eilt herbei, liebe Leute, Männer und Frauen! Hier ist das Leben!«, und er fügt hinzu, daß er glücklich und ein anderer Mensch geworden sei, aber, oh!, in einem Punkt sei er gescheitert, ausgerechnet in dem, der ihm so sehr am Herzen gelegen habe: Nächtelang habe er in der Kapelle Fürbitte eingelegt für das Wohl der beiden Mitbrüder, aber vergebens. Sie hätten nicht beichten wollen, und jetzt verstehe er auch, warum: durch seine Schuld, weil seine Wenigkeit noch nicht gut genug geworden sei! *Colores,* ra-ra-ra! Viel Beifall.

Jetzt ist der atheistische Student an der Reihe, er erhebt sich schwerfällig, offensichtlich mit der Bürde seiner Barceloniaden auf den Schultern, doch er sagt nur: »Verzichte«, und setzt sich wieder hin.

Aber am eindrucksvollsten wird das Schweigen, als der Murcianer aufsteht, alle Augen sind auf ihn gerichtet, auf seine Sonnenbrille, die er wie ein durch Arbeit geadeltes Werkzeug gebraucht, viele kennen seine Stimme noch gar nicht, die Zigarette hängt zwischen den leicht ironisch verzogenen Lippen, der Rauch windet sich um seinen nicht abgeschlagenen Kopf, ein seltsamer Geköpfter. Überrascht sehen sie, daß er sich zur Gruppe der soeben Eingetroffenen hinten im Saal umdreht: »Wer von Ihnen ist Señor Glaría?«, fragt er mit der unangebracht normalen Stimme eines nicht himmlischen, sondern irdischen Bürgers. Schweigen, und dann: »Ich, ergebenster Diener...«, eine schüchterne Stimme, und zwischen den Besuchern tauchen eine Glatze und zwei verschlafene Uhu-Augen auf, »ergebenster Diener«. Und er: »Ich habe mit Ihnen zu reden, Señorita Claramunt hat mich geschickt, laufen Sie nicht fort«, und er setzt sich.

Die Veranstaltung wird mit einem Gebet beendet, alle knien nieder, auch die Besucher, und dann erklingt schüchterner, plötzlich leiser werdender Beifall von den *Colores*-Jüngern, die nicht mehr von dieser Welt sind, und mit dem aufgeregten Meinungsaustausch und den Verabschiedungen kommt Lärm auf in dem verklärten Wirrwarr von Körpern, Umarmungen, Geschubse; die Angehörigen und Freunde drängen sich zwischen den *Colores*-Haufen, klopfen auf gebeugte Schultern, abgestumpfte Nacken, unempfindliche Hintern, und plötzlich gibt es Umarmungen und Küsse von der Schwester und der Verlobten, die einen Duft verbreiten, einen unwiderstehlichen Duft nach Leben, der heißes Blut durch die steifen Beine der *Colores*-Jünger fließen und sie innerlich überlaufen läßt, wodurch ihre Haut erschaudert und ihre Lenden erzittern und ihr Unterleib sich erhitzt, ein süßes Berühren und Reiben in der dichtgedrängten Menge schwankender Rücken, Hintern, Schultern, von Händen, die Hände drücken, Arme, die Taillen umfassen und sie umschlungen halten, verwickelte und lange Umklammerungen, die mehr verraten als den offensichtlichen Wunsch, inmitten des allgemeinen Chaos das Gleichgewicht nicht zu verlieren ... All das beweist, daß sie leben, wirklich leben!, es ist kaum zu glauben, hier, ich bin hier, Carmen, Luisa, Isabel, hier! Gleichgültig gegenüber dieser erschlichenen Fummelei, die um sich gegriffen hat und sich wie ein berauschender Duft nach Narden, nach Friedhof, durch das Gedränge schlängelt, sucht er Señorita Roura und Señor Glaría, der plötzlich mit ausgestreckter Hand lächelnd vor ihm steht.

»Ja, Montse hat mir von dir erzählt«, sagt er, »aber noch kann ich dir nichts versprechen, mein Sohn, das Problem mit den Räumlichkeiten ist noch nicht gelöst. Es gibt Arbeit, aber ich habe Montse schon gesagt, daß wir ein wenig warten müssen ...«

Um sich in dem Tumult Gehör zu verschaffen, muß er schreien, und schon reißt ihn eine Lawine mit sich fort, verschlingt ihn und seine Glatze und seine unklaren Versprechungen, und der Murcianer kann gerade noch Señorita Roura am Arm erwischen. Er drängt sie zur Wand und fragt, wann der erste Zug nach Barcelona gehe. Sie weiß es nicht, wird sich aber erkundigen. Sie scheint enttäuscht von ihm, warum er nicht gebeichtet habe wie die andern? Warum er unangenehm aufgefallen sei, ausgerechnet er, wo Montserrat ihn doch empfohlen habe, ein so anständiges Mädchen!

»Gehen wir«, sagt er und zieht den Reißverschluß seiner Sportjacke zu, eingekeilt zwischen den *Colores*-Jüngern und ihren Angehörigen und Señorita Roura. Aber noch muß er die letzte bittere Pille schlucken: Señorita Roura läßt ihn wissen, daß alle in diesen drei Tagen auf ihn geblickt haben, Leute, die ihn nicht einmal kennen, die weit weg von hier wohnen und für ihn und den atheistischen Studenten Fürbitten gesprochen haben: ein ehemaliger Kursteilnehmer aus Igualada habe vierundzwanzig Stunden nicht gegessen, ein anderer aus Vic habe eine ganze Nacht lang auf Erbsen (ungekocht!) gekniet, ein weiterer gelobt, ein Jahr lang nicht zu rauchen, usw. Solidarität, Opferbereitschaft. Ob ihn das nicht erschüttere? Nein. Ihn erschüttert nur die bewegende Nachricht – auch wenn Señorita Roura nicht zu begreifen vermag, warum – von dem Mädchen aus einem Dorf in der Nähe, das gelobt hat, sich ihr ganzes Leben lang die Lippen nicht mehr anzumalen, falls er sich bekehren würde.

Im Bus auf der Fahrt zurück nach Vic, zwischen Hochwürden Albiol und der Sozialarbeiterin, die ihn nicht aus den Augen läßt (etwas in ihrer steifen Haltung, in ihrem wachsamen Benehmen und ihrem Schweigen läßt ihn vermuten, daß sie darauf hoffen, er werde jeden Augenblick zu beichten verlangen, ja!, sie geben sich nicht geschlagen, offenbar sitzen sie deswegen neben ihm, auf das Erbrechen lauernd!), entschließt er sich, ein Nickerchen zu machen, und als er die Hand in seine Hosentasche schiebt, berühren seine Finger das warme Metall der Lippenstifthülle. Er denkt an Montse und belächelt ihren Einfall, ihn hierherzuschicken, er könnte sich dort ja zumindest satt essen. Welch liebes Mädchen.

Er bedauert nicht, daß er zurückfährt, ohne das mit der Arbeitsstelle geregelt zu haben: das einzige, was er in diesem Augenblick bedauert, ist, daß er vergessen hat, sich von Simón zu verabschieden.

Die Zeremonie der Verwirrung

Nichts, es war vergebens, Nuria glaubte mir nicht. Vor allem wollte sie nicht glauben, daß ich sie einfach nur so daran erinnert hatte, nur zum Zeitvertreib, um uns in bloßem Erinnern und in Nostalgie zu üben. Ohne moralisierenden oder anklagenden Eifer, ohne Groll. Sie nannte mich einen Clown und Wichtigtuer. Da mußte ich sie darauf hinweisen, daß die wahren Machthaber der Halbinsel so grotesk waren und ihre Reihen so gesegnet mit Angebern, Schaumschlägern und Sonderlingen, daß jede meiner Clownerien belanglos, fade und kindisch wirken mußte.

Und außerdem erinnere ich mich, fuhr ich fort, daß wir ihn an einem Sonntag zufällig im Parque Güell bei einer *sardana*-Gruppe trafen, zusammen mit Montse, kurz nachdem er aus Vic zurückgekommen war. Du hast sehr gelacht, weil deine Schwester ihm unbedingt das *sardana*-Tanzen beibringen wollte, gib zu, daß du den Jungen an jenem Tag ganz bezaubernd fandest. Mir fehlt der sechste Sinn, über den ihr Claramunts verfügt, um Gefahr zu wittern, aber Tatsache ist, daß auch du dir an jenem Tag nicht vorstellen konntest, daß er etwas im Schilde führte. Ich glaube eigentlich, daß das einzige, was er sich erhoffte, Arbeit war und daß er sich nur deshalb an Montse klammerte. Das ja, eine gute Arbeit, na ja, etwas Vitamin B.

»Wie naiv du bist!« rief Nuria und schlürfte gierig die letzte Auster. »Er sah, daß aus der Situation viel mehr herauszuholen war, und ließ es sich nicht entgehen. Er nutzte alles aus, sogar mich...«

»Das war später. Immer der Reihe nach.«

»Dir war er immer sympathisch, das brauchst du nicht zu beschwören.«

Ich goß mir Weißwein nach und wiederholte:

»Nicht einmal du konntest ahnen, daß alles schlimm enden würde.«

»Ich hab ihn nur drei- oder viermal gesehen«, verteidigte sie sich, »und mir hat nie gefallen, wie er Montse behandelte. So aufmerksam, so liebenswürdig. Sollte ich eine gewisse Sympathie für ihn gezeigt haben, dann spiegelte sich darin nur das wider, was ich für dich empfand: du raubtest mir den Verstand, ich war bereit, das zu lieben, was du liebtest, und das zu hassen, was du haßtest. Damals beurteilte ich ihn nicht mit der nötigen Objektivität. Nun, wir haben es später teuer bezahlt... Meine Schwester konnte einem leid tun in den letzten Tagen.«

»Wenn sie nicht soviel Widerstand in der Familie erfahren hätte, und noch dazu wegen etwas, das letztlich durchaus was mit ihrer apostolischen Mission zu tun hatte, wenn man ihr bewilligt hätte, was sie für ihren Schützling erbat: Arbeit und eine Spur Vertrauen, dann wäre die Geschichte ohne weitere Komplikationen zu Ende gegangen. Sie hätten sich getrennt, und fertig.«

»Wie gesagt, du bleibst immer die Unschuld vom Lande.«

Rekapitulieren wir: Ein strahlend sonniger Sonntag im Parque Güell, die Tanzenden hüpfen im Einklang, deine Hand fest in meiner Hand, erhebt die Arme und die Herzen: Rosen, Schweiß, Eis, weiße Leinenschuhe, Staub, sieh dir das an, ein Murcianer, der darum bittet, man möge ihm das *sardana*-Tanzen beibringen, wo hat man je mehr guten Willen gesehen. Du hingegen wirst es nie lernen, lieber Cousin. Er zeigt zumindest Interesse: lächelnd, vertrauensvoll, auf Zehenspitzen und die

Arme erhoben wie ein junger *banderillero* reicht er jeder der beiden Schwestern die Hand. Aber der Druck, den er auf Montses Hand ausübt, ist ein wenig stärker, und sie erwidert ihn. Nie habt ihr verstanden, nicht einmal er selbst, daß Montse hartnäckig darauf bestand, etwas mehr zu geben, als nur ihre apostolischen Pflichten zu erfüllen: wenn es stimmte, wie man sie gelehrt hatte, daß ein gläubiger Mensch vor allem anderen ein freier Mensch war und die Wahrheit des Evangeliums nie angebracht oder unangebracht (wie man es euch heutzutage weismacht), sondern schlicht und einfach Wahrheit ist, dann war die Reaktion der Familie und der Gemeinde auf ihre Entschlossenheit, sich des ehemaligen Gefangenen anzunehmen und ihm zu helfen, für sie die Probe, die – neben anderen Fragen gefühlsmäßiger und unmittelbarer Art – entscheiden mußte, ob die Erziehung, die sie genossen hatte, festen moralischen und religiösen Überzeugungen folgte, oder ob, im Gegenteil, alles nur Theater war, was im Hause ihrer Eltern gespielt wurde.

»Sie war ein Kind«, sagte Nuria. »Sie kriegte nichts mit.«

»Das bezweifle ich.«

»Trinkst du Wein zu den Erdbeeren?«

»Ich trinke Wein ohne Erdbeeren.«

Und ich erinnerte sie auch an jenen Nachmittag, kurz nach meiner ersten Begegnung mit dem Jungen, als Montse ins Warenlager kam und mich fragte, ob jemand gebraucht werde, dort oder in irgendeiner anderen Abteilung. Ich versprach ihr, mich darum zu kümmern, und sie sagte, warum ich nicht einmal in der Pension Gloria vorbeikomme, sie werde mir Bescheid geben, und wir könnten gemeinsam hingehen. Doch zu dem Besuch kam es erst zwei Wochen später, als Onkel Luis schon beschlossen hatte, sich einzumischen, und mich bat, sozusagen als erste Maßnahme, festzustellen, wo der Kerl wohnte, und zu ihm zu gehen, um die Lage zu sondieren, um herauszukriegen, wie weit er zu gehen fähig sei, kurz gesagt, seine Machenschaften und Absichten in bezug auf Montse aufzudecken: Sag ihm, er soll sie zufrieden lassen und endlich Ruhe geben, und bei uns arbeiten, das kommt gar nicht in Frage, das fehlte noch, was wir brauchen, sind geschulte Verkäufer, was glaubt der wohl, was das ist. Versuche rauszukriegen, wie ernst die Sache ist, schloß er mit düsterer Miene. Als Beauftragter von Onkel Luis, betraut mit einer so wichtigen Mission, bei der der gute Ruf der Claramunts auf dem Spiel stand, fühlte ich mich endlich, zum ersten Mal, als zur Familie gehörig, als Verteidiger meiner eigenen Interessen, sogar meiner Zukunft. Welche Schande.

Nuria brach in Gelächter aus.

»Ein Wunder, daß du keine Rede gehalten hast«, sagte sie. »Du warst ergriffen. Ich sehe dich noch vor mir, Mama hatte im Garten eine Besprechung mit ihren Freundinnen gehabt, und danach setzten wir uns zu ihnen, um etwas Kühles zu trinken. Papa sah dich voller Hoffnung an, er war kurz davor, dich zu umarmen ...«

Knie nieder, (Huren-)Sohn: mein Segen und meine Gebete werden dich begleiten. Hiermit schlage ich dich zum Ritter. Auch die junge und wunderschöne Señora Buxó war zugegen, die immer auf dem Titelblatt der ›La Vanguardia‹ abgebildet war anläßlich der Karfreitagsprozessionen, eine Kerze in der Hand, mit Mantille und lächerlichst und molligst in Schwarz gekleidet. Denkwürdig auch die Verabschiedungsszene mit Tante Isabel und ihren Blauen Damen, die mit rosigen Gesichtern meine neue und schneidige Kreuzritteruniform musterten (Gehaltserhöhung: ein neuer Anzug, perlgrau): ich trank mit ihnen ein Gläschen Magenlikör, bevor ich in ferne, ungläubige Länder zog. Welch unvermutete Fähigkeit zur Heuchelei! Ich fühlte mich wie ausgekotzt. Aber irgendwann kam ich zu der Überzeugung, ich würde dem leibhaftigen Satan gegenübertreten: Onkel Luis, Ihr Vertrauensbeweis ehrt mich. Ich werde Sie nicht enttäuschen. Gütige Damen des Allerheiligsten und Mitschwestern frommer Vereinigungen, liebe Tante, erlauben Sie, daß ich dieses Glas mit dem süßen Montserrat-Aroma leere, auf daß in den Heilkräften für Magen und Herz mein umnebeltes Gehirn ersaufe – gefangen zwischen zwei wunderschönen goldenen Schenkeln, denen meiner Cousine Nuria, die hier gleichfalls zugegen ist –, und mit ihm alles, was darin umherwimmelt, und zwar: Auf der Manie, nicht zu erkennen, daß gute Dividenden nicht immer zwangsläufig an gute Beziehungen gebunden sind (hat euch das nicht schon die verrückte Conchi bewiesen, als sie mit dem hübschen Cordobesen durchbrannte?) beruht der Mißton in dem Urteilsspruch des Claramuntschen Chores, den ich heute hier vernommen habe. Statt dessen würde ich jedoch gerne, das mir erwiesene Vertrauen mißbrauchend, eine glänzende Rede halten, die die Herzen erhebt, in Übereinstimmung mit dieser gefährlichen Epoche, in der wir alle leben, wir Claramunts (gestatten Sie, daß ich mich dazuzähle, die Ergriffenheit reißt mich hin), geborgen hier in dieser Villa, sowie Sie, meine Damen, in Ihren jeweiligen Bistümern, Erzbistümern und Wohltätigkeitsveranstaltungen. Ach, schwierige Zeiten erwarten uns, liebe Laienschwestern! Der Schlamm moderner Ideen hat die stillen und reinen Gewässer sozialer Barmherzigkeit getrübt! Wie kann man in ihnen weiter tätig sein, ohne diese schmutzige Substanz aufzuwühlen, die uns bestürzt und uns vergiftet, die in den Augen der Welt unsere guten Absichten zunichte macht? Und warum verhält es sich heute so, meine hochverehrten Damen, was ist geschehen, warum geht alles nicht seinen gewohnten Gang? Was wurde aus jenen klaren Geboten, die wir achteten, was aus jenen Worten, geschrieben in Großbuchstaben so hoch und majestätisch wie Kathedralen, Worten, die Licht spendeten, die uns leiteten und schützten, die uns formten? Untergraben durch das Tun der Zeit und des Menschen, fielen sie mit Getöse in sich zusammen. Zumindest dienten sie zu etwas, mit ihnen brachten wir Trost und Ergebenheit den Bedürftigen. Doch jetzt ... Es fließen so viele Ströme des Protests und des Hasses durch die Welt, wir sehen so viele Tage der Gewalt und der Verzweiflung anbrechen und zu Ende gehen, wir hören so widersprüchliche Stimmen nach Liebe und Gewalt gleichzeitig verlangen, so seltsame, so konfuse Parolen. In Wahrheit ist es würdig und recht, Mitleid zu haben mit dem Nächsten und ihm beizustehen. Doch verwegen ist die Hand dieses Sträflings, wahrhaft verwegen und strebsam, beharrlich, bestürzend sanft! Meine Cousine hat nicht nur die Grundsätze christlicher Nächstenliebe falsch verstanden, hat nicht nur bewiesen, daß sie nicht den geringsten Sinn für Distanz besitzt, dadurch, daß sie sich die eingebrockte Suppe auf den Rock schütten läßt und ahnungslos durch die Welt stolpert; ihr Verhalten enthüllt außerdem einen dunklen, ethisch-merkantilen Widerspruch, das Fehlen einer elementaren Vorsicht und eine unverständliche Mißachtung des Privateigentums, das natürlich, wie wir alle wissen, nicht nach willkürlichen, von blinder, freiheitlicher Maschinerie diktierten ökonomischen Gesetzen verteilt ist, sondern nach weisen und unergründlich göttlichen und deswegen nicht zu ändernden Ratschlüssen. Wonach trachtet dieser Mann, der sich bessern sollte? Will er das ideologische Chaos ausnutzen, in das sich heutzutage die jungen und noch unerfahrenen Organisationen der Katholischen Arbeiterjugend verstrickt haben? Wohin soll das führen, meine frommen Schwestern? Wird wieder der kraushaarige Kopf eines cordobesischen Verführers, irgendeines definitiven Leutnants (jener war nur ein vorübergehender) aus dem Riß hervorschauen, den die liederliche Conchi der familiären Festung beigebracht hat? Denn wie sagt Tante Isabel, und sie sagt es sehr treffend, bei der Auswahl ihrer Fälle? Alle Bedürftigen sind arm, aber nicht alle Armen sind bedürftig. Meine aufmerksamen Mitschwestern, nicht nur bin ich bereit, den Sträfling zu überwachen und seinen Einfluß zu zerstören, sondern ich wage auch zu behaupten, daß das unbeschreibliche Verhalten meiner Cousine Montse vielleicht schon auf feuchte Triebfedern heißer Lenden zurückzuführen ist: tatsächlich offenbart das oben erwähnte Ungleichgewicht zwischen Dividenden und gesellschaftlichen Beziehungen möglicherweise auch die Existenz niederer Leidenschaften. Zuviel Eifer, zuviel Beharrlichkeit, ihrem Schützling bis zum Schluß beizustehen, mit Zuwendungen, die, offen gesagt, in besorgniserregender Weise bereits diejenigen übersteigen, die irgendeine Marienvereinigung mit den fortschrittlichsten Ideen gewähren könnte, irgendeine Mariapolis, eine geistige Stadt innerhalb der weltlichen; denn wie pflegt Tante Isabel zu sagen: jeder Sonntag ist ein Festtag, aber nicht jeder Festtag ist ein Sonntag. Das heißt, es gilt das Schlechte in der Welt von der menschlichen Schlechtigkeit zu unterscheiden. Das sind Fragen, die genug zu denken geben, meine Damen, wir leben in Zeiten der Verwirrung, und jeden Tag wird es komplizierter und riskanter, in dem aufgewühlten Meer der Wohltätigkeit tätig zu sein. Mich überfällt ein furchtbarer Zweifel, Verehrerinnen des Allerheiligsten: Ist es vielleicht so, daß der moralische Zustand der »Christenheit«, den das Mädchen in der Schule, zu Hause und in der Gemeinde erfahren hat, ganz genau der Situation des Landes und den Anforderungen des wirklichen Lebens entspricht? Denn nicht einmal, wenn man das Problem von der edlen, philantropisch-diözesanen Seite aus angeht, die unsere Familie traditionellerweise charakterisiert, läßt sich Montses seltsames Verhalten erklären. Und der Begünstigte mit den unergründlichen schwarzen Augen, der samtweiche Delinquent, der im Halbdunkel auf wer weiß was lauert, darum bemüht, euch nicht die Stirn zu bieten oder die bittende Hand auszustrecken, wie es an seiner Stelle jeder tun würde: ist er ein bedürftiger und fehlgeleiteter Armer oder ein gewaltiger Schmarotzer? Der Satan und seine moderne Verkleidung werden das Unmögliche versuchen, um uns durcheinanderzubringen. Recht hat unsere Presse, wenn sie uns vor der Gefahr warnt: unter dem weißen Schafspelz schlägt manchmal das unbarmherzige Herz des russischen Steppenwolfs. Doch ich werde eurem Wunsch entsprechen: im Auftrag der betrübten Familie werde ich mich dem Raubtier nähern, seine Gewohnheiten und Aktivitäten hinsichtlich Montse auskundschaften, seine dämonische Natur ergründen und seine Absichten herausfinden, nicht ohne vorher natürlich euren Segen erhalten und euch etwas gefragt zu haben, was mich immer schon geplagt hat: *Vere dignum et justum est?*

Doch schon in der übelriechenden Nähe des Born ahnte ich, daß es bestimmt ein vergebliches Unterfangen sein würde; ich war nicht die geeignetste Person, um die Familie über eine so delikate Situation zu informieren (Vilella hätte sich viel besser zu helfen gewußt, wie sich später herausstellen sollte), und früher oder später, in der grauen Stunde vertraulichen Geflüsters mit Onkel Luis im Büro oder mit Tante Isabel im Garten, würde ich als größter Waschlappen der Gegend dastehen, der nichts von den Beziehungen zwischen Mann und Frau verstand, oder schlimmstenfalls als Komplize der beiden Verdorbenen und deswegen unwürdig des Vertrauens, das die Familie (und das Unternehmen) in mich gesetzt hatte. Bestimmt würde es so ausgehen, grübelte ich, als ich einen Moment unter einer Straßenlaterne stehenblieb, um mich zu orientieren, ich würde mich als unfähig erweisen, einen zusammenhängenden Bericht über die Angelegenheit zu geben, vielleicht weil ich im Grunde ebensowenig wie Montse den geringsten Sinn für die gehörige Distanz besaß und ahnungslos durchs Leben stolperte. Was die Familie, vor allem Tante Isabel, am meisten beunruhigte, war der Grad der Vertrautheit, den sie bereits zwischen Montse und dem Strafgefangenen in der Geborgenheit eines Pensionszimmers vermuteten, obwohl sie in diesem Stadium der wahnwitzigen Geschichte, da bereits allgemein über die Unberührtheit meiner Cousine spekuliert und alle möglichen Vermutungen angestellt wurden, zufrieden gewesen wäre, wenn die Sache ein Ende gefunden hätte, einschließlich dem, was sie *das Schlimmste* nannten (nur daß es endlich vorüber sei; was sie nicht ertragen könnten, war, daß es weitergehen würde), ein gewöhnliches Jugendabenteuer mit darauf folgender Enttäuschung ihrerseits, und dann Lebewohl, du unverschämter Kerl, ich werde dich vergessen, die Zeit heilt alle Wunden, man weiß ja: die Welt ist voll von Kanaillen. Zweifellos hatte Onkel Luis darauf angespielt, als er mich mit der Weisung losschickte: Finde heraus, wie weit sie gegangen sind. Wenn sie also von mir erwarteten, daß ich den beiden die Temperatur maß, sah ich mich konsequenterweise gezwungen, das zu erzählen, was keinen unmittelbaren Sinn ergab (nur in der Claramuntschen Sprache ergab es einen), das heißt, eine lediglich moralische Geschichte auf Gemeindeebene. Denn die unüberbrückbare Distanz war eben ein Problem der Ebenen, was nichts mit Vernunft oder Intelligenz zu tun hatte, sondern etwas nicht zu Fassendes war, das stets auf halbem Wege steckenbleiben würde zwischen der Vorstellung, die sie sich von der Situation machten, und dem, was tatsächlich vor sich ging …

Ich drehte mich abrupt um im gelblichen Licht der Straßenlaterne: Montse hatte soeben die barmherzige Familienversion meines Namens gerufen (Francesc!), und jetzt sah ich sie die Gasse überqueren und lächelnd auf mich zueilen. Hinter ihr, wie glühende Asche in einem tiefen Ofen, der verschwommene korallenrote Schimmer hinter den beschlagenen Scheiben der Kneipe, den man durchaus für den der Hölle halten konnte. Er war kurz vor ihr dort herausgekommen und ging ein paar Meter voraus, soeben war er wie ein Schatten an mir vorbeigehuscht, ich hatte ihn kaum bemerkt, da ich seine jungenhafte Erscheinung nicht mit meiner Cousine in Zusammenhang zu bringen vermochte (es war das zweite Mal, daß mir das passierte). Als er jedoch Montse meinen Namen rufen hörte, drehte er sich ebenfalls um und tauchte unvermittelt rechts hinter mir auf. Er hatte die Hände in den Taschen, ging langsam und leise, ein wenig geduckt, mit jenem Lächeln, das wie ein Messer zwischen den Zähnen blinkte. Seine gekünstelte Art, den Kopf zur Seite zu neigen, beflissen, aber reserviert, und jenes abweisende Schweigen, das von seiner ganzen Person ausging, ließen an einen dieser angespannten, ernsten Jungen denken (ich habe bei meiner Arbeit mit so einem zu tun), mit denen es das Schicksal gut meint und die schon am Anfang ihrer Laufbahn irgendwie die zersetzende Kraft ihrer Träume ahnen. Jetzt, da meine Neugier ihn endgültig mit den Sorgen und Mühen in Zusammenhang brachte, die Montse für ihn auf sich nahm, konnte ich endlich die Macht seines Charmes aus der Nähe abschätzen, jenes dumpfe Einklagen früherer, unbefriedigter Ansprüche, das aus seinen harten Gesichtszügen zu sprechen schien, ein dunkles Erinnern an Ungerechtigkeiten und Vernachlässigung, das sich nicht damit zufriedengab, anerkannt zu werden, sondern Wiedergutmachung forderte, und dessen Ausdruck (die Augen, die Stirn und das Haar, welches die Claramunts wohl zutiefst erschütterte) das sein mußte, was damals noch in meiner Cousine ein Wechselbad unklarer Gefühle hervorrief.

Er drückte mir kräftig die Hand, mit ausgesuchter Höflichkeit, aber ohne Wärme: eine reizende Art, eine Hand zu drücken, die den Dolch verbirgt. Wir wissen, was dich hierherführt, du armer Schlucker, schienen seine Augen zu sagen, während er »Sehr erfreut« murmelte mit seiner warmen, dem Tonfall der Einwanderung und der Entwurzelung angemessenen Stimme. Übertrieben fröhlich rief ich: »Mensch, ich wollte dich schon die ganze Zeit mal wiedersehen«, lachend, »du bist der Mann des Tages«, wobei ich erstaunt feststellte, wie jung er war. Dann stotterte ich eine Anspielung auf unsere erste Begegnung im Parque de la Ciudadela und auf die merkwürdigen Umstände, die es mir damals erschwert hatten, ihn wiederzuerkennen, woraufhin sein kühles Lächeln breiter wurde. Ganz nah und intensiv spürte ich Montses Blick: vielleicht erahnte auch sie meine geheime Rolle als von der Familie geschickter Beobachter. Ich sagte zu ihr:

»Ich habe eine halbe Stunde auf dich gewartet, auf der Plaza Palacio, so wie verabredet ...«

»Entschuldige, ich bin gerade erst gekommen. Warst du bei uns zu Hause?«

»Nein ... heute war ein schrecklicher Tag, um acht war ich noch im Lager.«

»Ich bin ein bißchen spät dran, weißt du ...«

Ich schlug vor, in irgendeiner Straßenkneipe am Paseo de Colón ein Bier zu trinken, aber sie wollte lieber direkt in die Pension gehen. Mir kam es vor, als habe sie ein Interesse daran, mir so schnell wie möglich »den Grad der Vertrautheit«, der zwischen ihr und ihrem Schützling herrschte, zu demonstrieren. Er ging neben ihr her, blieb ein wenig zurück, den Kopf gesenkt, ihr ergeben wie ein Hund. Ich erzählte ihnen, ich sei in der Pension gewesen, und die Wirtin habe mir gesagt, daß ich sie möglicherweise in der kleinen Kneipe, an der wir soeben vorbeigingen, antreffen würde, und ich fragte sie (vergeblich darum bemüht, mir meine Cousine da drin vorzustellen), ob sie öfter dorthin gingen, ob das ihre Stammkneipe sei. »Ich bin manchmal dort, sie nie«, war die knappe Antwort des Murcianers. »Zum Abendessen?« fragte ich weiter, und Montse antwortete: »Nein. Er ißt lieber irgend 'ne Kleinigkeit auf seinem Zimmer. Abends ißt er kaum was.« Der Junge nickte schweigend. Hinter seinem Profil zog eine abgeblätterte, schmierige Wand vorbei, dunkle Hauseingänge und winzige Speditionsfirmen, die Straßen waren eng, auf die Scheiben der Kneipen waren Schilder geklebt, hinter denen ein schwaches Licht hervorschien, so weich wie Watte, und drinnen unscharfe Gesichter, schimmernd und dunkel, maskenhaft – alles nur sehr schwer mit meiner Cousine in Einklang zu bringen, zum ersten Mal sah ich sie in einem Viertel wie diesem hier, und vergeblich bemühte ich mich, irgendeine Beziehung zwischen ihr und der Umgebung zu entdecken, ein Gleichgewicht der Kräfte, zumindest im Bereich der Stimmungen: absurd, nichts auf diesen gepflasterten schwarzen Straßen hatte etwas mit der Señorita Claramunt zu tun, außer vielleicht, wer hätte das gedacht, diesem Prachtexemplar eines gezähmten und bekehrten Gauners, der ihr wie ein Kind folgte, das über die letzte mütterliche Strafe nachgrübelt. Unser Weg war kurz: schlecht beleuchtete Gassen und dann der Platz vor der Markthalle, wo um diese Uhrzeit unter flackernden Lichtern Kisten mit Obst und Gemüse von den Lieferwagen abgeladen wurden; Eisenkarren, aufheulende Motoren und lauthals geschriene Befehle. Dann das grüne Schild mit der Aufschrift »Pension Gloria«, das vom Balkongitter herabhing, und darunter die große, modrig riechende Diele, in der die Worte unangenehm widerhallten, sich gegen einen selbst wandten: ich hatte mich in eine verworrene Beschreibung der Arbeit im Lager verheddert, ich nahm an, es interessiere ihn. Das dunkle Treppenhaus mit Fenstern zum düsteren Innenhof hinaus, die offenstehende Tür, der leere Aufenthaltsraum mit den zwei abgewetzten Sesseln, aus denen überall Schaumstoff heraushing. Diesmal erschien die Pensionswirtin nicht.

Es ist ein nichtssagendes und sauberes Zimmer, in dem nicht wenige Kleinigkeiten die Hand meiner Cousine verraten: Nelken auf dem Nachttischchen, frischgewaschene Socken und Taschentücher auf einer Leine, die zwischen Schrank und Wand gespannt ist, ein Transistorradio, das ich als ihres wiedererkenne. Montse schiebt mir einen Stuhl hin, und ich gebe Manuel das Päckchen *Rumbos*, woraufhin er sich in die kühle Nacht auf den Balkon zurückzieht. Feuchte Flecken, Deckenbalken aus Mahagoni-Imitation, ein Geruch nach Vogelfutter und Federn und eingeweichtem Brot. Montse bemerkt, daß die beiden Käfige mit den Kanarienvögeln der Wirtin eigentlich nicht hierhergehören: »In allen Zimmern hat sie Vögel hängen, um die sie sich persönlich kümmert«, was ihr offenbar erlaubt, jederzeit einzutreten und die Intimsphäre der Gäste zu verletzen: das ist es, was Montse stört. Ich habe einen Flachmann mit Kognak in der Tasche, möchte ihn aber nicht eher hervorholen, bis ich weiß, wohin das Ganze führt; außerdem hat Montse bereits beschlossen, uns Nescafé zu machen, und widmet sich ganz der häuslichen Aufgabe, geht zwischen Wandschrank und Tisch hin und her, als wäre sie hier zu Hause (mehr noch: die Präzision und Behendigkeit ihrer Bewegungen offenbaren einen Wunsch nach Kompensation, gehorchen einem Hang zur Häuslichkeit, der sie in gewisser Weise von ihrer beschämend untätigen Vergangenheit befreit), sie bringt Tassen und Löffelchen und Zucker in einer kaputten Papiertüte.

»Also so was! Schon wieder hab ich die Zuckerdose vergessen«, murmelt sie, fröhlich vertieft in ihre Tätigkeit. Die elektrische Kochplatte ist defekt, und um Wasser zu kochen, muß sie die (offenbar sehr unbeständige) Liebenswürdigkeit der Wirtin in Anspruch nehmen oder in deren Abwesenheit direkt in die Küche gehen, wo eine knauserige und despotische Alte das Sagen hat; Vorhaben voller Schwierigkeiten, die für Montse jedoch keine Geheimnisse mehr bieten. So geht sie also hinaus, um Wasser zu kochen, und ich rede über unser unbequemes Pensionsdasein, während er, im Halbdunkel des Balkons zusammengekauert auf dem kleinen Stuhl, meinen Gesten und Worten mit zerstreuter Aufmerksamkeit folgt, wie eine Katze, die den Eindruck erweckt, als sähe sie nicht, was sie beobachtet. Plötzlich unterbricht er mich mit einer Handbewegung und sagt:

»Willst du über sie sprechen?«

Ich sehe ihn überrascht an; ich habe nicht erwartet, daß er so direkt zur Sache kommen würde.

»Du glaubst doch nicht, daß ich deswegen gekommen bin ...«

»Es ist schon in Ordnung, daß sie Bescheid wissen wollen, sie haben ein Recht dazu, es sind ihre Eltern.«

Ich lächle.

»Aber ich nicht.« Eine nicht stichhaltige Ausflucht, und gleich noch eine: »Ich bin erst seit kurzem hier in Barcelona. Außerdem ist Montse volljährig, sie wird wissen, was sie tut ...«

»Was denken sie über uns, was sagen sie?«

»Ich habe nicht erwartet, daß dich das interessieren würde, offen gesagt.«

»Die Kleine ist völlig fertig, und dafür gibt es keinen Grund. Sie tut nichts Böses.«

»Natürlich nicht. Aber darum geht's nicht. Weißt du ...«

Ich fahre mit der Zunge über meine Lippen, meine rechte Hand tastet automatisch nach dem Fläschchen in der Tasche. »Weißt du, alle machen sich große Sorgen um sie, denn bisher ist sie nie so weit gegangen in ihrem ... ihrem Handeln, ich weiß nicht, wie ich dir's erklären soll. Sie glauben, daß andere Gründe im Spiel sind. Außerdem haben sie ständig Angst, daß man sie hereinlegt, sie halten sie für ziemlich einfältig, verstehst du? Sag ihr das aber bitte nicht.«

Er sieht mich fest an, ohne mit der Wimper zu zucken.

»Meinst du, das merkt sie nicht?«

»Doch«, erwidere ich, »sie ist sehr sensibel, sie merkt alles. Aber das, was alle sich ausdenken, was zwischen euch sein könnte, du verstehst schon, das merkt sie vielleicht nicht. In dieser Hinsicht ist sie naiv.«

»Tja.« Er senkt langsam den Kopf, und als er ihn wieder hebt, suchen seine Augen gierig die meinen, und in seiner Stimme liegt ein unbeschreiblich vertraulicher und freundschaftlicher Ton. Er wolle fortgehen, sagt er, er fürchte, daß sich die Wirtin und Montse eines Tages furchtbar in die Haare kriegen, sie könnten sich nicht riechen, Geld spiele dabei eine Rolle, er schulde zwei Monatsmieten, und es werde immer schlimmer, das Beste sei, abzuhauen und Montse wieder zu ihrem normalen Leben zurückkehren zu lassen, aber er besitze keinen einzigen *duro* ... Montse sei sehr energisch und großzügig, aber das, was die sich vorstellten (lächelnd betrachtet er seine Fingernägel), nein, Junge, nichts davon, sie sei ein guter Mensch, man könne es in ihren Augen sehen, ohne irgendeinen bösen Gedanken.

»Verstehe«, sagte ich. »Hört sich an, als hättest du viel darüber nachgedacht.«

»Der Ärmsten geht es wirklich sehr schlecht. Die wollen sie kleinkriegen.«

»Erzählt sie dir häufig von ihrer Familie und von dem Krach zu Hause?«

»Das will sie nicht. Aber ich seh's ihr an, sobald sie da durch die Tür kommt, es gibt Tage, da sieht sie aus, als hätten sie sie rausgeschmissen. Das kann übel ausgehen.«

Er spricht sehr leise, die Augen starr auf mich gerichtet. Ganz beiläufig erlaube ich mir zu bemerken, wieviel ihm Montse in dieser schwierigen Situation bedeuten muß. Nun, sagt er, sie sei jenes schüchterne Mädchen, das eines Tages im Gefängnis aufgetaucht sei und sich für ihn interessiert habe, ohne ihn zu kennen, wirklich interessiert, nicht wie die anderen Betschwestern, die einem Heiligenlegenden oder so'n Zeug schickten; nein, sie sei nämlich so weit gegangen, sich wegen ihm mit ihren Vorgesetzten und ihren Eltern anzulegen, und trotzdem habe sie ihn nicht seinem Schicksal überlassen, als er aus dem Gefängnis gekommen sei, sie unterstütze ihn immer noch bei der Miete und anderen Ausgaben und passe auf, daß die Witwe und ihre Freunde ihn nicht in irgend etwas reinritten, und dazu tue sie ihm noch den einen oder anderen Gefallen, mein Lieber, so was vergißt man sein ganzes Leben nicht. Er empfinde für sie Hochachtung, jawohl.

Das ist der richtige Augenblick, um den Kognak hervorzuholen, sage ich mir, und lasse dem Gedanken Taten folgen. Das vernickelte Fläschchen ruft ein warmes Lächeln in seinen Augen hervor, und erfreut nimmt er das Angebot an, den ersten Schluck zu tun. In diesem Moment ist eine hysterische Frauenstimme auf dem Flur zu hören, und aus dem Nebenzimmer kommen laute Radiomusik, heisere Männerstimmen und das Knarren eines Bettes. »Es geht wieder los«, sagt Manuel. Die Kanarienvögel flattern in ihren Käfigen auf, die Glühbirne an der Decke schaukelt, und es scheint noch heißer zu werden. Manuel gibt mir das Fläschchen zurück, rutscht auf seinem Stuhl hin und her, wiederholt, daß er sich Sorgen mache und einiges dafür geben würde, um zu erfahren, was genau man bei Montse zu Hause über ihn denke, häufig habe er sich das schon gefragt.

»Wenn es nach mir ginge«, murmelt er mit tonloser Stimme, wobei er wieder seine Fingernägel an den Händen betrachtet, »wenn ich irgend etwas tun könnte ... Was meinst du?«

»Was soll ich dir sagen ...« Nach dem zweiten Schluck fühle ich mich viel besser. »Ich bin sicher, sobald du eine Arbeit gefunden hast und dein Leben in geordneten Bahnen verläuft, ohne diese ständigen Geldsorgen, und dann in anderer Umgebung, dann wird alles wieder wie früher. Du und Montse, ihr werdet gute Freunde bleiben, und Schluß.«

»Klar.«

»Aber Tante Isabel ist nicht dieser Meinung. Besser gesagt, sie ist nicht davon überzeugt. Ich werde sehen, was ich tun kann.«

»Erklär ihrer Mutter, daß ich mich Montse gegenüber zu Dank verpflichtet fühle ...« Er wirft mir einen schnellen Blick zu, kaum ein Blinzeln. »Und sag ihr, daß Montse sehr leidet unter all dem, was sie durchmacht. Sie hat mir erzählt, daß sie nach und nach ihre Freundinnen verliert, daß über sie getuschelt wird und man sie so merkwürdig ansieht, manchmal fühle sie sich sehr einsam ... Aber sag mal, ihre Schwester, was meint die dazu?«

»Nuria? Wenn alle so wären wie sie, dann gäb's keine Probleme. Allerdings hat Montse ... Weißt du, welches Leben sie geführt hat, bevor sie dich kennenlernte?«

»Ich kann's mir vorstellen.«

»Von zu Hause in die Gemeinde und von der Gemeinde nach Hause. Sie ist dem Kindergarten und dem Religionsunterricht nie entwachsen, glaub mir.«

»So schlimm ist es nicht. Sie kennt das Leben, hat mehr Elend und mehr Ungerechtigkeit gesehen als ihre Frau Mutter, mit Verlaub gesagt, in ihrem ganzen Leben sehen wird. Sie verbringt mehr Zeit in den Vorstädten und in den Baracken als zu Hause.«

»Möglich, aber andererseits besteht das Leben nicht nur daraus, das weißt du ... Na ja, was ich sagen will, ist, wenn jemand wollte, könnte er meiner Cousine sehr weh tun.«

»Sie sind schon dabei, findest du nicht?« Er beendet die scharfe Frage hastig und mit noch leiserer Stimme, da Montse die Tür öffnet und hereinkommt, in der Hand den Topf mit heißem Wasser, die Augen niedergeschlagen, mühsam den Ärger auf ihrem Gesicht unterdrückend, aber lächelnd. Sie schiebt die Tür mit dem Fuß zu.

»Ich glaube, du hast einen schlechten Tag erwischt«, sagt sie zu mir, und auf dem Flur hört man die Wirtin mit jemandem schimpfen, Türen werden zugeschlagen und Möbel gerückt, während im Zimmer nebenan das Radio noch lauter gestellt wird. Schallendes Gelächter vermischt sich mit heftigem Raucherhusten, der immer mehr anschwillt und schließlich in Wasserkesselpfeifen mündet, in heiserem Bronchialhusten und üppigem Gallespucken.

»Eines Tages bringen die sich um«, bemerkt Manuel mit einem Seitenblick auf Montse, die den Nescafé aufgießt. Wir reden über das Leben hier in der Pension. Im Geiste notiere ich ein paar Punkte (nichts Kompromittierendes) für den Bericht an die Familie: die Gäste bestehen aus Lkw-Fahrern auf Durchreise und Laufburschen von Transportunternehmen, Hilfsarbeitern vom Markt, Bauern aus der Provinz, Kellnerinnen, zwei leichtlebigen Frauen (zwei Schwestern, die ältere ist neulich die Treppe hinuntergefallen und hat einen Fuß in Gips, die andere ist soeben aus ihrem Dorf angekommen und noch ganz durcheinander) sowie einigen äußerst merkwürdigen Freunden der Pensionswirtin, die anscheinend im Hafenviertel Schwarzhandel treiben, dazu ein junger Emigrant ohne Arbeit usw. Eine schwierige Klientel, allerdings, immer suchen sie Streit und sind in Geldschwierigkeiten, und die aufbrausende Wirtin, eine Frau mit starkem Charakter, hat eine Schwäche: sie trinkt gerne einen über den Durst, was dazu führt, daß sie sich zu eng mit ihren Gästen anfreundet, und das trägt ihr Probleme ein. Vom ersten Tag an hat sie versucht, Manuel zu bevormunden (man darf nicht vergessen, daß der Junge auf Empfehlung ihres Vaters, der noch immer im Gefängnis sitzt, gekommen ist), doch anscheinend haben Montses Anwesenheit und ihr Einfluß ihre Bemühungen schließlich zunichte gemacht, und nun ist sie wütend und fordert die Monatsmieten ein, mit denen er im Rückstand ist. Ihr Verhältnis zu Montse wird immer schlechter. Bestimmt hatte die Witwe Pläne mit dem Jungen, wollte ihm Arbeit verschaffen nach ihren Vorstellungen, bei ihren Freunden aus dem Hafenviertel (manchmal geht Manuel mit ihnen an den Strand), von denen Montse annimmt, daß sie etwas mit den Betrügereien zu tun haben, die den Vater der Witwe ins Gefängnis gebracht haben, doch in diesem Punkt widerspricht ihr der ehemalige Strafgefangene, er behauptet, der Alte sei wegen eines obskuren Sexualverbrechens, was hier nicht unbedingt erklärt werden müsse, im Knast. Auf jeden Fall steht die Witwe offensichtlich mit ihnen auf Kriegsfuß; wenn ich mir erlauben darf, meine Meinung zu sagen, so würde ich von der Möglichkeit ausgehen, daß zwischen dem Jungen und der Wirtin ein gewisser »Grad an Intimität« bestand, gleich nachdem er auf Empfehlung hierherkam, und daß daraus dank Montse nicht mehr wurde. Gewisse Bemerkungen des Jungen (»Montse paßt auf, daß die Witwe und ihre Freunde mich nicht in irgend etwas reinreiten«) scheinen das zu bestätigen. Was Montse betrifft, so kann ich nur dies sagen: sie besucht ihn häufig, aber nicht jeden Tag, und ihre Besuche haben, entgegen der Annahme der Familie, vor allem den Grund, ihm morgens die ›La Vanguardia‹ zu bringen und zusammen die Stellenangebote durchzugehen (auf dem Bett sitzend, ja, vielleicht, kommt drauf an) und die eine oder andere Adresse oder Telefonnummer rot einzukreisen. Danach geht sie ihren Verpflichtungen nach, und er begibt sich auf Arbeitssuche (bisher allerdings mit negativem Ergebnis), ißt irgend etwas zu Mittag an der Theke irgendeiner Kneipe, und am späten Nachmittag dasselbe, oder er schlägt irgendwie die Zeit tot, um nur ja nicht allein mit der Wirtin in der Pension zu sein (behauptet er, klar, mag sein). Manchmal geht er an den Strand der Barceloneta, ein andermal ins Kino (zweimal mit Montse, nur zweimal). Abends, vor dem Essen, taucht Montse hin und wieder in der Pension auf, und sie essen gemeinsam eine Kleinigkeit, irgendwas aus der Dose oder Käse, den sie mitgebracht hat, und dann bleibt sie noch ein Weilchen, die Gute, immer findet sie etwas zu tun: das Bett machen, ihm einen Knopf annähen oder Socken in der Waschschüssel waschen, denn die Wirtin will nichts mit seiner schmutzigen Wäsche zu tun haben, solange er nicht die Rückstände gezahlt hat. Alles in allem, Tante: wenn Montse immer noch in diese Pension geht, dann, um sich um den Jungen zu kümmern, ihn zu betreuen und ihn in seiner schwierigen Situation zu ermuntern und (aber das hat nicht sie mir gesagt) darauf aufzupassen, daß er der Witwe nicht ins Netz geht, wodurch alles mit viel Mühe und Geduld bisher Erreichte verloren wäre. Sie kann ihn jetzt nicht allein lassen. Und sie wird es auch nicht tun.

»... das ist also die Situation«, schließt Manuel und wippt mit dem Stuhl nach hinten, stützt die Rückenlehne am Balkongitter ab. Während er sprach, hat sie (auf dem Bett sitzend, ja, aber das Zimmer ist so klein, Tante) die Augen nicht von ihm gewandt, völlig unbeweglich sitzt sie, die Ellbogen auf die Knie und das Kinn in die Hände gestützt: mehr, als daß sie seinen Worten lauschte, dachte sie wohl über den harten, kräftigen Zug um seinen Mund nach oder über die fast blaue Schwärze seines Haares, ich weiß es nicht, etwas, was ich nicht begriff; ihre entschieden physische Wahrnehmung ging dennoch weit darüber hinaus, so als habe sie schon vor einiger Zeit in der Persönlichkeit ihres Freundes die Bestätigung ihres Bedürfnisses, ihm zu helfen, entdeckt und genieße jetzt in seinen Gesichtszügen die Berechtigung für ihren Kampf um ihn, eine so offensichtliche Berechtigung, die sich ihr durch die bloße körperliche Anwesenheit des Jungen aufdrängte und deshalb nicht gedacht, sondern nur gefühlt werden konnte.

»Also, kommen wir zum Punkt, Paco«, schlägt Montse plötzlich vor, »zur Arbeit: Was ist mit unserem Vorschlag?«

»Besser, du vergißt ihn. Dein Vater will nichts davon hören.«

»Und im Lager?« beharrt sie. »Er kontrolliert nicht alle Abteilungen. Auch ruhig als Hilfsarbeiter, für den Anfang ... in der Hoffnung auf etwas Besseres ...«

Ich trinke meinen Nescafé aus, genehmige mir noch einen Schluck und zünde mir dann eine Zigarette an. Die beiden sehen mir schweigend zu. Immer noch hört man Stimmen auf dem Flur, dazu jetzt hinkende Schritte. Bevor ich meine Meinung sagen kann, fährt Montse energisch fort, sie habe sich auf eigene Faust in Sabadell umgehört, und es gebe da eine ganz gute Möglichkeit in einer Tuchfabrik, die von einem weit entfernten Verwandten geleitet werde, der jedoch Aktien der Claramunt AG besitze. Ich sage, das höre sich sehr gut an, aber wenn die Familie mit im Spiel sei, werde sie nichts ohne ein Empfehlungsschreiben von Onkel Luis erreichen, doch damit könne sie im Moment nicht rechnen. Montse beeilt sich zu sagen, daß es überhaupt nicht sicher sei, daß sie nur vorgefühlt habe, daß es auf jeden Fall noch eine Weile dauern könne und es ihr sowieso lieber sei, wenn der Junge in einer der Fabriken in Barcelona eine Arbeit bekomme, wenn auch erst mal als Laufbursche, wichtig sei nur, daß er anfange.

»Wie dein Vater mir gesagt hat, ist da nichts zu machen ...«

»Was hat er denn gesagt?«

»Ich weiß nicht, Gemeinplätze. Daß er die Verkäufermannschaft nicht einfach so vergrößern könne.«

»Mann, erzähl mir nicht, daß Papa das nicht kann!«

»Dann wird es eine Ausrede sein.«

Auf seinem kleinen Stuhl räkelt sich Manuel gelangweilt. Ich füge hinzu:

»Das mit Sabadell scheint mir interessanter zu sein, wenn auch genauso schwer.« Und mit einem Blick auf Manuel: »Hast du Erfahrungen im Verkauf?«

»Im Gefängnis hat er viel gelernt«, sagt sie schnell.

»Hab gehört, daß du da drin einen richtigen Beruf erlernt hast.«

»Was man so ›richtigen Beruf‹ nennt ... Deine Cousine übertreibt gerne.«

»Ach ja?« ruft sie amüsiert und sieht ihn mit leuchtenden Augen an. Wie vorher verraten ihre Bewegungen und ihre Augen eine plötzliche Begeisterung. »Glaub ihm nicht, Paco. Er ist sehr bescheiden.«

»Bescheidenheit ist eine Zier, doch weiter kommt man ohne ihr«, höre ich mich, selbst überrascht, tönen: ich merke, daß mir der Alkohol die Zunge löst. »Nein, im Ernst ...«

»Also schön«, räumt Manuel ein, kauert sich auf seinem

Stuhl zusammen und läßt das weiße Lächeln blitzen. »Sie will sagen, daß ich Fremdsprachen gelernt habe, Französisch und ein wenig Englisch. Glorias Vater hat's mir beigebracht. Aber das nützt alles nichts, wenn du keine Beziehungen hast. Ich hab auch noch gelernt, Spritzen zu setzen, elektrische Leitungen zu legen und so'n Quatsch, da drin hat man genug Zeit. Vor allem zum Lesen.«

»Wohnt deine Familie nicht in Barcelona?«

»So als wär sie nicht da.«

»Nimm noch einen Schluck, gleich ist nichts mehr drin.«

Aber was den Jungen am meisten interessiert, ist, was die Familie denkt, was sie sagt. Ich stehe auf, und während ich ohne die beiden anzusehen durchs Zimmer wandere, erläutere ich direkt und ohne Umschweife die in gewisser Weise gerechtfertigte Sorge der Familie um das, was sie für seine dunklen Machenschaften und Absichten in bezug auf meine Cousine (die mir jetzt bestürzt zuhört) halten, und an einem bestimmten Punkt meiner Ansprache merke ich, daß ich die Kontrolle verliere, daß meine Stimme lauter wird und unaufhaltsam und dogmatisch dahinfließt; unverständlicherweise (soviel habe ich gar nicht getrunken) stelle ich mich auf die Seite der Familie, reihe mich vorübergehend in die geschlossenen Reihen des strebsamen Chores ein. Er hört mir von seinem Stuhl auf dem Balkon aus zu, sieht mich mit beinahe verächtlicher Gleichgültigkeit an, und als ich mir dessen bewußt werde, bändige ich das singende Biest in mir und rücke die Dinge wieder zurecht, ich bringe den Jungen (und sogar Montse) zum Lachen, indem ich die Predigt plötzlich in eine Posse verwandle, eine Parodie auf mich selbst und auf die Achtbarkeit meines Onkels und meiner Tante, glänzende Symbole untadeliger Ehrbarkeit und bis zum Hals in der Scheiße steckend.

Während des darauf folgenden Schweigens sieht mich Manuel neugierig an. Dann seufzt er und sagt, wir sollten die Sache nicht hochspielen, und bis jetzt jedenfalls habe er bewiesen, daß er eine Niete sei, unfähig, Arbeit zu finden. Sie wirft ein, man solle aber dennoch nicht meinen, Manuel säße mit verschränkten Armen da und warte ab; er finde immer etwas, um sich ein paar Peseten zu verdienen: er gebe den armen Mädchen Spritzen und auch der Witwe (mit ihren schwachen Nerven), für die er manchmal Besorgungen mache oder Elektrikerarbeiten verrichte oder auf das Telefon aufpasse, wenn sie außer Haus sei, usw. Ich stelle mir vor, wie der Junge die Privaträume der Witwe oder die Zimmer der Prostituierten betritt: die Spritze in der Hand, geht er über den Flur zu den dunklen Reichen des Bösen, die Montse so sehr fürchtet, und dort, kompetent und geschäftig, mit Scherzen, Vertrauen, Siesta-Schläfrigkeit, kommt es zu einem Fick ... Doch das alles ist unendlich idiotisch, zunächst sollte ich mich fragen, ob der Kerl aufrichtig ist, in welchem Maße seine Gesten und seine Worte die eines Intriganten sind, oder besser gesagt, in welchem Maße die guten Absichten, die Träumereien, die Illusionen, reich zu werden, die Montse in ihm weckt, bereits begonnen haben, diese Gesten und Worte zu unterhöhlen. Denn als ich wieder anfange, die Claramunts zu verspotten, und jetzt auch meine eigene Mutter mit einschließe, mischt sich in die Aufmerksamkeit, die mir der *charnego* widmet, noch etwas anderes, so als setze er seine Fähigkeit zur Intrige und zur Verstellung ein, um das Gleichgewicht zu meiner Schamlosigkeit zu wahren: er gibt sich aufmerksam und leichtgläubig, soweit jemand, der auch sich selbst nicht ernst nimmt, dazu in der Lage ist. Seltsam: obwohl man vermutet, daß er das Zeug hat zu einer scharfen, spöttischen Attacke gegen die Beschaffenheit unserer Realität (Montses Realität, meine, die der Claramunts), hält er dennoch irgendeinen höchst konventionellen Pakt ein, er ist ein ausgesprochen respektvoller und liebenswürdiger Mensch, Tante, das versichere ich dir, und von in gewisser Weise ausgesuchter Empfindsamkeit.

Jetzt steht er neben mir und zeigt mir eine katalanische Zeitung; mit Rotstift hat er eine Anzeige angestrichen, in der jemand für die Zustellung von Büchern gesucht wird. Sein Hemd ist aufgeknöpft, seine Hand ruht napoleonisch auf einem Knopf, der jeden Augenblick abzufallen droht, und tatsächlich springt er ab und rollt über den Boden. Montse, die auf den Balkon hinausgegangen ist, um frische Luft zu schnappen, ruft ihm zu:

»Komm, zieh das Hemd aus. Ich näh ihn dir schnell an.«

Er gehorcht, ohne die Zeitung loszulassen oder die Augen von der Anzeige abzuwenden.

»Was heißt mit Perspektiven?«

»Mit Aufstiegschancen.«

Er steht eine Weile nachdenklich da.

»Glaubst du, die würden mir den Posten geben? Nein, oder?«

»Weiß ich nicht.«

Aus einem richtigen Gefühl heraus wird er nicht weiter nachhaken. Das macht nicht die jüngste Erfahrung im Gefängnis (obwohl auch dort die Zeit Hierarchien entstehen läßt, auswählt, Prestige verleiht oder entzieht, mit Vollmachten ausstattet oder degradiert); sondern es ist ein höheres Gefühl dafür, ein unerwünschter Gast zu sein in der schönen, verpesteten Stadt Barcelona, Hauptstadt der Emigrantenverlassenheit, der archivierten Höflichkeit und dieser subtilen Raffinesse berühmter Quatschköpfe, die sich selbst die Bezeichnung *Hauptstadt des Geistes* gegeben hat.

»Mal was anderes«, sage ich und wende mich meiner Cousine zu. »Du läßt dich anscheinend kaum noch in der Gemeinde sehen.«

Auf dem Bett neben dem geöffneten Nähkästchen sitzend, näht sie in aller Ruhe den Knopf an.

»Das stimmt nicht«, sagt sie. »Ich gehe hin, wenn ich dort was zu tun habe, wie immer...«

»Nicht wie immer, Cousine, lüg nicht.«

»Na schön, früher bin ich häufiger hingegangen.« Sie lächelt verschmitzt. »Aber einige meiner Freundinnen haben geheiratet ... Und dann hab ich jetzt viel Arbeit mit den neuen Pfarrhelferinnen in den anderen Vierteln ... Sag mal, wie spät ist es?«

»Noch früh. Habt ihr nichts zu trinken?«

»Ich hab Hunger«, sagt Manuel. »Warum gibst du uns nicht was von der Pfefferwurst, die du gestern gekauft hast?«

Montse ist aufgestanden und hilft ihm, das Hemd anzuziehen. Schmählich bespitzele ich sie: jene Anzeichen, die von der Familie als klarer Beweis für die vollendete Tatsache, für das Ziel des Abenteuers ausgelegt würden, vermag ich nicht wahrzunehmen; ihre Hände um seinen nackten Oberkörper wahren eine bebende Distanz, den Argwohn gegenüber dem Unbekannten. Und dann sieht er sie so ... wie soll ich sagen, wie jenen Blick beschreiben? Natürlich ist er anders als euer Blick, Tante, ihr seht eure Töchter verstohlen an, mit dieser besonders schwächlichen und erbärmlichen Furcht, die ihr in eurer Welt mit dem Verlust des Glücks verbindet. Er indes sieht sie an, wie man Luxusgegenstände ansieht, so als begegne er ihnen zum wiederholten Male, so als gehörten sie ihm schon in gewisser Weise oder hätten ihm zumindest einmal gehört.

Montse redet jetzt von Geld.

»Das ist auch etwas, das deinem Vater große Sorgen bereitet«, erinnere ich sie. »Sie fragen sich, was du mit deinem Lohn machst.«

»Wissen sie, daß sie mir Geld leiht?« fragt Manuel.

»Ja.«

»Das ist völlig unbedeutend«, sagt sie, während sie das Nähkästchen in den Schrank stellt. »Soso, dann habt ihr also Hunger!«

»Hör mal, Montse«, sage ich, »wirst du in diesem Jahr zum Sommerfest des Tennisclubs gehen?«

»Klar, das ist doch Nurias Einführung in die Gesellschaft. Außerdem haben wir eine Kollekte organisiert. Gehst du nicht hin? Ich warne dich, Salvador Vilella ist Nurias Partner! Also leih dir einen Smoking, halte ein einziges Mal deine Zunge im Zaum und laß sie nicht aus den Augen . . .!«

»Pah! Nuria interessiert mich überhaupt nicht«, entfährt es mir mürrisch. Sie lacht, die beiden wechseln Blicke und zwinkern sich zu.

Dann, als er ihr vorschlägt, morgen mit ihm an den Strand zu gehen, und sie sagt, das bestimmt nicht, und er im Scherz antwortet, dann werde er die Witwe mitnehmen, und sie, na schön, er solle tun, was er wolle, der Strand der Barceloneta widere sie an, ist im Nebenzimmer wieder Lärm zu hören, diesmal klingt es so, als wäre ein Regal mit Flaschen umgestoßen worden. Das Radio verstummt, und im Stockwerk darüber hämmert ein harter Gegenstand (der Gipsfuß der Prostituierten?) nachdrücklich auf den Fliesenboden, gleichzeitig brüllt eine keifende Stimme »Ruhe!«, und dann hört man auf dem Flur Türenknallen und postwendend die Wirtin schimpfen: »Es gibt keinen Wein mehr, Scheiße noch mal! Jawohl, er hat ihn getrunken, damit du's weißt! Ich schulde dir nichts, du eingebildeter Scheißkerl!« Sie ist gut zu verstehen, direkt hinter der Tür. Montse und er sehen sich an, sie will etwas sagen, aber da ist er schon aufgestanden mit jener seltsam gestelzten Langsamkeit in den Beinen und im Kreuz, nimmt eine Havannakiste vom Nachttisch und geht zur Tür. »Bin gleich wieder da«, sagt er und tritt hinaus auf den Flur, der mir mit seinem Geschrei wie ein Hühnerhof vorkommt.

Allein mit mir, senkt Montse den Blick, um meinen Augen auszuweichen, und geht schweigend zu dem mit einem Wachstuch bedeckten Tisch; sie rückt ihn vor die Balkontür, dann geht sie zum Wandschrank und nimmt eine Serviette sowie ein Messer heraus, ein angebrochenes Paket Toastbrot, *chorizo*, eine Flasche Tafelwein und zwei mit grünen Blümchen bemalte Gläser – die gleichen wie meine, die für Mandelmilch. Lächelnd dreht sie sich um und sieht mich an.

»Siehst du?« sagt sie, »es ist immer gut, eine Kleinigkeit im Haus zu haben ... Aber es ist traurig, allein zu essen, nicht wahr?«

Sie verstummt, vielleicht fällt ihr ein, daß niemand besser als ich die gastronomische Trostlosigkeit eines Pensionsbewohners kennt.

»Hast du Hunger? Möchtest du einen Joghurt?«

»Nein, Montse, danke.«

Schweigend stellt sie alles auf den Tisch, in Gedanken versunken, rückt es noch einen Mal zurecht, sie hat mich völlig vergessen, und mit einem Mal bekommen ihre Bewegungen etwas Abwartendes, höchst Weibliches. Sie tritt einen Schritt zurück und betrachtet das Ganze. In ihrem Blick liegt etwas Verstörtes, so daß ich beinahe wünsche, nicht hier zu sein, so als fürchte sie, durch meine Anwesenheit einen geheiligten Ritus zu entweihen, ein Geheimnis. Kaum zu glauben! Immer hetzt sie sich ab, nimmt täglich mühevolle Wege in Kauf, wahnsinnige Märsche gegen die Uhr, um dann hierherzukommen, zu zwei armseligen Gläsern mit Blümchen und einem Stück *chorizo*; der zarteste und zerbrechlichste Bereich ihrer Träume richtet sich also hierauf, auf diesen mit einem Wachstuch bedeckten Tisch ... Dann, als sie findet, daß alles in Ordnung ist, verschränkt sie die Arme und tritt langsam auf den Balkon, um das Hin und Her auf dem Passeig de Born zu beobachten, die vorbeigehenden Leute, die von der Hitze erschöpften Baumkronen. Von der Bettkante aus sehe ich auf ihren Rükken, einen seltsamen Druck im Magen, bis ich – als sie sich abrupt zu mir umdreht, so als habe sie eine Erscheinung gehabt: »Was für eine schöne Nacht, nicht wahr?« – entdecke, daß ihre Augen feucht vor Tränen sind.

Also, dann ist es soweit? Werden die Weissagungen der Familie Punkt für Punkt in Erfüllung gehen? Hat sich die dumme Gans verliebt? Ist sie dabei, sich verführen zu lassen, ohne es zu merken? Ich stehe auf, um ein wenig im Zimmer herumzuschnüffeln. Ich entdecke einige meiner Bücher auf dem Nachttischchen und in einem geöffneten Koffer, der unter dem Bett hervorschaut, und ein blaßblauer Fleck zieht den Blick magisch auf sich: ein mit einem roten Bändchen zusammengehaltenes Bündel Briefe. Niedergekauert, hinter Montses Rücken, untersuche ich die Briefe, ohne sie loszubinden. Alle sind an ihn gerichtet, Gefängnis Modelo, Gang Nr. 4, Absender: Montserrat Claramunt, Avenida Virgen de Montserrat 27, Barcelona. Eine feine, schlanke Handschrift, ohne Schnörkel. Liebesbriefe? Darüber denke ich nicht nach; etwas Unglaubliches fesselt meine Aufmerksamkeit: kein Umschlag ist geöffnet worden.

Manuel ist noch immer draußen, es ist anzunehmen, daß er der Witwe hilft, irgendein Problem zu lösen, die Stimmen im Nebenzimmer sind verstummt, man hört nur noch auf dem Flur die Geräusche einer Unterhaltung und so etwas Ähnliches wie Schluchzen. Nachdem ich mich vergewissert habe, daß Montse noch auf dem Balkon steht, lege ich die Briefe in den Koffer zurück und richte mich auf. Wie unvorsichtig, sie hier liegenzulassen, in ihrer Reichweite ...

»Immer dasselbe«, sagt Montse plötzlich und setzt sich auf den Stuhl. »Streit und immer wieder Streit. Das beste wäre, die Mietrückstände zu zahlen und in eine andere Pension zu ziehen, das hier ist ein Irrenhaus. Meinst du nicht? Das ist sogar noch dringender, als eine Stelle zu finden ... Gott weiß, wie lange er das noch ertragen muß.«

»Was ertragen?«

»Das hier. Das alles. Ohne Arbeit, ohne Geld, allein, ohne für sich selbst aufkommen zu können.«

Ich versuche, sie streng anzusehen.

»Weißt du, was ich denke, Cousine? Ich glaube nicht, daß er dich braucht. Jetzt nicht mehr.«

Sie lächelt mir traurig zu.

»Wenn du wüßtest!«

Ich nähere mich der Tür. Seit einer Weile verspüre ich das dringende Bedürfnis, auf den Flur hinauszuschauen. Montse reicht mir ein Glas mit dem lauwarmen Tafelwein (»Kaum zu glauben, du trinkst aber auch alles!« schimpft sie lächelnd mit mir) und geht dann wieder auf den Balkon hinaus. Ich öffne die Tür, gerade genug, um ein Bild zu sehen, das meine Cousine besser nicht sehen sollte: im Zimmer gegenüber liegt eine Frau schluchzend auf dem Bett, die geballten Fäuste an die Schläfen gepreßt, den Rock über den Hintern hochgeschoben, und das schwarze Spitzenhöschen wird in diesem Moment gewaltsam und entschlossen von Manuel heruntergezogen, der in der anderen Hand eine gefüllte und tröpfelnde Spritze hält. Um das zerwühlte Bett herum, auf dem ein Junge mit zerzaustem Haar liegt und gleichgültig rauchend zur Decke sieht, flattern gestenreich und wild diskutierend zwei junge Frauen, eine davon im Nachthemd und mit einem Gipsfuß, dazu zwei junge Männer im T-Shirt, jeder mit einer Flasche Bier in der Hand, und ein Alter, der seine mageren Schultern mit einer Pyjamajacke bedeckt. Alle diskutieren heftig miteinander. Ich kann die jammernde Wirtin erkennen, für deren Hintern die Spritze bestimmt ist, die Witwe, die immer wieder mit einer unbeschreiblich dämonischen Stimme schluchzt: »Du Schwein, du Schwein.« Ihr Zustand scheint die Pension sehr in Sorge zu versetzen, alle sind aus ihren Zimmern herbeigeeilt, um ihr beizustehen bei dem, was sich zu einem ernsten Nervenzusammenbruch auszuwachsen scheint, es wäre nicht das erste Mal. Einzelne Sätze aus dem geifernden Wortwechsel helfen mir, das Drama zu rekonstruieren: Offenbar hat die Pensionswirtin mit Freunden, zwei Lkw-Fahrern, in ihrem Zimmer (neben dem von Manuel) gefeiert und getrunken, bis ein Dritter mit Namen Fermín (der gleichgültige Mensch, der auf dem Bett liegt und rauchend zur Decke sieht) zu ihnen gestoßen ist und alles verdorben hat, indem er die Wirtin aufforderte, sie solle doch verdammt noch mal so gut sein, ihm zu erklären, warum sie von dem Exsträfling keine Miete kassiere und von ihm dagegen ja. Das grellgeschminkte Mädchen, das mit seinem Gipsfuß hin- und herstampft, diskutiert mit den anderen über das Recht, das eine Zimmerwirtin habe, ihr Herz (ein offensichtlicher Euphemismus, Tante) zu öffnen, wann und wem sie wolle, also wirklich, das fehle noch, schließlich sei sie bei sich zu Hause, und wen's jucke, der solle sich kratzen. Das Zimmer ist völlig verqualmt, und ab und zu kommt die alte Köchin vorbei, mit Argusaugen und die Arme in die Seiten gestemmt. »Schuld hat dieser Dreckskerl von Fermín!« behauptet die Hinkende. »Der ist wütend, weil er weiß, daß Gloria von dem Jungen kein Geld nimmt.« Und die andere: »Du schuldest ihr doch nur 'n paar Monate, stimmt's, Manuel?« Manuel scheint niemandem zuzuhören, wie ein Profi beugt er sich über den weißen Hügel. Der Einstich entreißt der Witwe ein Kreischen, dann versichert sie, sie spüre die Flüssigkeit eindringen, es tue weh, »sachte, sachte«, wimmert sie. Er zieht die Nadel heraus, reibt äußerst geschickt und gleichgültig mit dem Wattebausch über die Stelle und richtet sich dann auf, er scheint nichts zu hören, nicht einmal anwesend zu sein, während (doch, er hat diesem Fermín kurz zugelächelt) er sein schlichtes Instrument wieder in die Zigarrenkiste legt. Das Gesicht im Kopfkissen vergraben, bleibt die Wirtin auf dem Bett liegen und wimmert. Eine leise und sibyllinische Stimme: »Außerdem ist Gloria eifersüchtig auf das Mädchen, kapierst du das nicht, du blöde Ziege? Die Sache ist komplizierter, als du denkst«, doch die Eingegipste bleibt dabei: »Schuld hat Fermín«, und beugt sich über den Rücken der von Schluchzern geschüttelten Witwe, »hör auf zu weinen, Gloria«, und während sie ihr den Slip hoch- und den Rock runterzieht, streicht sie ihr mit der anderen Hand sanft übers Haar. »Gehn wir, Gloria, komm mit zu uns, los, Schätzchen, hör auf zu weinen.« Verächtlich sieht sie zu dem Jungen hinüber, der ganz ruhig auf seinem Bett liegt und unverändert wunderschöne Rauchringe zur Decke schickt. »Und wenn dieser Schmutzfink dich noch mal anfaßt, rufen wir die Polizei, und dann …!« Manuel macht Anstalten, das Zimmer zu verlassen.

Ich schließe behutsam die Tür und sehe wieder zu Montse hinüber. Das Herz zieht sich mir zusammen: sie steht neben dem Tisch und sieht mich abwesend an. Natürlich hat sie alles mit angehört. Und dennoch strahlt ihr Gesicht dieselbe Kraft wie immer aus, mit jenen traurigen Ringen unter den Augen, die der dunklen Spur eines täglich durch den Glauben besiegten schlechten Traumes gleichen, heroisch abgewehrt, auf die Stufe einer Sinnestäuschung gestellt.

»Hier ist es lustiger als in deiner Pension, nicht wahr?« sagt sie und läßt sich erschöpft auf einen Stuhl fallen. »Verstehst du jetzt, warum ich ihn noch nicht allein lassen kann? Ich glaube, er würde bald wieder im Gefängnis landen. Wirklich.«

Mir fällt nichts anderes ein, als ihr die Hand auf die Schulter zu legen und zu sagen:

»Was er braucht, ist Arbeit. Dann wird alles anders.«

In diesem Augenblick öffnet sich die Tür, und Manuel kommt mit zwei Flaschen Bier herein.

»Dein Honorar, Doktor?« sage ich lachend, aufrichtig erleichtert, daß er wieder zurück ist, und zeige auf die Flaschen. Doch weder er noch Montse machen irgendeine Bemerkung über das Vorgefallene, so daß ich mich ebenfalls fürs Schweigen entscheide.

Als ich mein Bier ausgetrunken habe, merke ich, daß der Zeitpunkt zum Aufbruch gekommen ist. Montse begleitet mich, aber vorher muß sie noch zur Toilette. Ich bin wieder allein mit Manuel, der nachdenklich vor der Balkontür steht und Brot mit *chorizo* ißt.

»In dem Koffer da unter dem Bett«, sage ich, »liegen einige

meiner Bücher ... Ich hab auch die Briefe meiner Cousine entdeckt.«

Er sieht mir mit ausdruckslosem Gesicht in die Augen, ohne das rhythmische Kauen zu unterbrechen. Eine angenehme Alkoholfahne geht von seiner Person aus.

»Ach ja, die Briefe!« sagt er. »Wie ich mich gefreut habe, sie zu bekommen! Aber du weißt ja, einen gelesen, alle gelesen.«

Mit der größten Natürlichkeit hat er das gesagt. Vielleicht hat er recht, aber ...

»Meinst du nicht«, bohre ich weiter, »es wäre besser, sie irgendwo zu verstecken, wo sie sie nicht finden kann? Oder mach wenigstens die Umschläge auf.«

»Warum? Ich muß vor Montse nichts verbergen.« Er denkt ein Weilchen nach, hebt seine Flasche hoch und betrachtet im Gegenlicht ihren Inhalt. Dann fügt er hinzu: »Aber ich werd's tun.«

Immer bringt sie, bevor sie geht, das Zimmer noch ein wenig Ordnung. Sie erinnert den Jungen daran, daß er am nächsten Tag zu dem oder dem Ort gehen müsse. Sie wäscht sich die Hände in der Waschschüssel. Und als sie sich verabschiedet, in der Tür, eilig, mit einem etwas nervösen Lächeln – ohne ihm zuhören zu wollen, der mit einer gewissen sorgenvollen Miene zu ihr sagt, es würde ihr guttun, auszuruhen und sich ein wenig abzulenken, sie solle doch mit an den Strand gehen –, gibt sie ihm flüchtig die Hand, nur die Fingerspitzen. Und das ist alles.

Die Ansteckung

Ich erzählte ihr in einem alkoholisierten Zusammenspiel von Wollust und Sühne, wie sehr mir die Vorstellung gefiel, daß bisweilen dasselbe Persönlichkeitsideal gleichzeitig auf verschiedene Arten erblühen konnte, die Idee einer Schwermut, die in jedem einzelnen von uns, verwirrt in der jugendlichen Schale, ein ähnliches mythisches Naturell nährte; so konnte es sehr gut geschehen, daß genau zu der Stunde, in der ich den geliehenen Smoking anprobierte und vor dem Spiegel eine verächtliche Gleichgültigkeit einübte, während ich in der Ferne bereits die goldenen Ufer der Hoheitsgebiete erblickte (Nuria stand kurz vor der Kapitulation), Salvador Vilella identische Regungen verspürte, in seiner Aktentasche enzyklische Texte zusammen mit Verkaufs- und Marktanalysen für Onkel Luis und jener alten Fotografie von Nuria aus der Zeit, als sie Basketball spielte, und das alles in demselben Augenblick, da Montse sich immer mehr in ihre tägliche Selbsttäuschung verstrickte, unterwegs zur Pension Gloria, in irgendeinem Laden des Viertels, in dem sie ein Kilo Apfelsinen oder eine Flasche Tafelwein kaufte, während vielleicht ganz in der Nähe, in der schmutzigen Telefonkabine einer Kneipe, der ehemalige Strafgefangene sich ebenfalls auf seine Weise vergnügen konnte (auch wenn er jene soziale Schwermut durch eine pathetische Ironie ersetzte), indem er sich den ungewöhnlichen Spaß erlaubte, sich selbst mit Vor- und Familiennamen in den Sälen eines Luxushotels ausrufen zu lassen, um eine Weile wie ein

Affe geduckt in der Kabine und mit dem sarkastischen Grinsen von jemandem, der eine subtile Rache ausheckt, sich vorzustellen, wie sein Name von einem tadellos gekleideten Boy mit Baritonstimme und weißen Handschuhen ausgerufen wurde, der über die Teppiche von Aufenthaltsräumen lief und Ohren verschiedenen Ranges und Vermögens aufhorchen ließ: Don Manuel Reyes, Don Manuel Reyes, bitte, Don Manuel Reyes wird am Telefon verlangt, und das so oft, bis er sich zufriedengab und auflegte.

»Nein! Stimmt das wirklich?« rief Nuria und wälzte sich vor Lachen auf dem Boden der Terrasse, wo es, wie sie sagte, kühler sei. Ihre weiße Hose hatte Schmutzflecken von Zigarettenasche. Wir waren bei der Hälfte der Flasche Whisky und der Hälfte der Nacht angelangt, die stehengeblieben zu sein schien mit ihrem wunderschönen Sternenzelt und dem Konzert der Grillen im Gras, wir steckten uns mit unserem Lachen an, zogen vergnügt das Wunder einer Erinnerung in die Länge, die vielleicht zum ersten Mal nicht jenes Gefühl hervorrief, das irgend etwas mit angeblicher Respektlosigkeit vor den Toten zu tun hatte.

Da kam es mir in den Sinn, ihr von der physischen Veränderung zu erzählen, die nach und nach mit ihrer Schwester vor sich gegangen war, und ich erläuterte, daß sich nicht so sehr ihre schlichte Art, sich zu kleiden, und ihre natürliche Sittsamkeit sich verändert habe, sondern daß irgend etwas anderes, ein Sich-gehen-lassen, eine lautlose, feuchte Substanz, die sie wie ein Dunstschleier des Geschlechts umgab, begann, ihre schüchterne Gestalt in dem Maße zu adeln, in dem die Unkeuschheit durch ihr Inneres floß. Ich sprach über bestimmte Tage, an denen ihr Körper ein von ihren heftigen Gefühlen losgelöstes Leben führte, und darüber, wie von da an ihre Gestalt Form annahm, aufhörte, jene schwindelerregende Fülle unbewußter und oft unkoordinierter Bewegungen zu sein, wie sie Gewicht erlangte, Würde, die suggestive Macht der Beherrschung. Das, was bei anderen, oberflächlicheren Frauen die Attraktivität beeinträchtigt hätte, löste bei ihr eine geheimnisvolle Sinnlichkeit aus.

In diesem Moment war Nuria auch schon aufgesprungen und streckte sich; Beine und Arme bildeten schlaffe Windmühlenflügel, die den Wind und jene dunstige Küstenlandschaft herbeiriefen, die unaufhörlich schaukelte, als segele meine Vision dahin, so daß ich das leere Glas mit aller Kraft umklammerte, während ich zu hören glaubte, daß sie mit einem langgezogenen Gähnen vorschlug, das Gespräch im Bett fortzusetzen. Das zuvor Gesagte in ihrer flinken weiblichen Art zusammenfassend, fügte sie hinzu, die Veränderung ihrer Schwester sei darauf zurückzuführen gewesen, daß sie soviel in so kurzer Zeit abgenommen habe, und sie erinnerte daran, daß er sie an den Strand mitgenommen habe, wobei er sie sicherlich dazu habe zwingen müssen, da ihr das Baden nicht einmal während der Sommerferien in Sitges Spaß gemacht habe, und daß ich doch bitte die Flasche und die Gläser ins Schlafzimmer mitnehmen solle, falls ich mich dazu in der Lage fühle, sie werde das übrige mitnehmen.

Ich antwortete, das könne ich ohne weiteres tun, Montse sei jedoch nur an den Strand gegangen, um in seiner Nähe zu sein und auf ihn aufzupassen, damit die Witwe und ihre Freunde ihn nicht dazu überredeten, bei ihren dunklen Geschäften mitzumachen, und ich verbreitete mich über einen Gedanken, der mich plötzlich mit Glück erfüllte, als ich unsere arbeitende Bevölkerung (Prostituierte eingeschlossen) an den öffentlichen Stränden der Barceloneta als friedlichen Ameisenhaufen bezeichnete, eine trostlose Anhäufung menschlichen Fleisches, die am ersten Tag ihre Augen mit Bestürzung und Mitleid erfüllt haben müsse, so wie es uns allen manchmal gehe, wenn wir über unsere Situation nachdächten, darüber, wie das Leben zu nehmen sei, außer es so zu nehmen, wie es gerade komme, immer krumm und schief, dieser faule Witz, der jetzt bereits meine fast dreißig Lebensjahre andauere, na ja, dieser Riesenquatsch, der unsere Existenz beherrsche, und sie solle bitte nicht vergessen, das Licht auf der Terrasse auszumachen und Eis mitzubringen, bitte, obwohl mir bereits auf dem Weg zum Schlafzimmer ganz besonders daran gelegen sei festzustellen, daß ihre körperliche Veränderung bereits stattgefunden habe, bevor sie sich am Strand nähergekommen seien, was sich zum Beispiel an jenem Tag gezeigt habe, an dem während des Wohltätigkeitsfestes des Tennisclubs Nurias Einführung in die Gesellschaft erfolgte, so daß es eher auf den psychischen Prozeß in ihrem Inneren zurückzuführen sei als auf die Berührung mit der freien und jodhaltigen Luft, und sie solle die Zigaretten nicht vergessen.

Sie bringe sie mit, sagte Nuria, und ich solle den Gedanken fallenlassen, noch eine Flasche zu holen, wenn diese leer sei, nun ja, dann werde sie eben leer sein, und ich solle Licht machen und nicht so laut sein und das Personal nicht aufwecken, mein Torkeln sei sehr lustig, und sie fühle sich so glücklich heute nacht mit der Aussicht auf eine gemeinsame Reise und Paris zum Greifen nahe, auf ein neues Leben, und jedenfalls habe der Strand der Barceloneta Montse zwar äußerlich jünger, aber innerlich älter werden lassen. Genau, sagte ich. Sie ließ mich an der Tür des Schlafzimmers stehen und ging, um das Licht auszuknipsen und einige Türen zu schließen. Ich setzte mich aufs Bett und senkte den Kopf; ich hörte sie, und es war wie in alten, nicht gelebten Zeiten, ich fühlte mich verwurzelt in der alten Sommerferientradition der Claramunts in Sitges, es war, als schlüpfe ich in das, was ich nicht gewesen war, in die verlorenen Gesten einer anderen Kindheit, doch es dauerte nur einen Augenblick, denn sie kam sofort beladen zurück, schloß die Tür mit dem Fuß und einem vergnügten Gesichtsausdruck bei dem Gedanken, sich hier wie in einem Refugium im Hochgebirge einzurichten, und leise vor sich hinträllernd stellte sie alles auf das Nachttischchen, den Kübel mit den Eiswürfeln, die Zigaretten, eine Flasche Mineralwasser und ein Fläschchen mit Badesalz, das sie aus ihrem Zimmer geholt hatte. Doch plötzlich verstummte sie und über die Lampe gebeugt, kündigte die nachdenkliche Langsamkeit ihrer Bewegungen bereits, wie zu erwarten, ein neues Argument an, das nicht so sehr gegen den ehemaligen Strafgefangenen, sondern gegen meine heftigen Sympathien für ihn ins Feld geführt werden würde: wenn ich schon von dem Fest spräche, ob ich das mit dem Geld der Wohltätigkeitstombola vergessen hätte, das Geld, das sie ihm noch in derselben Nacht gegeben habe, und ob ich immer noch bestreiten wolle, daß er sie dazu angestiftet habe, es zu stehlen und ihm dann zu geben, denn das sei Diebstahl gewesen ... Vor dem Regal mit den Büchern stehend, die Hand erhoben, geleitet von einer stockdunklen Zone der Erinnerung, fuhr ich mit dem Finger über die Rücken der gebundenen Ausgaben von ›Paris-Match‹ und ›Hola‹, während ich sie mit einer Stimme, die schon nicht mehr die meine war, daran erinnerte, daß ihre selbstlose Schwester damals eine Christin war, die ihren Weg ging wie wir alle, mit anfänglichen Fehlern, zwei Schritte vor und einen wieder zurück. Und daß sie außerdem verliebt war.

Nuria kniete auf dem Bett und servierte die letzte Runde, dann setzte sie sich, den Rücken gegen das Kissen gelehnt, und stöhnte über die Hitze, wobei sie mich, das Glas in der Hand, beobachtete; so sah ich sie vor mir, und plötzlich war es nicht mehr sie, sondern ihre Schwester, mit dem Rücken gegen den sonnenbeschienenen Zaun der *Baños Orientales* gelehnt, sandverklebt die nasse Haut der Oberschenkel und der Arme, in die Sonne blinzelnd, verwirrt ... Was suchst du? fragte mich Nuria, um dann sofort fortzufahren: Ich dachte gerade, daß, außer der unangenehmen Geschichte mit dem Geld alles, was in jener Nacht im Club passierte, sehr lustig war. Hörst du mir zu? Ja, sagte ich, ich höre dir zu, und wandte mein Gesicht mit einem heftigen Schwindelgefühl wieder dem Regal zu. Doch meine regen Gehirnzellen brachten es schließlich fertig, meine Hand zu dem Sammelband April-Juli 1960 zu führen, ich nahm ihn aus dem Regal und ging mit ihm zum Bett. Nuria sah den Band in meinen Händen widerwillig an. Ich fragte sie, wie es möglich sei, daß ein berufsmäßiger Leser enzyklischer Schriften (das alarmierte Auge weit aufgerissen auf die haarige Frage des Privateigentums und der liberalen Wirtschaft gerichtet) von Salvas Format dieses alberne Zeug, das nur solche Hohlköpfe wie mich begeisterten, sammeln und binden lassen könne, und sie erwiderte, die Sammlung der Zeitschrift ›Hola‹ gehöre ihr und sie wisse offen gestanden nicht, warum sie sie aufbewahre, sie stehe da, mehr nicht, vielleicht habe sie sich früher darin gerne auf irgendwelchen Festen und Bällen bewundert. »Bestimmt bist du auch auf zwei oder drei Fotos zu sehen«, fügte sie strahlend hinzu, doch da hatte meine Hand die Zeitschriften bereits auf den Nachttisch gelegt und das Glas ergriffen, und ich schlug vor, es auf morgen zu verschieben, ich sei wirklich sehr müde; ich legte mich hin und ließ einen Arm aus dem Bett hängen, stellte das Glas auf den Boden und hielt es am Rand fest, ich glaube, so schlief ich ein.

»Komm her, Montse, setz dich.«

»Wie dreckig alles ist.«

»Hier, neben mich.«

»Aber da ist doch kein Platz!«

»Warst du noch nie hier?«

»Nein. Zu viele Leute, und das Wasser ist völlig verdreckt.«

»Man gewöhnt sich schließlich dran.«

Es ist eine grelle und übervölkerte Welt, die sich in der Sonne braten läßt. Es ist der industrielle Abfall der Unternehmerstadt des Geistes, das Gesindel aus Straßenbahn und Fabrik, Fremdarbeiter, die ihre häßliche Nacktheit einem engen Streifen schmutzigen Sandes und trüber Wellen zumuten, auf denen Essens- und entwürdigende Koitusreste schwimmen, eine bunte und gewalttätige und furchtbar häßliche Welt, vor der sie bis heute zurückgeschreckt ist und in der es nicht leichtfällt, längere Zeit sauber zu bleiben oder eine würdige Haltung zu bewahren.

Unmöglich, hier nicht zu verrohen – wird Montse denken –, es herrscht Ansteckungsgefahr. Und dennoch gelingt es bestimmten, wunderbarerweise begabten Wesen, bestimmten Körpern, durch eine geschickte und kühle List Immunität zu bewahren: taub für das Geschrei am Strand, gewöhnt an das Durcheinander, anpassungsfähig und unempfindlich gegenüber dem Geriesel des klebrigen Sandes, den fremde Füße bei ihrem Gerenne und ihren Spielen überallhin verspritzen, bleiben sie und ihre Handtücher wie durch ein Wunder rein und sogar schön inmitten des gedrängten Chaos, auf engstem Raum, resolute Körper in bewundernswerten und geschickten Stellungen und mit vollkommener Gleichgültigkeit und Unbeweglichkeit, unversehrt, makellos.

»Schläfst du, Manuel?«

Er nämlich gehört zu jenen Wesen, die dazu geschaffen sind, hier in dieser schmutzigen Welt zu leben. Um ihn herum kämpfen und wälzen sich die Freunde der Pensionswirtin, und der widerliche Sand, den sie hochwirbeln, verschont seltsamerweise die Haut und das Handtuch des Schlafenden. Neben ihm hockend, sich fehl am Platze und verletzlich fühlend, betrachtet Montse ihn. Erst viel später stellt sie fest, daß der feine schwärzliche Sand sich unvermeidlich auch auf seiner Haut ausbreitet. Von Zeit zu Zeit streift sie ihn mit der Hand ab, ohne ihn aufzuwecken. Die Luft, erfüllt von der schrillen Musik der Transistorradios, gleicht einem Dornengestrüpp, und sie, voller Sand, wird unter der stechenden Sonne ungeduldig. Sie richtet sich etwas auf, kniend säubert sie sich Schultern und Oberschenkel, und nun umfaßt ihr Blick den schlafenden Körper an ihrer Seite in seiner Gesamtheit: das war es also, sich ihn auf dem Flur der Pension vorstellen, wie er zur Dusche geht, das Handtuch um die Taille, oder wie er um Mitternacht das Zimmer der Wirtin betritt, um ihr eine Spritze zu geben, oder wie er schläft, allein; es ist jenes leise Atmen seines Körpers, darauf reduziert sich die angebliche Schlechtigkeit bestimmter Subjekte, der Wille zur Freude über einen zudringlichen, sich im dunklen Schoß vergrabenden Nacken: auf diese ungeschützte Nacktheit, die nach und nach schmutzig wird ... Vorher hat sie mit ihm im aufgewühlten und von Menschen wimmelnden Meer gebadet, sie haben gemeinsam die Wellen und die Körper und die Essensreste überwunden, zum ersten Mal hat sie bemerkt, wie seine Arme sie beschützten und stinkende Abfälle von ihr fernhielten. Und als sie aus dem Wasser kamen, mit schmieriger Haut und Teerflecken, fing der Sand an zu kleben, sie zu besudeln. Die Spiele und das Gezänk ringsherum lassen Montse nicht schlafen, sie werden mit Sand beworfen, und ihre unermüdliche Hand klopft und entfernt, bis er kurz aufwacht und mit einem ergebenen Lächeln sagt: »Laß es, ist egal.« Sie legt sich neben ihn auf den Bauch, wachsam, so als hüte sie seinen Schlaf. Manchmal noch, geduldig, trotzig, klopft sie den Schmutz ab, der sich auf der Haut festsetzt. Die Wellen brechen sich tosend, ein schwerer Geruch aus Algen und Schweiß hängt in der Luft, die voller Lachen und Schreien ist. Plötzlich fühlt sie sich einsam und müde, sie lehnt sich an ihn, legt ihren Kopf an seine Schulter. Dann, aus einem angenehmen Traum heraus, umfaßt sie sanft ein Arm.

Und Montse läßt sich fallen, schließt die Augen. Und am Ende schläft sie ebenfalls ein, gleichgültig gegenüber der Feindseligkeit um sie herum, dem Dreck, der von irgendwoher auf sie geworfen wird und sie beide zu guter Letzt mit einer feinen Schicht aus undefinierbarem Dreck bedeckt, hartnäckig, zäh haftet er an ihr, doch es macht ihr nichts mehr aus, sie, die sich endlich geborgen fühlt und sich ergibt.

Der Debütantinnenball

Eingehüllt in ihren Bademantel, kam sie zurück ins Schlafzimmer, und während sie darauf wartete, daß sich die Badewanne füllte, zündete sie sich eine Zigarette an, zog die Vorhänge auf, nahm das Fläschchen mit dem Badesalz und ging, ohne mich anzusehen (nur einen flüchtigen Blick auf die gebundene Sammlung der Wochenzeitschrift ›Hola‹, die immer noch auf dem Nachttisch lag), zurück ins Badezimmer. In dem Geräusch des fließenden Wassers hörte ich ihre Stimme, die kaum ihren Unwillen über mein plötzliches Interesse an den alten Zeitschriften verbarg:

»Solltest du nicht besser aufstehen? Wir wissen nicht, wann er wiederkommt ...«

Ich erwiderte, es sei noch sehr früh, und außerdem sei es egal, ihr Mann bereite mir keine Kopfschmerzen. Ich nahm den schweren Sammelband, schlug ihn auf, suchte eine alte Ausgabe ...

»Erzähl mir nicht, daß du diesen Kitsch gerne liest«, schrie sie aus der Badewanne heraus. »Ich weiß nicht, warum ich sie aufbewahre, irgendwann wandert alles in den Müll.«

»Da tust du gut dran.«

Und auf dem Bett sitzend und rauchend, vertiefte ich mich glücklich in jene anonymen Berichte, die sublime oder plumpe Schreiberlinge mit dem kleinen Finger der linken Hand geschrieben hatten. Die Echos der mondänen Welt hallten trotz der verstrichenen Zeit immer noch herüber, vermischt mit dem Lachen von Mädchen, dem Hupen eines SEAT 600 und der Tanzmusik von 1960: die Jugendparty im Stile des legendären Wilden Westen, die im Sommerhaus der Reynals in Castelldefels mit vielen geladenen Gästen stattgefunden hatte. Erstaunlich die plötzliche, in den Kreisen unserer High-Society ausführlich kommentierte Verwandlung, die in jener Nacht mit den vornehmen Gastgebern vor sich ging (Don José als Buffalo Bill und Doña Maribel als Calamaty Jane) ebenso wie mit ihren im Stile des *Far West* dekorierten Salons und Gärten. Auf dem Foto links lächeln noch Merche Reynals und ihre Busenfreundin Dotty Lacalle, beide als reizende Saloon-Tänzerinnen gekleidet. Darüber, von links nach rechts (vom Betrachter aus): Sissy Boada, Coqui Malabrida, Tan Pasarell, Polín Sánchez und Carlitos Romeu im *office* des Sheriffs, einem weiteren Renommierstück der Dekoration. Darunter, sitzend und jeder mit einer Pistole: Kiko Cardellach, Tina Portabella, Nuria Claramunt und ein nicht identifizierter Freund der letzteren, sehr überzeugend als Zorro verkleidet (achte auf diesen gefühlvollen Racheblick, dieses vollendet sarkastische Grinsen). Unterhaltungen, Lachen, ein altes Piano, die schaurig echte Darstellung eines tödlichen Duells im Saloon: perfekt stilvoll feuert Zorro seinen Revolver leer, den er in der Linken hält, und gleichzeitig umfaßt er die Taille der netten Tochter des Hauses (Merche Reynals), während im Hintergrund etwas unscharf der verräterische Sheriff (Carlitos Romeu) wenig überzeugend zusammenknickt. Das Fest verlief in lebhafter Atmosphäre, mit Scherzen und Gags aus den guten alten Zeiten, und das Ehepaar Reynals wurde beglückwünscht. Und hier eine vielköpfige Gruppe jugendlicher Gäste; der geheimnisvolle Maskierte steht ganz hinten, die Arme vor der Brust verschränkt und lässig gegen eine Säule gelehnt, halb verdeckt von der Saloon-Tänzerin Nuria Claramunt und dem eleganten Abenteurer vom Mississippi, Kiko Cardellach (der übrigens im selben Sommer am Steuer seines ersten 600ers verkohlen sollte, zusammen mit einer Prostituierten; eine traurige Geschichte). Das letzte Foto war, das wurde mir schlagartig bewußt, in gewisser Weise von diesem späten – aber begeisterten – Leser der kleinmondänen Chroniken erwartet worden: der Maskierte steht vor dem dollarschweren Pokertisch, er hat endgültig die Schöne erobert und schießt seinen Rivalen nieder, den mächtigen Bankier (Kim Bofarull), der getroffen niedersinkt. Welch feines Fluidum eines begrabenen Traumes, welche losen und nicht greifbaren und mit der Zeit beinahe verlorenen Fäden wurden auf diesem Foto gesponnen und legten mir nahe, sie mit der Gegenwart zu verknüpfen? Nuria hatte sich sehr verändert, mir wurde bewußt, wie jung sie damals gewesen war, es mußte das erste Mal gewesen sein, daß sie ihre Beine in schwarze Netzstrümpfe steckte. Überzeugend nuttenhaft in ihrer Verkleidung ... Aber sehen wir uns den Zorro an: Dieser Blick geht lächerlich weit über eine Parodie hinaus, der Maske gelingt es nicht, den Argwohn, der uns verbindet, zu verbergen, ein Funkeln, ein animalisch hinterlistiges Blitzen angesichts einer Übermacht ringsherum, die natürlich nicht auf den Plastikpistolen, sondern auf der Realität basiert, auf den realen gesellschaftlichen Klassen, die sich hinter den grotesken Verkleidungen und Dekorationen verbergen. Nurias Geschichten und Machenschaften, ich kenne einen Jungen, der die elektrische Anlage für die Party installieren kann ... Ja, dort mußte es angefangen haben.

Sehen wir uns nun eine andere Nummer an, 2. Hälfte Juni 1960, außen versucht uns Soraya in Farbe weiszumachen (ohne es auch nur im geringsten zu schaffen), daß kein Mensch sie in der Einsamkeit ihrer Verbannung tröstet, innen hat Anita Desvalls geheiratet, in einem Kleid aus natürlicher Shantungseide und mit Juwelen aus altem Familienbesitz ... Hier: In dem unvergleichlichen Rahmen des Tennisclubs *La Salud*, in einer wunderschönen, sternenübersäten Sommernacht, wurde außerordentlich prachtvoll das jährliche Sommerfest zugunsten der Vereinigung der Pfarrhelferinnen – mit ihrer unermüdlichen Sekretärin Señora Carmen Reixach de Joveller (Mädchenname Menchu) – ausgerichtet. Auch Montse nahm teil, lustlos. Die freundlicherweise für diesen so wohltätigen Zweck zur Verfügung gestellten Gärten waren herrlich ausgeleuchtet und geschmückt und boten einen unvergeßlichen Anblick, was zusammen mit der phantastischen Nacht dazu beitrug, daß die mehreren hundert Gäste das schwungvolle Fest bis zu den frühen Morgenstunden ausdehnten.

Dazu eine ganze Seite mit anschaulicher Information. »Du siehst sehr hübsch aus«, sagte Montse hier zu mir, Sekunden, bevor wir vom Blitzlicht geblendet wurden: Vilella eingefangen mit dem Gesicht in Onkel Luis' Richtung, jedoch mit einem verräterischen Schlangenauge, das auf Nurias Ausschnitt starrte, Nuria mich ansehend, ich wie ein Trottel, mit offenem Mund – doch nichts davon stand unter dem Foto, ebensowenig, daß mein Smoking und der von Salva geliehen waren. Jetzt erfuhr ich auch, daß die Abendgesellschaft durch bemerkenswerte Attraktionen unterhalten wurde, von denen die Flamencogruppe »Los Contrahechos« besonders herausragte, und daß zu den Klängen verschiedener Orchester angeregt getanzt wurde. Es fehlten auch nicht die typischen *churros*-Stände, die Drehorgel, die Lampions und andere nette Details, die zu den volkstümlichen Festen gehören.

»Etwas knapp an den Revers, man merkt es, wenn du die Arme reckst«, bemerkte Tante Isabel hier auf dem nächsten Foto, wo sie bereits am Tisch saß und die Augen dummerweise geschlossen hatte – immer wurde sie unvorteilhaft getroffen. Auf diesem Foto hier, wie sie mit den Damen vom Organisationskomitee redet, wobei die Gesten ihr Talent zum Kommandieren zum Ausdruck bringen (ich stehend hinter ihr, man sieht mich nur bis zur Taille), war sie auch nicht besser getroffen, und eine Sekunde später sah sie zu mir auf: »Sag Nuria, sie soll endlich den Träger ihres Kleides hochschieben.«

Jetzt erfährt man, daß an der Organisation des denkwürdigen Festes tatkräftig beteiligt waren: Dr. Don Pedro Viu Comajuncosa, ein angesehenes Mitglied der Iberoamerikanischen Gesellschaft für Josephologie (josephinische Studien) und Don Luis Claramunt Fisas, beides Ausschußmitglieder der verdienstvollen Vereinigung, sowie ein Komitee, das von Doña Isabel de Claramunt (Vorsitzende) und anderen illustren Damen unserer Gesellschaft gebildet wurde. Hübsche Mädchen, anmutig herausgeputzt als Madrider Schönheiten, verkauften Lose für eine Tombola zugunsten der genannten Zwecke, für die bedeutende und angesehene Firmen uneigennützig wertvolle Geschenke beigesteuert und so zu dem großen Erfolg des Festes beigetragen hatten ...

Ich erwischte sie am sonnigsten und hellsten Rand der Tanzfläche, wo die Debütantinnen die Szene beherrschten, und berührte mit den Fingern schüchtern ihren Arm.

»Nuria, deine Mutter sagt ...«

»Laß mich in Ruhe, ja? Und nimm die Hände weg. Immer mußt du einen begrapschen.«

Verschiedene Persönlichkeiten glänzten mit ihrer Anwesenheit. Von links nach rechts und von oben nach unten: Conde und Condesa de Arbós, Marqués und Marquesa de Calafell; die Baronesa de Fíguls und die Vizcondesa de los Cuerpos de la Nava; die Señores de Barrancós, Comamella, Juncadella und Gratacós; Llop, Dot, Bachs, Dachs, Codorniu, Llofriu, Salat und Rafat; Climent, Manent und Prudent; Sert, Mon, Nin, Amat, Serrat (Don Oriol), Malet und Fatjó; Conill, Bofill, Gassol und Bassols; Faixat, Cotonat und Llapat; Bufalá, Pahíssa, Pujol und Despujol. Und viele andere mehr, die diese Liste unendlich werden ließen. Drei wunderschöne Mädchen wurden in die Gesellschaft eingeführt: Menchu Nin, Chari Recolons und Nuria Claramunt. Das elegant gekleidete Debütantinnentrio übertraf sich gegenseitig an Schönheit und Liebenswürdigkeit. Sie waren reizend anzusehen, und die ganze Nacht hindurch wurden sie von einem vielköpfigen Schwarm junger Bewunderer umworben und zum Gegenstand ihrer berechtigten Huldigungen erkoren. Ich strich um die Tische der Verheirateten herum, hielt mich in der bronzefarbenen oder elfenbeinernen Wärme entblößter Schultern auf. Mehrmals begegnete ich Montse, sie ging mit einer Freundin lächelnd von Tisch zu Tisch und sammelte Geld. Ebenfalls versprühten ihren natürlichen Charme die Señoritas Rosy Lagarde, Queta Camps, Tere Serrat und María Eulalia Bertrán. Am Tisch, sitzend: Coqui Malabrida, Janine Xifreu, Yoya Fatjó, Cris Nogués, Maite Fontcuberta, Margot Arnús und Ana und Totona Gratamamella. Darüber: der Tisch des bekannten Industriellen Don Jorge Reix Salarich mit Familie. Darunter: die Tänzerin Lucero bei ihrer Darbietung.

Sehnsuchtsvolles Fluidum und schmachtende Sinnlichkeit verströmend (jene Kombination aus häßlichem Gesicht und hübschen Beinen, die bei reichen Mädchen so erregend wirkt), rauchten die weniger Anmutigen mit beneidenswerter Ungezwungenheit und schlugen in ihrer Einsamkeit die Beine übereinander und blickten einen halb unverschämt, halb kurzsichtig an, was mich in tiefe Grübeleien über Rechtsgültigkeit und Glanz unserer nationalen Tradition der guten Partien stürzte. Aber in der Gruppe der Debütantinnen ging es am lebhaftesten zu. Die Töchter der eleganten Welt umschwärmte eine auserlesene Schar von Junggesellen mit »hohem Kurswert« und machte sie zum Gegenstand von Bewunderung und Sympathie; unter ihnen können wir erkennen: Guillermo Rivas, Miguel Ángel Amat, Salvador Vilella, Luis Trías de Giralt, Francisco Javier Bodegas, Alvaro Clotas und Salvador Rosal. Wie immer in hohen Tönen (und naiv, denn weder Vilella noch ich verdienten es, in diese erlauchte Liste aufgenommen zu werden), vermerkte der Reporter, daß der

Tanz prachtvoll eröffnet worden war, animiert durch die Musik, die die unzähligen, verschwenderisch über den Park verteilten Lautsprecher verbreiteten, zur gleichen Zeit, da die verschiedenen und gut bestückten Büfetts freigegeben wurden, mit Hunderten von Flaschen Champagner und Whisky sowie Unmengen von Törtchen, Gebäck, Schnittchen, kaltem Huhn und Oliven verschiedener Größen und Farben. Das auserlesene Publikum wurde mit edlen Weinen erstklassiger Marken und vieler Prozente vorzüglich bewirtet. Nuria gewährte mir nur widerwillig einen Tanz. »Deine Schwester ist sehr nervös«, sagte ich inmitten dieses Trubels zu ihr, während wir sehr eng am Rande des Köpfemeeres tanzten. Ich tanzte nicht schlecht, vor allem von der Taille aufwärts (ein steifer und männlicher Smoking, der sich mit der kühlen Eleganz eines Kleiderständers bewegte), doch verriet mich das alberne Spiel der Beine, der nervöse Hang zum Gestiefelten und Gespornten. Gleich würde ich Nuria so sanft an mich drücken, so sehr darauf drängen, zusammen im Dunkel des Parkes spazierenzugehen, daß sie böse wurde und nicht mehr mit mir tanzen wollte. Sie entschuldigte sich und verschwand, um den Träger ihres Kleides in Ordnung zu bringen. Auf dem Höhepunkt des Festes nahm die Vizcondesa de los Cuerpos de la Nava die Aufforderung einer Tänzerin der »Los Contrahechos« an und sprang auf das Podium, um *sevillanas* zu tanzen. Die anmutigen Armbewegungen der Vizcondesa wurden lebhaft kommentiert. Sie trug ein schlichtes blaues Kleid und als einzigen Schmuck Blumen im Haar. Schnell bildete sich am Tisch der Familie Claramunt (Don Luis) ein kleiner Kreis, in dem die Anmut und die Ungezwungenheit der Vizcondesa eifrig diskutiert wurde. Kurz zuvor hatte der bekannte und angesehene Geschäftsmann Don Jorge Reix Salarich, der mit seiner Familie an einem der Tische ganz in der Nähe des Podiums saß, öffentlich versprochen, den Pfarrhelferinnen eine hohe Summe in bar zur Aufstockung ihres Sozialfonds zu überreichen, wenn die Vizcondesa sich trauen würde, die Aufforderung der Tänzerin anzunehmen. Die illustre Dame drückte sich nicht, eilte flink das Treppchen zum Podium hinauf und stellte sich mitten in die Gruppe der »Los Contrahechos«. Und legte mit *sevillanas* los. Mit unnachahmlicher Anmut, Grazie, Charme und Eleganz bezauberte die Vizcondesa das Publikum, und am Ende belohnte viel Applaus ihre fröhliche und großzügige Geste, während am Tisch Don Jorge Reix seine Brieftasche zückte, symbolisch die Stirn runzelte (ein guter Verlierer bei solchen Gelegenheiten, man muß es nicht erwähnen) und der jungen Montse Claramunt die bei der originellen Wette vereinbarte Summe überreichte. Dann rundete er seine Freigebigkeit ab, indem er mit einem eckigen Bückling die Hand der Vizcondesa küßte und sie zu ihrer glänzenden Einlage beglückwünschte, was von den Anwesenden in einer Atmosphäre aufrichtiger Heiterkeit und Ausgelassenheit gefeiert wurde, wenn auch mit der angemessenen, man muß es nicht erwähnen, Gesetztheit.

Ohne weitere erwähnenswerte Ereignisse nahm das prachtvolle Tanzvergnügen seinen Fortgang. Ich suchte Montse, um zu erfahren, wie hoch der Wetteinsatz gewesen war, fand sie jedoch nicht (jemand sagte mir, sie übergebe das Geld gerade dem Komitee), als Onkel Luis mir die Hand auf die Schulter legte: »Amüsierst du dich, Junge?« und das Blitzlicht ihn im Profil verewigte, das Glas in der Hand, wobei seine katalanisch unwirsche Nase den Hintern von Señora Buxó im Hintergrund berührte. Ich bin nicht auf dem Foto, wurde ausgeschlossen. Doch ich fragte ihn: »Hast du Montse gesehen?« – »Nein.«

Die Hauptattraktion des Abends war der Walzer des ›Rosenkavaliers‹, der von den drei schönen Debütantinnen mit ihren jeweiligen Erzeugern getanzt wurde. Die Debütantinnen begannen ihren Eintritt in die »große Welt« mit einer tiefen Verbeugung vor dem Adel, in diesem Falle vertreten durch die

Vizcondesa de los Cuerpos de la Nava. Feuerwerkskörper, Raketen und bengalische Lichter illuminierten die festliche Nacht und gossen träge Sterne über sie aus. Kurz danach passierte es: noch war die Morgenröte über den künstlich angestrahlten Bäumen nicht heraufgezogen, noch pulsierte die Lebensfreude intensiv in unseren dort versammelten jungen Herzen und glänzte es eigenartig in den verträumten Augen der drei Debütantinnen, die unermüdlich mit ihren Verehrern tanzten, an deren Schultern ihre Köpfchen ruhten, verwirrt von dem süßen Rausch des Tanzes und dem persönlichen Erfolg dieser Nacht, an die sie sich bestimmt ihr ganzes Leben lang erinnern würden, da bemerkte man das unerklärliche Verschwinden der netten Señorita Montse Claramunt, allen bekannt und hochgeschätzt in den Sozialfürsorge- und Wohltätigkeitskreisen der Diözese. Ihre Abwesenheit wurde nach zwei Stunden von der Familie festgestellt. Sofort wurde der Zwischenfall bekannt, und zwar durch Nuria, die ihre Nervosität wie eine subtile Form der Koketterie zur Schau trug: »Ich befürchte das Schlimmste... Sie hatte sehr viel Geld bei sich...«, sagte sie zu ihrem Hofstaat von Verehrern und Freundinnen, die von ihr angesteckt wurden. Tatsächlich machte sich Panik breit und schlängelte sich wie ein Lauffeuer durch die vornehme Gesellschaft, als man erfuhr, daß Montse eine gewisse Summe verwahrte, den Erlös aus dem Verkauf der Lose und den Betrag der denkwürdigen Wette – der nicht genannt wurde, den wir uns jedoch, da er aus solch freigebiger Hand kam, als großzügig bemessen vorzustellen haben –, weswegen ihre Eltern, Señora und Señor Claramunt (Don Luis), sich natürlicherweise besorgt zeigten angesichts des so seltsamen Verhaltens, ebenso wie Nuria, die ausgerechnet in jener Nacht in die Gesellschaft eingeführt wurde und ihre Freude plötzlich durch eine Wolke des Kummers getrübt sah. Gewiß, dieses reizende Geschöpf mit dem seidigen Haar und den aufregenden gebräunten Schultern (und damit ist nur ein Teil des Lobliedes erfaßt, das die Anwesenden im stillen sangen), mit ihrem jugendlichen und sportlichen Aussehen, das sie auf eben diesen Tennisplätzen erworben hatte, war von dem Verschwinden ihrer Schwester tief betroffen, und sie ging mit ihrem Tanzbüchlein, in dem sie Unterschriften sammelte, von Tisch zu Tisch, um sie zu suchen, erhitzt, mit heftig bewegter Brust und halbgeöffneten Lippen, in ihrem wunderschönen, tiefausgeschnittenen weißen Modellkleid, allgemein bewundert wegen ihres Charmes und ihrer Schönheit. Völlig aufgelöst fragte sie nach der Abwesenden, und ihr zurückhaltendes Lächeln konnte ihren Kummer nicht verbergen. Und was tut währenddessen ihr Cousin? Nichts. Er sitzt steif neben der Tanzfläche, kühl und nichtssagend, ohne Vergangenheit und ohne Zukunft, ein unbekannter junger Mann in einem geliehenen Smoking, der mit der Melancholie eines Dorftrottels die jungen, erhitzten Paare beobachtet, die sich hingerissen in dem Licht der Scheinwerfer bewegen ... Nuria folgte ein Hofstaat von Verehrern, die bestrebt waren, ihr freundliche Hilfe anzubieten, doch sie beachtete sie nicht, und in ihrer großen Nervosität bemerkte sie nicht, daß ein Träger ihres Kleides gerissen war. Als eine Freundin sie diskret darauf aufmerksam machte, mitten auf der Tanzfläche, die in diesem Augenblick beinahe leer und vom hellen Scheinwerferlicht überflutet war, schlug meine Cousine mit einer spontan verschämten Geste die Hände vors Gesicht, was sehr positiv vermerkt wurde. Dann kam sie zu mir gelaufen, vielleicht damit jenes Entzücken, das sie umgab, auch mich ergreife, eine Spur jener bewundernden Anerkennung, jenes allgemeinen Geflüsters, und für einige Minuten war sie, wenn es uns zu sagen erlaubt ist, die glückliche Siegerin jener Nacht, die Entdeckung der Saison, das erhoffte und vibrierende Erscheinen jener Weiblichkeit mit jahrhundertealter Tradition und Rasse, die unsere Feste durch ihre bloße Anwesenheit in unvergeßliche Höhepunkte der gegenwärtigen Geschichte unserer Gesellschaft verwandelt. Ein wunderbares Mädchen und ein wunderbares Kind, gewiß. Ihr Name ging von Mund zu Mund, und es zirkulierten alle möglichen Gerüchte und Andeutungen, als sich plötzlich, in dem Moment, da sie im hellsten Winkel der Tanzfläche ihr tiefbetrübtes Gesicht an der Brust ihres jungen Cousins Francisco Javier Bodegas barg, das Wunder der Vorahnung bei den Anwesenden ereignete, etwas, das jenseits von Zeit und Raum liegt, das feine Erahnen ihrer Zukunft als Frau, vermischt noch mit dem keuschen Fluidum einer früh erblühten und nie verwelkenden Lilie, mit vagen Geschichten oder Legenden um den ranzigen Duft von Jungfräulichkeit.

Tatsächlich glaubte jeder zu bemerken, daß Nuria Claramunt bei ihrem ständigen Hin- und Herlaufen zwischen den Tischen auf der Suche nach ihrer Schwester bereits die unsinnigen Talente der Zukunft in sich trug, die Bedrohung des anderen, intensiveren und erregenderen Lebens, dessen Tore sich ihr in der Nacht ihrer glänzenden Einführung in die Gesellschaft auf so vergnügte Weise öffneten: die der Liebe. Der Reporter der ›Hola‹ übertrieb, aber sein Stil hatte mich schon angesteckt: Man mußte ihre zarten Gazellengelenke gesehen haben; denn wie durch eine Offenbarung begriff ich plötzlich, in meiner brennenden Eigenschaft als blutsverwandter Cousin, daß sie sich, obwohl noch ein Kind, bereits in irgendeinem günstigen Halbdunkel der Umarmung der ersehnten Unkeuschheit dargeboten hatte, um es in befremdlichen Worten auszudrücken. Sie war schon ganz sie, in gewisser Weise verfolgt von dem Gespenst der im Dunkeln der Nacht verschwundenen Schwester, von dem Vorgefühl ihrer selbst im ungewissen Morgen des Lebens, der heftigen und fragilen, allen Winden ausgesetzten Flamme, schutzloses Wesen und zitternde Verkörperung einer bestimmten, den Luxus liebenden Weiblichkeit, stets bedroht durch eine dunkle, arglistige, übermächtige und entschieden männliche Gefahr.

»Bring mich hier raus«, murmelte ihr Mund an meiner schmutzigweißen Hemdbrust.

»Jetzt reicht's mit deiner kleinen Show, ja?« erwiderte ich.

Sie fragte hartnäckig bei den Jugendlichen nach ihrer Schwester, aber dort hatte man den ganzen Abend über kaum das Vergnügen ihrer liebenswerten Gesellschaft genossen, da die junge Vermißte, wie man sagte, sehr zurückhaltend und dem Tanzen wenig zugeneigt war. Hinter vorgehaltener Hand machte ein Gerücht die Runde, wonach Montse am Haupteingang des Clubs gesehen worden war, auf dem dunklen Parkplatz, mit einem jungen, schwarzhaarigen Unbekannten in Hemdsärmeln, der ziemlich attraktiv, wenn auch nicht sehr groß war und wie ein Herumtreiber aussah, der nicht zu den wohltätigen Zwecken des Festes paßte. Mit verständlicher Bestürzung machten sich mein Onkel und meine Tante daraufhin daran, ihre Tochter in den dunkelsten Winkeln des Gartens zu suchen, auch in den parkenden Autos, eine peinliche Aktion, die für einige Überraschung angesichts unerwarteter, eheübergreifender Verbindungen und entschuldbarer nächtlicher Liebeleien sorgte. Onkel Luis zeigte sich in unglaublichem Maße taktvoll und sensibel, mit einer Großzügigkeit, die im Widerspruch zu seinen moralischen Grundsätzen und dem bei der Suche entwickelten Eifer stand. Einige Paare verkündeten stolz die offizielle Bekanntgabe ihrer Verlobung, und dann entschuldigte sich Onkel Luis, schloß die Wagentür und huschte wie ein Schatten davon. Nicht wiedergutzumachen waren jedoch der Schreck und die darauf folgende Flucht der beiden verschlafenen Turteltäubchen, die angesichts der heraufziehenden Morgenröte im duftenden Laubwerk des Parkes schnell noch miteinander schäkerten. Tere Serrat verlor einen Schuh.

»Sie wird nach Hause gegangen sein, Onkel«, sagte ich.

»Genau das fürchte ich auch, daß sie gegangen ist. Aber nicht nach Hause.«

Das nette Mädchen, Grund berechtigter Sorge, da sie sich mit dem Geld in die Nacht hinausgewagt hatte und das Opfer eines skrupellosen Kerls geworden sein konnte, wurde schließlich im dunklen Innern der Luxuslimousine der Vizcondesa de los Cuerpos de la Nava gefunden. Was sie gerade tat, war so unerwartet und unpassend, daß es die Señores Claramunt (Don Luis) in große Verwirrung stürzte: ihre Tochter plauderte zusammengekauert oder, besser gesagt, völlig versunken in den Armen des später als gefährlicher Exsträfling identifizierten Unbekannten, der sie leidenschaftlich auf die kirschroten Lippen küßte.

»Komm raus«, befahl Onkel Luis und riß die Wagentür heftig auf. Überrascht, mit entzückend rosigen Wangen, die schwarzen Augen hinter der Scheibe blinzelnd, strich Señorita Montse Claramunt mit weiblicher, hastiger Geste ihren Rock glatt, und gleichzeitig beschrieb eine schattenhafte männliche Hand auf ihrem trägen Rückzug in die Dunkelheit einen Halbkreis der Gleichgültigkeit und des Widerwillens über ihren Knien. Nachdem Onkel Luis die Tür geöffnet hatte, und das sehr heftig, ließ sich Señorita Montse, offensichtlich verstört, Zeit mit dem Aussteigen. Das Mondlicht beschien ihre zitternden Knie, das übrige verharrte im Dunkeln. Alles verlief, man muß es nicht erwähnen, nach den strengsten Regeln des Anstands. In diesem Augenblick standen neben meinem Onkel, meiner Tante und Nuria einige enge Freunde, unter ihnen Don Jorge Reix, General der Reserve Don Lauro Mata, die Vizcondesa de los Cuerpos de la Nava und der junge Salvador Vilella, regelmäßiger Begleiter von Señorita Nuria und enger Vertrauter der Familie.

»Hörst du nicht, Kind?« sagte Onkel Luis nun beinahe sanft. »Du sollst sofort aussteigen.« Und zu dem ungebetenen Eindringling, der gleichgültig im Dunkeln blieb: »Jetzt werden wir endlich ein paar Worte miteinander wechseln, junger Mann.«

Er hielt die Tür auf, sicher höchst aufgewühlt, jedoch ohne nur einen Moment seine Ruhe zu verlieren, gefaßt darauf wartend, daß seine Tochter aussteigen würde, als sich die Vizcondesa mit ihrem natürlichen Charme nach vorn drängte und versöhnlich und weltläufig eine Bemerkung über Hafenstädte machte, die für die Liebe geschaffen seien, und sich dann lachend ins Wageninnere beugte und einen Moment mit dem verstohlenen Paar sprach, das sich wie gelähmt anscheinend noch nicht völlig voneinander gelöst hatte. Das erfrischende und versöhnliche Lachen der Vizcondesa, vermischt mit den Klängen, die der Wind von der Tanzfläche heranwehte, war wie Balsam für alle Anwesenden. Endlich hatte meine Cousine, eine strahlende Erscheinung in ihrem herrlichen Modellkleid aus Blümchenspitze und Naturseide, bewundert von neugierigen Blicken, ihren erwarteten Auftritt und nahm sofort den Platz am Arm ihres Vaters ein, der ihr gebührte.

»Und jetzt will ich mit diesem unverschämten Kerl reden«, beharrte Onkel Luis. Ein intensiver und betörender Nardenduft lag plötzlich in der Luft und hüllte die vornehmen Häupter der Zeugen ein: Sie, das Gesicht gerötet, wunderschön, hielt einen herrlichen Strauß in der Hand, der allgemeine Bewunderung hervorrief. Er, lächelnd, unbekannter Galan in blütenweißem Hemd mit hochgekrempelten Ärmeln, eine schwarze Haarsträhne in der Stirn, stieg aus dem Wagen mit einer aufreizend natürlichen Ungezwungenheit, die dem erlesenen Publikum nicht entging. Mit dem Taktgefühl, das sie in derartigen Situationen stets an den Tag legte, nahm die Vizcondesa das errötende junge Mädchen in den Arm, während Señora Claramunt (Doña Isabel) Schmerzen in der Brust verspürte und ihr Mann sich um sie kümmerte, zusammen mit dem General, der sich mit volltönender Stimme und strammer Haltung umgehend dazu anschickte, den ungehobelten Jungen zur Rede zu stellen, um nicht zu sagen herunterzuputzen. Doch der Unbekannte schloß mit erstaunlich ruhigem Blut die Wagentür, und nachdem er meiner Cousine ein bezauberndes, aufmunterndes Lächeln und ein weiteres, dankbares der Vizcondesa zugeworfen hatte, nutzte er die momentane Verwirrung aus, um sich zum Ausgang des Clubs zu begeben, wo er endgültig von der Dunkelheit draußen in der Nacht verschluckt wurde.

Als sich die erste Erstarrung gelöst hatte, gingen die Zeugen der Szene zu einem diskret geflüsterten Meinungsaustausch über, wobei die harte Stimme des Generals herauszuhören war, der sich abfällig über die Disziplinlosigkeit der heutigen Jugend äußerte, eine interessante Ansicht, die von der Vizcondesa nicht geteilt wurde, so daß sich zwischen ihr und dem General die Diskussion abseits und in der noch warmen Atmosphäre der Limousine bis zum Anbruch der Morgendämmerung hinzog, während die anderen zur Tanzfläche zurückgingen.

»Und das Geld?« hörte ich Nuria Montse zuflüstern. Montse schwieg. Das samtene Lachen der Vizcondesa konnte man noch in der Ferne in der exotischen blauen Nacht aus ihrem riesigen, breiten Vampirmund perlen hören, als die Familie Claramunt und ihre engsten Freunde den für weitere Diskussionen ungeeigneten Zwischenfall für beendet erklärten und sich wieder an ihren Tisch begaben, worauf das Fest weiterging, als wäre nichts geschehen.

Nachträglich wurden weitere Einzelheiten bekannt: Der Pförtner des Clubs erklärte, daß der Unbekannte ihn am Eingang angesprochen und ihn höflich gebeten habe, Señorita Montse zu benachrichtigen, da er ihr etwas Dringendes mitzuteilen habe; daß die beiden lange leise miteinander geredet hätten und im dunklen Park spazierengegangen und dann in den Wagen eingestiegen seien, wo sie sich mehr als eine Stunde aufgehalten hätten; daß die zurückhaltende Art des betreffenden Kavaliers ihn davon abgehalten habe, sich zu nähern, um zu sehen, was im Innern des Wagens geschehe, aber man hätte es sich gut denken können, und man möge seine Äußerung entschuldigen. In diesem Punkt waren die Bemerkungen an den Tischen von größter Diskretion. Im allgemeinen verdiente der merkwürdige Vorfall die vorsichtige Bezeichnung »unpassend«, sorgte anscheinend jedoch in keinster Weise für Überraschung: es wurde berichtet, daß meine Cousine in Ausübung mehrerer Funktionen der Kongregation, der sie angehöre und in der sie zuverlässig eine verdienstvolle soziale Arbeit leiste, schon lange aus barmherzigen Motiven heraus mit Bedürftigen, Kranken, Gefangenen und anderen Leuten aus bescheidenen Verhältnissen ständigen Umgang habe, auch mit dem Betreffenden (einem hoffnungslosen Fall), in dessen Gesellschaft man sie heute nacht im Wagen der Vizcondesa überrascht und in den sie sich höchstwahrscheinlich unsterblich verliebt habe, wie es im Leben eben so zugehe, entgegen den Wünschen und Plänen der Familie. So wurde geredet, und zwar in gedämpftem Ton. Und mit nicht weniger Diskretion, meiner Cousine die Tugenden, die sie auszeichneten, zugute haltend, wurde auch die Möglichkeit in Betracht gezogen, sie könne kopflos gehandelt haben, ein plötzliches, wenn auch sicherlich unpassendes Aussetzen des Verstandes. Wie auch immer, Aufmerksamkeit erregte die Tatsache, daß von diesem Augenblick an zahlreiche junge Männer aus vornehmen Familien der besten Barcelonenser Gesellschaft die glücklich wiedergefundene Señorita Claramunt zum Gegenstand ihres besonderen Interesses machten, die Anzeichen einer verständlichen Erschöpfung und Aufregung verriet, weswegen sie sich sehr bald mit ihrer in diesen Kreisen so bekannten und geschätzten Familie zurückzog.

Nichts drang aus den engsten Familienkreisen von dem Vorfall nach außen, mit dem Montse wieder einmal ihre unvernünftige Großzügigkeit und ihre totale Abhängigkeit von dem Gefangenen bewiesen hatte (sie hatte ihm das Geld ausgehändigt, das sie vorher gesammelt hatte). Das Fest nahm einen sehr lebhaften Verlauf und zog sich bis in die frühen Morgenstunden hin. Kurzum: eine unvergeßliche Nacht für all diejenigen, die in den wunderschönen Gärten zusammengekommen waren.

Die Flucht

Was vielleicht am besten meine Verantwortungslosigkeit ausdrückt, sind diese angenehmen Alkohollöcher, von denen ich schon früher gesprochen habe: ich falle freudig in sie hinein, weil jede Art von gefühlsmäßiger Beständigkeit mich ermüdet und ängstigt. Glücklicherweise bringt der neue Tag stets neue Fragen mit sich, auf die man sich stützen kann, die man sich wie Krücken unter die Achseln klemmen kann, um dann, wie ein Hinkebein, loszulaufen.

»Erklär mir, was er da gemacht hat«, sagte ich zu ihr. »Von den Reynals und ihrem Fest hattest du mir nichts erzählt.«

Auf dem Bettrand sitzend, rieb sich Nuria mit einem großen honigfarbenen Badetuch ab und sah mich mit argwöhnischem Hochmut an. Sie hatte den Kopf zur Seite geneigt, damit der Rauch der Zigarette, die schwer von ihren Lippen herabhing, ihr nicht in die Augen stieg.

»Was für komische Sachen dir einfallen«, murmelte sie.

»Ich hab ihn auf den Fotos erkannt. Und ich habe ihn trotz der Maske erkannt, weil er der einzige ist, der in überzeugender Weise sich selbst darstellt.«

»Es wird besser sein, du ziehst dich an. Es ist spät.«

»Spät wofür, Cousine?«

Ohne Begeisterung, beinahe stimmlos, erwidert Nuria:

»Du solltest ins Hotel gehen und dich um die Tickets kümmern ...«

»Später. Jetzt erzähl, los.«

Ihr rosiger, kühler Mund, der soeben aus dem Bad gekommen war, verdrängte eine Weile meine Neugier. Ihre Haut duftete intensiv nach Kölnisch Wasser.

»Es ist nicht unbedingt nötig«, sagte sie, »daß er dich im Bett antrifft. Er muß jeden Augenblick hier sein.«

»Ich werde mit ihm reden.«

»Bitte keine Szenen. Außerdem wird er es einzurichten wissen, um mit dir zu reden. Wart's nur ab.« Als sie merkte, daß ich ihr nicht zuhörte, sie nur ansah und auf die Erklärung wartete, die sich auf die Vergangenheit bezog, musterte sie mich mißtrauisch und fügte hinzu: »Glaubst du, ich verheimliche dir etwas?«

»Man lädt keinen Elektriker zu solchen Festen ein«, sagte ich, »auch wenn er die elektrische Anlage installiert hat. Es sei denn ...«

»Was?« Sie lachte. »Ich merke schon, du bist nach dem Aufwachen noch betrunkener.«

»Es sei denn, er wäre ein Freund der Tochter des Hauses, zum Beispiel.«

»Cousine Merche kannte ihn nicht mal.«

»Dann war er einer deiner Flirts.«

»Von uns beiden.«

»Aha! Ich habe das Gefühl, dein Mann stirbt vor Verlangen, mir eben das zu erzählen: mir zu sagen, daß auch du was mit dem Kerl hattest. Er glaubt, ich wüßte das nicht.«

»Laß ihn doch erzählen, was er will. Hoffentlich. Dann wäre alles einfacher.«

Sie stand auf, zog die Vorhänge wieder zu und kam mit nackten Füßen verschwörerisch im Halbdunkel zu mir zurück. Das lauwarme Bad hatte das Geringschätzige und Verstohlene ihrer Bewegungen abgeschwächt, und ein vorsichtiger Hang, sich fallenzulassen, verlieh ihrem Körper eine gewisse Ungezwungenheit. Oft habe ich mich gefragt, was mich mit diesem Körper verband, wenn nicht die alte Erinnerung an einen Traum, die sich mit ihm zu verständigen suchte. Auf dem Bett kniend, rieb sie sich mit dem Handtuch wie wild die kurzen Haare trocken, und auf ihrem Gesicht lag eine lauernde und reizende Gespanntheit, die sie plötzlich wieder in den Saloon der Reynals zurückversetzte. Ich bemerkte, wie schwer es ihr fiel, über ihn zu sprechen, ohne ihn mit Montse in Verbindung zu bringen: sie begann, Geschichten miteinander zu vermischen, die durch Empfindlichkeit und Vergessen entstanden waren, jene kleinen Halbwahrheiten, die die Nachlässigkeit aus unseren Erinnerungen spinnt und wieder auflöst. Unwillig gestand sie schließlich, daß sie dem Jungen lediglich eine Möglichkeit habe verschaffen wollen, sich ein paar Peseten nebenbei zu verdienen, und deswegen Cousine Merche vorgeschlagen habe, er könne sich um die Installation der elektrischen Anlage für die Party kümmern. Fünfhundert Peseten seien für ihn dabei rausgesprungen, dazu die Gewinnspanne beim Kauf des Materials. Sie habe ihn persönlich in ihrem Wagen nach Castelldefels mitgenommen, und noch in derselben Nacht sei der Junge mit dem Zug wieder zurückgefahren; sie selbst sei zum Schlafen dort geblieben. Sie und ihre Cousine hätten heimlich beschlossen, daß er an dem Fest teilnehmen sollte; sie fanden die Idee lustig, einen Zorro dabeizuhaben, dessen Identität ein wirkliches Geheimnis für die anderen Jungen und Mädchen darstellte. Als sie ihm den Vorschlag machten, glaubte er zunächst, es handle sich um einen Scherz, und lehnte es rundherum ab, sich zu verkleiden, er sei zu müde; außer der Elektrikerarbeit hatte er einen Teil des Nachmittags damit zugebracht, ihnen freundlicherweise beim Schmücken der Tanzfläche behilflich zu sein. Doch Nuria, die ihn als »engen Freund« vorgestellt hatte, überredete ihn schließlich mit Hilfe ihrer Cousine. Montse erzählten sie nichts, sie wäre vielleicht böse geworden ...

»Hat sie da schon bei ihm gewohnt?«

»Nein. Das war kurz vorher.«

»Warum hast du mir nie etwas davon erzählt?«

»Was hat das schon für eine Bedeutung? Ich hatte es fast vergessen. Zu der Zeit war ich schrecklich durcheinander... Übrigens wußte niemand, daß er der Schützling meiner Schwester war, nicht einmal Merche... Warum lachst du?«

»Ihr leichtsinnigen Rotkäppchen! Hattet den bösen Wolf im Haus, der hungrig war auf ein schönes, solventes katalanisches Häschen, und ihr so zutraulich...«

»Deshalb brauchst du nicht gleich so grob zu werden.«

»Und die Eltern von Merche? Wie konnten sie ihre Einwilligung geben, bei ihrer gesellschaftlichen Stellung...?«

»Sie haben's nicht mal bemerkt«, unterbrach sie mich, mitleidig lächelnd. »Du hast den Reichen immer viel soziale Bosheit unterstellt, ein übermäßiges Mißtrauen.«

Ich schwieg eine Weile. Dann sagte ich:

»Um auf deine Schwester zurückzukommen: ist sie von zu Hause fortgegangen, oder ist sie in der Pension geblieben?«

»Wie meinst du das?«

»Ich meine, ob sie von zu Hause abgehauen ist, um mit ihm zusammenzuleben, oder ob sie zu ihm gegangen ist, um von zu Hause loszukommen.«

Den Kopf unter dem Handtuch versteckt, schnaubte Nuria:

»Fang nicht wieder mit deinen Spitzfindigkeiten an. Was weiß ich! Eines Morgens verließ sie das Haus, um zu irgendeinem Sozialheim zu gehen, und kam nicht mehr zurück. Das war alles. Jemand hat sie gesehen, eine Freundin von ihr...«

María Cinta (ich erinnere mich an sie: muntere Äuglein, kräftiges rosa Zahnfleisch, eine redselige und flinke Sozialarbeiterin mit scharfem Blick für fremde Probleme) war tatsächlich die letzte, die sie gesehen hatte. Als sie von Montses Verschwinden erfuhr, mußte sie natürlich jedem erzählen, daß genau an jenem regnerischen Nachmittag, als sie ihre Freundin in einem der abgelegenen und dichtbewohnten Viertel, in denen sie immer zusammen arbeiteten, traf und ihr von der

Sonne so jämmerlich verbranntes, so albern gehäutetes Gesicht sah, sie die Vorahnung beschlich, daß auf Montse ein Unglück zuzukommen drohe; daß sie ihr verletzlicher denn je erschienen sei, abwesend und unerreichbar, so als träume sie statt zu leben, als sei sie völlig taub; daß sie hinter ihr, dort in der ungastlichen Gegend, umgeben von Unrat und Wasserpfützen, seine stets reservierte, beschützende, spöttische und siegesgewisse Anwesenheit gespürt habe; daß sie in Montses rotem und verbranntem Gesicht jenes Fieber wahrgenommen habe, jenen Gradmesser des Unglücks, die uns jenseits des Komischen und Lächerlichen über das Schicksal gewisser armer Mädchen, die ihr Schicksal nicht kennen, nachgrübeln läßt. Selbstverständlich – erklärte sie – habe Montse ihr ihre Absicht nicht mitgeteilt. Sie war mit einem Mädchen, dessen schmutziges, durch Tränen und Rotz ganz verschmiertes Händchen sie fest umklammert hielt, unterwegs zur Ambulanz, wo die Kleine eine Spritze bekommen sollte, sie überquerten den verschlammten Platz oder, besser gesagt, das freie Feld der Trabantenstadt San Ildefonso, genannt die »Stadt ohne Gesetz«, doch plötzlich riß sich das Mädchen los und hockte sich neben die Baracke eines Baustellenaufsehers hin, um Pipi zu machen, während die beiden miteinander redeten. Ganz still, die Händchen um die Knie geklammert, pinkelte die Kleine und sah Montse mit ängstlich erstaunten Augen an, doch diese blickte ins Leere, in die Lüge eines Sonntags, der gerade zu Ende ging, so als schäme er sich; sie hörte der Sozialhelferin nicht zu, nahm ihr aufrichtiges Interesse nicht wahr, ihre Sorge um sie. Erzählte ihr nicht einmal, daß ihre schrecklich rote Haut, das Gesicht wie eine Tomate, daher rührte, daß sie es wieder gewagt hatte, mit ihm an den öffentlichen Strand der Barceloneta zu gehen; sie sagte es ihr nicht, obwohl sie es im Grunde wollte und das Bedürfnis dazu hatte, da sie ja wissen mußte, daß man (damit meinte María Cinta sich selbst) modern und verständnisvoll war – ihre entschlossene Art zu gehen und zu sprechen, die Probleme der Nachbarn anzupakken, ich weiß nicht, das flößt Vertrauen ein, sie haben etwas, diese Sozialarbeiterinnen, das sie geeigneter erscheinen läßt, realistischer als uns Pfarrhelferinnen, sagte Montse einmal über sie –, kurz gesagt, ganz anders als andere; und alle Welt wußte, daß Montse sie wegen ihrer effizienten Arbeit bewunderte, wegen ihrer schnellen und klugen Entscheidungen, die nie auf Urteilen moralischer Art gründeten, sondern einfach nur auf praktischen und sozialen Gesichtspunkten (der Hygiene, der Arbeit, der Gewerkschaft, der Ernährung, des Sexuellen). Wie verschieden von den Marientöchtern waren diese Jahrgänge der Sozialarbeiterinnen, die gerade die Schule verlassen hatten! Fühlte sich Montse etwa fehl am Platze, dort, wo bisher der Sinn ihres Lebens gelegen hatte? Immer war ich versucht zu glauben, daß sie in María Cinta das junge Mädchen sah, das sie niemals sein könnte: jemand, der alle Probleme (das der Promiskuität, zum Beispiel) analysierte und meisterte, ohne je Gefühle oder Emotionen zu zeigen, wie ein Chirurg, dessen durchdringender Blick bis zu den Wurzeln des Übels vorstößt, zu den Motiven, dem einzigen Beweggrund seines Interesses. Diese Fähigkeit war genau das, was María Cinta an jenem Nachmittag zu dem Schluß führte, daß Montses schwere psychische Verwirrung (so definierte sie es) daher rührte, daß sie an den Türen sämtlicher Freundinnen, an die sie geklopft hatte (reiche Gemeindemitglieder, befreundete Unternehmer und Kunden ihres Vaters, einflußreiche Bekannte ihrer Mutter), um eine Chance für ihren Schützling zu erbitten, die Erfahrung gemacht hatte, daß die Leute schon Bescheid wußten, wahrscheinlich vorgewarnt von Onkel Luis, der seiner Tochter zweifellos eine Enttäuschung ersparen wollte.

Es war nicht ganz klar, ob er sich an dem Nachmittag in Montses Nähe aufhielt, während die beiden Freundinnen miteinander sprachen, aber manchmal begleitete er sie und wartete auf sie, um zusammen mit ihr zur Pension zurückzugehen, vielleicht konnte er sie mitten auf dem trostlosen, mit Wasserlachen übersäten Platz beobachten, träge (so möchte ich es mir vorstellen) gegen die Tür irgendeiner Kneipe voller Andalusier gelehnt, eine Flasche Bier in der Hand, mit fatalistischer, beinahe ironischer Unerschütterlichkeit. María Cinta drückte sich nicht deutlich aus, sagte nicht, ob er sich in ihre Unterhaltung eingemischt hatte oder in Montses Nähe war. Aber es bestand kein Zweifel daran, daß sie ihn kannte, daß er ihr irgendwann vorgestellt worden war: dafür besaß sie eine zu scharfsinnige, festumrissene Meinung von ihm; sie redete von dem Jungen, so als sei seine Existenz nicht wegzudenken, wachsam und widerwillig, jemand, der sich gegen seinen Willen in einer Zwickmühle befand, die er nie gesucht, vor der er sich aber auch nicht gedrückt hatte; ein trotz seiner Not netter Junge, distanziert, katzenhaft und erstaunlich reif für sein Alter, umgeben von einem beinahe greifbaren Fluidum von Überdruß und Verschlagenheit; es sei nicht (gab die Sozialarbeiterin zu verstehen) diese lebendige und redegewandte Verschlagenheit eines Jungen, der sich seiner selbst sicher sei und wisse, daß er nur abzuwarten brauche, was sich in einem angeberischen Muskelspiel äußere, das die Männer besonders verabscheuungswürdig mache. Nein, er lege einen verlegenen und respektvollen Pessimismus an den Tag, frei von Arroganz, ohne Hoffnung und gleichzeitig – und das war das Beunruhigende – voller Macht. Er liebte Montse wirklich, wenn auch natürlich auf »seine Art«.

Das war der Eindruck der Sozialarbeiterin; ein scharfsinniges Urteil, über das man reden konnte, das jedoch in keiner Weise kränkend für Montse und ihren Freund war. Sie fügte noch hinzu, daß sie sich die beiden überhaupt nicht »in der Intimität« vorstellen könne; wenn sie es versuche (so wie es mir ging, damals, und dir, erinnere dich), beschränke sich die Annäherung an die Realität auf ein verschwommenes Bild eines

Paares mit nur geringer Neigung, ein Paar zu sein, nur durch Zufall – die Schwierigkeiten, die feindliche Umgebung – vereint, gezwungenermaßen, zwei Gespenster, die träumend mögliche Visionen spazierenführten, ätherisch und ohne die Bedürfnisse des Fleisches, mit dem Rücken zu dem bestialischen Geschrei von widerwärtigen Beschuldigungen, das die Familie und die Pfarrei gegen sie richteten; es war eine unbestimmte, unwahrscheinliche Beziehung, über die, laut María Cinta, nie ernsthaft geredet wurde. Unwahrscheinlich, jawohl: ein Mythos, etwas, das wer weiß wann von eben dieser Familie geschaffen wurde, eine Reaktion auf den Stoffwechsel, den Charakter und die Angst der Claramunts vor dem Leben.

In Wirklichkeit war das Gespräch kurz und banal: María Cinta sagte, daß Montse entgegen ihren Verpflichtungen ihr plötzlich das Kind anvertraute und sich überstürzt verabschiedete. »Wenn du morgen in der Versammlung Mama siehst«, sagte sie im Weggehen, ohne sie anzusehen, den umflorten Blick durch die regnerische Luft hindurch auf ein unsicheres und nicht ersehntes, aber notwendiges Morgen gerichtet, »dann sag ihr, es geht mir gut, sie soll sich keine Sorgen machen.« Die Sozialarbeiterin mußte zugeben, daß sie eine Weile brauchte, um es zu verstehen, aber dennoch, während sie sie über das freie Feld davongehen sah, sorgsam Pfützen, Konservenbüchsen voller Regenwasser und vergammelten Käfigen ohne Vögel ausweichend, den Eindruck hatte – man frage sie nicht, warum –, als warte jemand irgendwo auf sie, als eile sie zu diesem Jemand, nicht so sehr dem Wunsch nach einer Begegnung, sondern mehr der Notwendigkeit eines Bruches gehorchend.

»Als einziges«, sagte Nuria, »verheimlichten wir meinen Eltern Montses Aufenthaltsort, so lange wir konnten. Es war deine Idee. Was wollten wir damit erreichen?«

»Ich weiß es nicht. Mein einziges Interesse galt dir«, sagte ich. »Du führtest bereits ein sehr außergewöhnliches und aufregendes Leben, wolltest mich fast nie sehen, logst mich an, wolltest mir nicht erzählen, wohin du gingst und mit wem …«

»Ich ging mit Salva, das hatte ich dir nie verheimlicht.«

»… und nach und nach habe ich dich verloren.«

»Du hast mich nie gehabt.« Sie schien es zu bereuen, daß sie das gesagt hatte. »Es waren Illusionen, die du dir gemacht hast. Ich wollte mich davon überzeugen, daß ich nicht mehr in dich verliebt war, du gefielst mir immer noch ungeheuer, aber ich hatte Angst …«

Ihr parkendes Auto gegenüber dem Standbild von General San Martín, ihre Arme über dem Steuer, das eingeschaltete Radio, während du ihren endlich gebeugten Nacken küßt, kurz davor, sie in dein Pensionszimmer mitzunehmen. Draußen verlängert ein warmer Abend Anfang August jenen Schwebezustand (du hast den Smoking noch nicht zurückgegeben), in dem du dich seit dem Sommerfest im Tennisclub befindest, die letzte Fata Morgana eines Schiffbrüchigen, die dich blendet und daran hindert, die Pärchen auf den Bänken der Aussichtsterrasse zu sehen oder den einsamen Spaziergänger, der verstohlene Blicke in das Innere des Wagens wirft, wo du ihre Knie streichelst, ihre schwarzen Netzstrümpfe. »Gefallen sie dir?« schnurrt sie. »Ich hatte sie auf der Party in Castelldefels an … Ich behalte sie. Du glaubst bestimmt, ich wär übergeschnappt, nicht wahr?« – »Wenn deine Mutter das erfährt …« Sie hat sie sich im Auto angezogen, wollte nicht damit warten, bis sie in deinem Zimmer sein würde. Eine Frau, in weniger als einem Monat ist sie eine Frau geworden, sogar ihre Stimme hat sich verändert – und auch wenn du es kaum glauben kannst, so ist doch möglicherweise der Zeitpunkt gekommen, in der blonden Bucht vor Anker zu gehen: Endlich, wer hätte das gedacht, hat Nuria eingewilligt, mit auf dein Zimmer zu kommen, erstaunlich ruhig sitzt sie da, über das Steuer ihres Seat gebeugt, und läßt sich sanft die Schenkel streicheln, während ihre Augen zu dem Eingang der Pension spähen in der Erwartung, die Wirtin herauskommen zu sehen. »Ist es auch bestimmt heute abend?« – »Ja«, sagte ich. »Jeden Sonntag geht sie mit ihrer Nichte und ihrem Freund ins Roxy-Kino.« Und ausgerechnet, als du es am wenigsten erhoffen konntest, als es so schien, als hätten ihre Küsse sich abgekühlt, und sie schon regelmäßig mit Vilella und mit anderen ausging und sie dir nicht sagen wollte, mit wem ... Vor geraumer Zeit schon hatte sie dir nach einer jener mühsamen und peinlichen Fummeleien, die fast immer in einen Kampf ausarteten, im Garten der Villa angekündigt: »Ich hab mich entschlossen, mit Salva einen Ausflug zu machen. Eine Kletterpartie auf den Montseny. Das macht bestimmt Spaß.« – »Mit diesem Reaktionär?« protestierte ich schwach, und darauf sie: »Ich habe festgestellt, daß er ein prima Kerl ist ...« Sie macht diesen Ausflug und noch einen und noch einen, und etwas in ihrem Gesicht, du wüßtest nicht was, ein sehnsüchtiges Pochen, traf jedesmal, wenn ihr euch saht, ins Zentrum deiner Wünsche ...

Arm in Arm gingen die Pensionswirtin und ihre Nichte eilig und plaudernd (der Freund kommt hinterher, zieht sich noch die Jacke über) in Richtung Plaza de Lesseps, als Nuria sich plötzlich unbegreiflicherweise neben dir steif aufrichtet und von Schluchzern geschüttelt wird, während ihre Hände verzweifelt unter dem Lenkrad die schwarzen Netzstrümpfe herunterreißen, so als enthaare sie unter Schmerzen ihre Beine, weinend vor Wut und Scham. Schreiend stellt sie sich die Frage, was sie hier mache, mit dir, was sie erwarte, Salvador habe sie bereits gewarnt, warum du sie dazu gezwungen habest, diese Strümpfe anzuziehen. »Faß mich nicht an! Niemals werde ich diese schreckliche Pension betreten, du Schwein! Was hast du dir dabei gedacht, steig sofort aus, steig aus.« – »Was hast du? Warte, Nuria ...«, die Tür knallt heftig zu, der kleine 600er SEAT schaukelt noch etwas, sie zappelt noch immer, so als kämpfe sie gegen das Steuer und die Gangschaltung, der Rock ist über die Knie hochgerutscht, und die Strümpfe haben sich um ihre Hände gewickelt, sie startet den Motor zwischen Schluckauf und Stöhnen, und ohne dich anzusehen, fährt sie mit einem plötzlichen Ruck los, und du stehst da und siehst zu, wie der Wagen sich entfernt, völlig verdattert, ohnmächtig.

Am Sonntag darauf ruft sie dich aus dem Club an. Ihre Stimme ist ruhig und gefaßt, weit entfernt von einer Krise: du mögest ihr verzeihen, sie habe sich wie eine dumme Gans aufgeführt, hol mich morgen zu Hause ab, falls du willst ... Der Montag ist ein Feiertag, du nimmst an, daß Onkel, Tante und Montse in Sitges sein werden, die Ferien kommen näher, und sicher (Nuria hat es dir gesagt) wirst du eingeladen, ein paar Tage mit der Familie zu verbringen. Sitges, ein schöner Hafen, um endgültig vor Anker zu gehen ... Doch als du in die Villa kommst, erinnert sich Nuria nicht einmal daran, daß sie mit dir verabredet war; sie ist alles andere als allein zu Hause und nicht bereit, deinen Forderungen nachzugeben: als ersten siehst du Onkel Luis in seinem kurzen flaschengrünen Hausrock auf der Veranda, nachdenklich in den Kissen des Schaukelstuhls versunken, und dann Tante Isabel schluchzend vor einem schweigenden, besorgten Vilella in tadellosem Sonntagsstaat. Nuria, in einen Morgenmantel gehüllt, ungekämmt und wunderschön, hält dich ein paar Sekunden im Flur zurück, um dir die Neuigkeit mitzuteilen:

»Montse ist seit zwei Tagen nicht nach Hause gekommen.«

»Was???«

»Sie ist abgehauen!«

Samstag nacht – erzählt sie dir –, als sie sehr aufgeregt aus der Gemeinde zurückkam, hatte sie wieder einen Wortwechsel mit Papa, dieses Mal war es furchtbar, anscheinend hatte er sich vorgenommen, alles zu unterlaufen, was Montse bei Freunden und Verwandten unternahm, um dem Jungen eine

Stelle zu verschaffen, und Montse wollte wissen, warum Papa das tue, anstatt ihr zu helfen; weinend sagte sie zu ihm, sie könne nicht glauben, daß alle Welt sich ihr gegenüber so verhalte, sie verstehe es nicht, es erfülle sie mit Trauer und Scham, und da explodierte Papa und beschimpfte sie mit abscheulichen Ausdrücken, es war das erste Mal, daß ich von ihm so viele schlimme Wörter gehört habe, er nannte sie blöd und dämlich und sogar Schlampe und daß sie weiß Gott was mit diesem Heruntergekommenen in dem Pensionszimmer und am Strand treibe, man müsse sich nur ihr blödes Gesicht ansehen, und was er mit dem Geld gemacht habe, das sie für ihn auf dem Fest gestohlen habe, und was passiere mit ihrem Lohn, ob es ihr egal sei, welche Schande sie ihrer Mutter bereite, also, es war schrecklich. Nie zuvor hatte es zu Hause eine vergleichbare Szene gegeben, Papa war nicht wiederzuerkennen. Montse brachte keinen Ton mehr heraus, schloß sich in ihrem Zimmer ein und kam auch nicht zum Abendessen herunter. Am selben Abend fuhr Papa mit Salvador fort, und eben erst ist er zurückgekommen und hat's erfahren. Er ist stinksauer.

»Habt ihr nichts von ihr gehört?« fragst du sie. »Hat sie nicht angerufen?« – »Heute morgen. Sie wollte nur mit mir sprechen: ich solle Mama sagen, es gehe ihr gut, und im Augenblick habe sie nicht die Absicht, zurückzukommen ...« –, »Was sollen wir machen, Nuria? Sag mal, warum ... warum kommst du nicht mit mir, und wir bereden, was zu tun ist, in meinem Zimmer ...?«, du brachtest es noch fertig, ihr das vorzuschlagen. »Wir müssen sie suchen gehen«, erwidert sie, und du: »Nein.«

»Das alles hat mich angewidert«, sagte sie, legte das Handtuch zur Seite und umarmte mich. Selbstverständlich schloß dieses »das alles« mein Liebeswerben mit ein, das an jenem Tag wieder einmal zum Scheitern verurteilt gewesen war. Und sie fügte hinzu: »Mitten in diesem ganzen Durcheinander liebte mich Salva, auf seine Art ...«

»Diözesanisch, nehme ich an.«

»… und seine Nähe tat mir so gut. Du dagegen machtest mir angst. Du zogst mich ungeheuer an, aber du machtest mir angst.«

Neben ihr, ganz nah, versichert Vilella ihr, daß sich alles einrenken werde. Nachdem Onkel Luis sich das Gejammere von Tante Isabel angehört hat, wobei er durch sie hindurch zu sehen scheint, blickt er Nuria an, dann dich: »Also, worauf wartet ihr? Wie lautet die Adresse, wo wohnt er?« Ja, es müsse sofort etwas getan werden, bemerkt Vilella. Bevor du Onkel Luis antwortest, begegnet dein Blick, unmerklich und ironisch, einen Moment lang dem Vilellas (Nuria sieht dich gespannt an, voller Zweifel und Furcht), und schließlich breitest du mit einer reichlich ironischen Geste die Arme aus: »Keine Ahnung, Onkel. Er ist vor einem Monat ausgezogen, und ich habe ihn nicht mehr wiedergesehen. Außerdem ist es nicht sicher, daß Montse bei ihm wohnt.«

»Ja, du zogst mich an und machtest mir angst«, wiederholte Nuria. »Ich weiß nicht, warum, aber eines Abends, während einer Art Krise, hab ich Mama alles erzählt. Sie ahnte schon etwas von deinen Absichten, deinen Manövern, mich in deine Pension mitzunehmen, von unseren Verabredungen, wie weit wir schon gegangen waren, alles. Ich hab mich wie ein dummes Mädchen benommen.«

»Aber das war doch erst viel später, als deine Schwester schon mehrere Wochen von zu Hause fort war und deine Mutter sich um sie mehr Sorgen machte als um alles andere.«

Aus ihrem Sessel heraus sieht Tante Isabel uns an, ohne uns zu sehen, und zerfließt in Tränen, wie es niemand jemals zuvor gesehen hat. Zum ersten Mal empfindest du wirkliches Mitleid mit ihr: Stundenlang sitzt sie in diesem Sessel und denkt an ihre verlorene Tochter, wartet, verfolgt ihre Schritte, steht ihr bei mit Gebeten und Rosenkränzen.

Die Errettung

Sie war nicht mehr sie selbst, und dennoch blieb sie sich treu, plötzlich in einem anderen Licht, ungebrochen jedoch ihre Fähigkeit zur Verschwiegenheit und moralischen Unversehrtheit, in sich selbst ruhend. Morgens, auf dem ungemachten Bett kniend und ungekämmt, den Kopf zur Seite geneigt, ist Montse damit beschäftigt, die seidige Haut sorgfältig von ihren von der Sonne der öffentlichen Strände verbrannten Schultern abzuziehen. Sie macht es langsam, schläfrig und gedankenverloren. Das Glas Nescafé in der Hand, steht er mit nacktem Oberkörper auf dem Balkon und macht seine Witze, sagt, sie habe sich schon vollkommen gehäutet, wie die Schlangen, und ihre Haut zusammen mit allem anderen abgelegt … Montse lächelt und richtet sich auf, streckt sich, reckt die Arme in die Höhe wie eine Statue in ihren feinen, hauchdünnen, kläglichen Überresten aus Seide, Marke Claramunt.

»Ja«, sagte Nuria.

So sehe ich sie: ein neuer Körper, den dieselbe goldene Verträumtheit wie immer umgibt. Endgültig angesteckt, verliebt, so malte sie sich bestimmt manchmal aus, was jener ungewisse Sommer für sie beide hätte sein können, hätte es nicht Verständnislosigkeit und Unnachgiebigkeit gegeben, hätte man ihr die Wege in die Welt hinaus nicht versperrt, und dann tauschte sie die Gegenwart gegen die erbärmliche Vision einer Beziehung ein, die sich im Schatten von Familie und Gemeinde glücklich entwickelte, die naive, leuchtende Postkarte, auf der sie sich mit ihm zusammen sah, im Arm ein Strauß gepflückte Lilien, wie sie durch blumenübersäte Gärten gehen, sich gegenseitig um die Taille fassen, ihren Kopf an seine Schulter gelehnt. Sie beschwor Fragmente von nie gelebten und für immer verlorenen Tagen herauf, die harmonische Kontinuität jener liturgischen und sonnigen Stunden im Schutze des Gemeindezentrums und der süßen, heute getrübten Freundschaften von einst, einen geistigen Frieden, der vor noch gar nicht so langer Zeit in demselben Sonntagmorgenlicht in der Luft gelegen hatte, jenem glanzvollen, eucharistischen Licht, dessen erste Strahlen in die blinde Kindheit zurückreichten und von dem er hätte profitieren können und müssen, indem er mit ihr die feierlichen Augenblicke geteilt hätte, die Aktivitäten in der Gemeinde, die Sorge um die Kinder, ihre geliebten Vorstadtkinder, jenes zarte Netz kindlicher Zuneigung, in das sie sich immer frohen Herzens verstrickt hatte. Zuweilen fragte sie sich wohl, ob ihre Kindheit und Jugend nicht ein böser Traum gewesen waren. Der Geist verwirrt, der Verstand gedemütigt, tauchte vor ihren Augen sicherlich manchmal der Schatten jenes Paradieses auf, für das sie erzogen und bestimmt gewesen war, und in der Einsamkeit der letzten Tage, irgendwo, verloren in der anonymen Menge eines Busses oder einer Straßenbahn, oder wenn sie in Santa María del Mar aus der Messe kam und mit im Tageslicht geblendeten Augen die verliebten Paare betrachtete, überfiel sie wohl noch das Gespenst jener förmlichen Beziehungen, die schon tot sind, bevor sie geboren, ohne die Zustimmung, die erlaubt hätte, in einer moralischen Richtung voranzuschreiten, die mehr in Einklang mit dem Erlernten stünde. Wenn man ihn irgendwo eingestellt hätte, wäre sie jeden Tag zur Fabrik gegangen, um am Ausgang auf ihn zu warten und sich, wie irgendeine beliebige Verlobte, lächelnd an seinen Arm zu hängen, und dann wären sie zusammen ohne Furcht vor Blicken zum Zentrum oder nach

Hause gegangen; kurz und gut, sie hätten all das so Schlichte und Schöne getan, und sehr gut hätte sich jenes vage Versprechen göttlicher Gnade erfüllen können, von dem das Leben stets munkelte.

»Ja, so hätte es sein können«, sagte Nuria.

Statt dessen überrascht sie jetzt der Sonntagmorgen in einem fremden Bett, fern von zu Hause, wie sie auf dem Laken mit dem ersten Sonnenstrahl und mit dem Puder spielt, den er ihr sorgsam über Schultern und Rücken streut. Um die Distanz zu verringern, die sie heute von all dem trennt, genügt es ihr, leise ein Gebet zu sprechen. Sofort nachdem sie aus dem Bett gesprungen sind, widmen sie sich gurrend und girrend den Kanarienvögeln; sie wechselt das Wasser in den Käfigen (besessen von der Hoffnung, in allem bereits die Witwe ersetzt zu haben), gibt ihnen Futter und steckt ein Salatblatt zwischen die Gitterstäbe, das von den Vögeln munter umflattert wird. Dort im Gegenlicht, auf Zehenspitzen, halb angezogen, die Haare ungekämmt, mit den Vögeln turtelnd, mußte die zweite physische Umwandlung – die zum Teil eine Rückkehr zur Pubertät war – offenkundig werden. Aber nicht einmal dieses Bild konnte ihr Sinnlichkeit verleihen; ebensowenig wie andere, sehr viel brennendere, die mehrere Wochen intimen Zusammenseins in jenem Zimmer und jenem Bett, Tag und Nacht, gut vorstellbar machten – innige, geliebte Visionen meiner Cousine, die wir mit Rücksicht auf die edelsten Prinzipien Claramuntscher Ethik hier beiseite lassen wollen.

»In Ordnung«, sagte Nuria lächelnd.

Und nachts setzte sie sich mit ihm auf den kühlen Balkon hinaus und legte ihm ihre Pläne auseinander, um ihm Mut zu machen. Sie stellte sich grenzenlose Nächstenliebe vor, ein ewiges Licht in irgendeinem bescheidenen Stadtviertel, wo sie zusammen leben und arbeiten könnten, fern von der Erinnerung, und sie sah sich schon mit ihm vor einem ruhigen Meer von Flachdächern mit zum Trocknen aufgehängter Wäsche oder auf namenlosen Vorstadtstraßen und anonymen Plätzen im Industriegürtel. Sie lebte jetzt fast zwei Monate bei ihm; ihr Fortgang von zu Hause war mit den großen Sommerferien zusammengefallen, als dein Vater, begleitet von seinen Getreuen (unter ihnen Salvador Vilella) zu einem Kongreß nach Zaragoza fahren mußte. Da ich nichts zu tun hatte, überzeugt, daß du mich nicht auch nur für ein paar Tage nach Sitges einladen würdest, wohin deine untröstliche Mutter sich geflüchtet hatte, dem Rat von Onkel Luis folgend, der, als er bei seiner Rückkehr über das Vorgefallene unterrichtet wurde, einen Wutanfall bekam, stattete ich dem Paar in der Pension häufige Besuche ab und solidarisierte mich verbittert mit den beiden und meiner eigenen schicksalhaften – und, wie es schien, verdienten – Isolierung: alle wußten, daß ich bei dir zu weit gegangen war. Dein Vater unternahm, durch Vilella unterstützt, vom ersten Tag an eine Reihe von Schritten, um Montse zurückzuholen. Es wurde mit äußerster Diskretion vorgegangen, und Onkel Luis gab sich optimistisch: für ihn galt es als sicher, daß die Dummheit seiner Tochter keine vorübergehende Angelegenheit war, aber gleichzeitig vertraute und hoffte er auf den Moment, den seine unerschütterliche Unternehmererfahrung gerne als »die Stunde des Triumphs« bezeichnete. Anscheinend rang er sich zu einigen Verabredungen mit Manuel durch (obwohl es ihm nie gelang, Montse zu treffen), die ergebnislos verliefen; aber das erfuhr man erst viel später. Rechtlich konnte er nichts machen, Montse war volljährig. Währenddessen lebte die Familie sehr zurückgezogen und wartete ab. Und Salva horchte uns aus (er hat keinen Moment an unsere Unschuld geglaubt), vor allem dich bedrängte er, mit der Rechtfertigung, nur das Beste für Montse zu wollen ... Manuel dagegen zeigte sich besorgt und beunruhigt, auch wenn er deine Schwester sehr liebevoll aufgenommen hatte.

Es kam der Mittwochabend, und niemand wußte, daß in vier Tagen alles zu Ende sein würde. Sie, nervös und launisch, verwirrter denn je, sprach davon, an Einkehrtagen für Pfarrhelferinnen in San Cugat teilzunehmen; sicher, sie fuhr jedes Jahr dorthin, aber diesmal wollte sie nicht in erster Linie ein Bedürfnis nach Alleinsein und innerer Sammlung befriedigen, sondern einen Kontakt zu jemandem knüpfen, andere Leute mit guten Beziehungen suchen, andere Hilfe. Denn nachdem sie ein paarmal in Sabadell nachgefragt hatte, mußte sie schließlich erkennen, daß ich recht hatte, und auch der weit entfernte Verwandte, obwohl er versicherte, sie sehr zu schätzen, konnte sich nicht entschließen, ihren Schützling (an dessen Befähigung für die Arbeit er nicht zweifelt, nein) ohne das Plazet von Onkel Luis einzustellen. Tatsächlich war der Fabrikant aus Sabadell nicht weniger argwöhnisch als die anderen: als Mitglied des Verwaltungsrates der Claramunt AG mußte er wohl schon von dem Schritt, den Montse getan hatte, unterrichtet sein.

»Es würde genügen, wenn er ihn vorschlüge«, lamentierte Montse, während sie sich, die Nadeln im Mund, das Haar im Nacken zusammensteckte, »und schon morgen hätten wir die Stelle ... aber darauf kannst du lange warten.«

»Schon wieder«, brummte ich gelangweilt. »In welcher Welt lebst du eigentlich, Cousine? Du bist aber auch stur!«

»Stell dir vor, in Sabadell hatten wir sogar schon eine ziemlich billige Dachwohnung gefunden, in dem Haus, in dem die Klavierlehrerin von Merche Reynals wohnt, ohne Abstandszahlung und ganz in der Nähe der Fabrik, zwar klein, aber groß genug für zwei Personen ...« Ihre müden Augen blinzeln, verfangen sich aufs neue in dem Idealzustand des Morgen und sehen mich dann wieder an, der auf dem kleinen Stuhl auf dem Balkon sitzt. Unten auf dem Bürgersteig spricht Manuel im Licht einer Laterne mit einem jungen Transportunternehmer vom Born, der ihm vor ein paar Tagen eine Arbeit angeboten hat; sie lachen; den Kopf gesenkt, ohne den anderen anzusehen, säubert sich Manuel mit einem Zahnstocher die Fingernägel. Ich sehe wieder zu Montse hinüber. »Merche Reynals?« frage ich nach, und in meiner Erinnerung taste ich nach blonden Zöpfen und blauen Schleifen, als Montse wieder zu sich zu kommen scheint. »Ach, davon hab ich dir gar nichts erzählt! Erinnerst du dich an Merche, die Tochter eines Schwagers von Onkel Carlos, die Mama so nett fand? Als Kind war sie hin und wieder bei uns zu Hause, erinnerst du dich nicht? Die würdest du jetzt nicht wiedererkennen, sie ist eine richtige Frau geworden und sehr hübsch. Den Sommer verbringen sie immer in Castelldefels. Nuria war auf ihren Partys ...«

Die Arme erhoben, nervös nach der richtigen Stelle für die letzte Haarnadel tastend, steht sie vom Bett auf und geht durchs Zimmer, nachdem sie sich vergewissert hat, daß mein Glas wieder einmal leer ist.

»Ja, ich glaub, ja«, höre ich mich durch den Wein hindurch sagen: ich als gutgekleidetes Kind in einem spärlich erleuchteten Garten, wo ein nasenloser Faun grinst, meine Hand nach den blonden Zöpfen ausgestreckt ... »Ja. Aber mit wem hast du über die Sache gesprochen? Mit ihr?«

»Mit ihrem Vater. Aber zum Glück kam Merche dazu und hat sich sofort mit mir verbündet. Wirst schon sehen ...« Einen Augenblick lang steht sie mitten im Zimmer und weiß nicht, was sie gerade wollte, die Flasche in der Hand. »Das Schlimme ist, ich hatte beim zweiten Mal in Sabadell den Eindruck, daß sie schon über alles Bescheid wußten. Jedenfalls haben sie nicht nein gesagt.«

»Wann war das?«

»Das wird jetzt zwei Wochen her sein.«

»Ha! Und seitdem hast du nichts mehr gehört? Dann vergiß es.«

»Abwarten.«

Plötzlich entfährt es mir:

»Du solltest deine Mutter besuchen.«

Unten neben der Laterne zerkleinert er den Zahnstocher mit den Zähnen, und unversehens schaut er zum Balkon hoch: geduldige Wachsamkeit unter den dichten schwarzen Wimpern, müde, gleichgültige Aufmerksamkeit; man könnte meinen, der flüchtige Blick eines Vaters, der sich gewohnheitsmäßig an seine Verantwortung erinnert, vergewissere sich einen Moment, ob sein Kind noch in der Nähe ist, sich in Sicherheit befindet und mit harmlosem Krimskrams oder Haustieren spielt. Da er es jetzt ist, der über sie wacht, können seine Augen nicht ohne Argwohn die eifrigen, vergeblichen Integrationsbemühungen verfolgen, die zu unternehmen Montse immer noch nicht aufgegeben hat: denn heimtückisch nähern sich schon die raffinierten, begüterten Stimmen, die nie aufgehört haben, über seinen stolzen Kopf hinweg zu intrigieren, und entfalten ihre ganze Klangfülle harmonisch zu dem hohen und vibrierenden Schlußakkord hin. Aber noch läßt nichts darauf schließen in diesem Augenblick, um halb elf abends, Mittwoch, dem 22. September, in den ersten Arbeitswochen nach den Ferien, die mich so weit von dir entfernt haben, als deine Schwester mit dem erbärmlichen Tafelwein zu mir kommt und mein geblümtes Glas wieder vollgießt, wobei sie ernsthaft mit mir ins Gericht geht, warum trinkst du soviel, so wirst du dein Problem nicht lösen. »Hast du Nuria nicht wiedergesehen?« fragt sie freundlich, und ihr Blick ergießt sich wie Balsam über mein besiegtes Haupt. In unserem Rücken, über der betriebsamen Nacht des Born, färbt entferntes Wetterleuchten den Himmel, es ist schwül, den ganzen Tag über sieht es schon nach Regen aus. Ihre Hand zittert leicht, der Flaschenhals klirrt gegen das Glas, und ich betrachte ihren luftigen grauen Faltenrock, unter dem ihre nackten, zum Leben entschlossenen Knie hervorschauen, geschmeidig geworden durch die Sonne und den Wind des Meeres, noch nicht befreit von dem Gespenst Tausender von Kniebeugen. Im übrigen gibt sie sich selbstsicher und hört nicht auf zu reden. Viel habe sich bewegt, sie habe viel nachgedacht und entschieden während der Ferien: da die Möglichkeit mit Sabadell im Moment ad acta gelegt sei (oder, besser gesagt, in hoffnungsvoller Schwebe), fasse sie nun die anderen ins Auge, und sie spricht davon, während der Exerzitien mit jemandem Kontakt aufzunehmen.

»Ich wollte sowieso hinfahren«, sagt sie, »wie in jedem Jahr.«

»Blödsinn.« Der Wein beginnt, mir die Zunge zu lösen. »So'n Theater, verdammt, so'n Scheiß.«

Montse schweigt eine Weile. Dann insistiert sie: Es seien nur drei Tage, Sonntagabend werde sie wieder zurück sein, und zwar mit guten Nachrichten, nehme sie an, ein Versuch schade nicht. Ich erwidere, ich fände das alles albern, am besten wäre es, wenn sie sich entschließen könnte, mit ihrer Mutter zu sprechen. »Wozu?« sagt sie und senkt den Blick: »Später, wenn die Gemüter sich beruhigt haben.« Die ruhige Gelassenheit ihrer Stimme (sie sieht mich nicht an, sie traut sich nicht, mich anzusehen) kann alle Katastrophen Lügen strafen, wie ich in den nächsten vierundzwanzig Stunden feststellen sollte.

»Ja«, sagte Nuria, »aber ...«

Und unten auf dem Bürgersteig hebt Manuel erneut den Blick zum Balkon, während er sich eine Zigarette anzündet und sich desinteressiert anhört, was der andere ihm vorschlägt, denn er ahnt oder weiß bereits, daß die steinreichen Stimmen irgendwo gerade beratschlagen, und er muß nur auf den Urteilsspruch warten, der vielleicht nicht alle zufriedenstellt, aber zweifellos so gerecht und einmütig wie möglich sein wird. Wie über einem Abgrund der Vorahnung auf dem Balkon hängend, zwischen seinem Verrat und ihrer demütigen und unbesiegbaren Standhaftigkeit, beharre ich darauf, daß es Unsinn sei, sich drei Tage einzuschließen mit diesen Betschwestern, die einige Handbreit unterhalb des Lebens leben, wie Maulwürfe, und das nur, um einen Job für ihn – und das war nicht einmal sicher – zu einem Hungerlohn zu erhalten, den man als Hilfsarbeiter... Doch sie argumentiert, aus dieser Pension müßten sie so bald wie möglich raus, »das verstehst du nicht, nein, du verstehst es nicht«, wiederholt sie mit leiser Stimme, wie absichtslos (offenbar wollte sie etwas anderes sagen, heute wissen wir es), »die Situation hat sich verändert, es ist nicht mehr wie früher...« Ich sehe zur Seite, nach unten: Manuel raucht, pflichtet zerstreut seinem Gegenüber bei, dann hebt er den Kopf, und auf seinem Mund leuchtet jenes Dolch-Lächeln, ich habe ihn aufmerksam beobachtet, dieses Mal; schon immer habe ich die dunkle Befürchtung gehabt, daß er sich angesichts einer wirklichen Arbeitsmöglichkeit – als Elektriker, zum Beispiel – innerlich irgendwie enttäuscht zeigen würde: mit den besten Absichten der Welt war deine Schwester jetzt vielleicht dabei, ihn für einen armseligen Lohn zu derselben trostlosen Beschäftigung zu drängen, der er im Gefängnis nachgegangen war, und eine solche Entwicklung konnte in keinster Weise dem entsprechen, was er sich erhofft und gewünscht hatte.

Als ich beim vierten Glas bin, kommt Manuel ins Zimmer, und kurz darauf läßt sich die Stimme der Wirtin durch die Tür vernehmen: Er werde am Telefon verlangt. »Wer ist dran?« ruft er und steht vom Bett auf. »Ich weiß nicht, ein Freund«, antwortet sie mit offenkundigem Widerwillen und entfernt sich über den Flur. Manuel geht wortlos hinaus, Montse schließt hinter ihm die Tür, dreht sich langsam um und lehnt sich mit dem Rücken dagegen, lächelt mir zu:

»Ich freue mich, daß du heute abend gekommen bist. Mir war nicht wohl bei dem Gedanken, es ihm allein sagen zu müssen...«

»Warum?«

»Ich weiß nicht … Wir haben so sehr gehofft, nach Sabadell gehen zu können. Dies hier wird dasselbe sein, was er im Gefängnis gemacht hat.«

»Na ja, ich nehme an, das ist kein schlechter Job.«

»Ich werde bald anfangen zu arbeiten …«

»Jedenfalls rate ich dir noch einmal, daß du deine Mutter besuchen solltest.«

Mit ihrem am Strand der Barceloneta gebräunten Gesicht, die Nase noch ein wenig gehäutet, mit den fiebrig glänzenden Wangen und den schläfrigen Augen, hat sie die Anspannung verloren, die früher unvermittelt bei ihr durchbrach und so viele Gefühle und Emotionen gleichzeitig ausdrückte. Sie hat sich in eine tiefe Sanftmut zurückgezogen, in eine Schläfrigkeit. Ich ahne seit einer Weile, was sie mir sagen will, sich aber nicht traut: daß sie mir das Geld, das ich ihr geliehen habe, als sie zu ihm zog, mein gesamtes Urlaubsgeld, das dazu gedient hat, ausstehende Rechnungen bei der Wirtin zu begleichen und so eine gewisse Unabhängigkeit zurückzugewinnen, noch nicht zurückgeben kann; und dann auch etwas, das sie traurig macht und das sie sich nun eingestehen muß: daß er bei der Arbeitssuche kein übermäßiges Interesse gezeigt hat, was soll sie mit ihm machen, er ist anspruchsvoll und ein Träumer. Aber nein, das ist es nicht. Und wieder beschleicht mich die dunkle Vorahnung, und ich rate ihr zum x-ten Mal, sie solle, bevor sie irgend etwas entscheide, das Gespräch mit ihrer Mutter suchen, unter vier Augen …

Als er vom Telefonieren zurückkommt, läßt er sich erschöpft aufs Bett fallen und schiebt sich das Kissen im Rücken zurecht. Zwischen seinen Zähnen hat er einen neuen Zahnstocher. »Meine Schwägerin«, sagt er. Er hat nie von seiner Familie gesprochen, angenommen, er hat tatsächlich eine, ich hatte schon vergessen, daß er einmal einen verheirateten Halbbruder erwähnte. »Ob ich sie morgen abend besuchen will«, fügt er hinzu, »mein Bruder weiß ’ne gute Arbeit für mich.« –

»Gehst du hin?« fragt Montse. Er zuckt die Achseln. »Bah! Jetzt plötzlich erinnern die sich an einen! Aber schließlich, versuchen kann man's ja mal ...« Plötzliche Niedergeschlagenheit überkommt mich, und ich stehe auf und leere mein Glas. »Ich geh, Leute, es ist spät.« Ohne sich vom Bett zu rühren, sieht er mir direkt in die Augen, als er mir die Hand gibt, und es scheint einen Moment, daß er mich zurückhalten will, doch er sagt nur: »Danke, daß du hier warst, Paco«, und mir bleiben wieder einmal jene Fragen im Halse stecken (Wer bist du? Was willst du, was suchst du? Woher kommst du?), die mich in letzter Zeit bedrängen, jedesmal wenn unsere Blicke sich treffen. Aber es war schon zu spät für alles, und nicht einmal der Vorwand mit dem Koffer deiner Schwester sollte eine Einmischung meinerseits möglich machen, die hätte retten können, was nicht mehr zu retten war, das, was deine Eltern bereits weiß Gott wann verloren hatten, nicht erst in jenem August, als Montse sich entschloß, ihr Zuhause zu verlassen, um an seiner Seite weiterzukämpfen, nicht erst an dem Tag, als sie ihn zum ersten Mal im Gefängnis besuchte oder als sie aus dem Munde einer durch Elend und Verwahrlosung heruntergekommenen Halbwüchsigen zum ersten Mal von ihm hörte, sondern schon viel früher, schon bevor sie von deiner Mutter ins Gemeindezentrum mitgenommen wurde, sogar noch bevor deine Schwester gezeugt wurde, als deine Eltern sich noch gar nicht kannten, weil auch sie noch nicht geboren waren und überhaupt noch kein reich gewordener und frommer Claramunt existierte, der zum ersten Mal sein Knie auf einen seidenbespannten Betstuhl drücken sollte ...

»Na schön«, sagte Nuria, »aber ...«

Etwas davon erahne ich auf dem Flur, in dem ekelerregenden Gestank nach gekochtem Blumenkohl, als Montse von dem Koffer spricht: sie hat all ihre Wintersachen zu Hause, und noch heute abend will sie dich, Nuria, anrufen, du sollst ihr einen Koffer packen, aber sie befürchtet, daß du nicht bereit bist, ihr den Koffer zu bringen. »Wärst du vielleicht so lieb, morgen abend hinzugehen und ihn zu holen?« sagt sie. »Wenn du um sieben hingehst, direkt vom Lager aus, wirst du sicher nur Esperanza antreffen und brauchst keine Erklärungen abzugeben.« – »Klar, laß mich nur machen.« Da Manuel um diese Zeit zu seiner Schwägerin gehen wird und sie nicht zum Zug nach San Cugat bringen kann, biete ich mich an, sie zu begleiten, und wir verabreden uns um acht in dem Café gegenüber meiner Pension, wenn ich den Koffer abgeholt haben werde.

Am nächsten Tag verlasse ich Punkt sieben das Lager, und zehn Minuten später läute ich an der Glocke der Villa. Esperanza ist tatsächlich allein; während sie mir den weißen Koffer aushändigt, liegt in ihrem Apfelgesicht, in ihren niedergeschlagenen Augen eine unterwürfige Sorge um die Señorita Montse, eine Frage, die auszusprechen ihr nicht gelingen wird. Totenstille im Empfangszimmer, im ganzen Haus, und eine noch vielsagendere auf dem Wandteppich, auf dem die Engel mit den Pausbacken immerwährend die Purpurwolke vor sich herpusten, auf der die Heilige Jungfrau in himmlische Höhen aufsteigt. »Auf Wiedersehen, Esperanza, und vielen Dank.«

Auf der Avenida de la República Argentina, kurz vor der Plaza de Lesseps, fängt es an zu nieseln, und ich renne mit dem Koffer in der Hand und dem Gabardinemantel um die Schultern, so als wäre der Teufel hinter mir her. Was ist mit mir los? Welche Ängste plagen dich? Das Mädchen tut gut daran, vor dieser ganzen Scheiße auszureißen, was bleibt ihr anderes übrig, gibt es einen anderen Weg, sich ein wenig dem zu nähern, was wir sein wollten, dem Verlorenen? Mit der Familie alles, ohne die Familie nichts. Schaumschläger, Heuchler unter dem Baldachin, Bestien. Kann sein, daß du am Ende auch abhaust, Junge. Aber schweifen wir nicht ab: stell dir aufrichtig die Frage, ob du ihr etwas Gutes tust oder etwas Schlechtes, wenn du ihr hilfst. Denn genau darum geht es: ihr zu helfen. Denn hier behauptet alle Welt, zu helfen, zu retten, zu erlösen, aufzurichten, zu erneuern … Nein, ich versuche nicht, mich zu rechtfertigen (obwohl ich deine Einwände verstehe, Nuria, sie sind vernünftig: sie sind, jawohl, der eigentliche Grund für unser gegenseitiges Erzählen und Wiedererzählen derselben Geschichte, so als glaubten wir nie daran), aber jene Szene stummen Klagens, die sie mir in einem anonymen, aufgrund der Eile ausgewählten Café bot, ging über jeden Hilferuf hinaus; sie wollte nämlich keine Hilfe mehr von uns, von niemandem.

Während ich auf sie warte, trinke ich Kaffee und spiele mit der katalanischen Nase deines Vaters in Gedanken Billard. Der weiße Koffer grinst im Halbdunkeln des Billardsaals jenseits des grünen Glockenschirms, dessen Licht sich über den Tisch ergießt. Der Fernseher flimmert über der Theke, und ich ertrage die lebhafte Gesellschaft einer Gruppe von Fußballfans; im Europastadion an der Calle Camelias wird bei Flutlicht ein Spiel ausgetragen, dorthin gehen die Nachzügler, die noch schnell duftende *carajillos* trinken. Ab und zu, das Queue in der Hand, spähe ich durch die schwitzende Scheibe auf die Straße. Es regnet immer noch leicht – und du siehst von der Bar des Tennisclubs aus den Regen auf die Plätze nieseln, siehst ihn von der Höhe deines Hockers aus, mit übereinandergeschlagenen Beinen unter dem kurzen weißen Röckchen, den Pullover mit den Ärmeln um den Hals geschlungen, das Glas in der Hand und umgeben von deinen Freunden, Vilella auf dem Sprung … Der Wind hat sich gedreht, eine Frauengestalt nähert sich der beschlagenen Scheibe, gebeugt und den Rock wie eine Haut gegen die Schenkel gepreßt. Sie ist es. Ohne Regenschirm und Regenmantel, hält die Hand auf dem Kopf ein lustiges lila Mützchen fest. Ich lege das Queue beiseite, zahle zwei Kaffee und ein halbes Dutzend wütender Karambolagen, als Montse lächelnd die Tür öffnet. Sie ist völlig durchnäßt. »Hallo!« sagt sie außer Atem. »Hast du den Koffer? Prima. War jemand zu Hause?« – »Nein. Esperanza. Wie du aussiehst!« Ich nehme den Koffer, bereit, sie zum Bahnhof zu begleiten, es endlich hinter mich zu bringen, doch sie scheint sich noch nicht vom Laufen erholt zu haben, sie sieht mich keuchend und mit einem blöden Lächeln an. In ihren erbärmlichen, flachen Schuhen stehen die Füße im Wasser. »Komm her, du verrücktes Huhn«, und ich führe sie am Arm zu einem der hinteren Tische, »du trinkst jetzt erst mal einen Milchkaffee. Und Manuel? Ist er bei seiner Schwägerin?« – »Ja, wir sind zusammen weggegangen, er hat mich bis zur Metro begleitet ...« Wie ich so vor ihr sitze, ohne den Griff des Koffers loszulassen, wünsche ich mir nur, es so bald wie möglich hinter mich zu bringen und sie in den Zug zu setzen: ja, mein Egoismus oder meine Gleichgültigkeit waren dabei, ihr die Gelegenheit zu verderben, die letzte sicherlich, die sie gesucht hatte, um vertraulich mit mir zu reden. Aber sollten sich die Dinge in irgendeiner Hinsicht geändert haben? Montse, die Ellbogen auf eine graue, nach Sardellen riechende Marmorplatte gestützt, sieht mich aus ihren großen schwarzen Augen mit schwer atmender Brust an und schweigt. Um etwas zu sagen, sage ich zu ihr: »Dann bist du also entschlossen?« Sie senkt den Blick, ihr Lächeln wird geheimnisvoller, und sie murmelt: »Ich muß dir was sagen, Cousin«, als ich es auch schon weiß, genau in dem Augenblick, als ich denke, ich weiß es schon, und nicht erst seit gestern abend, sondern schon seit sehr langer Zeit, »du bist unser bester Freund, der einzige, der uns helfen wollte, ich hab es noch niemandem erzählt, aber dir kann ich vertrauen ...«

»Jetzt kommt's«, sagte Nuria, »jetzt kommt's.«

Ich will mich nicht rechtfertigen. Und dann erzählt sie mir das, was ich schon wußte, während der starke, nackte Arm des Wirtes, feucht und nach Spülbecken riechend, eine dampfende Tasse vor sie hinstellt. Ihre Pupillen glänzen wie Lack,

Tränen der Freude. Du Unglückliche, denke ich, jetzt bist du's, eine Unglückliche. »Bist du sicher, Montse?« Doch sie sieht mich nur an, lächelnd, heiter, etwas in meinem Gesichtsausdruck findet sie lustig, wahrscheinlich das provinzielle und komische Erstaunen, das wieder zutage tritt. Sie versichert mir, sie sei weder erschrocken noch schäme sie sich, gut, als sie es erfahren habe, da habe sie sich schon ein wenig erschrocken, aber vor allem wegen ihm, sie habe es ihm noch nicht gesagt, denn er habe im Moment schon genug Probleme, sie habe nicht gewußt, was geschehen könnte, doch jetzt wisse sie, daß alles gut werde, und sie sei ganz ruhig und sogar froh ... »Sag es deiner Mutter«, entschlüpft es mir wie aus der Pistole geschossen. Doch sie und ihr unversehrtes Lächeln: »Nein.« – »Dann deiner Schwester, im Grunde war sie immer auf deiner Seite.« Ja, das ja, sie verspricht, es zu tun, sobald sie aus San Cugat zurück sei, Sonntag werde sie sie anrufen, und übrigens, fügt sie hinzu, habe sie dich gestern abend, als sie mit dir wegen ihrer Wäsche telefoniert habe, darum gebeten, ihr den Koffer selbst vorbeizubringen. Doch du wolltest nicht in die Pension kommen, du sagtest ihr, daß der bloße Gedanke, du könntest mit diesem Kerl zusammentreffen, dich schaudern lasse, und fast weinend flehtest du sie an, wieder nach Hause zu kommen, Mama sei wegen ihr krank geworden, sie sei verrückt und mache den größten Fehler ihres Lebens ... »Wenn sie gekommen wäre«, fügt Montse hinzu, »hätte ich ihr alles erzählt.«

Ich weiß nicht mehr, wie lange wir dort waren. Aber ich sehe mich eilig den Koffer ergreifen, noch bevor sie den Satz beendet hat, daß es schon sehr spät sei und sie Angst habe, den Zug zu verpassen ... Nein, ich suche keine Rechtfertigung. Sie stand bereits mit dem Rücken zu mir, und ich hatte das Gefühl, sie lehne sich einen Moment gegen den Stapel Bierkisten und krümme sich hustend zusammen. Plötzlich brach sie lautlos in Tränen aus. Sie weinte, wie sie sicherlich noch nie geweint hatte, die Montse, die ich an jenem Abend zum letzten Mal sehen sollte, die immer noch einen heiteren und sogar strahlenden Gesichtsausdruck bewahrte, schrecklich in ihrer schrecklichen Ahnungslosigkeit (tatsächlich bewahrte sie ihre Unschuld, und noch viel mehr: sie hatte nicht entdeckt, daß sie sie besaß); während ich unbeholfen schwieg, weinte sie, mit dem Rücken zu mir und ein paar Stammgästen, die neugierig zu uns herübersahen, sie weinte hastig, wie jemand, der sich übergibt oder sich einen Moment umdreht, um zu husten oder sich die Nase zu putzen, eine nicht aufzuhaltende Entleerung – nur ihr Rücken bebte unter meiner hilflosen Hand –, die nicht lange dauerte und ganz plötzlich gestoppt wurde, so als unterbreche die sanfte Gewalt, die er oder ich weiß nicht welche Hoffnung auf sie ausübten, den Tränenfluß noch schneller, als sie ihn ausgelöst hatte. Dann drehte sie sich wieder um und sagte lächelnd, die Augen voll glitzernder Tränen: »Entschuldige. Gehen wir.« Es war jene Montse, die schon draußen auf der Straße nicht mehr wollte, daß ich sie begleite (mit meinem Schweigen, mit meiner Hand unter ihrem Ellbogen), durch den Regen, der jetzt wie aus Kannen goß. Zum Glück erwischte ich an der Plaza de Lesseps ein Taxi. Während der kurzen Fahrt mußte ich ihr versprechen, daß ich Sonntag in der Villa vorbeigehen und nach ihrer Mutter sehen würde, um zu erfahren, wie die Stimmung sei, was man in bezug auf sie entschieden habe. O Montse, Montse, paß auf dich auf!, und ich schlug den Kragen ihrer blauen Jacke hoch, und kurz darauf liefen wir die Treppe zum Bahnhof Gracia hinunter, wo sich mir noch die Gelegenheit bot, sie ein wenig zum Lachen zu bringen, indem ich auf dem Bahnsteig kunstvoll ausrutschte, als ich ihr den Koffer gab, und dann beugte sie sich aus dem Waggon, um mir einen Kuß zu geben, ihre Haare rochen nach Regen, ihre Wangen glühten.

Das ist das letzte Bild von deiner Schwester, das sich mir für immer einprägen sollte: in einer Ecke des Abteils sitzend, allein, eine winkende Hand vor dem von der Sonne mißhandelten Gesicht, das sich an die Fensterscheibe mit dem perlenden Regenwasser drückt, um mich sekundenlang anzusehen und zu lächeln, sich vielleicht ihres endgültigen Status als Frau bewußt, ihrer neuen Natur.

»Ja«, sagte Nuria.

Der Preis der Errettung

So einfach ist die Lösung, die sie wieder nach Hause holen soll, daß es dich heute noch verwundert, wie sie fast zwei Monate auf sich warten lassen konnte: es geht nur darum, das Tau zu lockern, anstatt es festzubinden, die auf der Hand liegenden Forderungen des ehemaligen Strafgefangenen zu erfüllen und ihn weit wegzuschicken, mit einer Empfehlung oder einer Arbeitsstelle, aber ohne Montse. Eine Bedingung – allein fortzugehen –, der er wohl kaum widersprechen würde, da er sofort den wirklichen Sinn geheimer Verhandlungen erfaßte.

Doch mit dieser schwierigen Mission würdest nicht du betraut werden (ich habe gehört, daß du trinkst, daß du versucht hast, Schweinereien mit Nuria zu machen und daß du billigst, was Montse tut, und sogar die beiden Sünder häufig besuchst, wo immer sie auch stecken mögen, mir wollte man's ja nicht sagen – so ungefähr lauteten Tante Isabels Vorwürfe), sondern jemand, der in die Montserratschen Gipfel und in Nurias Seite bereits die Klauen und Flügel des Adlers geschlagen hatte: Salvador Vilella.

Wie du Montse versprochen hattest, gingst du am frühen Sonntagabend des 26. September zu Tante Isabel. Montse war noch bei ihren Exerzitien, vielleicht befand sie sich schon im Zug auf der Rückfahrt.

»Komm rein, Junge, komm rein«, sagte Tante Isabel kühl, allein in ihrem Büro. »Nuria ist nicht da.«

»Nein, ich bin nur gekommen ...«

»Gib es ruhig zu.«

Und sie macht dir eine Szene. Schon seit Tagen hat sie dich erwartet, um dir zu sagen, daß sie über alles Bescheid wisse und daß sie wieder einmal von dir enttäuscht worden sei. Wie konntest du dich nur Nuria gegenüber so benehmen, siehst du nicht, daß sie noch ein Kind ist? Doch das ist, unglücklicherweise, jetzt nicht das Wichtigste: Was weißt du von Montse?

»Nichts ... Ich glaube, sie kommt heute abend zurück.«

»Sie ist an denselben Ort wie letztes Jahr gefahren, zu den Exerzitien, nicht wahr?«

»Ich glaube, ja. Nach San Cugat ... Tante, bevor sie wegfuhr, hat sie mich gebeten, zu dir zu gehen und ...«

»Soso.«

An ihrem Schreibtisch, umgeben von Rezepten, Medikamenten und Tropfen, ergibt sich Tante Isabel resigniert dem langsamen Prozeß der Auflösung, der von ihrem Körper und ihrer Seele Besitz ergriffen hat, und mit zusammengepreßten dunkelvioletten Lippen und den wenigen Energien, die der letzte Rheumaanfall ihr gelassen hat, versucht sie, das traurige Zittern zu bändigen, das ihr hervorstehendes Kinn befällt; sie wirkt größer und unangenehm maskulin, so abgemagert, so verändert seit dem letzten Mal, als du sie sahst. Die Ereignisse haben das Ende des sanften Matriarchats beschleunigt, die Ablösung jener stattlichen und selbstbewußten Verkörperung einer Matrone aus dem 19. Jahrhundert, die dich immer an einen Gedenkstein mit Sinnsprüchen über Justiz und Handel erinnert hat. Großzügig hätten die Komitees, denen sie vorstehe, ihre schwachen Schultern von dem Gewicht so großer diözesaner Verantwortung befreit, sagt sie, doch sei sie jetzt davon in Anspruch genommen, Löhne und Ausgaben einiger Mitglieder ihrer riesigen Herde zu verbuchen, ein neues Projekt ihres wohltätigen Werkes, mit dem sie vielleicht die schwache Hoffnung verbindet, aufzuhören, jene kompetente Autorität zu sein, jene bewundernswerte Frau, für die die

Nächstenliebe bisher lediglich ein Mittel gewesen ist, einem gerechten Zorn oder einer unbewußten Unruhe zu entsprechen, und so ein wenig das zu ergründen, was ihr einfacher Verstand zu begreifen und zu fürchten beginnt: die sozialen Probleme, die verfaulten Wurzeln dieses dichtbelaubten Baumes nationalen Lebens, die Hungerlöhne, die Arbeitslosigkeit usw. Sie studiert eine wichtige, umfangreiche Arbeit, die verschiedene Gemeinden vorgelegt haben und deren von Pfarrhelferinnen zusammengetragene Daten offenlegen, daß es allein in unserer Stadt Tausende von Familien gibt, die unter menschenunwürdigen Bedingungen leben. Aus dieser himmelschreienden Situation, behauptet Tante Isabel, ohne das Zittern ihres Doppelkinns unter Kontrolle bringen zu können, ergebe sich die Lawine von Übeln: Zerrüttung der Familie, Promiskuität, gefährlich langes Hinauszögern der Eheschließungen, Rebellion des einzelnen gegen die Gesellschaft und schwindelerregender Sturz in den Abgrund des Atheismus, das Übel des Jahrhunderts.

Es überrascht mich, daß sie damit beschäftigt ist und sie es ausgerechnet dir auseinanderlegt, da doch das Problem mit Montse zu lösen ist. Offenbar ist sie allein zu Hause, sonntags pflegt Esperanza immer ins Gemeindekino zu gehen, heute läuft ›Schwester Fabelhaft‹, jener hübsche Streifen über die unkonventionelle Nonne mit Vespa und Gitarre ...

»Tante, ich bin nur gekommen, um ...«

»Setz dich. Ich hab was für dich, auch wenn du es nicht verdienst«, sagt Tante Isabel, steht auf und kommt langsam um den Tisch herum, ein Schritt, dann noch einer, den Blick auf ein in Seidenpapier gewickeltes Päckchen auf dem Karteikasten gerichtet. »Im Nu haben wir Winter, meine armen Knochen beklagen sich schon ...«

Ja, sie hat eine schlechte Zeit durchgemacht, wegen des Rheumas und des anderen, ihre arme Tochter, was soll ich dir erzählen, Neffe, du weißt, welche Dummheit sie beinahe begangen hätte, hast du sie oft gesehen? Wie geht es ihr? Sie hat bewiesen, daß sie einem Fremden mehr vertraut als ihrer Mutter, wer hätte gedacht, daß sie ihre Mutter so schnell vergessen würde ... Aber bevor sie ihren stummen Tränen freien Lauf läßt, schenkt dir die arme Mutter den Pullover, den sie den ganzen Sommer über für dich gestrickt hat. »Danke, Tante, du bist sehr lieb.« – »Obwohl du es nicht verdienst, nein, keiner von euch verdient etwas«, und auf den Tisch gestützt, geht sie langsam zum Stuhl zurück, die Augen gesenkt, das zitternde Gesicht verkrampft vor soviel Unglück und Undankbarkeit, bald werden Tränen fließen. Zum zweiten Mal empfindest du Mitleid mit ihr und gleichzeitig jene Mischung aus dumpfem Zorn und Ohnmacht, die über die Claramunts und ihren Kult um die Achtbarkeit hinausgeht, so als seien sie jetzt ebenfalls auf der Strecke geblieben, die übersät ist von Opfern, Leidenden und Verwirrten wie Montse, ohne die Ursache der Katastrophe zu kennen.

»Komm, Tante, beruhige dich, alles wird wieder gut.«

Dann, hinter dem Schreibtisch sitzend, gewinnt sie etwas von ihrer verlorenen Autorität zurück, ihre Augen werden größer, es bewegen sich Tränensäcke und Falten ihrer trockenen Haut. Sie sieht dich mit einem besorgten Schimmer an:

»Wirklich? So Gott will. Aber ich glaube es nicht, bevor ich es sehe. Ich wollte nicht wieder nach Sitges, ich will zu Hause sein, wenn sie zurückkommt.«

»Wann kommt wer zurück, Tante?« Eine überflüssige Frage, doch du insistierst: »Also ... erwartet ihr etwa Montse, hier, heute abend?«

»Wohin soll sie denn sonst gehen?« Die bleiche Faust von Tante Isabel ruht auf dem Ordner. Du spürst, wie du den Boden unter den Füßen verlierst. »Hat man es dir nicht erzählt? Dank Salvador, ich weiß nicht, wie wir ihm seine Bemühungen vergelten können. Am Mittwoch, als er mit diesem Subjekt telefoniert hat ...«

Am Mittwoch, dann war es also nicht seine Schwägerin, die ihn angerufen hat, es war eine Ausrede für ... und jetzt Montse, dort, ohne ... Du verstehst noch nicht, dein Magen zieht sich plötzlich zusammen, als du die Eingangstür zuschlagen hörst und Nurias Stimme: »Mama, wir sind's«, aber du bleibst wie angewurzelt vor dem Schreibtisch stehen, den Pullover in der Hand, und hörst Tante Isabel wie im Traum reden. Du trittst auf den Flur hinaus und stößt beinahe mit ihnen zusammen. Ihre abwartende und lächerlich unbewegliche Haltung an der Tür, der gewisse Einklang ihrer Körper, erinnert dich eine Sekunde lang an etwas, das mit jener familiären Chortradition in Zusammenhang steht. Den Blick zu Boden gerichtet – du weigerst dich noch, das Offenkundige zur Kenntnis zu nehmen –, erkennst du flüchtig den übermächtigen Winkel, den die glänzenden Schuhe von Onkel Luis bilden, die blau changierende Hose von Vilella und den kränklich-weißen, anbetungswürdigen Mull, der Nurias Knöchel umhüllt und wohl (dir gefällt die Vorstellung) ein Andenken an die letzte Bergtour ist, eine Verstauchung, ein Fehltritt auf dem Gipfel mit anschließendem und rechtzeitigem, rettendem Zupacken des vortrefflichen Bergsteigers der Arbeiterjugend, seine starken Arme, die sie über dem Abgrund halten, sie fest an sich drücken – ja, du hast sie verloren, du armer Schlucker, irgend etwas sagt dir, daß du sie für immer verloren hast. Sie stehen im Flur und sehen dich begierig an, wahrscheinlich warten sie darauf, daß du von Montse erzählst, wo sie sich aufhält, warum sie noch nicht hier ist, wo doch alles geregelt sei. Nuria vergräbt ihre Hände in den Taschen des schönen weißen Gabardinemantels, sie geht an Vilella vorbei und sieht dir in die Augen:

»Wo ist Montse?«

»In San Cugat, nehme ich an.« Du stammelst: »Was habt ihr getan?«

Onkel Luis geht ins Büro und kommt wieder heraus, er gibt

sich energisch und selbstsicher, aber nicht so wie sonst: es ist eine wacklige Sicherheit, nach der übermäßigen Energie zu urteilen, die er in jede seiner Bewegungen legt. Mit weinerlicher Stimme fragt Tante Isabel ihn etwas. Vilella hängt sich an deinen Arm und zieht dich zur Veranda, hör mal, Paquito, sein kantiger und wie blankgescheuerter Kopf verströmt einen intensiven Geruch nach Reinlichkeit, der Nurias Parfüm nicht völlig verdrängen kann, hör zu, die Dinge sind endlich geregelt, und zwar besser, als wir gedacht haben, seine Vasallenstimme summt wie eine Hummel im Halbdunkel der Veranda, Don Luis hat sich endlich entschlossen, eine Empfehlung für ihn zu schreiben, und der Kerl ist schon in Sabadell, mit der Stelle in der Tasche, wenn er wirklich was taugt, wird er vorankommen, und wenn nicht, dann sollen die sich was überlegen und mit ihm machen, was sie wollen, uns bleibt nur noch, auf Montses Rückkehr zu warten und verständnisvoll und liebevoll zu ihr zu sein, also wirklich, ausgerechnet jetzt mußte sie an Exerzitien teilnehmen!, er wollte auf sie warten, um es ihr zu erzählen, aber schließlich hat er begriffen, daß ein Abschied für das Mädchen alles nur noch schlimmer gemacht hätte; er ist heute nachmittag weggefahren, es ist besser so, verstehst du ...?

Ja, du verstehst, daß alles perfekt ist, daß der Handel schließlich hinter ihrem Rücken geschlossen wurde, daß man sie zu ihrem Besten wieder einmal links liegengelassen hat, zur Seite geschoben, wie man ein Kind, auf das man nicht treten möchte, zur Seite schiebt, und daß man sie jetzt mit offenen Armen erwartet ... In deinen Ohren summt immer noch diese Stimme, ein monotones Zischen, das im Halbdunkel eine erbärmliche Komplizenschaft heraufbeschwört, während deine Augen auf dem Boden umherirren, über die hölzernen Hände, die den Pullover halten, über Nurias Knöchel unter einer weißen Mullbinde, die ihr das schmerzliche Aussehen verleiht, die jugendlichen Grenzen der Sittsamkeit und Jungfräulichkeit überschritten zu haben, du siehst sie ganz langsam in den Salon gehen, auf den Arm ihrer Mutter gestützt, während Onkel Luis vorauseilt, um Licht zu machen. Dann ist es also schon Nacht, und du siehst dich plötzlich allein über den Flur schnell zur Tür gehen. Vilella, geschickt und aalglatt wie ein Lakai, vertritt bereits Nuria und hilft Tante Isabel mit beflissenem Gehabe, sich in den Sessel zu setzen, als neben ihm die kräftige katalanische Stimme von Onkel Luis seine eigenen Überlegungen weiterführt und vorschlägt: »Es wäre besser, sie zu suchen, sie soll direkt nach Hause kommen und es von uns erfahren ...«, während du zur Tür gehst und sie öffnest. »Wohin gehst du?« fragt Nuria und kommt näher, sie sieht dich mit Augen an, die den Schrecken widerspiegeln, der in deinem Gesicht steht. »Ich hab nichts damit zu tun, Paco, sieh mich nicht so an«, sagt sie mit leiser Stimme, damit man sie nicht im Salon hört. Und ohne zu wissen, was du sagen sollst, mit dem Pullover, der wie eine Last an deinen Fingern klebt, drehst du dich um und stürzt hinaus.

Der erste unüberlegte Impuls auf dem Weg zur Plaza de Lesseps, während du vergeblich nach dem roten Licht eines Taxis Ausschau hältst, rät dir, direkt zur Pension Gloria zu gehen, um vor ihr dort zu sein – vorausgesetzt, sie ist noch nicht eingetroffen, denn es ist schon sehr spät, vielleicht wäre es das Beste, vorher dort anzurufen und so Gewißheit zu erlangen. Ein feuchter Wind ist aufgekommen, herbstliche Böen, die wie nasse Lappen gegen dein Gesicht klatschen. An der Plaza de Lesseps, immer noch ohne Taxi, nimmst du nicht die Metro, sondern entscheidest dich zunächst für das Telefon, du bist ganz in der Nähe deiner Pension, und so entledigst du dich auch endlich des verdammten Pullovers. »Ein paar Minuten mit Gloria Lasso«, bietet das Radio an, als du den Eßsaal betrittst, wo deine Wirtin dir mitteilt, daß vor einer halben Stunde jemand für dich angerufen habe, ohne ihren Namen zu nennen, sie werde später noch einmal anrufen. Ein Gast aus der Gegend sitzt am Radio: »Sie ist aus Vendrell, die Kleine«, sagt er zu dir und zeigt mit euphorischem Zeigefinger auf das Radio, als dich das Läuten aufschreckt. »Hallo, sind Sie's?« meldet sich die Witwe mit ihrer heiseren Stimme. »Hören Sie, Ihre Cousine hat einen Koffer mit Wäsche hier vergessen und ...« – »Wo ist sie?« – »Keine Ahnung.« – »Haben Sie eben hier angerufen?« – »Das wird sie gewesen sein, glaub ich, ich hab sie nämlich einen Augenblick allein gelassen, und als ich zurückkam ...« – »Dann ist sie auf dem Weg hierher?« – »Jedenfalls hat sie das gesagt.« Nach einer Pause fügt sie hinzu: »Also, dann wissen Sie wohl, daß Manuel weggegangen ist, oder? Na, der hat sie sitzenlassen, der Sauhund. Sehen Sie? Ich hab's gewußt, daß das passiert, ich hab die dumme Gans tausendmal gewarnt ...« – »Wann genau ist sie gegangen?« – Du machst dem Pensionsgast aus Vendrell ein Zeichen, er solle das Radio leiser stellen, du verstehst sie kaum: »... nicht mal warten wollte er auf sie, hat sich nicht getraut, und als er ging, hat er mich gebeten, ihr nichts von dem Besuch zu sagen, der bei ihm war, und er hat mir einen Brief für sie gegeben. Aber als ich ihr erzählt hab, was geschehen ist, klar, da wollte die Kleine ihn nicht mal aufmachen ...« Wieder unterbrichst du sie: »Ja, aber wann hat sie nun die Pension verlassen?« – »Vor 'ner halben Stunde oder 'ner dreiviertel ... Die Ärmste, sie wollte es gar nicht glauben. Hören Sie, als sie da auf dem Bett saß mit ihrem Koffer, das war nicht zum Angucken, ich wollte Sie anrufen, Señor, aber sie wollte absolut nicht. Sie wird später wohl aus einer Kabine angerufen haben, weil, ich war in meinem Zimmer, und als ich zurückkam, war sie schon weg. Sie muß gleich da sein, sagen Sie ihr, sie hat ihren Koffer hier, und sie soll mich besuchen kommen, wenn sie mehr über ihren Freund wissen will, nein, nein, keine Rechnung mehr zu bezahlen oder so was, es ist alles geregelt ...« Du legst auf.

Der Mann sitzt im Sessel neben dem Radio und sieht dich lächelnd über die Schulter an: »Das ist stark, ›Fremde im Paradies‹, sehr stark.« So sitzt er noch eine halbe Stunde später da, als du, des Wartens auf deinem Zimmer überdrüssig, wieder in das Eßzimmer gehst und einen weiteren Anruf entgegennimmst, diesmal von Nuria: »Ist Montse bei dir?« Sie fängt an, sich Sorgen zu machen, hat im »Haus der Einkehr« in San Cugat angerufen, aber dort war sie nicht mehr, und in der Pension Gloria hat man ihr soeben gesagt, sie sei auf dem Weg zu dir. Salvador ist kurz zum Zentrum gegangen, für den Fall, daß sie dort sein sollte. »Ich weiß nicht, hoffentlich ist sie nicht mit dem Zug nach Sabadell gefahren, um ihn zu suchen, fähig dazu wäre sie ... Ich kann mir nicht vorstellen, was sie vorhat, warum kommt sie nicht nach Hause, worauf wartet sie ...« Du läßt sie ruhig zu Ende reden, und dann fragst du: »Von wem kam die großartige Idee?« Schweigen, das Surren des Telefons, so als würde Gas entweichen, und wieder ihre Stimme, aber sehr weit entfernt: »Was konnte man sonst tun? Es mußte so ausgehen, jeder wußte das, wir hatten es ihr gesagt ... Das mußte so enden, und je eher, desto besser. Aber ich hab's erst ganz zum Schluß erfahren, das hab ich dir ja schon gesagt. Außerdem, warum ist das jetzt so wichtig?« Panik liegt bereits in ihrer Stimme, als du sagst: »Gebe Gott, daß nichts passiert. Deine Schwester ist schwanger«, und auflegst.

Vielleicht irrt sie durch die Straßen, durch die der Wind fegt, oder durch ihr Viertel, streicht unentschlossen um die Villa mit ihren erleuchteten Fenstern, irgendeine Kirche, die offensteht, eine einsame Bank in irgendeinem Park, um Kräfte zu sammeln. Du versuchst dir vorzustellen, wie sie nach Hause kommt und still und niedergeschlagen ihr Leben in der Familie und der Gemeinde wiederaufnimmt: es ergibt ein deprimierendes Bild. Wieder in deinem Zimmer, rauchend vor dem Fenster oder auf dem Bett liegend, schwankst du zwischen warten oder auf die Straße stürzen. Aber wohin? Du fragst es dich noch immer, als du dich an der Plaza de Lesseps in ein Taxi wirfst, das du einer alten Frau schamlos weggeschnappt hast, und zwanzig Minuten später klapperst du sinnlos und hoffnungslos die Orte ab, an denen sie häufig waren: das Café in der Gasse Ecke Calle Princesa, die Terrassen am Paseo de Colón gegenüber des Bahnhofs *Término*, Santa María del Mar, die Ramblas ... Vergeudete Zeit. Als du um Mitternacht in die Pension zurückkehrst, erfährst du, daß Salvador Vilella mehrmals angerufen hat. Kurz darauf versucht er es wieder: »Was Neues, Paco?« Er hat schon die Stimme eines Unternehmers, sicher, solvent, metallisch, allzu nah. »Wir haben gedacht ... Also hör mal, wir meinen, wenn sie bei dir ist, um sich auszusprechen, nun, o.k., aber sag es, verdammt noch mal, dann wäre ihre Mutter wenigstens beruhigt ...« Du beschließt, noch ein wenig zu warten, vielleicht nur, um zu erleben, wie diese Stimme schließlich Dampf abläßt, wie sie von der Kanzel herabsteigt: »Im Ernst, komm, was konnten wir tun ... Und das, was du Nuria gesagt hast, Paco, stimmt das?« – »Ja.« Nach einer kurzen Pause, so als rede er mit sich selbst, kaum daß man ihn hören kann, murmelt er: »Verflixt und zugenäht!« und dann, wieder laut: »Damit du's weißt, ihren Eltern haben wir's noch nicht erzählt ... Was? ... Hörst du? ... Hörst du mich, Paco? ... Paco ...« Du legst auf.

Was sonst kannst du tun: auf dem Bett liegen, angezogen, bei brennendem Licht, aufmerksam auf die Klingel der Haustür und des Telefons lauschend. Viel später erst übermannen dich Müdigkeit und Schlaf, und ein glühender, rasend beißender Schmerz an den Fingern läßt dich hochschrecken: die Glut der Zigarettenasche. Es ist nach eins, als du meinst, jemand vor dem Fenster leise rufen zu hören. Du stehst auf. Das Rufen war so schwach, daß du es auch gut geträumt haben könntest. Die Pension ist in Stille versunken, du gehst zum Bett zurück, deine Hand tastet nach den Zigaretten ... Und wieder, genauso zaghaft wie vorher, genauso plötzlich und kurz: man könnte es für die Flügel eines Vogels halten, der zwischen Rolladen und Scheibe gefangen ist. Du öffnest das Fenster: niemand. Der Wind treibt pfeifend Blätter durch den kleinen Park General San Martín, auf der anderen Seite zwinkern die Laternen der Puente de Vallcarca in der Nacht, und in der Ferne schimmern verschlafen die Versöhnungslichter des Tibidabo mit der großen Statue des Heiligen Herzens, immer die Arme zur Stadt hin ausgebreitet. Du hättest ihr gesagt, daß sie hier schlafen könne, wenn sie im Augenblick nicht nach Hause gehen wolle, morgen sehe alles ganz anders aus ... Später, als du dir eine Zigarette anzündest, meinst du, einen seltsam unbeweglichen Schatten (zu unbeweglich, um eine menschliche Gestalt zu sein) auf der Brücke zu erkennen, und du denkst: auch dieser Weg führt sie nach Hause.

Die schwarzen Netzstrümpfe

Vilella kam am Vormittag aus Madrid zurück. Er trat ganz unbefangen und geschwätzig in mein Zimmer, um mich zu begrüßen, und fing an, mir eine lustige Geschichte zu erzählen, die er in Barajas mit einem Schmierfink von Journalisten erlebt hatte und über die er sich sehr amüsierte. Ich konnte mich nicht entschließen aufzustehen und hörte ihm aus reiner Höflichkeit zu, verschlafen, ohne viel zu begreifen. Dann erwähnte er etwas Seltsames, allerdings hörte ich nicht richtig hin:

»... studiere ich piaristische Texte ...«

Ich reagierte nicht (es war nicht der Anfang des vertraulichen Gesprächs, auf das ich wartete und das seine Reise hinausgezögert hatte), und vielleicht deshalb präzisierte er das Seltsame, so gut er konnte, jedoch ohne viel damit zu erreichen, wirklich nicht:

»Besser gesagt, das Werk von José de Calasanz.«

Na schön. Blieb sich gleich. Ich nehme an, daß er mir schon eine Weile von seinem Vortrag in Madrid erzählt hatte, eine gut vorbereitete Reminiszenz an Paula Montal und ihre Zeit. Da er in den sumpfigen und stinkenden Gewässern des politischen Possibilismus segelte, hatte er auch einen Vortrag vor Studenten und Arbeitern gehalten.

»Das ist nutzlos, Salva, glaub mir«, sagte ich gähnend. »Für jeden Arbeiter, den ihr dazu bringt, Gott zu entdecken, entdecken zehn andere eure Einnahmen. Die Zeiten sind schlecht. Mit euch ist es vorbei.«

In Wirklichkeit wollte er jedoch über all das gar nicht sprechen, sondern über seine Frau. Er saß vor mir auf der Bettkante, ein Glas Limonade in der Hand. Er hatte sich bereits geduscht und umgezogen, trug einen kurzen Hausrock, eine tabakfarbene Leinenhose und Hausschuhe. Nuria war gerade zur rechten Zeit verschwunden.

»Heiß in Madrid?«

»Furchtbar.«

Ich schob mir das Kissen im Rücken zurecht und zündete eine Zigarette an.

»Ich hab geschlafen wie ein Murmeltier«, sagte ich. »Wann bist du angekommen?«

»Vor ein paar Stunden. Ich bin noch im Büro vorbeigegangen. Hier.« Er reichte mir einen großen gelben Umschlag, unverschlossen. »Deine Drehgenehmigungen.«

»Mensch, so schnell! Danke.«

»Sieh nach, ob alles in Ordnung ist.«

Ich gehorchte. Unterschrieben, mit den nötigen Stempeln und allem anderen versehen, alles in Ordnung.

»Ich danke dir sehr. Meine Produzenten in Paris werden zufrieden sein. Damit hast du die erste Kurbelumdrehung für einen nicht jugendfreien Film getätigt.«

Sein ironischer Blick wanderte durchs Zimmer.

»So schlimm wird's nicht sein«, sagte er zerstreut und führte das Glas an seine Lippen.

»Und Nuria?« fragte ich.

»Ist im Garten. Hast du gefrühstückt?«

»Nein. Meine Zunge fühlt sich an wie 'n Scheuerlappen.«

»Hat man dich gut bewirtet?«

»Ich kann nicht klagen.«

»Freut mich.«

Er lächelte, sah mich fest und ganz ruhig durch seine Brille wie ein scharfsichtiger Vikar an, etwas spöttisch und gleichzeitig bedrückt. Seine Augen schienen zu meditieren. Unverhofft tätschelte er mir wohlwollend das Knie. Er machte keine Anstalten, sich von meinem Bett zu erheben, also stand ich doch auf und ging ins Badezimmer, ließ die Tür jedoch offenstehen. Im Spiegel sah ich, daß er vor dem Fenster stand und in den Garten hinausblickte. Ich duschte und rasierte mich, und als ich aus dem Bad kam, stand er immer noch dort. Er interessierte sich für meine Arbeit, wann die Dreharbeiten für diesen Film beginnen würden, ich antwortete, im Oktober, aber ich würde nicht herkommen; wann ich nach Paris zurückflöge, ich sagte, morgen oder vielleicht schon heute. Dann, als ich mich ankleidete, hörte ich mich plötzlich allein (er schien auf einmal todmüde zu sein) eine banale Unterhaltung über Flugreisen bestreiten, aber nach und nach überließ ich ihm wieder die Mühe: Ich benötigte Zeit, um meine Sachen zusammenzusuchen, und Vilella hatte das bemerkt. Gelangweilt, wie gegen seinen Willen, rutschte er in die Vergangenheit zurück, bis hin zu Montse; fragte mich, ob ich mich an diesen oder jenen Tag erinnere, pickte hier und dort in der Erinnerung, immer um den heißen Brei herum.

»Ich habe mich immer gefragt«, sagte er schließlich, ein plötzliches Interesse aus einer Laune heraus vortäuschend, »was du wohl gedacht hast, als du, schon in Paris, erfuhrst, daß Nuria und ich geheiratet haben. Wir haben nie darüber geredet.«

»Nein.«

»Für viele war das eine Überraschung, und ich nehme an, für dich auch ...«

»Na ja, nicht so ganz. Ich hatte es kommen sehen.«

»Aber du kennst die Einzelheiten nicht«, widersprach er. »Da du dich nach dem Unglück ins Ausland abgesetzt, einfach auf die französische Art verabschiedet hast, ohne jemanden sehen zu wollen ...«

»Es war alles wohldurchdacht und beschlossen«, sagte ich.

»Wir haben dich nie darüber reden hören.«

Ich erinnerte ihn ziemlich unwirsch (nur um ihn zu bremsen, da ich das Thema wechseln wollte) an unsere Beteiligung im Fall Montse, die in den letzten Tagen so entscheidend gewesen war.

»Also wirklich«, sagte er lachend. »Man könnte meinen, die einzigen, die sich ihr gegenüber anständig verhalten haben, waren Nuria und du.«

»Das hab ich nicht gesagt.«

»Aber du denkst es«, fügte er spitz hinzu, »eigentlich hast du trotz des schlechten Gewissens, das du dir vielleicht machst, in all den Jahren an nichts anderes gedacht. Sicher, Nuria ist es schwergefallen, uns zu sagen, wo sie wohnten, sie hat lange mit sich gerungen; aber zum Schluß hat sie es erzählt.« Er sah mich an. »Wußtest du das?«

»Klar. Außer mir war sie die einzige, die die Adresse kannte.«

»Ja, so ist das.« Er seufzte nachdenklich. »An jenem Abend, als ich in die Pension Gloria kam und sie auf der Trep...«

Ihm blieb das Wort im Halse stecken, doch der Ärger darüber, nicht rechtzeitig den Mund gehalten zu haben, war schlecht gespielt. Ich beobachtete ihn aus den Augenwinkeln: eine erbärmliche Szene, die er da bot. Meine Hände waren eifrig mit Kofferpacken beschäftigt.

»Tut mir leid«, sagte er leise, »ich dachte, du wüßtest das...«

»Los, red weiter, hör jetzt nicht auf«, drängte ich ihn gereizt. »Heraus mit den Einzelheiten.«

»Das ändert nichts, wirklich«, beeilte er sich zu sagen. »Früher oder später hätte diese Kanaille sie sowieso verlassen...«

»Die Einzelheiten, die Einzelheiten.«

Und so zwang er sich dazu. Auf der Bettkante sitzend, den Kopf gesenkt, ohne mich anzublicken, zwang er sich dazu, denn offensichtlich widerte ihn ein so schmutziges Manöver in dem Maße an, wie es seinen moralischen Bankrott offenbarte. Aber er konnte nicht anders, war nicht fähig, wußte nicht, was er tun sollte: die Möglichkeit, von seiner Frau verlassen zu werden, in seiner gesellschaftlichen Stellung, mit dem Kind, mit seinem erklärten Katholizismus, Plattform der Politintrigen, mußte ihn in Angst und Schrecken versetzen. Er wäre zu allem fähig gewesen, um sie zurückzuhalten, hätte sie und sich selbst sogar in dem Morast versinken lassen, auf dem er seine Ehe aufgebaut hatte. Und genau das tat er, ohne auch nur eine Sekunde zu zögern.

Auf seine Weise zusammenfassend, so daß ich den Rest erahnen mußte, erzählte er mir, wie er an jenem unheilvollen Sonntag, dem 26. September, im Auftrag von Onkel Luis zu dem ehemaligen Sträfling gegangen war, um mit ihm die letzten Einzelheiten seiner Abreise zu besprechen; wie Nuria sich vorher schon und in derselben Angelegenheit zwei- oder dreimal hinter Montses Rücken mit dem Kerl getroffen hatte, so daß der Handel in Wirklichkeit schon geschlossen war, als er zu ihm ging, und daß er ihm lediglich das Empfehlungsschreiben für die Person brachte, bei der er sich in Sabadell vorstellen mußte, dazu Näheres über die Arbeit, Geld für die ersten Ausgaben usw.; wie er im Treppenhaus der Pension Nuria traf, die eilig herunterkam und ihr Gesicht im hochgeschlagenen Kragen ihres Gabardinemantels versteckte, und wie die Offenkundigkeit dessen, was er schon seit einiger Zeit vermutet hatte, ihn oben dann dazu trieb, diesen Lump aufzufordern, sofort, mit dem nächsten Zug, zu verschwinden und nicht mehr zu warten, bis Montse zurückkommen würde; wie der Junge sich mit ihm anlegte und sich zuerst weigerte, wenigstens verabschieden wollte er sich von Montse, dann jedoch verstand und einwilligte; wie er, Salva, auf die Straße hinaustrat und Nuria am Steuer ihres 600ers SEAT auf ihn wartete, wie sie zusammen nach Hause fuhren und sie unterwegs, sehr nervös, ihren Besuch in seinem Zimmer zu rechtfertigen versuchte und behauptete, auch sie habe ihn bitten wollen zu verschwinden, ohne sich von Montse zu verabschieden, denn so wie die Dinge sich entwickelt hätten, sei es das Beste für sie und für alle; wie er, Vilella, ihr darauf sagte, daß er ihr glaube, oder, besser gesagt, sie verstehe, und als er sie in jener Nacht so bekümmert vor sich sah, so niedergeschlagen, so verwirrt und so voll aufrichtiger Reue, erlaubte er sich, sie zu trösten und ihr beizustehen und sie wieder einmal darum zu bitten, ihrer Verbindung, die ja praktisch seit dem gemeinsamen Ausflug bestehe, bald eine offizielle Form zu geben; wie sie schweigend die zarte Werbung des Freundes überdachte, und wie sie plötzlich anhielt und zu weinen begann, außer sich, in seinen Armen; und wie Nuria schließlich hinterher in der Villa, als Montse auf sich warten ließ, plötzlich einen Schreck bekam, weil sie meinte, etwas in der Pension vergessen zu haben, anscheinend ein schwarzes Samtband, mit dem sie sich ihr Haar zusammenzubinden pflegte, und wie sehr sie der Gedanke quälte, die Unglückliche, daß ihre Schwester es bei ihrer Rückkehr finden würde und sich vorstellen könnte ... ahnen ...

»Verstehe«, unterbrach ich ihn, während ich versuchte, den Koffer zu schließen, was mir jedoch nicht gelang, so schlecht war alles gepackt. »Aber bist du sicher, daß es keine schwarzen Netzstrümpfe waren, die Nuria vergessen hatte?«

»Ja, jetzt erinnere ich mich«, sagte Vilella. »Strümpfe. Aber das bleibt sich doch gleich.«

»Ja, klar.«

»Es muß furchtbar gewesen sein für ihre Schwester.«

»Furchtbar, ja. Hilfst du mir, den Koffer zu schließen?«

Er eilte bereitwillig zu Hilfe, wobei er verstohlen die Wirkung seiner Enthüllung auf meinem Gesicht beobachtete, und drückte mit seinen großen Pranken den Koffer zu. Plötzlich, als wir beide dicht nebeneinander standen, mitten in der Anstrengung, hielt ich inne, ließ den Koffer los und zog den Kopf ein: ich fühlte, wie ich mich schnell und höchst angenehm von allem befreite, all meine Kraft entlud sich in einem Gelächter, das seltsamerweise nicht aus meiner Kehle drang. Ich weiß nicht, wie Vilella meine Reaktion deutete, aber als der Koffer geschlossen war, sah er sich veranlaßt, mich zu trösten, indem er auf eine abstraktere Ebene auswich, wo er schon mehr in seinem Element war:

»Auf jeden Fall, Paco, egal, was die Ursache für das Geschehene war, Montses Schamlosigkeit und ihr geringes Urteilsvermögen, woran anscheinend nichts zu ändern war, ihre Vergeßlichkeit oder was auch immer: das mußte übel enden, so wie es die Familie vorausgesagt hat. Ich bleibe dabei. Es konnte nicht anders enden.«

Ich zog mir meine Jacke über. Ich sagte, ja, stimmt, er habe recht; sicherlich hätten sich die berechtigten Ängste und die Prophezeiungen der Familie bestätigt und damit ihre Gültigkeit und Genauigkeit bewiesen: es habe sich gezeigt, daß der kleine Verbrecher seinen Preis hatte und ein ganz gewöhnlicher Schnorrer war, Gauner bleibe Gauner, man müsse seinen Eltern gehorchen, die Gemeindehelferinnen hätten keine Ahnung vom Leben, man könne eben nicht zu gut sein, die Welt sei ein Scheißhaufen, Onkel und Tante hätten Montse ja gewarnt usw.

»Du hörst dich gerne Phrasen dreschen«, murmelte er und wandte mir den Rücken zu.

»Und du läßt gerne die Sau raus. Gibt's noch weitere Einzelheiten über jenen Fauxpas deiner Frau? Ich biete dir mein aufrichtiges Interesse an, Salva, aber mehr kannst du nicht von mir erwarten. Ich muß schnell ins Hotel zurück. Kannst du mir ein Taxi bestellen?«

»In Ordnung. Wie du willst.«

Seine Stimme kam von weither, tief aus dem Magen. Wie ein langer und volltönender Rülpser. Er sagte, auch er bedaure die Unterhaltung, halte sie aber für notwendig. Ich erwiderte, ich nicht. Trotzdem ging ich zu dem Tischchen, an dem er stand, den Telefonhörer in der Hand, und fragte ihn, meine Augen auf seinen Nacken gerichtet:

»Willst du, daß wir offen reden?«

Er drehte sich nicht um, wählte eine Nummer und bestellte ein Taxi. Als er die Adresse nannte, nahm er seine Brille ab und rieb sich mit müder Geste die Augen. Dann setzte er sich wieder auf die Bettkante, niedergeschlagen, all seine Energie hatte sich in dem vertraulichen Gespräch erschöpft. Die geplante Kränkung, die mir Nurias Abenteuer in der Pension Gloria zufügen sollte, hatte mich nicht getroffen: die Schmach würde weiterhin ausschließlich auf seinen Schultern lasten. Jetzt putzte er mit einem Zipfel des Lakens gewissenhaft seine Brillengläser. Verschiedene Bemerkungen über kollektive Schuld und gemeinsame Verantwortung murmelnd, saß er da und atmete seinen eigenen Gestank ein, einen Ausdruck unendlicher Traurigkeit im Gesicht, das nun, ohne Brille, wie das eines vollkommen Unbekannten auf mich wirkte, das eines namenlosen, zerstörten Menschen, der ein gewisses Mitleid verdient. Doch ich fühlte nichts, und ich tat nichts, um ihm über den schweren Augenblick hinwegzuhelfen, außer meine Abreise zu beschleunigen.

»Wird's lange dauern mit dem Taxi?«

»Glaub ich nicht.«

»Ich warte draußen.«

Ich nahm den Koffer. Ich hätte hinzufügen können, daß ich von Nurias Fehltritt bereits wisse; daß sie selbst mir in Paris alles erzählt habe; daß die Ärmste schon genug darunter gelitten habe; daß sie in all den Jahren jemanden gesucht habe, mit dem sie ihr schlechtes Gewissen teilen könne, und daß sie und ich, wir beide zusammen, auf seine prächtige Moral eines Schaumschlägers und Redners scheißen würden. Aber das einzige, was ich ihm sagte, war, bereits im Abschiedston, um ein für allemal Klarheit zu schaffen (obwohl es nicht mehr nötig war), daß ich allein nach Paris zurückkehren würde und wir vereinbart hätten, daß sie bald nachkommen solle, wenn sie mit ihm über das Kind geredet habe. Er antwortete nicht, fuhr geduldig fort, die Brillengläser mit dem Laken abzureiben. Und so verließ ich ihn, mit einem höflichen Gruß.

Als ich die Scheibe des Taxis herunterkurbelte und der Wagen anfuhr, sah ich ihn zum letzten Mal: er erschien unverhofft oben auf der Freitreppe, die Hände in den Taschen des Hausrocks, den Blick nach vorn gerichtet in die weite Leere, in einer nachdenklichen, beklommenen Haltung. Er sah nicht zu mir, jedoch in meine Richtung: es war, als sei er für einen Moment vor die Tür seines Hauses getreten, weniger, um jemanden zu verabschieden, als vielmehr, um auf jemanden zu warten.

Aber sie wird niemals kommen. Sie wird wohl durch die mondbeschienenen Straßen irren, durch die der Wind fegt, aufs Geratewohl und gleichzeitig mit dunkler Bestimmung, das Gesicht trotzig vorgereckt wie eine Betrunkene, die die Nacht und ihre Versprechungen heraufbeschwört. Dann wird der letzte Rest jener dunklen Macht ihren schon leblosen Körper führen und ihre mechanischen Schritte dorthin lenken, wo sie das violette Lager des Flieders wählen kann. Sie hat sich dem Nichts hingegeben und somit das väterliche Verdikt bestätigt, das sie unverhofft, im Gegensatz zu den klaren und schönen Prinzipien, die bisher ihr Leben beherrscht hatten, für unfähig erklärte für das Gute und für die Liebe. Im schimmernden Licht der Laterne wird sie wohl auf der Brüstung der Brücke sitzen wie ein Kind, dem eine lästige Wartezeit auferlegt wurde, mit dem Gesicht zur Stadt und mit dem Rücken zum Tibidabo und seiner riesigen Statue mit den ausgebreiteten Armen, und sie wird sicherlich einen Augenblick lang das für immer verlorene Geheimnis des Lebens heraufbeschwören, die Lüge der Vergangenheit und der Zukunft. Und blind das Nichts herbeirufend, das sich zu ihren Füßen öffnet und auf dessen Grund, wie ein blendendes Licht aus der Kindheit, der blasse Fliederstrauch schimmert, wird ihre Erinnerung vielleicht einen fernen grauen Tag einfangen und ein Mädchen, das an dem trüben Teich im Garten sitzt, mit einem blauen Umhang, an dem der Wind zerrt. Dann wiederholt ihre verwundete Seele immer wieder mit geschlossenen Augen die letzte Geste, probt in Gedanken bis zum Überdruß jene trügerische Verbeugung, sie braucht sich nur vorbeugen und fallen lassen, immer und immer wieder, bis sie Theorie und Praxis durcheinanderbringt, eine Art Verwirrung der Sinne, in der, zwischen den geträumten Sprüngen, bei dem ihr bereits das Herz stillsteht und das Blut gefriert, der wirkliche und endgültige Sprung sich in Bewußtlosigkeit verlieren muß. Und schon ohne Beistand, wieder einmal tastend und gestikulierend, gegen unbekannte Mächte ankämpfend, einsam und allein auf dem Gipfel jenes entsetzlichen Irrtums, erlangt ihr Kopf im Bruchteil einer Sekunde die süße Schwerelosigkeit, langsam kreisend, und ihre Augen nehmen zum letzten Mal das trügerische Licht der Sterne auf, das letzte verrückte Versprechen des Lebens.

Meine Cousine Montse war aus jenem zarten und kraftvollen Stoff gemacht, der die heroischen Schimären unserer Jugendzeit umgibt, etwas, das in meiner und Nurias Jugend nicht zur vollen Entfaltung gelangte, ein wundervoller Traum von Integrität, der, bevor er früh stirbt und zusammen mit den ersten befleckten Laken in Vergessenheit gerät, Zeit findet, sich kundzutun mit dem ganzen Reiz der jugendlichen Eitelkeit, der Schülerphantasien von Tapferkeit und der großmütigen Hingabe an ein Persönlichkeitsideal. Niemals, auch nicht in den Augenblicken, in denen ich mich aufs Grausamste über ihre Frömmeleien lustig machte, entging mir der gewisse konfuse Zauber meiner Cousine, ihre wundervolle Fähigkeit, der banalsten Hoffnung eines anderen in einer spontan verführerischen oder hingebungsvollen Geste, deren tatsächliche Bedeutung sie nicht kannte, Ausdruck zu verleihen, jene Gabe mancher durch Krankheit oder Selbstunterdrückung gestrafter Körper, den fieberhaftesten Versprechungen des Lebens entgegenzuzittern. Wenn es stimmt, daß die Unschuld aus diesem makellosen Stoff besteht, dessen Besitz nur ohne Egoismus möglich ist, dann war meine Cousine Montse eines der reinsten Wesen, die jemals auf dieser Welt existiert haben; dann wahrscheinlich war es ihr völlig unmöglich, eine Verbindung mit dem Unmittelbaren herzustellen, wogegen sie eine übermäßige Fähigkeit besaß, für eine bessere Zukunft zu planen, so als gleiche die Wirklichkeit, die ihre Augen sahen, jenen Fotos, auf denen der Vordergrund zugunsten des Hintergrunds unscharf ist. Ich weiß nicht, ob das den katholischen Glauben ausmacht (ich fürchte, das ist ein eher schmutziges Geschäft), aber auf jeden Fall stand diese Eigenschaft in keinerlei direkter Beziehung zu der Dummheit und der geistigen Beschränktheit der Marientöchter, ihren Freundinnen aus der Gemeinde. Nicht, daß sie der Glanz dessen unterschied, was man eine gute Erziehung nennt, die Tatsache, von den Claramunts das äußere Siegel eines edlen Geschlechts geerbt zu haben, das, wenn auch nicht so etwas wie zum Beispiel körperliche Schönheit, so doch wenigstens eine gewisse überzeugende Vornehmheit mit sich bringt, einen hellen Schein auf dem Gesicht, der Intelligenz dort vermuten läßt, wo lediglich gute Manieren vorhanden sind; nein, es war einfach nur so, daß ihr Verhalten trotz der gräßlichen Erziehung, die sie durch die Familie erhalten hatte, in tatsächlichem Einklang stand mit jenem alten Traum von Integrität, völliger Hingabe, Solidarität oder wie immer man das, was sie aufrechterhalten hatte, nennen will, mit ihren großen schwarzen Augen und dem brennenden Herzen angesichts elender Kranker, charakterloser Strafgefangener und bekennender Waisen.

Javier Marías im dtv

»...ich glaube, das ist einer der größten im Augenblick lebenden Schriftsteller der Welt.«
Marcel Reich-Ranicki

Mein Herz so weiß
Roman
ISBN 3-423-**12507**-1
»Ich liebe dich, ich würde alles für dich tun. Ich würde sogar für dich töten.« Soeben von der Hochzeitsreise zurückgekehrt, geht eine junge Frau ins Bad, knöpft sich die Bluse auf und schießt sich ins Herz ... Die meisterhaft gewebte Auflösung eines unerklärlichen Selbstmords: ein raffiniert inszenierter Roman über Liebe, Ehe, Treue und Verrat.

Alle Seelen
Roman
ISBN 3-423-**12575**-6
Als Gastdozent in Oxford beginnt ein junger Spanier eine Affäre mit der verheirateten Clare. Erst in der letzten gemeinsamen Nacht enthüllt sie ihr Geheimnis ...

Morgen in der Schlacht denk an mich
Roman
ISBN 3-423-**12637**-X
»Niemand denkt je daran, dass er jemals eine Tote in den Armen halten könnte.« Doch Marta stirbt. In Victors Armen. Den Armen eines Fremden. Der Ehemann auf Reisen, der kleine Sohn schlafend nebenan. Victor ist überfordert und flüchtet.

Als ich sterblich war
Erzählungen
ISBN 3-423-**12779**-1
Subtil inszenierte Geschichten über die Untiefen und Abgründe menschlicher Existenz, ganz große Kunst eines an Hitchcock geschulten Erzählers.

Während die Frauen schlafen
Erzählungen
ISBN 3-423-**12922**-0

Alle unsere frühen Schlachten
Fußball-Stücke
ISBN 3-423-**13010**-5

Schwarzer Rücken der Zeit
ISBN 3-423-**13018**-0

Rosa Montero im dtv

»Rosa Montero glückt das, woran viele scheitern: intelligent zu unterhalten und eine fesselnde Handlung mit einem klugen Hintergrund und einer komplexen Symbolik zu verbinden.«
Andreas Steppan im ›Münchner Merkur‹

Geliebte und Feinde
Erzählungen
ISBN 3-423-12896-8
Bittersüße Geschichten über Liebeslust und Liebesfrust, über erotische und andere Verstrickungen.

Ich werde dich behandeln wie eine Königin
Roman
ISBN 3-423-12969-7
Tat sie es aus Rache? Oder Eifersucht? Weil er sie nicht wie eine Königin behandelt hatte? – Eine Geschichte von unerfüllten Sehnsüchten und den Verwirrungen der Liebe.

Geliebter Gebieter
Roman
ISBN 3-423-13105-5
Der Stellplatz wird ihm gestrichen, das Büro verkleinert, die Kollegen sticheln: Kein Zweifel, der Stern von César, Art-director einer Madrider Werbeagentur, ist im Sinken begriffen. – Ein einfühlsamer, humorvoller Roman über den ganz alltäglichen Machtkampf.

Die Tochter des Kannibalen
Roman
ISBN 3-423-20473-7
Flughafen Madrid. Letzter Aufruf. Wie würden Sie reagieren, wenn Ihr Mann plötzlich spurlos verschwindet? Zu Hause erhält Lucia einen seltsamen Anruf … »Ein großer Gesellschaftsroman, der komisch, anrührend und höchst spannend zugleich ist.« (News Kultur)

Im Herzen des Tartaros
Roman
ISBN 3-423-24328-7
»Ich habe dich gefunden. Du entkommst mir nicht«, raunt die dunkle Männerstimme am anderen Ende der Leitung. Voller Panik rennt Zarza aus dem Haus. Sie weiß sehr genau, wem diese Stimme gehört … »Daß erstklassige Thrillerautoren nicht unbedingt aus den USA, England oder Skandinavien kommen müssen, beweist Rosa Montero mit diesem hochspannenden Roman.« (Bunte Wochen Zeitung)

Bitte besuchen Sie uns im Internet: www.dtv.de

Umberto Eco im dtv

»Daß Umberto Eco ein Phänomen ersten Ranges ist, braucht man nicht mehr eigens zu betonen.«
Willi Winkler

Der Name der Rose
Roman
ISBN 3-423-10551-8
Anno Domini 1327: Ein Mord erschüttert die Gemäuer des Benediktinerklosters an den Hängen des Apennin ...

Nachschrift zum ›Namen der Rose‹
ISBN 3-423-10552-6

Über Gott und die Welt
Essays und Glossen
ISBN 3-423-10825-8

Das Foucaultsche Pendel
Roman
ISBN 3-423-11581-5
Drei Verlagslektoren stoßen auf ein geheimnisvolles Tempelritter-Dokument ...

Platon im Striptease-Lokal
Parodien und Travestien
ISBN 3-423-11759-1

Wie man mit einem Lachs verreist und andere nützliche Ratschläge
ISBN 3-423-12039-8

Im Wald der Fiktionen
Sechs Streifzüge durch die Literatur
ISBN 3-423-12287-0

Die Insel des vorigen Tages
Roman
ISBN 3-423-12335-4

Vier moralische Schriften
ISBN 3-423-12713-9

Über Spiegel und andere Phänomene
ISBN 3-423-12924-7

Gesammelte Streichholzbriefe
ISBN 3-423-12970-0

Derrick oder die Leidenschaft für das Mittelmaß
Neue Streichholzbriefe
ISBN 3-423-12988-3

Baudolino
Roman
ISBN 3-423-13138-1
Anno Domini 1204: Konstantinopel brennt. Inmitten des Untergangs erzählt uns ein mit allen Wassern der mittelalterlichen Fabulierkunst gewaschener Schelm seine Lebensgeschichte. Sein Name: Baudolino. »Kalte Machtpolitik, saftige Erotik, pralle Lebensfreude. Ein prächtiger Lesestoff!« (Focus)

Bitte besuchen Sie uns im Internet: www.dtv.de